종군기자
팡따쩡의
유실과 회복

종군기자
팡따쩡의
유실과 회복

초판 1쇄 인쇄 2021년 07월 03일
초판 1쇄 발행 2021년 07월 07일
옮 긴 이 김승일(金勝一)·전영매(全英梅)
발 행 인 김승일(金勝一)
디 자 인 조경미
출 판 사 경지출판사
출판등록 제 2015-000026호

잘못된 책은 바꿔드립니다.
가격은 표지 뒷면에 있습니다.

ISBN 979-11-90159-70-8 (03820)

판매 및 공급처 경지출판사

주소: 서울시 도봉구 도봉로117길 5-14   **Tel**: 02-2268-9410   **Fax**: 0502-989-9415
블로그: https://blog.naver.com/jojojo4

※ 이 도서의 국립중앙도서관 출판시 도서목록(CIP)은 서지정보유통지원시스템 홈페이지(http://seoji.nl.go.kr)와 국가자료공동목록시스템에서
   이용하실 수 있습니다.

종군기자 팡따쩡의 유실과 회복

펑쉐쑹(馮雪松) 지음 | 김승일(金勝一) · 전영매(全英梅) 옮김

경지출판사
Korea Wisdom China

新世界出版社
NEW WORLD PRESS

영원히 길 위를 걷고 있다

언론인에게 가장 중요한 것은 무엇일까?

영원히 길 위를 걷고 있는 것, 영원히 뉴스 발생 제1현장에 있는 것, 이것이야말로 가장 중요한 품성 중의 하나일 것이다.

"팡따쩡(方大曾)을 찾아서"는 나의 직업생애에서 지금까지 가장 긴 하나의 과제였다. 18년간 꾸준히 깊이 있는 취재와 현장 답사, 그리고 널리 알리는 과정을 거치면서 80년간이나 실종되었던 7.7사변의 현장을 최초로 보도한 사람 팡따쩡이 드디어 이 시대 사람들의 시야에 들어오기 시작하였으며, 대중들에게 알려지기 시작하는 계기가 되었다. 그것은 역사를 깊이 파고드는 행동이었으며, 언론인이 영상을 통해 역사의 공백을 메우고 책임을 기록하는 과정이기도 했다. 특히 나에게 있어서는 애국심에 대한 세례와 초심을 짚어보는 자아성찰의 과정이기도 했다.

1930년대 중기에 팡따쩡은 샤오팡(小方)이라는 필명으로 중국 언론계와 촬영계에서 활약하였다. 그는 중외 언론학사의 중요한 구성원이었으며, 판창장(范長江)·쉬잉(徐盈) 등과 함께 명성을 날린 언론인이었다. 그는 민생과 시국에 관심을 기울였으며, 펜과 카메라를 무기로 삼아 구국운동에 뛰어들었던 것이다. 루꺼우차오(盧溝橋)사건이 발생한 뒤 그는 제일 먼저 전선 현장으로 달려가 소중한 사진을 대량으로 촬영하여 발표함으로써 중국민중의 항일을 위한 사기와 투지를 북돋아주었다. 장편의 통신보도인 「루꺼우차오항전기(盧溝橋抗戰記)」에서 그는 이렇게 예언하였다. "위대한 루꺼우차오는 아마도 위대한 민족해방전쟁의 발상지가 될 것이다!" 1937년 9월 18일 팡따쩡은 허뻬이(河北)성 리(蠡)현에서 「평한선¹ 북쪽구간의 변화(平漢線北段的變化)」라는 제목의 글을 발송한 뒤 행방불명이 되었다.

1999년 한 우연한 기회와 인연으로 나는 팡따쩡에 대해 알게 되었으며, 그 뒤로 그를 찾는 기나긴 여정을 시작하게 되었다. 초기 취재 단계에서 나는 홀로 기차나 자동차를 타기도 했고, 혹은 걷기도 하면서 왕복 수천km의 노정을 오고갔다. 바오띵(保定)·스자좡(石家庄)·타이위안(太原)·따통(大同)에서 리현에 이르기까지 지방지 편찬사무실, 박물관, 신문사 등 여러 기관을 방문해 자료를 찾아보고 상황을 조사하였다. 그 과정에서 가짜 기자로 오해를 받은 적도 있고 문전박대를 당한 적도 있었다.

팡따쩡은 실종될 때 당시 겨우 25세였다. 비록 그때 당시 그가 중국 전역에서 이름을 떨치고는 있었지만 혜성처럼 반짝 빛났다가 사라져버렸기 때문에 『중국촬영사』에는 그와 관련된 기술이 없을 뿐만 아니라 그의 일생에 대한 완전한 기록도 남아있지 않았다. 그에 대해 서술한 내용은 다 합쳐서 백 자도 안 되었으며, 언론사(言論史)에서는 말할 것도 없이 그의 흔적을 찾아보기가 어려웠다.

---

1) 평한선(平漢線) : 베이징에서 우한(武漢)까지 구간의 철도를 말함.

그 후 힘에 겹기는 했으나 꾸준한 조사와 고증 과정을 거쳐 그의 생명의 윤곽이 점차 풍부해지기 시작했으며, 삶의 궤적도 갈수록 뚜렷하게 드러나기 시작하였다.

팡따쩡은 1912년 7월 13일 베이징에서 태어났다. 그의 본명은 더쩡(德曾)이고, 필명은 샤오팡이며, 본적은 우시(無錫)이다. 그는 중국 종군기자의 선구자이며 걸출한 촬영가이다.

1929년 8월 베이핑(北平) 시립 제1중학교 재학시절에 그는 『세계화보』에 「촬영을 좋아하는 꼬마 친구들, 주목하세요—소년영사(少年影社) 회원 모집 선언」을 게재하고, 중국 북방 최초의 소년촬영동호회를 조직하였다. 1930년에 중파대학(中法大學) 경제학과에 입학하였으며 1932년에 베이핑 『소년선봉』 주간지 편집을 맡았다.

1935년 대학을 졸업한 후 톈진(天津) 기독교청년회 소년부에 초빙되어 일하게 되었고, 그 후 얼마 지나지 않아 우지한(吳寄寒)·저우몐즈(周勉之) 등과 함께 중외신문학사(中外新聞學社)를 조직하고 촬영기자라는 직무를 맡았다. 이와 동시에 상하이의 『세계지식(世界知識)』 『생활주간(生活星期刊)』 등의 잡지에 특약기자로 초빙되어 「황허의 뱃사공(黃河上的船夫)」 「지동(허베이성 동부지역) 괴뢰자치구의 이미지(冀東僞自治區寫眞)」 「핑수이로의 연선(平綏路沿線)」 등 사진과 보도기사를 발표하였다.

1936년에 베이핑 기독교청년회로 옮겨 간사(幹事)를 맡았다. 그는 민생과 시사에 관심을 기울였는데, 『장미화보(玫瑰畫報)』에 「가난을 깁는 자(縫窮者)」를, 주간지인 『신보(申報)』에 「톈진 하이허에 떠오른 시체의 비밀(天津海河浮尸之謎)」「독화(毒禍)」「전쟁 분위기에 휩싸인 싱허(戰氛籠罩下之興和)」「차뻬이가 내려다보이는 위엄 서린 보루(雄視察北的大碉堡)」「장자커우의 현황(張家口之現狀)」을 『양우(良友)』에 「밀수품이 몰려온다(私貨滾滾來)」「이와 같은 펑타이(如此豐臺)」「전쟁 중 정적이 깃든 국경 지역의 견문(戰事沉寂中綏邊所見)」을, 주간지인 『국민』(『國民』)에 「적의 위협아래 있는 톈진(敵人威脅下的天津)」 등의 글과 작품을 연이어 발표하였다.

1936년 말에서 1937년 초까지 그는 43일간 전선으로 달려가 현지를 답사하고 유명한 수이위안(綏遠) 항전을 보도하였다. 1937년 5월에는 베이핑 촬영학회 제1회 사진전에 참가하였다. 「연합전선(聯合戰線)」 등 15장의 그의 작품이 전시되어 널리 호평을 받았다.

1937년 7월 10일 아침 그는 완핑청(宛平城)으로 달려갔다. 그는 7.7 사변이 일어난 후 제일 먼저 현장에 도착해 보도활동을 펼친 신문기자였다. 거기서 그는 「루꺼우차오사건」「루꺼우차오를 보위하는 우리 군 29군 전사들(保衛盧溝橋之我二十九軍戰士)」「일본침략군 포화 속의 완핑(日軍砲火下之宛平)」 등 훌륭한 사진들을 찍었다. 「우리는 자위를 위해 항전을 치른다(我們為自衛而抗戰)」「목숨 바쳐 나라를 위하다(为国捐躯)」「항일전쟁을 통해 국가의 생존을 도모하다(抗战图存)」 등의 사진들은 강렬한 사회적 반향을 불러일으켰다. 「루꺼우차오사변 후의 베이핑(卢沟桥事变后之北平)」을 비롯한 일련의 사진작품이 영국의 『런던신문화보』에 게재되기도 하였다.

1937년 8월 판창장의 추천을 받아 그는 『대공보(大公報)』²의 종군특파원이 되어 핑한선 연변의 일을 취재 보도하는 임무를 맡았다. 그때 당시 그는 「최전방에서 베이핑을 그리워하며(前線憶北平)」 「바오띵 이남(保定以南)」 「바오띵 이북(保定以北)」 「냥쯔관에서 옌먼관까지(從娘子關到雁門關)」 「쥐용관의 혈전(血戰居庸關)」 등의 통신을 발표하였다.

다큐멘터리 제작에 종사하는 사람으로서 나는 오랜 시간 동안 찾아다니면서 역사자료에 대한 발굴과 현장답사를 통해 평화와 자유를 사랑하는 진실한 생명을 복원하려고 애썼다. 그 젊은이는 삶을 배경으로 삼고, 생명을 필름으로 삼아 그때 당시 위기에 처한 중국대지를 진실하게 기록하였다. 처음 그를 찾아 나서게 된 것은 전적으로 인물에 대한 흥미와 미지의 세계를 탐구하려는 욕구에서 비롯된 것이었다면, 그 과정에서 그 인물에 대해 깊이 알아가게 됨에 따라 나 자신도 모르는 사이에 그를 향한 일종의 고상한 정신에 대한 인정과 추종으로 바뀌게 되었다고 말할 수 있다.

팡따쩡은 영원히 25세에 멈춰 있다. 머리에 투구를 쓴 그의 형상은 젊고 멋지며, 재능이 넘쳐흐르는 듯하며, 낙관적이고도 진취적이며, 긍정적인 에너지가 넘쳐흐른다. 그가 전선에서 너무나도 훌륭한 사진작품들을 그처럼 많이 찍을 수 있었던 것과 열악한 환경에서도 용

---

2) 『대공보(大公報, 대공빠오)』: 중국에서 발행시간이 가장 오래된 중문 신문 중의 하나이다. 1902년 톈진(天津) 프랑스 조계지에서 처음 발행되었고, 중화민국이 대륙에 있을 때 가장 큰 영향력이 있던 신문 중의 하나였다. 1926에서 1949년까지의 시기가 『대공보』의 가장 찬란한 시기였는데, 이 신문은 "4불주의(四不主义)" 즉 "부당(不党)·불매(不卖)·불사(不私)·불맹(不盲)"으로 가장 이름이 높았다.

감하게 앞으로 나아갈 수 있었던 것에 대해 나는 놀라움을 금치 못하였다. 그에 대해 찾아나갈수록 그에 대해 알지 못하는 것이 아직도 너무 많다는 사실을 발견하곤 하였다. 진정으로 그의 가치를 가늠할 수는 없었지만, 그럴수록 나는 그를 찾아가는 발걸음을 멈출 수가 없었다. 후에 나는 드디어 다큐멘터리 「팡따쩡을 찾아서」(2000년)의 제작을 완성하였으며, 저서 『팡따쩡: 소실과 재현(方大曾: 消失與重現)』(2014년)을 출간하였다. 팡한치(方漢奇) 선생은 이 작품에 대해 다음과 같이 평가하였다. "80년도 넘게 묻혀버려 알려지지 않았던 걸출한 언론종사자와 촬영기자였던 팡따쩡을 역사의 무대 위로 올려 그의 이름을 대중에게 알리기 시작한 작품으로, 이는 중국 언론사업의 일환인 역사인물 연구와 중국 전선뉴스 촬영역사 연구에 대한 일대의 공헌이다."

『팡따쩡: 소실과 재현』이 출판된 지 3년이 지나는 사이에 샤오팡은 세상에 알려지지 않았던 데서 점차 사람들에게 알려지기 시작하였다. 중국기자협회가 조직 개최한 "펑쉐쏭의 팡따쩡 사적 추종 취재 좌담회"를 시작으로 팡따쩡기념관이 바오띵(保定)에서 낙성되었고, 또 "팡따쩡 캠퍼스행" 공익계획이 국내외 20여 개 유명 대학교에서 실행되면서 그의 이름이 권위 있는 총서인 『중국의 명기자(中國名記者)』(인민출판사), 『중국의 촬영 거장(中國撮影大師)』(중국촬영출판사)에 수록되었으며, 더욱이 최신 판본인 『중국대백과전서(中國大百科全書)』(중국대백과출판사)에까지 수록되게 되었다. 그의 사적과 경력은 또 교학과 시험 출제의 내용에 포함되었으며, 다양한 도서전을 통해 홍콩·

마카오·대만동포의 시야에도 들어가게 되었다. 내가 책임 편집을 맡은 문집『팡따쩡을 읽는다(解讀方大曾)』가 중국사회과학출판사에서 출판되어 흩어진 그의 여정을 다시 주워 모을 수 있었다. 신세계출판사는 더욱이 여러 가지 언어 판본의 판권 수출과 번역을 적극 추진하여 팡따쩡의 감동어린 중국이야기를 전 세계에 알리고 있다. 그 일련의 행동과 영향은 매체의 높은 관심을 불러 일으켰다.『중국신문출판라디오텔레비전방송신문(中國新聞出版廣電報)』보도에서는 다큐멘터리에서 도서에 이르기까지, 기념실에서 공익계획에 이르기까지 영화·텔레비전방송계, 출판계, 문학계, 학술계를 넘나드는 "팡따쩡 붐"이 전파력과 영향력을 두루 갖춘 초점 이슈로 떠올랐다.

팡청민(方澄敏)이 보존하고 있던 오빠의 유품에 대한 발견과 정리가『팡따쩡: 소실과 재현』의 자매편인 이 책을 쓰게 된 동기이다. 3년간 새로운 역사자료에 대한 정리와 발굴, 현장 탐방 및 가족들에 대한 거듭되는 심층 방문을 진행하고, 팡따쩡의 개인사진 백여 장을 최초로 발견하였으며, 그의 동창과 스승, 친구들의 흩어져 있는 추억들이 수면 위로 떠오르면서 나는 역사의 겉면을 걷어내고 다시 한 번 초점을 맞출 수 있었으며, 팡따쩡 생명의 온도를 다시 한 번 가까이에서 느낄 수 있는 기회를 얻을 수 있었다.

그와 생명의 교집합을 이뤘던 진보적 교사 왕쓰화(王思華)·판원란(范文瀾)·롼무한(阮慕韓), 그의 소년 시절 동창인 샤농타이(夏農苔)·차오청셴(曹承憲)·까오윈훼이(高雲暉), 생사의 갈림길에 함께 있었던 진쩐종(金振中), 촬영 계몽의 스승인 장한청(蔣漢澄) 등이 탐방하는 발걸음을 따라 한 분 한 분 등장하게 되었다.

이 책은 팡따정 재조명을 위한 재4출발이라는 성격을 띠고 있다. 팡 씨 집안의 후대가 제공한 유품과 그의 생전 사진을 통해 착수하여『팡따쩡: 소실과 재현』에서 확립한 지면 다큐멘터리의 표현방식을 이었으며, 최신 연구 성과를 종합하였다. 역사자료의 발굴과 현장조사를 토대로 하여 탐방과정에서 나타난 새로운 단서를 다양한 시각으로 보여주고자 하였으며, 팡따쩡의 스승과 친구들, 사교(社交) 범위 및 알려지지 않은 특별한 경력 등을 정리하여 그의 개인세계를 더욱 풍부히 하고자 하였다.

언론업계 종사자로서 민중과 나라를 벗어나 두 발로 뛰지 않고 마음으로 느끼지 않는다면 아무리 눈부신 화면도 텅 빈 것이나 다름없으며, 아무리 화려한 문구도 창백하기만 할 뿐이라는 점을 잘 알 고 있다. 팡따쩡의 두 발은 언제나 땅을 딛고 있었다. 그는 시대의 변천을 기록한 자요, 민중의 운명에 대한 관심자로서 손색이 없다. 팡따쩡을 찾아다니는 과정은 한 언론업계 종사자인 필자의 직업 이상(理想)이 꾸준히 승화되는 과정이었다. 진정한 기록자라면 엄밀하고 진실해야만 하고, 기교를 과시하고 비위를 맞춰서는 절대로 안 되며, 진실한 마음으로 진심에서 우러나 실제 사실을 기록해야만 실제적인 효과를 볼 수 있다는 이치를 나는 갈수록 깊이 체득하게 되었다.

미디어 융합시대인 오늘도 이러한 도리가 여전히 적용되고 있으며, 게다가 더욱 중요해졌다고 나는 확신하고 있다. 역사를 기록함에 있어서 현대적 기술수단은 보조적 수단이어야만 한다. 오로지 마음을 기울여 증명하고 애써 캐물은 토대 위에서 현대적 수단의 힘을 빌려 입체적으로 표현해야만 시대에 어울리는 보조를 잘 맞출 수 있어 전파력, 공신력, 영향력을 높일 수가 있는 것이다.

중국 중앙텔레비전방송국(CCTV)의 『기다려줘(等着我)』 프로그램 「팡따쩡을 찾아서」 특집 촬영현장에서 니핑(倪萍) 아나운서가 나에게 "십수 년 동안 한 부의 다큐멘터리 제작을 하면서 결국 한 권의 책을 출판하는 데까지 이르렀다고 하는 것은 이 일을 끝마쳤다는 것을 의미하는 것이 아닌가?"라고 물었다. 그때 나는 "팡따쩡의 행방을 알아내기 전에는 그가 나의 영원한 선택"이라고 말했다.

나는 영원히 길 위를 걷고 있는 것이다. 언론인으로서 생명이 끝나기 전까지 걷기를 멈출 수가 없는 것이다. 바로 샤오팡이 우리의 가장 훌륭한 본보기이기 때문이다. 그러한 길 위에서 『팡따쩡: 유실과 회복』이 그대와 함께 동행 했으면 하는 바람이다!

---

*원 제목은 「언론인은 영원히 길을 걷는다(新聞人永遠在路上)」
(『인민일보』 2017년 10월 13일 12면에 게재)인데, 이를 수정함 것임.

- contents -

1. 팡청민의 유품   ··· 16

2. 소년 샤오팡의 성장   ··· 54

3. 대학시절   ··· 96

4. 광명행^{光明行}   ··· 140

5. 톈진^{天津}에서   ··· 180

6. 걸어 다니는 기록자   ··· 222

7. 머나먼 수이위안   ··· 276

8. 바오띵의 남과 북   ··· 332

9. 이야기 속의 이야기   ··· 388

10. 세월을 줍다   ··· 430

후기 : 자신을 찾다   ··· 468

팡따쩡 일생 및 연구 연표   ··· 471

1
팡청민의 유품

나는 베이징도서관이며 기록보관소며 모두 찾아가 자료를 찾아보았다. 그의 사진들에는 제목이 없는 것이 많아서 찾기가 쉽지 않았다. 그때 나는 매일 가서 잡지를 빌려보곤 하였는데 찾아낸 것은 별로 없었다. 후에 나는 또 내가 근무하는 직장에서 소개서까지 떼어 가지고 시황청껀(西黃城根)에 위치한 베이징도서관 신문보관실로 찾아갔다. 거기서 한 달 동안 매일 반나절씩 자료를 찾았다. 결국『대공보(大公報)』와 같은 자료들을 적잖게 찾아냈다. 1937년 9월 30일자『대공보』뒤로는 소식을 찾아볼 수 없었다. 이는 전민통신사(全民通信社)가 반영한 상황과 맞아떨어졌다. 그 뒤로는 샤오팡의 소식을 알 수 없었다.

— 팡청민의 회고

1. 팡청민의 유품

『팡따쩡: 소실과 재현』을 쓰기 시작하였을 때는 말레이시아항공의 MH370여객기가 실종된 지 18일째 되는 날이었다. 그 한동안 나는 책 쓰기에 열중하는 한편 신비하게 실종된 항공기가 세계에 가져다주는 여러 가지 곤혹에 관심을 기울이고 있었던 걸로 기억한다. 열중과 관심만으로 가득 찬 심경이 책을 쓰는 전 과정을 함께 하였다.

그로부터 2~3년이라는 세월이 흘렀다. 말레이시아정부는 현재까지 MH370여객기 외측 플랩 파편으로 의심되는 잔해 총 22조각이 모잠비크·탄자니아 등지에서 잇따라 발견되었다면서도 여객기의 확실한 행방은 아직까지도 찾지 못하였다고 밝혔다. 자하리 아흐마드 샤(Shah) 기장이 불순한 의도를 가지고 있었다는 추측을 제외하고도 다양하고 풍부한 상상력이 마치 나비가 멋대로 날아다니는 것처럼 여론이 난무했다. 흥미로운 것은 미국 여기자 크리스틴 니그로니(Christine Negroni)가 최근 새 책 『항공기 참사 탐정』(The Crash Detectives)을 출판하여 여객기의 실종에 예상외의 새로운 설을 제공하였다. 그녀는 "샤 기장이 화장실에 간 사이에 부조종사가 비행기를 조종하였을 것이다. 부조종사가 호치민 시 관제탑에 '굿나잇'이라는 호출신호를 보낸 뒤 기내에서 '폭발성 디컴프레션(減壓)'이 일어났

펑쉐쏭(가운데)이 팡따쩡의 친인척과 함께 팡따쩡기념실에서 기념사진을 찍었다.

고 순식간에 기내 공기가 빠르게 대량으로 빠져나갔을 것이다. 샤 기장은 산소 부족으로 조종실로 돌아갈 수 없었고 부조종사 또한 산소 부족으로 정신이 혼미해져 손이 떨려 조종간을 잡을 수 없었을 것이다. 결국 무인 조종 상태에 처한 여객기는 자동 비행모드로 운행하다가 항로를 이탈하여 망망한 인도양으로 추락하였을 것이다."라고 추측하였다. 물론 결과가 확실하게 밝혀지기 전까지는 이런 추측에 일리가 없다고 누가 말할 수 있겠는가? 세상에는 얼마나 많은 풀리지 않은 미스터리가 답을 기다리고 있는지 모른다. 언젠가 그 미스터리가 하나하나 풀릴 때쯤이면 팡따쩡이 사라진 미스터리도 풀려서 수십 년간 그를 기다리고 찾고 있는 사람들의 마음을 보듬어줄 수 있는 해답을 줄 날이 오기를 기대해본다. 문제가 있으면 답이 있으리라고

팡청민의 유품을 정리 중. (쑨난[孫楠] 촬영)

믿는다. 마치 원인이 있으면 결과가 있는 것처럼 말이다. 다만 결과가 이르거나 늦게 찾아올 뿐이다.

2015년 3월말 『팡따쩡: 소실과 재현』이 출판된 지 약 반년이 지나서 나는 또 바오띵으로 갔다. 바오띵시 지방지관(地方志館) 낙성식에 참가하기 위해서였다. 그리고 또 다큐멘터리 「팡따쩡을 찾아서」 촬영제작이 끝난 뒤 15년 만에 옛 친구 쑨진주(孫進柱)도 만났다. 그때 나는 우리 젊음은 앗아갔으나 우리 우정은 앗아가지 않은 세월에 감사했다. 바오띵 지방지 사무실 주임 직을 맡은 진주 형은 서로 갈라져 지내는 동안의 변화에 대해 이야기하면서 옛날 우리가 함께 찾아다녔던 샤오팡에 대해 말했는데, 그때마다 지난 일들을 잊을 수가 없었다. 1999년부터 2000년까지 2년간 프로그램 제작을 위해 나는 베이징과 바오띵 사이를 수차례나 왕래하였다. 때로는 제작팀과 함께 동

팡청민이 소중히 보존하였던 오빠의 필름상자. (펑쉐쑹 촬영)

행하기도 하고, 때로는 홀로 다니기도 하면서 내막을 잘 아는 사람을 찾아가기도 하고, 자료를 찾기도 하고, 또 현지를 답사하기도 하였다. 그때마다 그는 늘 시간을 내서 동행해주곤 했었다. 목이 마르면 생수 한 병씩을 마셨고, 배가 고프면 휘사오(火燒. 중국 북부지방의 전통 음식으로 밀가루 피에 삼겹살, 다진 파, 다진 생강, 땅콩기름, 목이버섯, 간장, 참기름으로 만든 소를 넣은 샌드위치 같은 음식이다. 겉은 바삭하고 소에 든 고기 향이 진하고 고소하며 촉촉하다. 역자 주)를 두 개씩 먹곤 하였다. 우리의 우정은 그렇게 답사하는 길에서 쌓인 것이다. 진주 형은 30년간 지방지를 편찬해오면서 반평생을 한직으로 내쫓기며 살아왔다. 그러다가 이번에 줄곧 푸대접을 받아오던 지방지 관이 차오쿤(曹錕. 군벌 출신의 정치가-역자 주)이 총통을 지냈을 때 살았던 관저인 광위안(光園)으로 옮기게 되자 그는 마냥 기뻐하였다.

샤오팡이 남긴 사진 필름은 현재까지도 색이 바라지 않았다. (펑쉐쏭 촬영)

낙성식이 끝나고 나는 그때 당시의 마위펑(馬譽峰) 바오띵 시장을 만나 팡따쩡기념실 기획 구상에 대해 이야기하였다. 샤오팡이 리(蠡)현에서 마지막 기사를 발송한 뒤 실종되어 현재까지 약 80년간 행방불명이라는 말을 들은 마 시장은『팡따쩡: 소실과 재현』책장을 넘기면서 확실하게 말하였다. "샤오팡이 꼭 바오띵에 '정착'하도록 하겠습니다. 지점은 바로 광위안으로 하죠!"

몇 달이 지난 7월 7일 바오띵 시 광위안에서 팡따쩡의 외조카 장짜이쉬안(張在璇)·차성녠(査昇年)·차쏭녠(査松年) 그리고 친인척들이 사람들에게 둘러싸여 팡따쩡기념실에 들어섰다. 이는 다방면으로 자금을 조달 받고 많은 사람들의 지원을 받아 이루어낸 결과였다. 외삼촌의 동상을 마주한 후손들은 목이 메어 말을 잇지 못하며 눈물만 흘렸다. 중국기자협회 국내부 주임인 인루쥔(殷陸君) 선생, 중국신문사

팡청민이 다큐멘터리 「팡따쩡을 찾아서」를
촬영 중. (펑쉐쏭 촬영)

학회 회장인 천창펑(陳昌鳳) 교수, 그리고 각계 인사들이 함께 샤오팡
이 바오띵에 '정착'하는 역사적 순간을 지켜봤다. 광위안은 바오띵 시
의 도심인 위화로(裕華路) 중간에 위치해 있으며, 명(明)나라 때의 대녕
도사우위서(大寧都司右衛署)와 단사사(斷事司) 자리였다. 청(淸)나라 강
희(康熙) 2년에 직예순무(直隸巡撫)가 정띵(正定)에서 바오띵으로 이주
한 뒤 순도사옥서(巡道司獄署)가 이곳에 주재하였었다. 옹정(擁正) 2년
(1724년)에 안찰사사옥서(按察使司獄署)로 바뀌었다가 1916년 차오쿤이
직예독군(直隸督軍) 직을 맡고 있을 때 대규모의 토목공사를 하여 개
축하고 인테리어를 새로 하여 자신의 관저로 만들었던 곳이다. 차오
쿤이 왜놈에 맞서 싸운 명장 척계광(戚繼光, 명나라 장수)을 경모하여
그 곳을 광위안으로 개명하였다고 전해지고 있다. 광위안은 본청이
'공(工)'자 모양으로 지어졌는데 앞 청과 뒤 청으로 나뉘며 복도를 통

해 서로 이어져 있다. 팡따쩡기념실은 '공(工)'자의 밑의 선인 일(一)가 시작되는 부분에 위치해 있으며, 면적은 20여 ㎡로 그다지 크지는 않았다. 중국 신문학계 권위자 팡한치(方漢奇) 선생이 편액에 글을 써주었다. 실내에는 샤오팡의 유품인 여행용 트렁크가 진열되어 있고, 그의 작품과 생애가 소개되어 있었으며, 그리고 10여 년간 그를 찾아다녔던 우리의 발자취가 전시되어 있었다.

기념실 한가운데는 청년조각가 리일푸(李一夫)가 조각한 팡따쩡 동상이 세워져 있다. 이것이 어쩌면 이야기의 가장 훌륭한 결말이라고 할 수 있다. 또 오랜 세월 동안 팡따쩡을 찾아다닌 여정에 마침표를 찍은 것이라고도 할 수 있다. 그런데 얼마 지나지 않아 차성녠 선생으로부터 걸려온 한 통의 전화가 그 마침표를 다시 열어 놓았다. 이로써 샤오팡의 이야기가 또 다시 이어지게 되었던 것이다.

전화에서 차 선생은 가족들의 감사의 뜻을 표하는 한편 나에게 또다른 사실을 들려주었다. 차 선생의 외삼촌이 실종된 후 가족들이 몇 년 동안 이제나 저네나 하고 그의 소식을 고대하였었는데, 차 선생의 어머니 팡청민이 오빠의 마지막 직장이었던 『대공보』에 찾아갔었으며, 신문에 사람 찾는 광고를 사흘 연속해서 내기도 하였다는 것이다. 그럼에도 아무런 결과를 얻지 못하자 다시 이리저리 수소문하여 전민통신사를 찾아가 알아보았으나 여전히 오빠의 행방을 알 길이 없었다고 했다. 그러면서 몇 년이 지나자 이제는 다시 샤오팡이 이집으로 돌아오지 못할 것은 예감했는지 차 선생의 어머니와 그의 이모 팡수민(方淑敏)이 자녀들에게 외할머니 팡주리(方朱理)를 할머니라고 부르게 했다고 했다. 차 선생은 또 2006년에 어머니가 세상을 떠난 뒤 일부 개인 물품을 줄곧 그대로 두었다면서 혹시라도 팡따쩡 연구에 쓸모가 있을까싶으니 나더러 시간이 나면 한 번 와서 봤으면 좋겠다고 말했다. 팡청민은 91세에 세상을 떠났다. 그의 자녀들은 유골을 보존하지 말라는 그의 유언에 따라 유골을 뿌려주었다. 그리하여 팡청민이 세상을 떠난 뒤로 이 세상에서 팡따쩡을 본 사람이 또 있는지 우리는 더 이상 알 길이 없게 되었다. 그가 남긴 물품 중에는 일상생활에서 사용하던 물품을 제외한 팡청민의 유품은 크고 작은 두 개의 상자뿐이었다. 큰 것은 샤오팡이 사용했던 여행용 가죽 트렁크였고, 작은 나무상자는 샤오팡이 은화(大洋) 7개를 주고 사람을 불러 맞춤 제작한 두 개의 사진필름상자 중의 하나였다. 나는 2006년 3월 16일 837장의 사진필름과 함께 국가박물관에 기증된 그 필름상자가 이 세상에 존재하는 유일한 것인 줄로 알았는데 상자가 하나 더 있을 줄은 꿈에도 몰랐었다.

세월이 새겨놓았는지 여행용 트렁크의 얼룩얼룩한 가죽 표면에는 온통 가로 세로로 이리저리 긁힌 흔적들이 있었다. 오랜 세월을 겪는 사이에 남겨진 그 암호들이 무엇을 기록하고 있는지 무엇을 암시해주는 것인지는 알 수 없었다. 80년 전 세월의 저쪽 끝에서 그 트렁크는 소년을 따라 먼 여행을 떠났으며 천리 길을 함께 걸었고 백성을 염려하였다. 80년 후 세월의 이쪽에서 그 트렁크는 누군가가 와서 베일을 벗겨주기를 조용히 기다리면서 온갖 풍진을 다 겪은 뒤 소리 없이 탄식하고 있었던 것이다. 열어보니 팡따쩡과 관련이 있는 잡지와

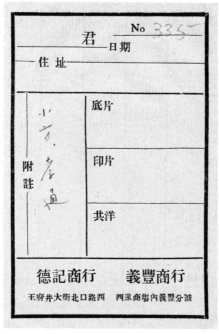

샤오팡이 번호를 매겨놓은 사진필름봉투. (펑쉐쏭 촬영)

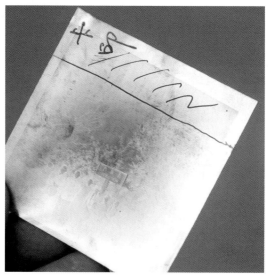

샤오팡이 사진필름을 편집할 부분에 그려놓은 선. (펑쉐쏭 촬영)

책들이 차곡차곡 들어있었고, 팡청민의 노트와 사진, 자료, 친필 원고 그리고 개인 서신들도 들어있었다. 살짝 듯 풍겨오는 좀약 냄새가 나에게 이 시각 한 단락의 가족 역사에 조용히 접근하고 있다는 사실과 만질 수 있고 느낄 수 있으며 천천히 깨울 수도 있다는 사실을 알려주는 듯하였다. 작은 나무상자 속에는 색이 하얗게 바랜 고무줄로 여러 줄을 묶은 낡은 편지봉투가 하나 들어있었다. 그 봉투 안에는 수십 장의 분홍색 필름봉투가 들어있었다. 그 필름을 한 장씩 꺼내 햇빛 아래 비춰보니 뜻밖에도 한 번도 본 적이 없는 샤오팡의 개인 사진과 일부 낯선 사람들의 사진이었다. 십 수 년 전 그리고 다큐멘터리 「팡따쩡을 찾아서」 제작 과정에도 팡따쩡이 남긴 모든 사진필름을 거듭 보고 또 보았다. 그런데 이번에 발견된 필름은 확실히 본 적이 없다고 말할 수 있었다.

다큐멘터리 제작 당시 팡청민 노인은 왜 그 필름들을 꺼내지 않았을까? 후손들은 알 길이 없었다. 그 필름들을 은밀한 구석에 정성 들여 보관한 것은 개인적인 것이어서 였을까? 아니면 다른 내막이 있어서 였을까? 이 문제는 그 이후 오랫동안 나의 머릿속에서 계속 맴돌며 떠나지를 않았다. 팡청민의 자녀들 외에 팡따쩡의 큰 누나인 팡수민의 딸 장짜이어(張在娥)와 그 아들 장짜이쉬안(張在璇)에게도 물어봤었다. 그러나 그들도 이모로부터 소중히 보존된 그 부분의 물품에 대해서는 들은 바가 없다고 했다. 혹시 시간이 오래 돼서 잊어버렸던 것은 아닐까? 그럴 리는 없다. 1987년 팡청민 노인이 장짜이어에게 쓴 편지를 보면, 팡따쩡과 셰허(協和), 후통(胡同, 골목)의 고택에 대한

소년시절의 팡청민(左)과 그의 친구 치뢴(齊倫). (샤오팡 촬영)

이 "두 가지 일"을 노인은 늘 생각하고 많이 그리워하고 있었음을 알수 있기 때문이었다. 그러니 어찌 잊어버릴 수 있다는 말인가?

짜이어야,

편지를 잘 받아 보았다. 너의 외삼촌에 대해 결론문제를 해결하는 일이 너무 늦어졌구나! '문화대혁명'을 오래 겪은 데다 "명예와 이익을 다투지 않으려는" 나의 고리타분한 생각 때문에 더 일찍 시작하지 못하였다. 2년 넘게 뛰어다녀서야 겨우 이렇게 글 몇 편을 발표할 수 있었구나. 그러나 아직까지도 관심을 갖는 사람이 없구나. 죽은 사람은 죽었고, 높은 관직에 있는 사람들은 그에 대한 일을 별로 중요하게 생각하지 않는 것 같구나. 우췬(吳群)이 촬영사를 연구하고 있으나 그의 연구 시각은 우리가 바라는 것과는 다르단다. 우췬은 고작 외삼촌을 현 사회에 소개하는 글이나 좀 쓸 뿐이지 별로 힘을 보태지 못하는 것 같구나!

외삼촌의 역사는 아주 짧다. 겨우 25살까지밖에 살지 못하였으니 어찌 긴 역사가 있을 수 있겠니. 내가 간략한 소개를 한 편 썼던 전민통신사의 글이 한 편 있어서 그가 화뻬이(華北)전장에서 희생되었다는 걸 증명할 수는 있지. 1938년에 내가 총칭(重慶)에서 대공보에 찾아갔었는데, 신문사에서는 3일간 사람 찾는 광고를 내주었을 뿐 아무런 진전도 없었다. 너의 외삼촌은 중외언론동호회 종군기자이고,

또 대공보의 전선 특파원이기도 했다. 그 동란의 시대에 누가 사람 찾는 일을 해결해줄 수 있었겠느냐? 후방에 있는 사람들마저도 폭탄이 떨어질까 걱정을 하며 제 몸도 보전하기 어려웠던 시기가 아니더냐?

너에게 이 일을 해결할 방도가 있다면 한 번 해보아라. 이미 퇴직한 사람인 나를 누가 상대해주겠느냐? 혹시 옛날 친구들 중에 힘이 있는 사람이 많이 살아 있다면 내가 좀 뛰어다녀보기라도 할 텐데 말이다. 힘이 없는 걸 어떡하겠느냐. 내가 한 친구에게 편지를 보냈는데 전해지기는 하였는지 모르겠다. 혹 편지를 받아 보고도 무시해버린 건지도 알 수가 없구나. 지금까지는 우췬 선생이 그나마 많이 소개해줬으면 하고 의지하는 수밖에 없단다. 그래서 그가 어떤 자료를 요구하면 그런 자료를 찾아주곤 했지. 그가 내년은 관광의 해라면서 윈깡(雲岡)의 풍경에 대해 쓸 계획이라고 했다. 너의 외삼촌이 그 곳에 간 적이 있으니 외삼촌 관련 내용도 써넣을 계획이라고 하더구나. 비록 항일전쟁과는 무관한 일이긴 하지만 한 번 소개하는 게 안하는 것보다는 나을 듯하다만 말이다. 적어도 그가 쓴 촬영사에는 '샤오팡'에 대한 내용이 들어있거든. 덕분에 나는 그 책을 이미 샀단다. 앞으로 두 가지 일을 해결하기 전에는 마음이 편안할 수가 없겠더구나. 한 가지는 너의 외삼촌 일이고, 다른 한 가지는 집 문제이다. 몸이 한 해 한 해 다른

것 같아. 이 생을 마감하기 전에 소원을 이룰 수 있을지 알
수가 없구나. 두 가지 문제가 다 쉽게 풀릴 일이 아니니 말
이다. 잘 있어라!

둘째 이모 청민 씀
12월 9일 밤

　오빠 팡따쩡의 일은 기약이 없고, 셰허 후통에 있는 고택 수선문제
와 이주 소식이 갈수록 임박하고 있었다. 그때는 샤오팡이 바오띵 전
선에서 실종된 지도 벌써 50년이 지난 때였기에 그가 마당에 지어서
사진을 인화할 때 쓰던 오두막도 낡고 썩어서 없어진지 오래였다.

백 세 언론인 위여우(于友) 옹이 샤오팡을 영웅이라고 칭찬함.
(천창펑[陳昌鳳] 촬영)

팡청민의 주변에는 세월의 흐름에 따라 추억이 될 사물과 지난 일에 대해 이야기를 나눌 사람이 갈수록 줄어들고 있었다. 그때 당시 72세였던 그는 점점 몸과 마음이 무기력해지고 있음을 느꼈다. 만약 고택마저 없어진다면 오빠와 팡 씨 집안 5대가 살았던 숨결과 뿌리도 사라지는 것이었다. 팡따쩡이 집을 떠날 때 남긴 사진필름이 팡청민과 그의 어머니에게는 마치 그의 존재와 마찬가지로 여겨졌을 것이다. "외삼촌은 전장에 나간 뒤로 돌아오지 않았다. 그는 베이징 셰허후통의 집에 두 개의 작은 나무상자에 담긴 사진필름을 남겼다.

외할머니의 말에 따르면 그 작은 나무상자는 외삼촌이 집 울안에 회색 나는 오두막을 지을 때 목수를 불러 짠 것인데, 길이가 한 자 남짓하고, 너비가 반 자 남짓하며, 높이는 반 자 남짓했다. 겉면에는 천연도료를 칠하였으며, 사진필름을 담아두기 위해 특별히 만든 것이다." 장짜이쉬안은 이렇게 회억하였다. "일본이 항복한 뒤 외할머니는 작은 나무상자를 당신의 침실 장롱 위에 올려놓았다. 그 사진필름이 담긴 나무상자는 외삼촌에 대한 가족들의 그리움이었다. 그 나무상자를 보면 마치 외삼촌이 언젠가는 그 사진필름을 가지러 집에 돌아올 것 같은 느낌이 들곤 하였다고 했다. 그런데 1966년 '문화대혁명'을 겪으면서 어쩔 수 없이 그것을 잃어버리게 될 줄을 가족들은 아무도 생각지 못했던 것이다."

"1966년 여름부터 '홍위병운동'이 사나운 기세로 번지기 시작하였다. 제일 처음에는 사회에서 '네 가지 낡은 것(四舊,

낡은 사상, 낡은 문화, 낡은 풍속, 낡은 습관—역자 주)'을 없애야 한다는 데서 시작하여 급기야 집을 수색하고 가산을 몰수하고 사람을 때리고 물건을 부수기에까지 이르게 되었다. 외삼촌의 두 사진필름 상자를 두고 식구들이 바짝 긴장하고 있었다. 그가 찍은 수이위안(綏遠) 항일전쟁 관련 사진들은 모두 항일전쟁 초기에 수이위안 전선에 방어진을 친 푸쭤이(傅作義) 부대와 관련된 것들이었기 때문이다. 장병들의 의복과 모자 그리고 깃발에는 모두 국민당의 휘장 표식이 있었는데 그 시대에 그런 것을 소장하는 것은 금기를 범하는 일이었다. 외삼촌이 쓴 기사 「지동일별(冀東一瞥, 허뻬이 북부지역 일별)」에서는 지동 괴뢰(僞)정부 통치구역에서 창궐했던 매춘·도박·아편·마약·밀수 등 추악한 사회현상을 폭로한 사진들이 있었는데, 이 또한 그 당시에는 입이 열 개라도 해명할 길이 없는 '네 가지 낡은 것'들이었다. 만약 그 사진필름들이 홍위병들에게 발견되기라도 한다면 사진필름은 물론 온 집안 식구가 모두 파멸하는 재앙을 당하게 되는 것이다. 은행에서 일하는 이모가 어머니와 어떻게 했으면 좋을지 의논하러 왔다. 이모는 외할머니 몰래 외삼촌의 사진필름상자를 당신이 근무하는 직장의 '홍위병사무실'에 가져다 바치고 집안의 친척이 남긴 기념물이라고 알린 뒤 그들이 어떻게 처분하든지 맡길 작정이라고 말하였다. 평범한 가정 주부였던 어머니도 뾰족한 수가 없었던지라 하는 수 없이 그렇게 하라고 하면서 이모에게 꼭 안전에 조심하라고 귀띔하였다. 이모는 직장에서 인간관계가 좋았던 덕분에 이모가 상황을 설명하자 '홍위병사무실' 책임자는 이모의 태도가 성실한 것을 보고는 두고 가라고 담담하게 한 마디 하였을 뿐이다. 낙담한 표정으로 집에 돌아온 이모에게 외할머니가 사진필름을 가져다 바친 일을 알았다고 엄마가 알려주었다. 그날 외할머니가 어머니에게 작은 나무상자는 왜 보이지 않느냐고 물었고 뜻밖에 진상을 알고서도 외할머니는 이상하리만치 차분하였다고 한다. 외할머니는 한참 동안 침묵하더니 '하늘의 뜻에 맡겨야지 뭐.'라고 혼잣말처럼 중얼거리셨다고 했다."

(장짜이쉬안 「외삼촌의 사진필름」)

장짜이쉬안에게 보낸 편지에서 팡청민은 베이핑이 함락된 후 그 사진필름들을 두고 외할아버지가 일본군의 수색에 걸릴까봐 두려워 일부를 태워버렸고 낮에 태우려니 연기가 날까 두렵고 밤에 태우려니 불빛 때문에 발각될까 두려워 그만두고 남은 일부는 여기저기 자리를 옮겨 다니며 숨겼다고 알려주었다. "아마도 우리 집이 오래 된 주택이어서 일본군의 수색을 피할 수 있었는지도 모른다. 그 필름들은 샤오팡의 심혈이 깃든 결정체이다. 수이위안 항일전쟁 관련 원시자료도 있는데 그것은 몰수당하면 어디 가서 찾을 수도 없다. 1975년에 내가 퇴직한 뒤 하루는 공회 사무실(전 홍위병 사무실)에 갔었다.

실은 소식을 수소문하러 갔던 것이다. 사무실 구석에 신문꾸러미가 한 무더기 있는 걸 발견하였어. 신문지가 터진 곳으로 분홍색 작은 봉투가 삐죽이 나온 게 보였다. 나는 예전에 내가 바쳤던 사진필름이라는 걸 대뜸 알아봤다. 그래서 설명하고 가져왔다. 작은 상자는 식당에서 식권을 담아놓았는데 그것도 후에 나에게 돌려주었다. 이렇게 해서 그 사진필름은 재앙을 면했던 셈이다!"

재앙을 면한 그 사진필름 중에 팡청민이 남긴 작은 나무상자 안의 부분도 포함되었는지는 알 길이 없다. 단 샤오팡에게 속하는 그 개인 사진들은 그의 가족이 국가박물관에 기증한 837장의 사진 이외의 것이라는 것만은 단정 지을 수 있다. 학생복을 입은 소년 샤오팡, 준수하고 해맑은 배움의 시대, 친구들과 함께했던 홀가분하고 즐거운 소풍, 스승과 친구들과의 감정을 기록한 역사적 순간들, 그리고 또 이름도 알 수 없는 사람들의 미소 짓는 얼굴들, 한 장 한 장의 사진필름들이 인화되어 모습을 드러냄에 따라 지금껏 보지 못하였던 샤오팡의 모습이 두각을 나타내기 시작하였다. 그 발견으로 인해 나의 십수 년 탐방의 여정이 더욱 길어지게 되었다.

지금에 이르러 보니 팡따쩡이 남긴 작품은 여러 가지 가치가 있었다. 신문학·사회학·인류학·민속학 그 어느 각도로 봐도 이들과 상응되는 연관성과 지탱점을 찾을 수 있을 것 같았다. 그의 기사와 사진은 도로의 선택과 발자취를 아주 유기적으로 잘 연결시켰다. 문자는 주해(注解)였고 사진은 표현 형태였던 것이다. 십여 년 전에 내가 다큐멘터리 「팡따쩡을 찾아서」를 제작할 때 인식의 결핍으로 인해 양자를 통일시키는 각도에서 그의 형상 그리고 피와 살을 풍부하게 하지 못하고, 양자를 집합시키는 방식으로 사진의 구조와 전파에 대해 생각하지 못하였다면, 십여 년이 지난 오늘날까지 멈춘 적 없는 탐방의 발걸음이 더욱 다부지고 진중해지지 않았을 수도 있었다. 샤오팡은 마치 노다지광과 같아 정확한 매장량을 탐사해낼 수 없고 예측조차 하기도 어려웠다. 그러나 지금 이 유품들을 보는 순간 나는 그와 아주 가까이 있는 것처럼 느껴졌다. 가까운 친척처럼 친근한 느낌이 들었으며 또렷하고 투명하게 보일 만큼 가까이 있는 것 같았다.

　햇살이 창문으로 비쳐들었다. 80년 전에도 그 햇살은 지금처럼 젊은 샤오팡의 몸을 비췄을 것은 아니었을까? 팡청민의 유품을 마주한 나는 "만약 그가 집념과 끈질김을 갖고 소중하게 보존하고 전달하지 않았다면, 우리가 어찌 팡따쩡을 알 수 있었을까?" 하는 생각을 해보았다. 또 "어찌 한 이름과 하나의 전기를 한데 이어줄 수 있었으며, 어찌 세월을 넘어 비쳐드는 햇살을 느낄 수 있으며, 오늘과 어제가 어떻게 다른지를 깨우칠 수 있었겠는가?" 라는 생각을 해보았다.

　2016년 가을 내가 세 들어 살고 있는 베이징 동단(東單) 스쟈 후통(史家胡同)으로 겨울철 난방비용 납부고지서가 날아들었다. 고지서를 보낸 곳은 세계지식출판사였다. 그 출판사는 내가 살고 있는 34번지와 벽 하나를 사이 둔 간멘 후통(干面胡同)에 위치해 있었다. 설마 이번에도 우연의 일치란 말인가? 『세계지식』은 그 출판사 휘하의 주요 잡지였다. 그 잡지는 1930년대에 상하이(上海)에서 창간되었으며, 폭넓은 시야와 풍부하고 다채로운 그림과 글로 널리 주목을 받았다. 그때 당시 진종화(金仲華) 편집장의 편지 초청으로 팡따쩡은 그 새로 창간된 잡지의 특약기자직을 맡았던 적이 있었다. 현재까지 이미 알려진 바로는 그가 발표한 26편의 보도와 1편의 번역보도 중 6편이『세계지식』에 발표된 것이며, 그중에는 유명한 장편 보도「루꺼우차오 항전기」도 포함되었다.

얼마 전 나는『세계지식』잡지에서 근무하였던 현재 백세 난 언론인 위여우(于友) 선생을 찾아뵈었다. 그는 이렇게 회고하였다. 그때 당시 진보적 간행물들이 잇따라 세상에 나왔는데 가장 오래된 것이『세계지식』이었다.『세계지식』은 애국 언론을 자주 게재하곤 하였는데, 특히 중국을 한걸음씩 침략해오고 있는 일본의 음흉한 음모를 적나라하게 파헤치곤 하였다. 샤오팡이 발표한 사진과 글이 그러한 유형에 속하였으며, 그래서 독자들로부터 큰 사랑을 받았던 것이다. 새 중국이 창립된 후 잡지사가 상하이에서 베이징으로 옮겼지만, 그 잡지가 고수하는 지식성과 시사성을 강조하는 편집방침에는 변함이 없었다.

"1947년에 쓰촨(四川)에서 돌아온 나는 오빠가 남기고 간 옷 몇 가지와 비옷 하나, 배낭 하나, 그리고 여행용 트렁크 하나를 보았다. 다른 건 없었다. 모두가 평범한 물건들이었다. 그에게는 옷도 별로 없었다. 기사 초고는 하나도 남기지 않았다. 퇴직한 후 나는 간멘 후통에 있는 세계지식 출판사에 찾아갔었다. 나는 오빠가 그 잡지사와 연관이 있다는 사실을 알고 있었다. 그들에게 자기소개를 했더니 그들은 자료 찾는 걸 도와주었다. 한 편씩 찾는 족족 복사를 하였다. 총 7페이지였는데 4위안(元)이 들었다.

나는 베이징도서관이며, 기록보관소며 자료가 있을 듯한 곳은 모두 찾아가 자료를 찾아보았다. 그의 사진들에는 제목 없는 것이 많아서 찾기가 쉽지 않았다. 그때 나는 매일 가서 잡지를 빌려보곤 하였는데 찾아낸 것은 별로 없었다. 후에 또 시황청건에 위치한 베이징도서관 신문보관실을 찾아갔다. 내가 일하는 직장에서 소개서까지 떼 가지고 가서 한 달 동안 매일 반나절씩 자료를 찾아보았다. 거기서 『대공보』 등의 자료를 많이 찾았다. 1937년 9월 30일자 『대공보』 이후로는 소식을 찾아볼 수가 없었다. 이는 전민통신사가 반영한 상황과 맞아떨어졌다. 그 뒤로는 샤오팡의 소식을 알 수가 없었다. 찾아낸 자료들을 몇 번 정리해보았다. 사진들은 모두 그가 집을 떠난 뒤에 찍은 것들이었다. 그의 사진들은 그만의 풍격이 있었기에 나는 보기만 하면 그가 찍은 것임을 알 수 있었다. 어떤 것은 출처를 중외사(中外社)라고도 밝혔다. 나는 그것들을 다 적어 통계를 냈다."

(팡청민의 회고)

1986년 초여름 팡청민이 오빠 팡따쩡의 유품인 120장의 사진필름 중 몇 장을 가지고 집에서 그리 멀지 않은 베이징 동단 홍싱 후통(紅星胡同) 61번지에 위치한 중국촬영가협회를 찾았다. 그녀는 이미 71세였고 점점 늙어가고 있었지만 그 사진들을 찍을 때 당시 25세였던 오빠는 영원한 25세였으며, 그녀의 마음속에서는 영원히 젊고 열정적이며 재능이 넘치는 "샤오팡"이었다. 그녀는 오빠를 위해 뭔가 해주고 싶었다. 그렇게 해서 그가 이 세상에서 철저히 사라지지 않았으면 하였다. 61번지에 찾아간 그녀는 경비에게 협회 책임자를 좀 만날 수 있는지를 물었다. 그녀가 찾아온 상황을 얘기하자 경비는 그녀에게 먼저 『중국촬영』 잡지 편집부에 전화해보라고 제안하였다. 『중국촬영』은 국내 최초의 전문잡지로서 1957년에 창간되었으며, 선도적인 시각 표현방식과 촬영기교를 소개하는 데 주력하고 있었다.

기사편집 담당인 우창원(吳常雲)이 그녀를 만나주었다. "그 분에게는 오빠가 한 분 계셨는데 사진들을 남기셨다면서 어떻게 해야 그의 역할이 발휘될 수 있게 할 수 있느냐고 물었습니다." 우창원이 팡청민을 만났던 상황을 회고하였다. 우창원은 촬영사에 대해 잘 알지 못하였으며, 그 전에도 샤오팡에 대해 들은 적이 없었다. 그래서 협회 이론연구실 원로에게 가르침을 청했다. 그랬더니 그는 묻혀버린 촬영사의 한 페이지를 장식하는 사람이라면서 하루 빨리 그의 작품을 소개해야 한다는 대답이 돌아왔다.

우창원은 팡청민이 남긴 주소대로 팡 씨의 집을 방문하였다. 팡청민은 나무상자를 하나 꺼냈다. 그 상자는 작은 서랍 크기만 하였는데 안에는 팡따쩡이 남긴 사진필름이 가득 들어있었다. 그는 그 필름들을 한 장씩 살펴보았다. 필름은 주로 사회의 온갖 세태와 전선을 소재로 한 것이었다. 필름 보존 상황이 썩 좋지 않아 많이 낡았으며

샤오팡의 작품이 자주 발표되었던 『세계지식』 잡지.

간멘후통(干面胡同)에 위치한 세계지식출판사. (펑쉐쏭 촬영)

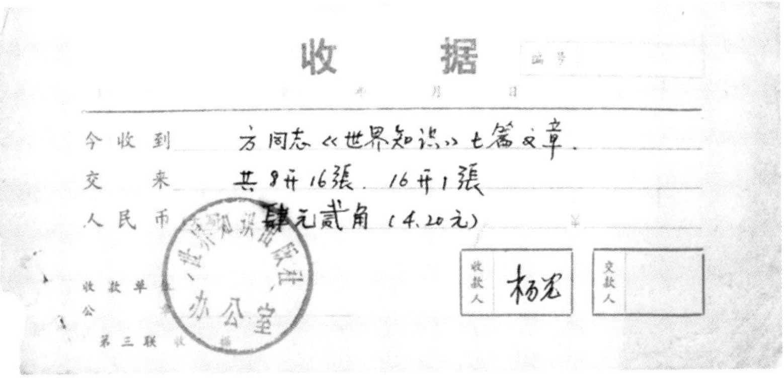
收　据
年　月　日
今收到　方同志《世界知识》七篇文章.
交来　共8开16張. 16开1張
人民币　肆元贰角（4.20元）
收款单位公章　办公室
收款人　杨宏
交款人
第三联　收据

팡청민이 자료를 복사한 비용 지급 영수증.

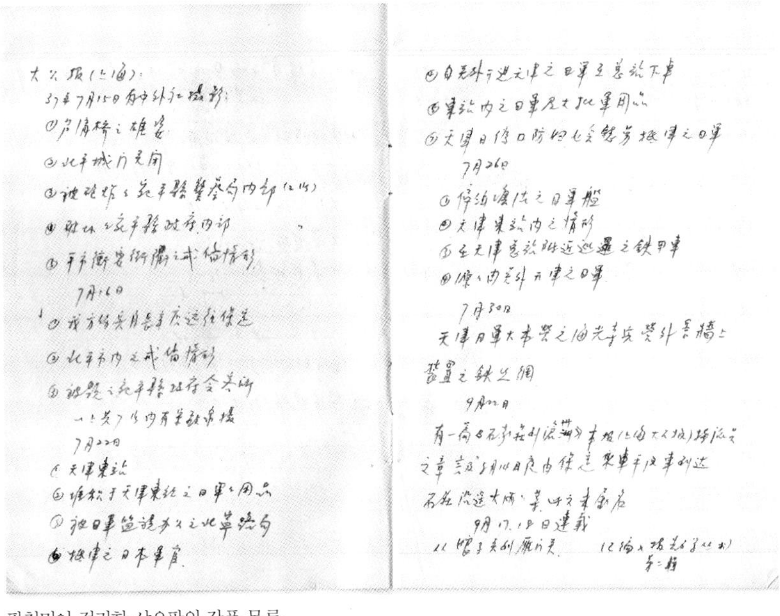

팡청민이 정리한 샤오팡의 작품 목록.

또렷하지가 않았다. 그는 「황허 사진 묶음(黃河組圖)」에서 사진 구도가 좋고 인체 질감이 좋으며 조명 효과가 괜찮은 사진을 몇 장 골라 편집부로 가지고 갔다. 위안이핑(袁毅平) 편집장이 그 사진들을 보고서는 대뜸 그중에서 황허의 배 끄는 인부와 사공의 모습을 담은 사진 두 장을 발표하도록 허락하였다.

사진은 『중국촬영』 그해 제3호 「옛 작품 다시 보기」란에 게재되었다. 사실 그 두 사진은 그 잡지가 추구하는 유미주의에 부합하는 것은 아니었다. 「옛 작품 다시 보기」란도 아주 드물게 지면을 할애하곤 하였다. 따라서 아주 드물게 나타났을 뿐만 아니라 소개되는 것도 모두 우인셴(吳印咸)과 같은 촬영대가의 작품들뿐이었다. 그런데 이번에는 예외였다. 그리고 우창원이 「역사는 회고해야—팡따쩡 작품 발표 소감」이라는 제목으로 소개 글까지 함께 발표하였다. 그는 "우리는 그의 작품을 보면 억눌려서 분하고 답답해서 울부짖는 소리를 들을 수 있고, 응집되어 있는 일종의 힘을 느낄 수 있다."라고 썼다.

『중국신문주간』의 허시위(何晞宇) 기자가 나를 특별 인터뷰한 뒤 쓴 「신비하게 실종된 종군촬영기자 팡따쩡을 찾아서」라는 글에 이런 내용이 있다. 팡청민이 우창원에게 사진필름을 중국촬영가협회에 기증하고 싶다는 의향을 밝힌 적이 있었다. 지도층에 보고한 결과 그때 당시 협회에는 사진필름을 보관할 환경조건이 안 된다는 사실을 알고는 기증을 완곡하게 거절하였다. 이후 그는 팡청민을 한 번도 만나지 못하였다. 팡청민은 출판사를 찾아 오빠의 촬영작품들을 묶어 출판하고자 했던 적이 있었다. 누군가 2만 위안(元)을 출자하여 그 일을 하려는 의향을 밝혀왔다. 그 뜻밖의 소식에 그녀는 한동안 가슴 가득 기쁨을 느꼈다. 그녀는 오빠와 함께 했던 소소한 일들, 오빠와 교류가 있었던 사람들과 함께 겪었던 일들을 애써 회고하고 기념 글을 썼으며 작품 목록도 정리하였다. 그런데 결국 돌아온 건 출판할 수 없다는 대답이었다. 이유는 출판해봤자 돈을 벌 수 없다는 것이었다.

"요즘 들어 너무 지치는구나. 의사가 나에게 25가지 검진을 받으라고 하였고, 난 이틀이 걸려서야 검사를 다 받았다. 둘째 이모부는 하루하루 쇠약해져가고 있는데, 하루에 쌀 두 냥도 못 삼키는 상황이다. 대소변도 가누지 못할 정도이다. 환자를 간호하는 일이 밥 하는 것보다도 더 힘이 드는 일인데 두 가지를 다 하려니 정말 죽을 맛이구나!
책을 내는 일에는 별로 머리를 쓰지 않고 있다. 그저 너의 외삼촌을 기념하려는 일념뿐이란다. 경제적 힘도 없고, 힘이 있는 인맥도 없으니 원고료를 받지 않는 대신 성공을 이룰 수 있기만을 바랄 뿐이다. 항일전쟁기념관에 연락해봤으나 그들 역시 찾아오지 않고 있다. 아주 철저히 실망했지. 이젠 늙기도 해서 살아생전에 출판되는 걸 볼 수 있었으면 하는데 잘 안 될 것 같구나! 예전에도 말했지만 원고료를 받지 않는 것으로써 형제에 대한 충심만을 보여주려 하지만 말이다. 내가 보관하고 있던 자료를 정리하여 너에게 부쳐주마. 루꺼우차오사변 후의 자료들은 전민통신사가 마무리하여 모두 중앙기록보관소에 넘겼다고 들었다. 전장에서 찍은 그의 사진들 대다수가 전민사를 통해 발표된 것이기 때문이다. 내가 다른 사람에게 부탁하여 관련 부서와 연락을 취해봤으나 아직 아무도 찾아오지 않고 있다. 반파시스트전쟁 승리 50주년 기념 전시회가 어디서 열리고 있는지는 기억이 나지 않는구나. 이 원시자료들에 대해서 관심을 갖는 사람은 아무도 없으니 답답하구나."

(팡청민이 장짜이쉬안에게 보낸 편지)

뉴스는 쉽게 부서진다고 하였던가? 70여 년의 세월이 흘러 정보폭발시대인 오늘에도 그때 당시 샤오팡의 뉴스작품을 다시 돌이켜보면 여전히 생생하다. 판창장 뉴스상 수상자인 장완류(江宛柳)는 촬영에 능했던 샤오팡에게 있어서 카메라와 펜은 그가 병행하는 두 가지 무기였다고 말했다. 그가 남겨서 누이동생이 보관한 사진필름 번호가 1,200장에 이르는데 모두 실제 사건 사진들이며, 대다수가 최하층 가난한 노동자들을 담고 있다. 예를 들면 인력거부, 배를 끄는 인부, 광부, 나귀를 모는 농부, 기아에 허덕이는 아이 등의 사진을 통해 재난에 시달리던 중국의 현실을 전하고 있는 것이다. 그 작품들은 오늘날 봐도 사람을 확 빠져들게 한다. 매 한 편의 보도와 매 한 폭의 사진은 모두가 중국 항일전쟁 초기의 가장 구체적이고 가장 진실한 역사에 대한 회고이다. 연대가 오래 될수록 그 가치의 영원함을 느낄 수 있다. 게다가 그의 뉴스보도와 사진을 동시에 펼쳐보면 놀라움을 금치 못하게 된다. 그때 샤오팡은 옴니미디어(omnimedia)시대의 사진이 있고, 팩트가 있는 보도이념을 이미 갖추고 있었던 것이다.

애석하게도 오랜 세월 동안 묻혀버렸던 샤오팡의 작품이 갖는 가치가 최초에는 그런 인식을 얻지 못하였다. 최초 한동안은 그의 사진을 좋아해주는 사람도 얼마 없었고, 그의 글을 읽어주는 사람도 몇이 없었다. 게다가 함께 전선에서 취재를 다녔던 동료 판창장과 멍치우장(孟秋江)마저도 운명과 세월에 따라 이 세상을 떠났고, 상황을 아는 사람도 갈수록 줄어들고 있어 샤오팡은 더욱 외로워졌다.

샤오팡과 함께 루꺼우차오에서 취재를 했던 『신문보』의 루이(陸詒) 기자가 새 중국이 창립된 후 상하이에서 근무하고 있었다. 팡청민은 여기저기 전전하며 수소문한 끝에 그를 찾을 수 있었기에 오빠의 향방에 대한 단서를 조금이라도 더 알 수 있기를 바랐으나 여전히 아무런 답도 찾지를 못했다. 팡청민의 유품 중에는 루이가 선물한 『정처 없이 떠돌았던 전선(戰地萍踪)』이라는 책이 한 권 있었는데 그 책에 샤오팡에 대해 서술한 글이 있었다. 1983년 6월에 루이가 전국정치협상회의 제6기 1차 회의 참가 차 베이징에 왔었다. 15일자 일기에 그는 이렇게 썼다. "3시에 외교부거리(外交部街) 세허 후통 10번지로 가서 팡청민(팡따쩡의 여동생)을 만났다. 그녀가 진심을 담아 대접해주었으며, 샤오팡의 상황에 대해 이야기하였다. 그는 항일전쟁의 전장에서 희생되었을 것으로 추정된다. 내가 그를 위해 책자를 낼 것을 제안하였다." 후에 팡청민이 장짜이쉬안에게 1992년 7월 상하이에서 출판된 『신문기자』에 루이가 쓴 「항일전쟁 초기에 희생된 샤오팡을 추모하여」라는 기사가 실렸다고 알려주었다. 루이는 그 기사에서 이젠 82세가 된 자신이 앞으로 정신이 흐려지기라도 하면 글을 쓸 수가 없을 것 같다면서 그가 그 글을 쓴 것은 책을 출판하게 될 때 머리말을 쓰기 위해서라고 하였다. 팡청민의 유품에는 편집자에게서 온 편지가 한 통 들어있었다. 편지에는 그녀가 『촬영역사』잡지에 발표한 「항일전쟁 초기 나라를 위해 목숨 바친 신문촬영기자 샤오팡」이라는 글의 원고료 70원(元)을 되돌려 보내 중국 노인촬영학회 활동경비로 기증한 것에 감사한다는 내용이 포함되어 있었다. 중국촬영출판사 감수자인 천선(陳申) 선생은 이렇게 회고하였다. 그가 샤오팡의 사진필름 견본을 만들고 신문·잡지 등 간행물에 자잘한 연구 성과를 잇따라 발표하였다. 매번 원고료를 받게 되면 그는 팡청민에게 가져다주곤 하였다. "할머니는 일단 받아두었다가 일주일도 채 안 가 물건을 사들고 나에게 되돌려주러 오곤 하였다. 게다가 사온 물건은 그 원고료보다도 더 많았다. 그것이 어쩌면 '되로 받고 말로 준다'는 중국의 전통이 아닐까?" 천선 선생은 "그 분은 사무실로 올라오지도 않고 매번 물건을 경비실에 두고 돌아가곤 하셨다. 그런 뒤 경비가 전화해 할머니께서 또 오셨다고 알려주곤 하였다."라고 말하였다.

천선은 할머니의 소원이 샤오팡의 유작을 출판하는 것임을 알고 늘상 마음속에 담고 있었는데, 애석하게도 그때 당시에는 관심과 의향을 보이는 출판사가 없었다.

"이모는 그 사진들을 보관하기 위해 애를 많이 썼어요. 특히 그 동란의 시대에 말이죠." 장짜이쉬안이 나에게 말하였다. "이모는 늘 나

『중국촬영』 1986년 제3호에 게재된 팡따쩡의 작품 두 점.

무상자를 안고 되뇌곤 하셨죠. '이건 온 집안 식구가 항상 마음에 두고 있는 것이니 꼭 잘 보관해야 한다'라고 말이죠. 외할머니가 세상을 떠난 뒤 어머니와 이모가 외삼촌을 찾는 중요한 임무를 떠메고 수십 년간 줄곧 외삼촌의 자료를 모았지요. 후에 어머니와 이모가 연세가 들어 눈도 어둡고 귀도 어두워져서 그 중임은 우리들의 어깨에 떨어지게 되었지요." 외삼촌의 생사를 두고 가족들은 여전히 실오라기 같은 희망을 걸고 있다고 장짜이쉬안이 말하였다.

2015년 6월 29일 나는 초청을 받고 홍콩 컨벤션센터에서 열린 『대공보』 창간 113주년 및 항일전쟁 승리 73주년 기념행사에 참가하였는데, 그때 "한 신문의 항일전쟁"포럼에서 「위대하다 대공보, 장하다 팡따쩡」이라는 제목으로 기조연설을 하였다. 1937년 9월 30일자 『대공보』에 「핑한선 북쪽구간의 변화」가 게재된 후 약 1년 동안은 신문에서 팡따쩡의 그 어떤 보도도 더 이상 볼 수가 없었다. 가족들은 여러 경로로 수소문한 끝에 여기저기 전전하다가 신문사로 찾아가 문의하기에 이르렀다. 신문사에서는 팡따쩡과 연락이 끊긴 지 오래라고 하였다. 『대공보』는 샤오팡이 마지막으로 근무했던 곳이다. 그 행사에 참가한 것도 샤오팡을 "집으로 돌아갈 수 있게" 하기 위함에서였다.

연설 중에 나는 청두(成都)에서 특별히 달려온 장짜이쉬안 선생을 무대 위로 모셨다. 80년간 이루지 못한 그 가족의 소원이 바로 팡따쩡이 집으로 돌아오는 것이었다. 현장에서 장짜이쉬안 선생은 장기간 소중히 간직하여 온 1930년대 항일전쟁시기에 완성된 464장의 사진 필름 전자파일을 『대공보』에 기증하였다.

抗战初期以身许国的新闻摄影记者小方传略

· 方澄敏 ·

1936年,记者小方深入北平门头沟区中英煤矿、宏福煤矿采访,体察矿工生活,这是在地下矿井前留影。

我的哥哥小方,姓方,名德曾,亦名大曾。小方是个英俊的青年,他身材高大,脸色红润,一双明亮的大眼睛透露出纯正无邪的光芒。他好像天天都是乐呵呵的。又好像从不知疲倦似的。他之所以称为"小方",那是因为他童心未失,禀性活泼,喜欢同孩子们在一起的缘故。当朋辈们看到他这个大个子出现在欢蹦乱跳的小人群中时,就情不自禁地,亲昵地呼他为"小方";他自己呢,也认为这个称呼并不妥。他说:"方者:刚正不阿也,小则含有谦逊之意,正是为人处世之道,我就是要做一个正直的,于国于民有用的人。"因此他发表作品的时候,原用"小芳"后便改用"小方"为笔名了。

小方的一生是短促的,他祖籍江苏无锡,1912年生于北京。在北平市立第一中学毕业后,1930年他考入北平中法大学经济系。喜欢旅行、写稿和照像。"九·一八"以后从事抗日救亡活动,绥远抗战时他到前线采访,活跃于长城内外。1937年芦沟桥事变后任中外新闻学社(简称中外社)、全民通讯社(简称全民社)摄影记者及《大公报》战地特派员到前方采访,当年秋天就听不到关于他的情况,看不到他的战地报道,最大可能是在抗战前线以身许国光荣牺

牲了。

小方的经历,他的走向革命,同三十年代那些忧国忧民的左倾青年学生所走过的道路大致一样:从不满现实,阅读进步书刊到参加党的外围组织的一些秘密活动。他从小就爱好摄影,第一次以照相机为武器进行战斗,是在他读中学的时候。他倡议组织少年摄影社"少年影社",并举行过公开展览会。当时,他的一位同学李续刚(李对小方的影响很大,是小方的引路人,经常给他讲一些革命的道理。建国后李曾任北京市人民政府副秘书长,文革中受到四人帮的迫害,1969年含恨而逝。)因进行革命活动而被反动学校当局挂牌开除,小方为了抗议,为了留下历史见证,把那张布告拍下了。从那以后,小方逐渐懂事起来。"九·一八"时他正在中法大学读书,加入了"反帝大同盟"(简称"反帝"),也把我介绍了进去,并帮助我在我就读的北平市立女一中建立了支部,他编写过"反帝"的机关刊《反帝新闻》。

1932年从天津南开中学来了另一名"反帝"的成员,名叫常钟元(笔名方殷,著名诗人,现已病故),他和小方共同主编了《少年先锋》。实际上,这个小小的周刊从写稿、编排到印刷、发行,都是这两个姓方的干的,有时候我也搞搞校对。

"九·一八"以后,小方真是席不暇暖,同时,我们家的"客人"也多了起来。大概由于我们有一位好母亲的缘故,小方的战友都喜欢把我们家作为接头晤面、讨论工作,或者赶写文章的地点,有时为了甩脱警特的盯梢,甚至也在我们家避住一两天。常来我们家的"客人",除了李续刚和方殷以外,我现在能够记得的还有:李声簧(已故,生前为中国科学院科学出版社副主编)、夏尚志(曾在东北任厅长)、王兴让(原用名王

팡청민이 1995년 제4호 『촬영역사문헌(撮影文史)』에 발표한 오빠를 추억하는 글.

그리하여 항일전쟁시기의 기억을 통해 팡따쩡이 집으로 돌아올 수 있게 하였다. "샤오팡이 집으로 돌아올 수 있게 하는 것" 이는 팡청민 노인의 소원이기도 했고, 또한 팡따쩡에게 가장 좋은 기념이기도 했다고 나는 생각하고 있다.

등불 아래서 나는 팡청민이 남긴 친필 원고를 읽었다. 청수한 필체, 방대하게 긴 글은 오빠의 지난날을 기록하고 있었다. 이는 후대에 남긴 말이며 올 사람을 기다리는 유언이기도 했다. 샤오팡에게는 친구가 매우 많았다. 팡청민은 이렇게 썼다. "우리 집에 자주 오는 '손님'들 중 리지강(李繼剛)과 팡인(方殷) 외에 내가 기억하고 있는 이들로 리성황(李聲簧)·샤상즈(夏尚志)·왕싱랑(王興讓)·왕징팡(王經方)·까오상런(高尚仁)·왕훙딩(汪鴻鼎)·웨이자오펑(魏兆豊)·우쏭핑(吳頌平) 등이 있었던 걸로 기억한다. 그리고 또 촬영 애호가 쉬즈팡(許智方)도 있었다. 지금까지도 나는 그때 당시 그들의 목소리와 웃는 모습이 가끔씩 생각나곤 한다. 그리고 나는 어느 날인가 그들이 다시 우리 집에 와서 모일 수 있기를 꿈꾸곤 하였다. 그런데 시간이 흐르고 세월이 바뀌어 죽은 사람은 죽고 산 사람도 사방으로 뿔뿔이 흩어져 버렸다. 게다가 샤오팡 또한 이 세상 사람이 아닌 지 이미 오래가 아닌가!."

그들은 누구일까? 그들은 팡따쩡과 어떻게 얽히고설켜 있을까? 그들 사이가 얽히고설키기 전 혹은 그 후에 그 이름들 뒤에는 어떤 운명적 이야기가 깃들어 있을 런지 나는 무척 궁금하였다.

판창장의 부인 선푸(沈譜)가 책임 편집한 책 『판창장 신문 문집』을 펼쳐 보니 속표지에 선푸가 "수민 형님, 청민 언니 혜존"이라고 쓴 글

유명 기자 루이(陸詒)가 팡청민에게 선물한 책.
『정처 없이 떠돌았던 전선』

자가 적혀 있었다. 어떻게 그런 호칭이 생긴 것일까? 그녀들 사이는 대체 어떤 관계였을까?

팡따쩡의 개인사진 중에는 리따자오(李大釗)의 시신을 장송(葬送)하는 모습을 찍은 것으로 알려진 사진이 한 장 있었다. 샤오팡이 왜 장송 행렬에 나타났던 것일까? 나는 여러 경로를 통해 그 장례와 관련된 역사 사진들을 찾아보았지만 상기의 사진은 없었다. 설마 이는 또 다른 새로운 발견이 아닐까?

역사 탐구에 있어서 의문은 가장 훌륭한 가이드라고 할 수 있다.

팡따쩡을 찾아다녔던 십 수 년 동안 의문이 나에게 방향을 가리켜 주었을 때가 많았다. 매번 이 물음표를 풀게 되면 그에 대해 서술하는 것이 어느 정도 쉬워지곤 하였다. 세월은 무엇을 잃어버리게 한 것일까? 오늘은 어떤 것들을 다시 주워야 할까? 다시 출발하여 팡청민의 유품에 대해 캐묻는다면 찾아가는 길을 어디로 안내할 것인가?

팡청민이 원고료를 기증한 뒤 받은 감사편지.

장짜이쉬안(좌)이 팡따쩡의 소중한 촬영 작품을 『대공보』에 기증하였다.

范长江新闻文集

淑敏嫂

陸敏姐 惠存留念

妹 潘敏嫦 一九八二年

中国新闻出版社
1989年·北京

선푸가 팡수민·팡청민에게 선물한 『판창장 신문 문집』

샤오팡이 촬영한 리따자오(李大釗)의 장례 장면, 원본 사진은 분실됨.

2.
소년 샤오팡의 성장

촬영예술은 나날이 발전하고 있다. 촬영인재도 예술분야에서 중요한 위치를 차지할 수 있게 되었으며, 사회에서 인정을 받을 수 있게 되었다. 그래서 촬영에 대해 연구하는 단체가 점점 많아지기 시작하였다. 그러나 소년 촬영단체조직은 여전히 너무 적다. 그래서 우리가 비록 이 예술을 매우 좋아하면서도 결국은 그 분야에 발을 들여놓을 수가 없는 것이다. 이 얼마나 괴로운 일인가? 그래서 소년촬영단체를 조직할 필요가 있는 것이다. 소년촬영계의 선두주자가 되는 것이 얼마나 위대하고 얼마나 흥미로운 일인가! 소년들이여! 꼬마 친구들이여! 어서들 신청하게나! 활발하게 노력하세!

— 팡따쩡 「소년영사 회원 모집 선언」

2. 소년 샤오팡의 성장

동탕쯔 후통(東堂子胡同)을 따라 75번지 차이위안페이(蔡元培) 선생이 베이징에서 세 들어 살았던 옛집을 지나 곧장 동쪽으로 약 4~5백 미터 가량 걸어 골목 끝에 닿을 때쯤 남북 방향으로 난 작은 골목길이 보인다. 그 골목길에서 오른쪽으로 굽이돌아 들어가면 바로 셰허 후통이다. 팡따쩡의 집은 바로 그 후통에 위치해 있었다.

그 후통은 길이가 150미터 남짓이 되며 앞쪽이 좁고 뒤쪽이 넓은 구조이다. 노인들이 하는 얘기에 따르면 원래 이름이 "셰러후쯔(蝎了虎子)" 후통이었다고 한다. 다시 말하면 모양이 도마뱀처럼 생겼다고 하여 광서(光緒) 연간에는 셰후(蝎虎. 갈호 즉 도마뱀) 후통이라고 불렀다. 1947년에 베이핑에서 지명을 통일하면서 셰허 후통으로 개칭하였다. 자료에 따르면 그 이름의 변경은 동탕쯔 후통 서쪽 입구에 위치한 셰허(協和)병원과 아무런 연관이 없는 것으로 알려졌다.

후통 양쪽 벽은 회색 도료를 칠했는데, 비바람에 씻기고 세월 속에서 퇴색되어 얼룩덜룩해지는 바람에 몇 년에 한 번씩 회칠을 새로 해야 했다. 십수 년 간 나는 이곳에 수십 차례나 들렀었다. 그 주위는 총총걸음을 걷는 사람들의 발길이 끊이지 않았고, 옆에는 새로 짓는 가옥들이 신속하게 늘어났다. 역사는 외면을 당해 잊혀져갔고, 시간

오늘의 셰허 후통 (펑쉐쏭 촬영).

은 무정함 속에서 경시 되어갔다. 그러니 10번지 울안에 팡 씨 성을 가진 우시(无錫) 사람이 살았었다는 사실을 누가 기억이나 하겠는가?

셰허 후통 중간 부분의 "도마뱀의 뚱뚱한 배"에서 "좁은 꼬리"로 바뀌는 모양의 곳이 바로 10번지 울안이다. 원래는 7번지 울안이었다고 한다. 대문은 북쪽을 향해 나있었다. 원래 집 구조는 대문을 들어서면 맞은편이 서쪽 사랑채의 가림 벽이고, 안으로 들어가면 정원이 두 개 달린 독립된 사합원(四合院) 구조이다. 팡청민의 딸 장짜이어(張在娥)는 이렇게 회고하였다. "고택은 부지가 1무(畝, 1무는 약 667㎡)도 넘는 아주 큰 집인데 정원이 앞뒤로 두 개로서 '일(日)'자 구조로 되어 있었다. 북쪽에 일렬로 된 방은 외할머니가 사셨고, 남쪽에 일렬로 된 방에는 이모네 일가가 살았으며, 가운데 방이 우리 집이었다. 기존의 10번지 울안은 원래 팡 씨 가문의 마구간이 있던 부분이며, 그 밖의 대부분은 없어진 지 벌써 오래이다."

"나는 증조부(세대) 때에 베이징에 왔다. 장쑤(江蘇) 성 우시 사람이며 총리아문(總理衙門)에서 재무 관련 직책을 맡고 있었다. 90년대까지 팡 씨 가문은 5대에 걸쳐 베이징에서 살았다. 조부는 성이 과(過) 씨이다. 나는 그를 본 적이 있으며, 소후(少侯)로 불렸었다. (본 고장에서는) 한 거리에 사는 주민들이 모두가 과 씨 성이었다. 이는 황제가 내린 성이며 어느 당(堂)의 과 씨인지 당호(堂號)로써 구별하였다. 조부는 우시를 떠나지 않고 본 고장에서 글방을 열고 글을 가르쳤다. 나의 조모는 성이 팡(方) 씨이며 줄곧 셰허 후통에서 살았다. 원래는 집이 별로 크지 않았는데, 올해 두 칸, 내년에 또 두 칸……이렇게 점점 늘려 짓다보니 집 구조나 인테리어가 다 격식에 맞지 않게 되었다.

나의 아버지 팡전동은 역학관(譯學館)을 졸업하셨다. 그는 프랑스어를 배웠다. 그때 당시에는 외국어학교가 별로 없었기 때문에 졸업한 후 외교부에 배치되어 기록보관소에서 근무하게 되었다. 근무 지점은 외교부거리(外交部街)에 있었다. 셰허 후통에 있는 집은 곧 우리의 뿌리였다. 식구들이 들어와 살다가 떠나기도 하면서 여러 세대가 드나들었다. 샤오팡은 음력 5월 29일(1912년 7월 13일)에 태어났다.

그때 당시 우리 집안의 형편은 좋은 편이었다."

(팡청민의 회고)

외교부거리는 세허 후통의 남쪽에 있으며, 두 길이 서로 인접해 있는 평행선 같은 길이었다. 두 길 사이를 좁은 골목이 이어주고 있었다. 외교부거리라는 이름은 민국(民國)시기에 외교부가 이곳에 들어서면서 붙여진 이름이다. 팡따쩡이 태어나던 해 3월 10일 위안스카이(袁世凱)가 베이징에서 중화민국 임시대통령 취임선서를 하였다. 그때부터 원래 그 거리에 있던 영빈관은 임시대통령부가 되었다.

8월 24일 쑨중산(孫中山)이 베이징에 당도하였다. 경의를 표하기 위해 위안스카이는 가족들을 데리고 톄스쯔(鐵獅子) 후통의 육군부로 거처를 옮겼다. 쑨 선생은 그 임시 거처에서 9월 18일까지 머물다가 베이징을 떠났다. 25일 동안 위안스카이와 13차례 회동하였다.

동단(東丹)과 왕푸징(王府井)은 베이징의 번화가이다. 1920~30년대에 동안(東安)시장을 핵심으로 하여 극장·상가·자동차 대리점·병원·식당·사진관 등 없는 것이 없었다. 주변 환경이 그런 만큼 세허 후통은 자연히 시끌벅적하지 않을 수 없었다. 소년 팡따쩡은 총명하고 배움을 즐겼다. 학교에서 조직한 활동에 참가하는 것 외에 동자군(童子軍)에도 참가하였다. 그는 자강 자립, 용기와 지략을 모두 갖출 것을 지향하는 정신을 추구하였다. 그는 자신이 건강한 몸과 마음·감정을 가지고 남을 잘 돕고 남을 도울 능력이 있는 사람이 될 수 있기를 바랐다. 그는 도처로 여행을 다니는 것을 즐겼다. 그의 친여동생 팡청

팡따찡의 아버지 팡쩐동(方振東), 또 다른 이름은
팡쭈바오(方祖寶)

민은 이렇게 회고하였다. "그의 특점은 붙임성이 좋고 사람들에게 각
별히 호감을 산다는 것이다. 인력거를 끄는 인부는 멀리서도 그에게
인사를 건네곤 하였다. 그때 팡 씨 가문은 대가정이었는데 사촌 동생
들 모두 분가하지 않고 함께 살았으며, 모두가 무조건적으로 그를 좋
아했다." 오빠가 언제부터 촬영을 좋아하게 되었는지는 다큐멘터리를
제작할 때 당시 팡청민은 기억이 나지 않는다고 하였다. 그녀의 인상
으로는 그의 첫 카메라는 어머니가 사준 것이라고 히였다. "민국 화
폐로 7위안(元)이었는데 이는 비싼 편이었다. 네모난 함처럼 생겼는데
열면 드르륵하고 소리를 내면서 열렸다." 그때 당시 은화 1위안이면
세 식구가 보름 동안 먹고 살 수 있었고, 은화 10위안이면 작은 식당
을 하나 운영할 수 있었다. 샤오팡의 이러한 취미가 사치였음은 의심
의 여지가 없다고 할 수 있었다.

와이쟈오부제(外交部街 외교부길)의 영빈관(迎賓館) 옛터. (펑쉐쑹 촬영)

"동탕쯔 후퉁 입구는 인력거가 주차하는 곳이었다. 인력거
꾼들은 모두 그와 사이가 좋았다. 그래서 들어가고 나갈
때마다 서로 인사를 건네곤 하였으며, 오빠는 가끔씩 그들
에게 사진을 찍어주기도 하였다. 그러나 오빠는 한 번도 인
력거를 타지 않았다. 그는 그건 비인도적인 것이라고 생각
하였던 것이다."

(천선이 팡청민을 인터뷰한 내용 중에서)

셰허병원과 베이징 기독교청년회는 동탕쯔 후퉁과 길 하나를 사이
두고 있었다. 팡청민은 인터뷰에서 샤오팡이 늘 청년회로 가서 장(蔣)
씨 성을 가진 사람에게서 사진 찍는 법을 배우곤 하였다고 말하였다.
촬영사 학자인 천선 선생이 증거를 찾는 과정에서 처음 알게 된 일인

교외로 소풍을 나간 소년 샤오팡(앞). 사진필름에 그가 편집할 부분을 그려놓은 선.

데, 그녀가 언급했던 사람은 바로 셰허병원의 장한청(蔣漢澄)이었다.

1900년에 태어난 장한청은 우전(郵電) 기술자였는데 그림 그리기를 좋아해 신문이나 잡지와 같은 간행물에 삽화를 자주 발표하곤 하였으며 또 촬영에도 깊이 빠져 있었다. 자연풍경, 풍토와 인정, 그리고 사회생활 이 모든 것이 그의 관심 대상이었다. 적잖은 작품이 베이핑의 『세계일보』『신보(晨報)』그리고 상하이의 『시대』잡지와 『양유화보(良友畵報)』에 발표되었다. 그는 카메라 셔터를 누르는 순간마다 일종의 짜릿한 쾌감을 느끼곤 했다고 말한 적이 있다. 1924년에 장한청은 베이핑전보국으로 전근되었다. 후에 가까운 친구 장페이루(張培儒)의 소개로 그는 12년간의 우전 엔지니어 생활을 접고 셰허병원에 초빙

광파찡 최초의 셀카 사진.

되어 그때 당시로는 유일한 제도원(繪圖員, 도면을 그리는 사람-역자
주)이 되었다. 그때 그는 풍부한 경력을 바탕으로 심혈을 기울여 탐
구하면서 촬영기술을 숙련시켜 갔고, 동시에 독특한 풍격을 이루게
되어 베이징 문화권에서 크게 주목을 받게 되었다. 한편 기독교청년
회는 흥미로운 활동들을 자주 조직하면서 점차 엘리트들의 사교장소
가 되었다. 근무지가 가까웠던 이유로 장한청은 얼마 안 되어 그 곳
의 단골손님이 되었다.

어린 시절의 기념사진. (좌1이 샤오팡이고, 좌3이 팡청민임)

   당시 사람들은 그와 화가 장자오허(蔣兆和), 얼후(二胡, 중국 현악기의 일종) 연주가 장펑즈(蔣風之)를 청년회의 '삼장(三蔣)'이라고 불렀다.

   1920년대는 군벌들이 혼전하던 시기였기 때문에 쳰먼(前門)기차역에서 군인과 난민들이 밀고 닥치고 하면서 기차를 타고 베이징을 떠나곤 했다. 언젠가 이렇게 도주하는 현장사진을 본 적이 있는데, 그 사진을 찍은 사람이 바로 장한청이었음을 알게 되었다. 사진은 현장감이 넘쳤다. 긴장된 분위기가 순식간에 확 안겨왔으며 화면이 자연스럽고 소박했다. 사실 그는 엄청나게 긴박한 사건 속에 처해 있었으면서도 사태가 어떻게 진전되어 가는지에 대해서는 생각하지도 않고 기록에만 열중했던 촬영자로서의 침착함과 냉정함이 이 사진을 통해

장한청.

도망. (장한청 촬영)

느낄 수가 있었다. 그런 촬영 풍격과 업무방식은 훗날 팡따쩡의 작품 처리 및 현장을 파악하는 과정에서도 분명하게 드러났다. 샤오팡보다 12살 연장자인 장한청은 촬영에 대한 기술을 교류하면서도 그 과정에서 많든 적든 어느 정도에서는 촬영에 대한 자신의 체험과 이해를 샤오팡에서 전수했던 것은 어닐까 짐작할 수 있다.

20세기 초에 비록 촬영이 널리 보급되긴 하였지만 그때 당시 사회 경제조건에서 카메라는 일반 서민들이 소유할 수 있는 물건은 아니었다. 돈 있고 한가한 지식인이나 상인·부자계층만 소유할 수 있는 정도에 제한되어 있었다. 지식인 계층은 문인예술을 추구하는 전통이 있었다. 그들은 전통문화의 영향을 크게 받아 전통예술의 의미와 정신에 대한 인식이 깊었다. 그래서 카메라는 그들 수중의 '화필'이었고, 그들의 감정과 생각을 표현하는 수단으로 사용되었다. 조기의 촬영 가들은 촬영을 심심풀이 취미로 삼았다. 이는 '광사(光社, 중국 촬영 사상 최초의 촬영단체)'의 회원이었던 천완리(陳萬里)·쉬즈팡(許智方)·류반농(劉半農) 등 이들의 회고를 통해서도 분명히 알 수 있다. 천완리는 이렇게 회고하였다. "그때 당시 우리가 사진을 찍는 것은 거의가 개인적인 기호 차원에서 이루어졌다. 마치 새를 가지고 놀면서 창(唱)을 하는 것과 같았다."

샤오팡과 촬영 체험에 대해 자주 교류하곤 했던 쉬즈팡은 「광사를 회고하며(憶光社)」라는 글에 이렇게 썼다. "그때 일반 사람들도 촬영을 접하기는 하였지만 어쨌든 수박 겉핥기에 불과하였다. 그러니 '미술촬영'에 대해서는 더 이해하기 어려웠다. '왜 미인 사진을 찍지 않고 일부러 수염이 하얀 노인을 찍는 것일까?' '왜 으리으리한 서양식 건물 사진을 찍지 않고 하필 낙타를 끌고 가는 장면을 찍는 것일까?' 우리는 이러한 문제에 늘 부딪치곤 하였다."

소년 샤오팡의 습작품.

아버지 팡전동의 근무처 경비. (샤오팡 촬영)

팡따쩡이 남긴 작품 중에는 "새를 가지고 놀면서 창을 한다."는 따위의 내용은 거의 없다. 그는 카메라를 메고 베이징 도시 주변의 사찰, 농촌과 들판, 상가와 시장을 두루 돌아다녔다. 그의 앵글에 담긴 모습을 보면 대체로 숙연한 분위기가 느껴지는 장성(長城), 흥정하는 노점상, 담벼락 구석에 웅크리고 앉아 있는 삯바느질 꾼, 너덜너덜 해진 옷을 걸친 부둣가 노동자, 그리고 검고 거친 밀가루를 먹으며 흰 밀가루가 담긴 포대를 져 나르는 역부(力夫) 등의 모습들이다. 소년 샤오팡은 바로 카메라를 메고 직접 발로 뛰면서 사회를 인식하기 시작하였던 것이다. 그가 나에게 남긴 깊은 인상은 사람과 생존환경에 대한 관심이었다. 이것이 바로 큰 성취를 이룰 수 있는 자가 갖추는 인격인 것이다.

그의 사진을 보면 "계획적으로 배치하였거나 인위적으로 연출한 그 어떤 흔적도 없다. 사진에 찍힌 사람의 희로애락이 담긴 순수한 모습이 매우 자연스러우며, 화면의 정경이 잘 어우러져 있었다." 판창장뉴스상 수상자 쉬징싱(徐京星)은 이렇게 평가하였다. "필름 카메라가 절대적으로 진기한 물품이었던 그 시대에 카메라를 든 그는 마치 공기처럼 존재하지 않은 곳이 없었으며, 또 사진에 찍히는 사람이 전혀 눈치 채지 못하게 할 수 있는 감각이 있었다. 팡따쩡 선생이 생활에 깊이 파고드는 능력과 심경은 이러한 작품들을 통해 알 수 있다." 비슷한 연령대인 팡따쩡과 쉬즈팡은 촬영을 배우는 과정에서 겪은 경력 또한 비슷하였다.

"그때 당시 촬영을 배우기 시작하였을 때 나는 정말 애를 많이 썼다. 어쨌든 한낱 중학생이어서 경제적으로 부유하지 못하였기 때문이다. 처음에는 고작 F6.3렌즈 4촌 사진 필름과 유리판만 있는 카메라밖에 없었다.

그때는 사진 찍는 데 푹 빠져 있었다. 유리판이 필름보다 훨씬 쌌기 때문에 휴일만 되면 카메라를 메고 어둠상자 안에다 유리판을 한 가득 채워 가지고 삼각대를 둘러메고 옛 성의 구석구석을 누비고 다녔다. 인적이 드문 곳도 있었다. 그러나 가시덤불이 가득한 들판일지라도 비 온 뒤의 진흙탕일지라도 앵글에 담을 내용만 있으며 절대 그냥 지나치지 않았다.

어쩌다 괜찮은 사진이라도 찍거나 하면 나는 여전히 나의 그 카메라를 이용해 그 뒤에 마분지함을 하나 붙이고 함 안에 전구를 6개 단 다음 앞에는 널빤지를 하나 가로 세워 놓고 그 위에 확대기를 하나 고정시켜 놓는다. 그런데 집에 암실이 없어 밤이 될 때까지 기다려서야 작업을 시작하곤 하였다. 그러나 밤에는 전압의 변화가 커서 사진 한 장을 확대하는 것이 정말 쉬운 일이 아니었다. 후에 돈을 좀 모아 F4.5렌즈가 달린 카메라를 한 대 샀다. 물론 비록 이전의 그 허름한 카메라에 비하면 훨씬 훌륭한 것이었지만 어쨌든 만족할 수는 없었다.

가끔씩 광사 회원 중 누가 F4.5 반사 카메라(그라클렉스

Graflex)를 들고 오거나 하면 부러워 죽을 지경이었다!"

(쉬즈팡, 「광사를 회고하며」에서 발췌)

"그는 촬영가일 뿐만 아니라 여행가이기도 하다. 주변 사찰에는 다 가보았다. 그때는 길도 좋지 않아 대부분 걸어서 다녔으며 가끔 자전거를 타곤 하였다. 매번 수많은 사진들을 찍어 가지고 돌아오곤 하였다. 처음에는 사진을 현상할 줄 몰라 외부에 나가 인화하곤 하였다. 후에 연구를 거쳐 인화하는 법을 익힌 후에는 자기 스스로 인화하곤 하였다. 그가 사진을 현상하는 재능은 출중한 편이었다. (번호가) 작은 것에서부터 큰 것에 이르기까지 조금씩 쌓아 올렸다. 그리고 그렇게 오랜 세월이 흘렀는데도 색이 바라지 않았다. 겨우 얼마 안 되는 원고료에 의지해야 했으므로 경제적으로 풍족하지 못했다. 그의 확대기는 종이박스로 만든 것이었다. 내가 그를 도와 사진을 현상한 것은 호기심이 동해서였다. 숙제가 많지 않을 때면 나는 그의 일손을 돕곤 하면서 그가 사진을 어떻게 현상하는지 구경하곤 하였다. 그가 사진을 현상할 때 쓰는 약물은 다 직접 조제한 것이었다. 작은 저울도 하나 있었는데 그걸로 약의 무게를 달아 조제하곤 하였다. 그가 어떻게 만드는지 나는 잘 알지 못하였다. 그저 그가 하라는 대로 거들었을 뿐이다."

(팡청민의 회고)

팡청민의 유품 중에는 샤오팡이 중학교 시절에 여행하면서 찍은 기념사진들도 들어있었다. 사진 속의 모습만 보아서는 동행한 사람의 개인 정보를 알 수가 없었다. 경치와 지형으로 보아 그가 다녔던 곳이 대부분 베이징 주변이었음을 판단할 수 있었다. 시산(西山)·이허위안(頤和園)·워궈쓰(臥佛寺)·스싼링(十三陵) 그리고 빠따링(八達嶺)도 있었다. 그중 한 장은 주소가 아주 명확하였다. 샤오팡과 다른 7명이 원취안(溫泉)중학교 문어귀에서 찍은 사진이었다. 사진에서 제복을 입은 샤오팡이 제일 오른쪽에 서 있었다.

학생복을 입은 소년 샤오팡.

열 서너 살쯤 돼보였으며 행낭을 메고 있었는데 출발하려는 건지 돌아온 것인지 알 수는 없었다. 한 번도 본 적이 없는 그 사진에 대해 나는 무척 호기심이 동하였다. 원취안중학교는 어디 있었던 것일까? 이전의 탐방과정에서는 한 번도 접한 적이 없는 곳이었다. 샤오팡은 그 곳에서 학교를 다닌 것일까? 아니면 그 앞을 지나간 것일까? 사진 속 빛과 그림자로 보아 촬영 시간은 아침인 것으로 판단되었다. 그는 거기서 뭘 하고 있었던 것일까? 팡 씨 집안 후손들에게 물어보았으나 그들도 노인이 언급하는 걸 들은 적이 없다고 하였다. 팡따쩡이 베이 핑 제1중학교에서 고등학교를 다녔다는 것만 알 뿐이라고 하였다.

관련 자료를 찾아보고서야 비로소 원래의 원취안중학교가 이제는 존재하지 않는다는 사실을 알게 되었다. 다행이도 그때 당시 샤오팡

경물과 인물 사진을 찍는 것 외에도 샤오팡은 순간 포착 방식으로 현장 사진을 찍는 연습을 하곤 하였다.

원취안(溫泉)중학교 문 앞에 서 있는 샤오팡(우1).

이 동창들과 기념사진을 찍은 교문은 여전히 존재하고 있으며 현 베이징 시 제47중학교의 일부가 되어 있었다. 원취안중학교의 원래 명칭은 "사립 베이징 중파대학(中法大學) 부속 원취안중학교"였다. 1920년에 프랑스 유학을 다녀온 리스쩡(李石曾)과 차이위안페이가 베이징 시산(西山)에 중파대학을 창설하였다. 그로부터 3년 뒤 중파대학 부속 원취안중학교와 초등학교가 설립되었다. 그들의 이상은 초등학교에서 대학교까지 갖춘 교육시스템을 구축하는 것이었다.

베이징 시 제47중학교 울안에 있는 원취안중학교 옛터가 잘 보존되어 있다.

베이징 시산 일대는 역사적으로 프랑스와 유서가 깊은 곳이다. 특히 20세기 초에서 1920~30년대에 이르기까지 우호적이었던 프랑스인들과 프랑스로 유학을 갔던 민국의 유명인사들이 프랑스의 선진적인 경험을 본받아 그 일대에서 중국의 낙후한 모습을 바꾸기 위한 여러 가지 시도를 하였었다. 예를 들면 '경자(庚子) 배상금' 반환을 이용하여 프랑스 학제를 모방해 중국에 수많은 학과와 선진적인 설비를 갖추고 교육 전반 과정을 아우르는, 그리고 실습 장소를 완벽하게 갖춘 현대와 같은 대학시스템을 구축하였다. 프랑스 고학의 붐을 일으켜 프랑스의 '균권' '사회협력' 사상을 받아들였다. 원취안마을 일대에서 농촌 자치를 시행하여 자치방공소(自治坊公所)와 여러 가지 경제합작사를 설립하고 농촌 자치의 시작을 열었다. 그리고 여러 가지 사회건설을 진행하였다. 예를 들면 도로를 건설하고, 전화·전력 등 공익사업을 일으켰으며, 요양원을 설립하고, 농촌경제를 발전시킨 것 등

장성한 소년 샤오팡.

이다. 리스쩡의 본명은 리위잉(李煜瀛)이다. 1902년에 프랑스로 유학을
갔으며, 프랑스 유학을 떠난 최초의 민국 유명 인사 중 한 사람이었
다. 1924년에 민국 화폐 9,400위안을 투자하여 서산 북부에 대저택을
한 곳 구입하였다. 그 곳은 원래 황꾸위안(皇姑園)으로 불렸는데 후
에 그 발음을 따서 환꾸위안(環谷園)으로 개칭하였으며, 이윽고 원취
안중학교가 입주하였다. 같은 해 연말 펑위샹(馮玉祥) 국민군총사령관
겸 제1군 군장, 후징이(胡景翼) 부사령관 겸 제1군 군장, 쑨웨(孫岳) 제

샤오팡(우4)과 그의 친구들이 스싼링(十三陵)에서.

3군 군장이 학교에 2만 위안을 기부하여 교실을 수리하고 강당을 세웠으며 돌다리를 놓게 하였다.

"보일 듯 말 듯 아득히 높은 다리가 구름 사이로 모습을 드러냈네. 바위 서쪽 기슭에서 고깃배에 묻노니, 봉숭아꽃은 종일 강물 따라 흘러가고 있거늘, 도원의 입구는 맑은 시냇물의 어느 쪽에 있는가?(隱隱飛橋隔野煙, 石磯西畔問漁船, 桃花盡日隨流水, 洞在清溪何處邊?)" 리스쩡은 당(唐)나라 장재(張載)의 명작 「도화계(桃花溪)」를 손수 베껴 쓰는 것으

샤오팡의 어머니 팡주리(方朱理)와 샤오팡의 이복동생들이 베이닝(北寧)공원에서.

로 시산 아래에서, 환꾸위안 안에서 마음속으로 그리던 무릉도원을 찾고자 하였다. 꽁주펀(公主墳)에서 서쪽으로 약 30킬로미터 정도 달리다가 하이뎬구(海淀區) 서북부에 위치한 수자퉈진(蘇家坨鎭) 관자링(管家嶺) 마을에서부터 꼬불꼬불한 산길을 따라 올라가면 베이징시 제47중학교의 대문을 쉽게 찾을 수 있다.

2016년 4월 종착지를 베이안허(北安河) 마을로 정하고 긴 베이칭로(北淸路)를 따라 휴대폰 네비게이션이 이끄는 대로 가서 산 속에 있는 그 학교를 찾을 수 있었다.

나는 덕육(德育)주임인 왕종(王炯)의 안내를 받으며 학교사진열전을 참관하였다. 그 학교의 창설에 대해 학교 역사 자료에는 이렇게 기록되어 있었다. "본 학교는 원래 사립 중파대학 부속 원취안중학교로서

샤오팡의 개인 사진첩에는 높은 곳에 올라서서 찍은 사진이 적지 않다.

베이핑 제1중학교에서 공부할 때 샤오팡(좌2)이 동창들과 찍은 기념사진.

1923년에 설립되었다. 그때 당시 매우 열악한 조건에서 원취안마을에 있는 절을 이용하여 신상을 없애고 대강 수리를 하여 처음으로 학생 30여 명을 받아 그해 10월에 정식으로 개학하였다. 1924년에 환구위안 학교 건물을 구입한 뒤 추가로 강당과 교실을 건설하여 남자중학교를 입주시켰다. 그리고 원취안마을 학교 자리에 원취안여자중학교를 따로 설립하였다."

"개성을 발전시키고 품격을 연마하며 기능을 키워 건전한 공민을 양성해야 한다."라는 리스쩡 선생의 사상이 원취안중학교와 중파대학 교육의 지도사상이 되었으며, 여러 가지 교학활동 과정에 시종 일관 적용되었다. 시산 기슭에 위치한 그 청정한 곳에는 중국과 프랑스 양국 간의 문화교류와 양국 인민의 우정이 기록된 유적들이 숨어 있다. 유명한 프랑스 시인이자 외교관이며 1960년 노벨문학상 수상자

팡따쩡이 다녔던 베이징 제1중학교.

고등학교 시절 팡따쩡이 소년촬영사단 설립을 계획한다고 신문에 발표한 글.

79

샤오팡이 17살 때 베이핑에서 처음 공개 촬영전에 참가하였다.
작품 「추운 겨울밤(寒夜)」(좌하)이 『세계화보』에 선택 게재됨.

인 생 존 페르스(Saint-John Perse)[3]가 중-프 양국 간 우정 교류를 기록한 역사유적에서 살았던 적이 있다. 노벨문학상을 받은 그의 유명한 시 「원정」은 바로 서산 원취안마을 인근의 한 허름한 도관(도교사원)에서 창작된 것이다. 1917년 8월 2일 생 존 페르스는 그의 어머니에게 쓴 편지에 이렇게 언급하였다. "저는 지금 한 작은 절에서 당신에게 편지를 쓰고 있습니다. 이 작은 절은 베이징 서북부의 한 낮은 산 위에 있습니다. 저의 발아래서 모래가 씻겨내려 강바닥이 막혀버린 강에서 멀지 않은 곳에 위치한 한 마을이 점점 사라져가고 있습니다. 그 마을은 작은 산언덕 위에 세워졌는데 그 산언덕에서 서북 국경으로 통하는 실크로드를 굽어볼 수 있습니다."

맑은 하늘과 화사한 햇살 그리고 푸른 기운이 싹트는 이른 봄 푸른 빛깔을 띤 응회암 옛 담벼락이 한 모퉁이에 가로놓여 있고, 47중학의 널찍한 교정을 가로질러 서산 기슭으로 더 들어가니 바로 환구위안이 나왔다. 왕중 선생이 가리키는 방향을 바라보니 바로 샤오팡

---

3) 생존 페르스(Saint-John Perse, 1887년 5월 31일 ~ 1975년 9월 20일) : 프랑스의 시인이며 외교관으로 서인도제도에서 출생하였다. 폴 클로델의 음률에 빅토르 위고의 웅변을 더한 것 같은 우주적인 시를 썼으며, 그는 동양 여러 곳의 외교관으로 일하였다. 1960년 노벨 문학상을 받았으며, 작품으로《원정》,《유적》,《편년사》등이 있다. 1899년 보르도 대학교에서 법학을 전공하는 한편, 여러 문학자들과 교우하면서 시작(詩作)에 뜻을 두었다. 작품〈찬가(讚歌)〉(1911)는 서인도제도의 남국 정취가 풍기는 풍물과 그곳에서 지낸 유년시절을 그렸다. 그 후 외교관으로 근무하면서 베이징(北京)에 있을 때 외몽골과 중앙아시아를 탐험하여〈아나바스〉(1924), 〈태자친선(太子親善)〉(1924)을 썼다. 엘리어트 릴케 등에게 영향을 끼쳤다. 제2차 세계대전 전에 미국으로 망명하였는데, 비시 정권에 의해 국적까지 박탈되었다. 미국에서 망명자의 부재감, 전쟁에 대한 고뇌의 선율을 읊은〈유적지(流謫地)〉(1946)를 출간했다. 전후 귀국하지 않고 남아메리카와 카리브 해를 배경으로 내재한 심오한 세계를〈바람〉(1949), 〈항해 목표〉(1957)에서 노래했다. 1957년 귀국하고, 1960년에 노벨상을 수상했다.

1929년에 샤오팡의 누나 팡수민과 장쇼통이 상하이에서 결혼하였다.
팡쩐동(뒷줄 오른쪽)과 팡주리(뒷줄 왼쪽)가 결혼식에 참가하였다. (장짜이어[張在娥] 제공)

이 사진을 찍었던 곳이었다. 그것은 속세와 동떨어진 것 같은 고택
울안이었다. 그 고택은 단정하고도 신비스럽게 약 150년간을 그 곳에
있었다. 사진에 비해 전 건물은 거의 변한 것이 없었다. 다만 교문 안
에 자란 소나무만이 모진 비바람과 세월의 세례를 이겨내고 높고 굵
게 자라나 있을 뿐이었다. 샤오팡이 서있던 계단은 그대로였다. 갑자
기 나는 숨결이 서로 통하는 것 같은 느낌이 들었다. 그 계단 위에
올라서니 이상하게도 소년 샤오팡의 모습이 눈앞에 나타나는 것 같
았다. 그렇게 가깝게 느껴지면서도 또 그렇게 멀게 느껴졌다.

울안에는 옛날 교실과 기숙사가 여전히 남아 있었다. 어느 방 안
에 팡따쩡의 흔적이 아직 남아 있을까? 그의 중학교 시절은 집에서
50~60킬로미터 떨어져 있는 이 울안에서 지냈던 것일까? 만약 그렇
다면 학령에 맞춰보면 그는 1924년, 즉 이 중학교가 설립된 지 얼마

소녀 시절의 팡청민. (샤오팡 촬영)

되지 않아서 여기서 공부하였을 것이다. 프랑스어를 배운 아버지의 영향을 받았던 것일까? 원취안중학교는 중파대학 부속 중학교이다. 이는 훗날 팡따쩡이 중파대학에 입학한 것과 필연적인 연관이 있는 것은 아닐까?

원취안중학교는 역사가 길지 않다. 학교의 역사를 보면 학교 운영 방침이 명확하고, 교육에 대한 사고의 폭이 넓으며, 교사의 사상이 진보적이고, 학생의 애국사상이 진보적이었다. 세월이 바뀌어 풍경은 여전한데 사람은 이미 달라져 있었다. 새 중국이 창립된 후 원취안중학교는 중공업부(重工業部)가 접수하여 관리하게 되었으며 "중앙 중공업부 직원 자제 원취안중학교"로 개명하고 기숙제를 전면적으로 실행하였다. 1953년에 중공업부가 학교를 베이징시 교육국에 인계한 뒤 학교를 "베이징시 제47 중학교"로 개명하였다. 2014년 하이뎬구 정부가 원취안중학교 옛터를 경덕서원(敬德書院)으로 개축하여 초·중학교 교사들의 전통문화연구소로 사용하게 되었다.

> “촬영 외에도 오빠는 경극(京劇. 중국 전통극의 하나)을 즐겨 불렀다. 정식으로 배운 것은 아니고 그저 제멋대로 부를 뿐이었다. 남자아이들은 거개가 담배를 피웠다. 오빠도 가끔씩 담배를 피우곤 하였다. 그래서 오빠가 집에 돌아오기만 하면 나는 몸수색을 하곤 하였다. 오빠가 담배를 피우지 못하게 하기 위해서였다. 어느 날은 오빠가 방에 들어서기도 전에 내가 오빠의 주머니를 수색하다가 주머니 안에 있던 계란을 덥석 잡았다. 그 바람에 계란이 깨져 손에 가득 묻었다. 지금 생각해보면 너무 재미있다. 그는 청년회 회원이었다. 내가 알기로 오빠는 그들과 사이가 좋았지만 기독교에는 입문하지 않았다.”
>
> (팡청민의 회고)

1924년 리스쩡이 원취안중학교를 환꾸위안으로 이주시키기 전과 후에 까오상런(高尙仁) 베이징 기독교청년회 소년부 주임이 제1회 소년 여름캠프를 준비하였다. 12살에서 16살까지의 초·중학생을 대상으로 최초 매회 1주일씩, 후에는 매회 1개월씩 캠프를 마련하였다. 청년회와 관련이 있는 학교의 학생들과 회원들을 조직해 참가시켰으며, 장소는 베이징 서산의 잉타오거우(櫻桃溝), 워풔사(瓦福寺) 일대로 하였다. 활동은 매우 풍부하게 배치하였다. 아침에 기상한 후 단체 체조를 하고, 오전에는 국문 글짓기, 취미 수학, 실용 영어를 배치했고, 유명한 교사를 청해 학생들을 지도하게 하였다. 오후에는 여행이나 등산 혹은 수영 등 체육활동을 배치하였다. 그리고 저녁에는 유희, 노래하기, 이야기하기, 마술 등 오락을 배치하거나 캠프파이어, 야영, 야외 취사를 하였다. 밤에는 번갈아 보초를 섰으며, 이따금씩 기습 활동도 조직하였다. 틈틈이 "수박 빼앗기" 시합도 하였으며, 시합이 끝나면 모두가 둘러 앉아 수박을 먹곤 하였다. 숙영을 할 때는 소년들의 자연에 적응하는 능력을 키워주기 위하여 텐트를 치지 않고 별빛 아래서 노숙하곤 하였다.

샤오팡은 그 활동의 적극적인 참여자였다. 친구들 눈에 비친 샤오팡의 모습은 겸허하고 예의 바르며 양호한 가정교육을 받았고, 일처리에 신중하고 주도면밀하며, 용감하고 책임감이 강하며 친화력이 뛰어났다. 그러했기에 까오상런의 사랑을 받았다.

"1968년 초 나는 베이징을 떠나 쓰촨으로 근무지를 옮기게 되었다. 떠나기 전 외할머니를 뵈러 갔다. 83세 외할머니는 정신상태가 예전 같지가 않았다. 외할머니는 침대에 비스듬히 기대서 눈을 지그시 감고 안정을 취하고 계셨다. 침대 옆 장롱 위에 원래 작은 나무상자가 놓여 있던 곳에 외삼촌의 중학교 시절에 찍은 셀카 사진이 한 장 놓여 있었다. 그때 나도 촬영을 무척 좋아하게 되어서 자연스럽게 외할

머니와 외삼촌에 대해 이야기를 나누곤 하였다. 외할머니
는 외삼촌이 다시는 돌아올 수 없음을 의식하고 있었던지
슬픔에 잠겨 나에게 말하였다. '너는 사진을 찍더라도 너의
외삼촌처럼은 하지 마라. 걔는 너무 위험한 행동을 했어.'"

(장짜이쉬안 「외삼촌의 사진필름」)

팡따쩡의 개인 사진 중에는 높은 곳에 올라 서있는 모습이 담긴 사
진이 여러 장 있다. 한 장씩 바라보면 풋풋한 소년에서 꽃다운 청춘
시절에 이르기까지 타워 크레인 위에서, 높은 사닥다리 위에서, 산꼭
대기에서 그는 자신이 이를 수 있는 가장 높은 곳까지 올라가려고 항
상 애를 썼음을 알 수 있다. 그의 어머니가 "너무 위험한 행동을 한
다"고 했던 그의 성격이 어쩌면 신체의 성장에 따라 더 큰 극한에 도
전할 수 있게 해주었고, 사상이 성숙됨에 따라 그가 시대의 정상을
향해 나가도록 격려해 주었다고도 할 수 있다.

리쉬깡(李續剛)은 베이핑 1중 시절 팡따쩡의 학우였다. 팡청민의 기
억 속에서 그는 오빠와 내왕이 가장 많은 친구였고, 그들 일가와의
우정이 가장 오래 이어진 사람 중의 하나였다. 고등학교 시절에 리쉬
깡은 중국공산당 지하당 외곽조직에 가담하여 공청단 1중 지부의 업
무를 맡았다. 샤오팡은 이렇게 회고하였다. "그는 샤오팡의 길잡이였
고", "항상 오빠에게 진보적 사상들을 전수해주곤 하였다." 후에 리쉬
깡이 학생애국운동에 참가했다는 이유로 학교에서 퇴학을 당하였다.
이 같은 학교 측의 결정에 팡따쩡은 크게 반감을 갖고 카메라로 퇴학

처분을 통보한다는 게시판의 사진을 찍어 증거로 삼고자 하였다. 이에 학교에서 경찰에 신고하는 바람에 그는 잡혀가서 반나절 동안 간혔다가 풀려났다. 그런 일들을 샤오팡은 집에다 얘기한 적이 없었다. 새 중국이 창립된 후 리쉬깡이 직접 팡청민에게 알려줘서야 알게 되었던 사실이다.

1929년 8월 17살 팡따쩡이 베이핑『세계화보』제204호에 「촬영을 사랑하는 꼬마 친구들이여, 주목하시라—소년촬영사(少年影社) 회원 모집 선언」

> 요즘 촬영예술이 하루하루 발전하고 진보하고 있으며, 촬영인재도 예술분야에서 중요한 지위를 차지할 수 있게 되면서 사회적으로 인정을 받고 있습니다. 따라서 촬영에 대해 연구하는 단체가 점점 많아지고 있습니다. 그러나 살펴보면 소년촬영단체가 여전히 매우 적습니다. 그래서 우리가 비록 이런 예술을 아주 좋아하면서도 결국은 입문할 수 없는 것입니다. 이 얼마나 애통스러운 일입니까! 그래서 소년촬영단체를 조직할 필요가 있다고 생각합니다. 소년촬영계의 선구자가 되는 것이 얼마나 위대한 일이며, 얼마나 재미있는 일입니까! 소년들이여! 꼬마 친구들이여! 어서 와서 신청하세요! 활발하게! 노력합시다!
>
> 소년촬영동아리는 촬영예술을 연구하는 것을 취지로 하며, 촬영 장비를 가지고 있고, 촬영에 취미가 있는 16살 미

만의 친구라면 경험의 유무를 막론하고 모두 자유롭게 본
동아리 회원에 가입할 수 있습니다.

소년촬영통신처 외교부거리 셰허 후통 7번지 팡더쩡(方德曾)

촬영사 학자 천선의 소개에 따르면 샤오팡은 1중 재학 시절에 그
동아리 설립을 발기하였는데, 중국 북방 최초의 청소년촬영조직이었
다. 그해 9월 베이핑 첫 공개촬영전시회가 중산(中山)공원과 청년회
에서 잇달아 열렸다. 팡따쩡의 작품 여러 폭이 전시회에 참가하였다.
촬영가 인톄거(蔭鐵閣)는 그의 작품을 이렇게 평가하였다. "팡더쩡의
「추운 겨울밤(寒夜)」도 서양풍을 띤다. 담아낸 색채가 특히 차갑고 고
요한 분위기를 더해준다." 그 뒤를 이어 그가 찍은 「한야」「청년회 동
자단 야외 경축회」「북쪽 교외의 대종사(北郊之大鐘寺)」 등의 작품이
『세계화보』에 잇달아 발표되면서 그는 북방 촬영계에서 두각을 나타
내기 시작하였다.

같은 해 팡따쩡의 누나 팡수민이 상하이에서 결혼을 하게 되어 그
의 아버지 팡전동과 어머니 팡주리가 결혼식에 참가하였다. 그의 매
형 장샤오통(張孝通)은 선쥔루(沈鈞儒)의 부인 장샹정(張象徵)의 조카
로서 장쑤(江蘇) 성 쑤저우(蘇州) 사람이며, 진취심이 강해 선쥔루 선
생의 사랑을 듬뿍 받았다. 『선쥔루 연보』의 기록에 따르면, 장샤오통
의 아버지가 세상을 떠나자 선쥔루가 그를 베이징으로 불러 친 아들
처럼 보살펴주었다. 그를 청년회 단기대학에 입학시켜 졸업할 때까지
공부 뒷바라지를 하였으며, 후에는 또 그를 상하이 철도국에서 근무

할 수 있도록 추천해주었다. 가족들은 샤오팡과 그의 매형은 감정이 매우 도타웠으며 서로 못하는 말이 없었다고 회고하였다. 그의 개인 사진 중에도 두 사람이 함께 찍은 사진이 소중하게 간직되어 있다.

이 책을 쓰면서 친한 친구인 지난(暨南)대학 덩사오건(鄧紹根) 교수의 도움을 받아 지금까지 알려진 샤오팡의 유일한 번역 글인 「한 작가의 자술(一个作家的自述)」을 찾을 수 있었다. 그 글은『시 1중 학생총서(市一中學生叢刊)』(베이핑)에 발표되었으며, 원 작자는 미국 문학의 아버지로 불리는 워싱턴 어빙(Washington Irving)이었다. 이 글은 어빙의 자술이라기보다는 샤오팡 마음의 소리라고 하는 것이 더 낫겠다. 작가의 필 끝이 신들린 것처럼 종이 위를 날아다니고, 세계 각지의 명승고적이 둥둥 떠다녔다. 거기에 역자의 정서가 융합됨에 따라 문자들이 즐겁게 춤을 추는 것 같은 느낌이 들었다.

> "나는 새로운 풍경을 유람하는 것과 특이한 풍속과 인정을 관찰하는 걸 제일 좋아한다. 겨우 대여섯 살밖에 안 되었을 때 이미 여행을 시작하였다. 이름도 모르는 이웃 동네로 가서 돌아다니곤 하는 바람에 부모님들을 몇 번이나 놀라게 하였는지 모른다. 결국 마을 치안 담당자의 수당만 늘어났다. 동년기에 이르자 유람 범위가 조금 더 확대되었다. 모든 휴가의 오후를 인근 마을을 쏘다니는 데 허비하곤 하였다. 나는 우화와 역사에서 언급하였던 유명한 곳을 알게 되었다. 그곳에서 모살사건, 강탈,……심지어 귀신

여행은 샤오팡의 성장에서 필수과목이었다.

이 나타난다는 것까지 나는 다 알게 되었다. 시골에 가서 쏘다니면서는 그들의 풍속 습관에 관심을 기울였고, 또 사리에 밝은 현지 인사의 가르침을 받을 수 있어서 지식이 많이 늘었다. 무더운 여름에도 나는 불원천리하고 가장 먼 곳에 있는 산꼭대기에 올라가 서서는 나의 시야를 최대로 넓혀 가지고 내려다보곤 하였다. 멀리 있는 곳이나 가까이 있는 곳이나 모두 이름을 모르는 곳이었다. 나는 놀라움을 금치 못하였다.……얼마나 드넓은가! 내가 살고 있는 이 지구가 말이다.

책을 많이 읽고 생각을 많이 하게 되면서 나는 한 가지 확실한 증거를 얻을 수 있었다. 내가 예전에는 목적도 취지도 없이 쏘다녔지만 지금은 어느 정도 식견을 갖추었다. 만약 내가 여러 곳을 유람하는 것이 단순히 경치를 구경하는 것이 좋은 것뿐이라면 굳이 먼 곳에까지 가서 찾을 필요가 없을 것이다. 우리 미국의 자연 경치는 천혜의 독특한 경치이다.……드넓은 호수는 맑은 물이 출렁이는 바다와도 같고, 푸른 산은 눈부신 빛을 걸치고 구름을 뚫고 높이 솟아 있으며, 끝이 보이지 않는 평원은 푸른 파도가 일렁이는 잔디에 덮여 있고, 넓고도 깊은 강은 고요와 숙연함 속에서 조용히 출렁이는 드넓은 바다와도 같으며, 풀이 우거지고 사람의 그림자가 보이지 않는 수림 속에서는 온갖 식물들이 어여쁨을 뽐내며 피어나고 있고, 사랑스러운 하늘에는 한 순간에도 천변만화하는 요염한 햇살이 가득 차 있다.……그렇다! 미국인은 굳이 먼 곳까지 경치를 찾아 떠날 필요가 없다. 자국에 빼어나게 아름다운 자연 경치가 있기 때문이다. 그러나 유럽에도 역사가 있고 시적인 정취가 다분한 사랑스러움이 있다. 절묘한 예술 걸작이 있고, 순결하고 고귀한 사회의 우아함이 있다. 고대의 토속적이고 기묘한 풍속과 특성을 띤 우리 미국은 생기와 희망이 넘치고 진취적인 패기가 넘칠 따름이다. 유럽은 고대의 진품을 가장 풍부하게 축적하였다. 그 고적을 통해 우리는 지난 시대의 역사를 추측해볼 수 있다. 그 색이 바랜 석괴들은 한 권의 역사기록이 되었다. 나는 고대의 혁혁한 공적이 깃든 경치를 유람하는 걸 갈망하고 있다. 옛 사람의 발자취를 추적하고 온전하지 않은 빌딩들 사이를 배회하며, 낡고 허름한 탑을 바라보면서 생각에 잠겨본다. 그렇지. 그러면 나는 정말 모순된 속세에서 자취를 감춰 옛 사람들 속에 있는 느낌이 들곤 한다.

나는 세계의 위인을 만날 수 있기를 간절히 바란다. 참, 우리 미국에도 수많은 위인이 있다. 아마 어느 도시에나 다 그들의 위인이 있을 것이다! 유년기에 나는 그들 위인들과 함께 어울려 살았었다. 위인들의 그림자 아래에 서서 가려져 있으면 나는 한없이 위축되는 것 같았다. 이는 아마도 가장 참혹한 사실이라고 할 수 있겠다. 이름 없는 사람이

위인의 그림자 아래에 서 있는 것과 같다. 특히 그 위인이 같은 도시에 살고 있다면 말이다! 그런데 내가 유럽의 위인을 만나고 싶게 된 동기는 미국이 유럽의 분파라고 언급한 유럽 철학가의 작품을 읽고서부터였다. 나는 유럽의 위인이 아무래도 미국의 위인보다 월등하다고 여기고 있다. 게다가 마치 알프스(Alps) 산이 허드슨(Hudson) 강보다 높은 것 같은 느낌이 든다. 그런 느낌에 대한 관찰을 거쳐 나는 미국을 여행하였던 중요하고도 유명한 영국 여행자들이 유럽과 같은 유람할 가치가 있는 곳을 탐방하는 한편 그 분파인 우리 미국의 대 민족을 관찰해야 한다고 확신한다. 좋든 싫든 이번에 유럽을 유람할 수 있는 것만으로도 나는 벌써 너무나도 즐거웠다. 나는 수많은 나라들에 유람을 다녀왔으며 서로 다른 삶을 많이 보았다. 나는 스스로 철학가의 안목으로 관찰하였다고 말할 수 없다. 그저 그림을 좋아하는 사람이 하나하나의 창문을 통해 서점 안에 있는 그림들을 몰래 훔쳐본 것과도 같다. 때로는 아름다운 스케치를 보았고, 때로는 유머스런 풍자를 보았으며, 때로는 정교한 풍경을 보았다. 어쩌면 현대화의 세례를 받은 때문인지는 몰라도 유람하는 사람들은 늘 손에 화필을 들고 있는 걸 좋아하였다. 그래서 수많은 스케치그림을 집으로 가지고 갈 수 있었던 것이다. 나도 몇 점을 골라 나의 친구들에게 보여줄 생각이었다. 그런데 자기가 기록하였던 것들

을 다시 꺼내 보던 나는 그처럼 짙었던 흥미가 많이 사라
져버린 것을 깨달았다. 나는 속으로 못내 실망스러웠다. 여
행자가 반드시 기록하여야 할 중요한 내용을 나는 왜 빠뜨
린 것인지 알 수 없었다. 나는 어쩌면 독자들을 똑같이 실
망시키게 될지도 모른다. 그것은 유럽 여행을 다녀온 어떤
엉터리 풍경화가, 그에게는 이상한 사람의 괴벽스러움이 있
기 때문이다. 거리의 구석만 전문적으로 그린 것이다. 나의
스케치북에는 온통 작은 마을과 낡고 망가진 고적 풍경들
뿐이었다. 그 유명한 성 베드로, 로마극장, 라인폭포, 나폴
리 만, 빙산 그리고 화산은 없었다."

경쾌한 필치에서 세계에 대한 동경이 흘러나온다. 사상을 뒤덮고
있는 먼지를 밝은 심경으로 씻어내고 있다. 워싱턴 어빙의 생각과 미
지의 세계에 대한 동경을 따라 역자는 마치 문자를 따라 여행을 하
는 것 같다. 그 아름다운 시간과 신기한 경물들은 온갖 상념에 빠져
들게 하고 마음을 들뜨게 한다. 소년 샤오팡은 성장하고 있었다. 그
는 언제나 우산 한 자루, 담요 하나, 배낭 하나, 카메라 한 대를 지니
고 문을 나서곤 하였다. 팡청민의 눈에 비친 오빠 팡따쩡은 영원히
여행 중이었다.

3.
대학 시절

어느 날 교사 판원란(范文瀾)·왕선밍(王愼明)·롼무한(阮慕韓)과 학생 팡더쩡(方德曾)이 국민당성당부(國民黨省黨部)에 잡혀 갔다. 며칠이 지나서야 그들은 모두 학교 측의 구원으로 보석이 되어 풀려났다. 팡더쩡은 경제학과 학생이었으며 원래는 농타이(農苔)보다 한 학년 위였는데 학교 측의 처분을 받아 한 학년을 묵는 바람에 농타이와 같은 반이 되었다. (나와 우쯔무[吳子牧]는 전 해에 이미 한 학년을 묵는 바람에 농타이보다 한 학년이 낮았다.) 팡더쩡(우리 모두 그를 샤오팡이라고 불렀다)이 출옥한 뒤 왜 잡혀 들어갔었느냐고 내가 물었었다. 그는 "공제조합(互濟會)"의 일 때문이라고 대답하였다.

—까오윈훼이(高云暉)
「중파대학 시절과 항전 초기의 농타이를 추억하며 (回憶農苔在中法大學和抗戰初期)」

3. 대학 시절

    역사를 돌이켜보면, 1930년에 세계와 중국에는 큰 일이 별로 일어나지 않은 것 같다. 때는 경오년인데 이해 1월에 마오쩌둥(毛澤東)이 린뱌오(林彪)에게 보낸 답신에서 당 내와 홍군 내에 존재하는 비관적인 사상에 대해 비평하였다. 이와 동시에 「작디작은 불티가 들판을 태운다(星星之火, 可以燎原)」라는 제목의 글을 지었다. 이 글은 "농촌에서 시작하여 도시를 포위하여 결국에는 도시를 점령한다는" 마오쩌둥의 혁명 이론이 형성되었음을 의미했다. 7월 30일 우루과이가 4:2로 아르헨티나를 누르고 월드컵 사상 첫 우승을 따냈다. 루이스 마일스톤(Lewis Milestone)이 영화 「서부전선 이상 없다」로 아카데미 감독상을 수상하였고, 싱클레어 루이스(Sinclair Lewis)가 노벨 문학상을 수상하였다. 그리고 메이란팡(梅蘭芳)이 최초로 미국에서 경극을 공연해 큰 성공을 거두었고, 량치차오(梁啓超)의 가족들이 베이핑도서관에 42,180권에 달하는 도서를 기증하였으며, 국민당 군인 옌시산(閻錫山)·펑위샹(馮玉祥)·리쫑런(李宗仁)이 합세해 장제스(蔣介石)에게 도발한 중원대전(中原大戰)이 발발하였다. 그리고 영국 정치가 니콜라스 이든(Nicholas Eden)이 출생하였고, 러시아 화가 일리야 예피모비치 레핀(Il'ya Efimovich Repin)이 사망하였다.

같은 해 셰허 후통 10번지 맞은편에 남향의 3층 독일식 양옥 한 채가 세워졌다. 반 지하실이 있고, 아래층에는 회랑이 있으며, 지붕은 이중 접기 식으로 되었고, 북쪽에는 굴뚝이 있었기에 성가퀴(몸을 숨겨 적을 공격할 수 있도록 성 위에 낮게 덧쌓은 담—역자 주)를 쌓아 막았는데, 온통 중국식 정원들 속에서 색다른 시대적 분위기를 풍겼다. 3층에 난 네모난 유리창으로 밖을 내다보면 팡따쩡의 집이 한눈에 들어왔다. 백년 묵은 홰나무가 푸른 가지를 흔들며 너울너울 춤을 추는 청회색 울안은 상서롭고 화목한 기운과 정취가 가득했다. 양옥의 주인 화난꿰이(華南圭)는 젊은 시절에 프랑스 유학을 다녀온 중국 건축학사(營造學社) 사원으로 유명한 건축사였다.

그는 징한철도(베이징—한커우 간의 철도)의 수석 엔지니어를 담당하였었으며 팡 씨 집안과 마찬가지로 우시 사람이었다. 그런 그들이 서로 이웃으로 살아가게 된 것은 우연이었을까? 아니면 어떤 의미가 있었던 것은 아닐까?

2000년 다큐멘터리 「팡따쩡을 찾아서」을 제작할 때 팡청민 일가는 이미 셰허 후통을 떠나 이사를 간 뒤였다. 맞은편 양옥은 비좁고도 낡아서 아름답고 눈부시던 원래 모습은 흔적조차 찾아볼 수 없었다. 대문은 활짝 열려 있었고 건물은 폐허나 다름없었다. 안으로 들어가니 목제 계단은 페인트칠이 벗겨져 얼룩덜룩하였으며, 디디면 삐거덕 삐거덕 하는 신음소리를 냈다. 낡고 허름한 것이 그때 당시 이름이 무엇이었는지조차 알 수 없었다. 그때 팡따쩡은 그 양옥을 짓는 모습을 지켜봤을 것이다. 그 곳을 들락거리면서 어디에 그의 눈길이 멈췄

외국인 촬영사가 찍은 민국 초기 첸먼(前門) 거리 풍경. (개인 수장)

을까? 어쩌면 그도 그 양옥에 놀러 갔을 지도 몰랐다. 새로운 사물
에 대해서는 언제나 흥미를 느꼈던 그였으니까 말이다.

화난꿰이와 마찬가지로 프랑스 유학을 다녀온 리스쩡은 자기 가택
을 짓는 데는 흥미가 없는 것 같았다. 젊은 시절에 프랑스에서 두부
공장을 운영하며 사회에 뛰어들었던 그는 "두부박사"로 불렸다. 그는
중국과 프랑스 사이를 오고가면서 산업문명과 농업사회 간의 차이가
마치 자동차와 마차의 차이처럼 우열이 분명히 갈리는 것을 느꼈다.
그는 교육 사업에 투자하는 것이 경제 사업에 투자하는 것보다 낫다
고 생각하고 프랑스의 선진적인 교육제도를 중국에 도입하여 높은
수준의 과학인재를 양성하려는 꿈을 갖게 되었다. 1918년부터 그는
차이위안페이와 함께 경자배상금을 반납 받도록 프랑스를 압박하여

1930년 샤오팡(뒤에 서있는 사람)이 중파대학에 입학하였다.

그 자금을 중-프 문화교류를 강화하는데 썼다. 1920년 봄 프랑스 유학 고학회와 프랑스어예비학교 및 콩더학교(孔德學校)의 토대 위에 양국 지식 인사들의 공동 노력으로 교육 협력의 상징인 중파대학이 설립되었다. 차이위안페이가 초임 교장에 임명되었다.

최초에 베이징 시산 비윈사(碧雲寺)에 설립한 프랑스어예비학교를 문과와 이과 두 학과로 확장하고 중파대학 시산학원으로 개칭하였다. 이것이 중파대학 창설의 시작이었다. 이어 원취안중학교가 설립됨에 따라 콩더학교가 푸청먼(阜成門) 밖에 설립되었다. 1925년에 학교 측이 문과를 둥황청건베이가(東黃城根北街)로 옮겨 중파대학 푸얼더(服爾德)학원으로 개칭하고 이과는 쥐리(居禮)학원으로, 생물연구소는 루모커(陸莫克)학원으로 개칭하였다. 1929년에 중파대학 약학 단기 연수반을 설립하였다.

중파대학 휘장. 자유·평등·박애를 상징함.

私立中法大學文學院（服爾德學院）學生 以姓氏筆畫繁簡爲序

姓名	別號	性別	年歲	籍貫	科系及年級	通信處
王崇恩		男	二五	河北宛平	經濟學系 四年級	大中公寓
王皖瑩		男	二六	江蘇泰縣	法國文學系 四年級	北大西齋
王聯曾		男	二五	山東濟寧	法國文學系 四年級	西安門酒醋局八號
王金綬		男	二六	河北定縣	經濟學系 四年級	健壁胡同二十三號
王季文		男	二五	雲南昆明	法國文學系 三年級	京兆公寓
王嘉瑞		男	二二	河北宛平	本科一年級	西單大柵欄二十五號
方德曾		男	二二	江蘇無錫	經濟學系 三年級	協和胡同七號
文犖模		男	二四	江西萍鄉	本科一年級	西城前激袋胡同一號
朱淑貞		女	二三	安徽合肥	法國文學系 三年級	大柵欄興隆街廿二號
朱尚英		男	二一	四川江津	本科一年級	西單新皮庫胡同十八號

王方文朱

四三

중파대학 학생명부, 팡더쩡(팡따쩡)의 이름이 올라 있다. (베이징시 기록보관소 제공)

1930년에 갓 18살인 팡따쩡이 중파대학 경제학과에 합격하였다. 그
때 베이핑의 촬영계에서 그는 이미 꽤 유명해져 있어서 늘 다양한 전
시회에 참가하였으며, 신문과 잡지 등 간행물에 촬영 작품이 발표되
기 시작하였다. 팡청민은 오빠가 대학에 입학한 후로 더 이상 집에
손을 내밀어 돈을 달라고 하지 않았다면서 그는 원고료로 생활 지출
을 해결하고 사진필름과 약물을 사서 직접 사진을 현상하였으며, 확
대기는 그가 종이박스로 만든 것이었다고 회고하였다. 또 그때부터
그는 여러 가지 학생활동에 참가하는데 열중하기 시작하였다.

오랜 세월의 탐방을 거치면서 나는 어떤 기회와 인연을 통해 샤오
팡의 동창이나 친구, 혹은 생명의 교집합을 이루었던 사람들을 만날
수 있기를 줄곧 바랐다. 그런 맥락에 따라 나는 그의 가족들을 거듭
탐방하고 상황을 아는 사람을 찾아다녔으며 관련 현장을 실제로 답
사하였다. 문헌을 펼쳐 먼지를 쓸어버리고 흩어져있는 정보들을 모으
고 소리 없는 역사를 찾아가서 물으며 세월의 틈새에 흩어져 없어진
조각들을 주워 꿰어 팡따쩡과 연관이 있는 사람을 통해 일을 알아보
려고 애썼다.

1931년에 리린위(李麟玉)가 중파대학 교장이 되었으며, 학교에 라듐
학연구소가 설립되었다. 같은 해에 푸얼더학원, 즉 경제학과가 소속
된 학원을 문학원으로 개칭하고 쥐리학원을 이학원으로, 루모커학원
을 사회과학원으로 개칭하였다.

1930년 입학한 해부터 계산하면 샤오팡은 1934년에 졸업했어야 하
며, 옌쉰추(閻遜初)·웨이덩린(魏登臨)·천종훼이(陳鐘慧)·쑨자웨이(孫家

瑋) 등 10명과 같은 반이어야 했다. 그때 그와 가까운 사이였던 여자 동창, 희곡이론가 치루산(齊如山)의 조카딸 치륀(齊倫)은 프랑스 문학과를 다녔다. 그런데 「중파대학 역대 졸업생 명부」를 보면 1934년 경제학과 졸업생 명부에는 팡따쩡이 없고 1935년 명부에 들어있었으며, 샤롱타이(夏隆臺)·차오청셴(曹承憲)·황수칭(黃淑淸)·쑨이졘(孫以堅) 등 9명과 함께 졸업한 것으로 나타났다. 앞뒤로 1년 차이가 나는데 팡청민의 기억이 잘못된 것일까? 아니면 어떤 다른 원인이 있었던 것일까?

"1930년 1월 나는 나의 고향인 허베이(河北)성 선저(深澤)현을 떠나 베이핑으로 왔다. 처음에 나는 홍색공제조합(紅色互濟會)에서 일하였다. 홍색공제조합은 당의 외곽 조직이다. 그때 당시 베이핑에서는 직업을 구하기가 너무 어려웠다. 그런데 우리가 하는 일은 또 직업을 얻어 그걸 엄폐 수단으로 해야만 하는 일이었다. 얼마 지나지 않아 상급 조직에서는 나에게 인력거를 끄는 직업을 엄폐 수단으로 삼아 업무를 전개할 것을 요구하였다. 나는 인력거를 끄는 걸 엄폐 수단으로 삼아 가난한 인력거꾼들 속으로 들어왔다. 낮에는 인력거를 끌고 거리와 골목을 누비며 다녔고 인력거꾼들과 함께 지냈다. 그들과 친구가 된 후에는 적당한 기회를 틈타서 그들에게 혁명 선전을 하여 그들의 계급적 각성을 불러일으켰으며 그들에 대한 교육과 양성을 진행하였다. 그러다가 밤이 되면 세 들어 사는 작은 방에 돌아와서 홀로 『인력거꾼(洋車夫)』 『청년 근로자의 벗(靑工之友)』등 소형 혁명신문을 편집하고 등사용 강판에 글을 새겨 등사까지 하곤 하였다. 1931년 초여름 중국공청단 허베이성위원회가 시청구(西城區)위원회를 청구(城區) 구위원회로 고치고 중국공청단 허베이성위원회의 직접적인 지도를 받도록 결정하였다. 중국공청단 청구 구위원회 서기는 리쉬강(李繼剛, 사범대학 학생)이었다. 나도 청구 구위원회 책임자 중의 한 사람이었다."

(우광[武光] 베이징시 인민대표대회 상무위원회
원 부주임이 1983년에 한 구술)

팡청민은 이렇게 거듭 언급하였다. 리쉬강은 별명이 리여우창(李又常)이며 팡따쩡의 집에 자주 놀러 가곤 하였던 친구 중의 한 사람이다. 그와 샤오팡은 서로 못하는 얘기가 없었으며 개인적으로 매우 가까운 사이였다. 샤오팡은 이따금씩 사람들을 집으로 데리고 와서 회의를 하곤 하였으며 가끔 며칠씩 묵기도 하였다. 여러 가지 현상을 통해 오빠 샤오팡은 조직에 가입한 몸이었을 것이라는 사실을 알 수 있다. 그런데 그가 실종된 후 다방면으로 수소문해봤지만 결국 확증을 얻지 못하였다.

1930년대 초기 베이핑에는 학교가 많고 공장이 적었다. 그래서 공청단 기층조직은 대부분 여러 대학교와 중학교 그리고 직업학교에 설립되었다. 우꽝(武光) 베이징 시 인민대표대회 상무위원회 전 부주임

9.18사변 후의 샤오팡.

은 이렇게 회고하였다. "베이징대학·사범대학·중파대학·옌징(燕京)대학·칭화대학 등에는 모두 공청단 조직이 있었다. 어떤 학교에는 단원이 많았다. 예를 들면 베이징사범대학·예술학원·이원(藝文)중학교·베이징대학·사범대학·중파대학 등이 학교들이다."

9.18사변이 일어난 후 베이핑에서는 항일구국활동이 아주 활발히 전개되었다. 청년학생이 항일구국운동의 앞장에 선 것이 그 시기 혁명운동의 주요 특징이었다. "그 시기에 베이핑 공청단이 집회며 시위행진을 조직하여 대중들에게 공개적으로 항일선전을 하였다. 어떤 때는 공청단 조직이 문예공연 형태를 이용하여 진보적 대중(주로 청년들)을 집결시켜 그들이 국민당 반동파의 비저항주의 및 반(反)공산당 매국정책에 공개적으로 맞서 싸울 수 있도록 동원하였다."

"나는 어렸을 때 오빠와 함께 있으면 너무 재미있었다. 9.18사변 후 나는 남방지역에 내려가는 시위단에 가담하여 난징(南京)으로 갔다. 그때 당시 나는 제1여자중학교 학생이었는데 우리 반에서 7명이 시위단에 가담하여 기차역에 가서 '워궈얼(臥果兒)[4]시위를 할 때 오빠도 갔었다. 그때 당시 그는 카메라를 들고 쳰먼 일대에서 사진을 찍다가 나를 발견하였던 것이다. 그는 얼른 집으로 돌아가서 알리고는 따

---

4) 워궈얼:베이징 방언으로서 껍데기를 제거하여 통째로 끓는 물에 넣어 익힌 계란을 이르는 말인데, 여기서는 중국어로 발음이 비슷한 철길 위에 드러누워 시위한다는 뜻인 '워궤이(臥軌)'를 가리킨다.

라 나섰다. 집에서는 내가 가는 줄은 모르고 있었다. 나는 학교에서 지내고 있어서 학교에서 갔던 것이다. 그가 기차역으로 되돌아왔을 때는 기차가 이미 떠난 뒤였다. 그때부터 나에 대한 그의 인식이 바뀌게 되었다. 내가 항일에 뜻이 있고 진보적이라고 생각하게 된 것이다. 후에 우리는 다 반(反)제국주의 대동맹에 가입하였다. 그와 마 씨 성을 가진 학생이 우리를 도와 제1여자중학교지부를 설립할 수 있게 해주었다. 그렇게 되자 나와 그의 사이가 더 가까워졌다. 그때 당시 시위며 집회와 같은 많은 활동은 다 그가 우리에게 통지해주었다. 매번 활동 때마다 그는 카메라를 가지고 가곤 하였다. 한 번은 경찰이 그의 앞을 가로막아서며 '저 사람들과 함께 어울리지 말'고 귀띔까지 해주었다. 그 경찰은 그가 외국인인 줄로 알았던 것이다. 어쨌든 시위 행진이나 집회가 열리는 곳이면 어김없이 그의 모습을 찾아볼 수 있었다."

(팡청민의 회고)

2016년 가을 이 책을 쓰기 위해 자료를 수집하면서 나는 또 한 번 동황청건베이제(東黃城根北街) 갑(甲)20번지에 위치한 중파대학 옛터로 현장답사를 갔다. 9살 난 아들 루이하오(瑞濠)까지 꼬마 조수로써 데리고 갔다. 경비원의 소개에 따르면 그때 당시 그 곳에 있던 기관은 거의 해체되기 직전이라고 했고, 지금은 건물을 세 놓아 얻는 수

입만으로 이직 휴양 인원과 정년퇴직한 인원의 월급과 복지 대우를 유지할 뿐이라고 했다. 그는 울안 한쪽에 있는 1931년 졸업생들이 남긴 기념비 옆으로 나를 데리고 가더니 그때 당시의 옛 물품인데 자리를 옮긴 적이 없다고 나에게 알려주었다. 한 예술기관이 중파대학 옛터의 대부분 공간을 임대하고 있었는데, 정면의 강당은 전시실로 쓰이고 있었다. 그날은 마침 전시 준비 중이어서 참관은 사절이었다. 오른쪽 건물이 바로 그때 당시 팡따쩡이 다녔던 푸얼더학원이 있던 곳이다. 복도며 계단이며 교실은 여전히 원 모습 그대로였으며, 거의 모든 문이 다 활짝 열려 있고, 인부들이 들락날락하면서 잡동사니들을 옮기고 있었다. 너무 비싼 임대료를 감당하기 어려운 세입자들이 별수 없이 다른 곳으로 이사를 가고 있는 것이었다. 시끌벅적함이 사라지자 복도는 고요하다 못해 쓸쓸하고 춥기까지 하였다. 계단을 따라 올라가니 교실마다에 세월의 온기가 여전히 배어 있는 것 같았다. 샤오팡의 학생시절 사진을 손에 쥐고 창문으로 비쳐드는 햇살 속을 걸어 지나다니던 흑백사진 속의 청순한 얼굴이 그를 찾아가는 나의 발걸음을 따라 시공간을 뛰어넘어 다가오는 것 같았다. 오래되고 낡은 수도꼭지에서 물방울이 배어나와 똑똑 물방울 떨어지는 소리가 귓가에 들려왔다. 마치 분침과 초침이 서로 호응을 하며 오랫동안 봉하여 보관되었던 청춘 이야기를 들려주는 것 같았다.

"아버지의 청년과 동년 시절은 마침 제1차 세계대전 동란 기였다. 그때 그는 겨우 열 몇 살이었다. 1917년 러시아 10

샤오팡이 중파대학 재학 중일 때 찍은 기념사진 (펑쉐쏭 촬영)

월 혁명과 1919년 우리나라 '5.4운동' 후 마르크스주의가 중국에서 빠르게 전파되기 시작하였으며 큰 영향을 미쳤다. 1920년대에 아버지가 베이징대학에서 재학 중일 때 같은 고향의 리따자오(李大釗) 동지와 접촉이 잦았는데 따자오 동지의 영향과 지도를 받았다. 따자오 동지의 소개로 그는 마르크스주의와 유물사관 서적들을 읽었다. 그때부터 아버지는 혁명지식과 마르크스주의 계몽교육을 받기 시작하였다. 1926년에서 1930년까지 그가 프랑스와 영국에서 공부할 때 지하당원과 진보적 학생들을 접촉하면서 그들의 영향과 도움으로 마르크스주의에 대해 계속 연구하게 되었으며, 「마르크스주의와 프루동주의」라는 제목의 박사논문을 썼다.

1930년에 아버지가 해외에서 조국으로 돌아왔을 때 나이는 겨우 26세였으며, 지하당조직의 지도와 도움으로 중파대학 교수로 초빙되었다. 그때 당시 베이핑이 심각한 백색공포에 휩싸인 상황에서도 그는 위험을 두려워하지 않고 지하당 외곽조직의 좌익 교수연맹('좌련'으로 약칭), 반제국주의 대동맹, 항일구국회 등 애국조직에 잇달아 참가하였다."

왕루이핑(王瑞平『나의 아버지 왕쓰화(王思華)를 기념하여』중에서)

입학한 지 얼마 지나지 않아 펑따쩡은 자기보다 8살 이상인 왕선밍(王愼明) 경제학 교수를 알게 되었다. 해외 유학에서 돌아온 이 청년

원 중파대학 교실. 구조는 거의 변하지 않았다. (펑루이하오[馮瑞濠] 촬영)

팡따쩡과 왕선밍(王愼明)(좌)이 왕 씨 집(王寓)에서 함께 기념사진을 찍었다.

교사는 후에 왕쓰화(王思華)로 개명하였다. 왕 선생님은 예의 바르고 의젓하며 겸허하고 온화하며 학식이 풍부하여 학생들의 사랑을 많이 받았다. 중파대학 시절의 학우였던 천따둥(陳大東)은 이렇게 회고하였다. "귀국한 뒤로 왕 교수는 교육사업에 종사하기 시작하였으며, 학교에서 경제학과 교수 겸 고등부 주임 직을 맡고 계셨다. 그는 학문을 연구함에 빈틈이 없고 착실하였으며 사람을 대함에 자애롭고 친절하였다. 청년학생의 성장과 정치적인 진보에 특히 많은 관심을 기울여 학생들 모두가 그를 존경하였다."

왕쓰화는 천한성(陳翰笙)의 소개로 허우와이루(侯外廬)를 알게 되었다. 둘은 모두 프랑스 유학을 다녀온 학생이며, 게다가 모두 리따자오의 계몽을 받은 경력이 있어서 만나면 자연스럽게 친근감이 깊었다. 공동의 신앙과 『자본론』에 대한 비슷한 연구 토대와 이해 수준을 갖추고 있었던 허우와이루와 왕쓰화 두 사람은 첫 대면에 옛 친구처럼 친해져 금세 의기투합하는 친구 사이가 되었으며, 서로 협조하여 『자본론』을 처음부터 다시 새로이 번역하기로 약속하였다.

리따자오의 족질인 리러광(李樂光)은 그때 당시 중국공산당 베이핑당 조직의 책임자였는데 왕쓰화와 개인적으로 가까운 사이였다. 그는 그 당시에는 국내에 반입되기 어려워 독일 베를린에 있는 청팡우(成仿吾)에게 맡겨 정성껏 보관하게 했던 『자본론』 제1권(20장) 번역원고를 몰래 허우와이루를 도와 찾아왔었다.

『자본론』 제1권이 하루 빨리 독자들과 만날 수 있게 하기 위해 그들은 그 저작을 상·중·하 3권으로 나누어 번역하였다. 그때 당시 왕

장여우위(張友漁) 교수 (샤오팡 촬영)

쓰화는 싱글이었는데 난허옌따제(南河沿大街)에 있는 구미동학회에서 지내고 있었다.

1932년 여름방학 내내 허우와이루는 매일 아침 일어나기 바쁘게 왕쓰화의 숙소로 '출근'하였다. 왕쓰화사 구미동학회의 공동 거실을 허우와이루에게 내주어 쓰게 하였던 것이다. 쳔치우(春秋)서점에서 『자본론』 역본의 출판을 이미 예고한 터라 그동안 그들은 매우 분주하게 움직였다. 그래도 효율이 아주 높고 번역속도가 매우 빨랐다. 같

『소년 선봉』을 편집할 때 당시 샤오팡(가운데)이 팡인(方殷)(우2) 등과 함께 찍은 사진.

은 해 8월에 상권을 출판할 여건을 갖추게 되었다. 9월 성휘(生活)서
점에서 "베이징 국제학사(北京國際學社)"의 명의로 그들이 번역한 『자
본론』 제1권 상권을 출판하였다. 출판 비용은 왕쓰화가 대신 지급하
였다. 팡따쩡의 개인 사진 중에는 왕쓰화와 함께 찍은 사진이 한 장
있다. 사진 속의 샤오팡은 젊고 밝으며 늠름하고 바른 기운이 느껴졌
다. 그의 오른쪽에 선 왕쓰화는 듬직하고 진중하며 예의 바른 군자
의 모습이었다. 복도의 기둥 위에 "왕위(王寓. 왕가)"라고 씌어져 있다.
샤오팡이 선생님의 집을 방문하였을 때 찍은 사진일 것이다. 사진 속
의 그 지점이 구미동학회인지 아니면 그 후의 주소인 허우먼라쿠(後門
臘庫)인지는 증명할 길이 없다. 다만 두 지점 모두 셰허 후통에서 아

주 가까운 거리였다는 것만 알 수 있다. 그때 당시 왕쓰화는 베이징 대학과 중파대학 두 대학의 교수직을 맡고 있었는데 월급이 약 240원 정도 되었다. 그 금액으로는 그때 당시 부유한 생활수준을 유지할 수 있었다. 그는 늘 개인의 수입으로 진보적 사상을 갖춘 학생들을 돕곤 하였다.

경제학과 학과장직을 맡은 왕쓰화를 제외하고도 중파대학의 장유위(張友漁)·롼무한·판원란 등 교수들도 수업과정에서 늘 진보적 관점들을 드러내 보여주곤 하였으며, 학생들에게 일부 진보적 서적들을 소개하곤 하였다. 왕쓰화는 '사회경제학'을 가르쳤다. 교과서는 장중스(張仲實)가 번역한 소련 『정치경제학강좌』를 채용하였다. 그는 주입식 강의를 하지 않았다. 문제를 제기하고 학생들의 자유 토론을 이끌어낸 다음 종합 귀납하고 지도하며 분명하고 명료한 결론을 이끌어내곤 한다.

그때는 중파대학 학생들 대다수가 '과학구국'의 길을 걸었었는데 그들 중 많은 이들이 과학자가 되었다. 또 일부 진보사상을 가진 애국 학생들은 그 길을 걷는 것에 만족하지 않고 경제학과에 입학하여 경제적 토대 위에서 사회에 대해 인식하고 중국을 인식하여 실제에 부합하는 길을 찾고자 하였다.

수업 중에 왕쓰화는 늘 자신의 구미 유학 경력과 결부시켜 보고 느낀 것을 재미있게 설명해주곤 하였다. 이국의 풍경에서 인문역사에 이르기까지, 자유경제에서 사회경제에 이르기까지, 칸트(Immanuel Kant)에서 마르크스에 이르기까지 폭넓은 지식을 가르쳤으며, 또 학

중파대학에서 '팡'의 흔적을 찾다.

풍경은 여전한데 사람은 더 이상 그 옛날의 사람이 아니다. (펑루이하오 촬영)

「타잔」이 1932년에 중국에서 상영되었다.

샤오팡이 「타잔」의 포즈를 흉내 내 찍은 셀카.

생들이 『자본론』 등 저작을 읽도록 이끌어주었다. 학생들의 마음속에서 그는 단순하게 학업을 가르치고 의혹을 풀어주는 선생이 아니라 발전하도록 격려해주고 나아갈 길을 가리켜주는 선배와 형이었다. 바로 그런 분위기 속에서 샤오팡은 시야를 넓힐 수 있었으며, 경제학과 이론을 적용한 각도에서 사물을 대하는 전문적인 훈련을 받을 수 있었다.

"1932년에 나는 톈진에서 베이핑으로 왔다. 그때 난카이(南開)중학교 시절 나의 동창들인 장징짜이(張敬載)·왕싱랑(王興讓)·후쓰유(胡思猷, 후스[胡適]의 조카)·차오징핑(曹京平, 돤무훙량[端木蕻良]) 등이 이미 그곳에 모여와 있었다. 그들 중 어떤 사람은 원래 다니던 학교 간행물의 편집장이었고, 또 어떤 이는 학교 학생회의 주요 책임자였는데, 모두 남방으로 내려가 청원하는 활동을 조직하였거나 학생운동에 참가하였다는 이유로 퇴학을 당하였거나 핍박에 못 이겨 학교를 떠난 사람들이었다. 그 곳에서 다시 만나니 오랜 동창이어서 더 친근감이 들었을 뿐 아니라 또 혁명이 자신들을 한데 이어놓았다고 생각했다. 그때 당시 나는 그들 중 누가 지하 중국공산당·공산주의청년단과 관계가 있는지에 대해서는 알지 못했지만, 아무튼 모두 외곽조직에서 일하고 있는 것만은 틀림없었다. 나는 누구의 소개로 '반제국주의 대동맹'에 가담하였던지 기억이 나지 않는다. 그리고 얼마 지나지 않아 나는 '소년 선봉대'의 기관 간행물인 『소년 선봉』 편집에 참여하였다. 『소년 선봉』은 사륙배판 크기의 주간지였으며, 한 호에 고작 4~6쪽밖에 되지 않았다. 그 일을 하면서 나는 영준하게 생긴 청년 팡더쩡을 알게 되었다. 그의 필명은 '샤오팡'이었다. 그때 당시 그는 중파대학 재학생이었으며, 인품이 순수하고 올바르며 열정적이고 활기찼다. 나의 인상 속에서 그는 언제나 걷고 있었고 분주히 보내고 있었으며 지칠 줄 모르는 것 같았다. 간행물은 원고 편집과 기사 쓰기에서부터 교정, 인쇄, 그리고 발행에 이르기까지 모두 우리 두 사람이 맡아서 하였다. 인쇄공장은 동청(東城) 덩스커우(燈市口, 등롱시장 입구) 동쪽 입구 북쪽 모퉁이에 있는 외관이 크지 않은 곳이었다. 매번 인쇄공장 문으로 뛰어 들어가기 전에는 뒤를 밟는 자가 없는지 앞뒤좌우를 두리번 거리며 살피곤 하였다. 간행물이 출판되면 우리 둘이 따로따로 분담하여 '관련 측'과 동안(東安)시장의 책 파는 작은 노점으로 가져다 팔곤 하였다. 후에 우리는 모두 업무상의 필요에 의해 다른 곳으로 발령이 나게 되어 간행물은 몇 기 나오지 못하고 정간되었다."

(팡인[方殷]의 『눈물을 거두고 웃다(破涕而笑』 중에서)

팡인의 눈에 비친 샤오팡은 우리의 탐방에 있어서 너무나도 소중하였다. 친구의 각도에서 서술하는 것은 역사기록보다 친근하고 직접

1930년대 멀리서 바라본 쳰먼. (개인 소장)

적이며 감정과 온기로 가득 차 있어 그런 형상은 윤곽이 있을 뿐 아니라 피와 살이 있어 살아 숨 쉬는 것 같기 때문이다. 덩스커우 동쪽 입구에 위치한 인쇄공장 자리에 지금은 별 다섯 개짜리 특급 호텔이 들어앉아 있다. 동안시장도 새롭게 개축되면서 주변의 번화함에 옛 기억이 강력하게 삭제되어 버렸다. 애초에 지칠 줄 모르던 젊은이의 모습이 세월에 가려지고 점차 씻겨 사라졌지만, 그 숨결만은 친한 벗의 그리움 속에 여전히 남아 떠난 적이 없다.

중파대학 옛터에서 루이하오가 나를 도와 사진 여러 장을 찍었다. 정원 안은 고요하였다. 비록 북적거리는 시가에 위치해 있지만 방해를 받지 않고 여전히 예전처럼 고요하였다. 건물 안에서 밖으로 나오니 베이징의 가을 내음이 확 안겨왔다. 나뭇잎 변두리가 누렇게 마르기 시작하였다. 팡따쩡에 대해 알게 된 그 가을부터 꼽아보니 꽃이 피고 진 햇수가 17년이다. 나이테가 다시 나이테를 에워싸고 어린 묘

목이 큰 나무로 자라났다. 저도 모르는 사이에 우리 경력은 이미 이
야기가 되었다. 이 정원에는 샤오팡의 청춘과 아름다운 시절이 깃들
어 있다. 새로운 사상에 대한 깨우침, 새로운 사물에 대한 인식, 새
로운 기풍의 영향이 그의 몸에서 나라와 백성을 위하여 충성을 다하
려는 일종의 갈망으로 점차 응고되었다.

"1/25, F.9, 미약한 햇빛, 11월말 오후 4시"

이 글자들은 샤오팡이 한 사진필름에 남긴 것이다. 흑과 백 사이에
서 셔터가 찰칵하는 순간 응고된 영상이 중파대학 여자배구선수의
활기 넘치는 젊음을 신선도가 떨어지지 않는 역사로 영원히 보존시켰
다. 그녀들의 담담한 미소는 세월이 흘러 오늘에 와서 보아도 여전히
그렇게 친근하고 시대적 간격이 전혀 느껴지지 않는다. 그때 당시 11

월 말 미약한 햇빛 아래에 서 있던 팡따쩡도 마찬가지로 그렇게 패기가 넘쳤을 것임을 상상할 수 있다.

팡따쩡의 개인 사진 중에는 산속에서 알몸으로 손을 흔드는 모습의 셀카 사진이 한 장 있다. 팡청민의 설명에 따르면 그 사진은 오빠가 영화 「타잔」을 본 뒤 타잔을 흉내 내서 찍은 것이란다. 그 영화는 메트로 골드윈 메이어 회사가 출품한 것인데 러닝 타임은 101분이다. 1932년 3월 25일 미국에서 상영되어 센세이션을 불러일으켰다. 그리고 얼마 뒤 중국 영화관에 진출하였다. 주연배우는 조니 와이즈뮬러인데 그는 수영경기에서 67차례나 세계기록을 돌파한 적인 있다. 작가 샤오훙(蕭紅)이 회고한 글에서 언급한 바가 있는데, 그때 당시 루쉰(魯迅) 선생이 사람들에게 관람할 것을 추천하였던 영화 중 하나가 바로 「타잔」도 있었다. 타잔의 포즈를 흉내 낸 것은 분명 영화의 줄거리, 이국의 풍경과 웨이즈뮬러의 파워에 마음이 동해서였기 때문일 것이다. 샤오팡의 성장 경력 중 신기하고 밝으며 정의로운 것은 불변의 주제였던 것이다.

그해 크리스마스에 미국 기자 에드거 스노우(Edgar Snow, 1905―1972)와 헬렌 포스터 스노우(Peg Snow, 즉 Helen Foster Snow, 1907―1997)가 도쿄의 일본 주재 미국대사관에서 결혼식을 올렸다. 결혼 후 그들은 일본, 동남아, 그리고 중국 연해 일대를 두루 돌아다녔다. 1933년 봄 스노우가 미국 뉴욕에서 발간되는 일간지 『뉴스데이』 중국 주재 기자의 신분으로 초청을 받고 옌징(燕京)대학 신문학과 강사직도 겸임하였다. 그는 베이핑 둥청 퀘이자창 후통(盔甲廠胡同) 13번지에 정착하였는데, 그 곳은 동단에서 매우 가까우며 팡따쩡의 집에서 남으로 약 1킬로미터 떨어진 곳이었다.

> "처음부터 우리는 베이징에서 지극히 전기적이고 극적인 역사의 분위기를 느끼고 있었다. 우리는 인력거를 타고 포장이 되지 않아 흙먼지가 날리는 비좁은 후통을 누비기도 하고, 양쪽에 홰나무가 자라고 있는 널찍하고 평탄한 거리를 유람하기도 하였다. 우리는 좁은 통로에서 이리 치이고 저리 밀리고 하면서 다녔다. 가정용 석탄을 실어 들이는 낙타도 있고, 자전거와 밀차들 사이에서 수레를 끄는 노새와 나귀도 있었다. 이따금씩 외국인이 택시를 타고 가는 것을 볼 수 있었다. 거리에는 온통 먼 사막에서 불어오는 누런 흙먼지였다. 뼛속까지 파고드는 추위 때문에 밖에 나가면 숨조차 쉬기 어려울 지경이었다."
>
> (헬렌 스노우의 『중국에서의 나날들』 중에서)

낯선 도시에 갓 도착한 젊은 부부의 눈은 호기심으로 가득 찼다. 헬렌 스노우는 회고록에서 이렇게 서술하였다. 베이핑은 하나의 성벽이 다른 하나의 성벽을 에워싼 도시 속의 도시였다. 골목은 비좁고 후통은 온통 흙먼지가 흩날렸으며, 양 옆은 창문 없이 높이 솟은 사합원의 돌담 혹은 흙벽이었고, 그 담의 유일한 출구는 단단히 닫아걸어 빗장을 지른 정원 대문이었다. 둘러싼 담이 소음을 막아주고 흙

샤오팡과 매형 장쇼통(오른쪽)

먼지를 막아주며 도둑을 막아줄 뿐 아니라 정원의 정적도 지켜줄 수 있다. 단층집은 둘러싼 담의 사면을 따라 짓는다. 그러나 소수의 드넓은 상업거리도 있었다. 예를 들면 홰나무 꽃이 활짝 피는 모리썬따제(莫里森大街), 왕푸징따제(王府井大街)와 하더먼따제(哈德門大街), 총원먼따제(崇文門大街)는 목재의 부족으로 가옥들이 보통 흙을 바른 울바자[5]나 혹은 청벽으로 쌓은 것들이었다.

이와 동시에 샤오팡과 사이가 매우 가까웠던 매형 장샤오통(張孝通)이 일가족을 데리고 상하이에서 총칭(重慶)으로 이사를 갔다. 팡수민이 베이핑의 집에 있는 가족들에게 가족사진을 한 장 보내왔다. 그들에게는 이미 세 명의 아이가 생겼고 행복하게 살고 있었다. 1943년 10

---

5) 울바자 : 대나 수수깡, 싸리 따위로 만든 바자(울타리).

팡수민·장쇼통 일가가 충칭(重慶)에서(장짜이어 사진 제공)

월 10일 사진을 찍을 때 제일 어린 아이 장짜이위(張在瑜)는 9개월이
었고, 사진에는 또 그 아이의 두 누나인 장짜이어와 장짜이치(張在琪)
도 있었다.

"1934년 아버지(왕쓰화)는 그때 당시 별명이 '코 큰 계 씨'
라는 공산당원에게 교육계 관련 정보를 제공하였는데(그때
당시 아버지는 교육부 독학[督學]직을 맡은 바가 있었다.)
그 뒤 '코 큰 계 씨'가 체포되어 변절을 하는 바람에 아버지
도 연루되어 체포되었다. 옥중에서 그는 입장이 확고하였
으며 추호의 흔들림도 없었다. 후에 지하당의 구원을 받았
으며 쉬쏭밍(徐誦明) 베이징대학 교장과 리린위 중파대학 교

장을 통해 보석을 받아 출옥할 수 있었다. 약 20일간 옥에 갇혀 있다가 출옥한 뒤, 그는 룬스(潤詩) 어머니 그리고 이모부 한여우린(韓幼林)과 함께 원취안으로 휴양을 왔다. 그때 나는 원취안 중학교에서 재학 중이었는데 그들은 나를 보러 학교로 찾아왔었다. 나는 그와 함께 원취안 요양원에서 하룻밤을 같이 지내고 이튿날 학교로 돌아갔다. 원취안에서 쉬고 있는 동안 그는 정신상태가 정상이었으며 평소와 다를 바 없이 아주 자연스럽게 웃고 얘기하곤 하였다. 이제 막 옥에서 풀려난 사람의 티가 전혀 나지 않았다."

(왕루이핑 『나의 아버지 왕쓰화를 기념하여』)

그해 봄 중파대학 본과 재학생은 183명이었다. 1926년부터 1933년 말까지 역대 본과생 107명이 이미 사회에 진출하였다. 그때 중파대학은 사상이 자유로웠고 진보적이었으며 교학 이념이 선진적이고 사회 실천이 풍부하였기에 베이핑에 있는 대학교들 중에서도 아주 독보적으로 평가받고 있었다.

왕쓰화의 학생 중에 또 까오윈훼이(高云暉)라는 이가 있었는데 그도 반제국주의대동맹의 구성원이었으며, 후베이성 원스관(文史館) 부관장을 맡았었다. 중파대학 역사자료를 검색하던 나는 중요한 수확을 얻을 수 있었다. 바로 뜻밖에 그의 글 한편을 발견했던 것이다. 제목이 「중파대학과 항전 초기의 농타이(農苔)를 추억하며」였다. 글에서 그는 동창인 샤농타이(夏農苔)의 사적과 중파대학의 지난 일들을 구체적으로 소개하였다. 그중에 팡따찡에 대해 언급한 내용이 몇 단락 있었다. 그 내용들은 예전에 본 적이 없는 것이었다. 팡청민조차도 언급한 적이 없었던 새로운 발견이었다. 그로 인해 대학시절 샤오팡의 생활에 대해 더 한 층 알 수 있게 되었으며, 그가 다른 동창들보다 한 해 늦게 졸업한 원인에 대해 명확하게 알 수 있게 되었다.

> "어느 날 교사 판원란·왕선밍·롼무한과 학생 팡더찡이 각
> 각 국민당성당부(國民黨省黨部)에 잡혀갔다. 며칠이 지나서
> 야 그들은 학교 측의 구원으로 보석을 받아 풀려났다. 팡
> 더찡은 경제학과 학생으로 원래는 농타이보다 한 학년 위
> 였는데 학교 측의 처분을 받아 한 학년 묶어 농타이와 같
> 은 반이 되었다.(나와 우쯔무는 전해에 이미 한 학년 묶어
> 농타이보다도 한 학년이 낮았음) 팡더찡(우리 모두가 그를
> 샤오팡이라고 불렀음)이 출옥한 뒤 왜 잡혀 들어갔었느냐
> 고 내가 물었었다. 그는 '공제조합(互濟會)'의 일 때문이라고
> 말하였다."
>
> (가오원훼이 「중파대학 시절과 항전 초기의 농타이를 추억하며」)

그때 당시 중파대학에서 글을 가르쳤던 판원란 선생이 훗날 「번뇌하던 데서 즐거워지기까지」라는 글에서 "다년간 베이징에 가서 글을 가르치면서 적잖은 청년 학생들을 만났다"라고 썼다. "나를 분노케 하였던 경험들은 나에게 이러한 법칙을 알려주었다. 무릇 공부를 제

판원란(范文瀾)이 중파대학에서 (샤오팡 촬영)

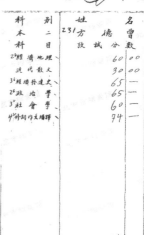

샤오팡이 대학 재학시절 성적표
(베이징시 기록보관소 제공)

좌측 아래 사진: 샤오팡이 동창 샤농타이(夏農藋)(가운데), 차오청셴(曹承憲)(우) 등과
먼터우꺼우(門頭溝)에서 기념사진을 찍음.

일 잘하고 품행이 제일 단정한 청년은 십중팔구가 퇴학을 맡거나 도주를 하였거나 잡혀서 옥에 갇혔거나 고문을 받거나 실종되었거나 총살을 당하여야만 하였다." 한 학년 내려앉은 반에서 팡따쩡은 샤농타이를 알게 되었다. 샤농타이는 키가 별로 크지 않고 둥근 테 안경을 걸었으며 좀 말라뵈는 후베이 사람이었다. 샤농타이는 샤오팡보다 한 살 많았다. 1926년에 우창(武昌)에서 베이핑으로 와 공부하게 되었다. 제일 처음 다녔던 학교는 천주교회당에서 운영하는 "프랑스어단기대학(法文專科學校)"이었다. 쉬안우먼네이(宣武門內)에 위치한 교회당은 규모가 아주 크고 오래된 건물이었는데 사람들은 습관적으로 "난탕(南堂)"이라고 불렀다. 학교에서는 주로 프랑스어를 가르쳤으며 고문도 조금 가르쳤다. 1928년 여름방학에 샤농타이는 베이핑 중파대학 '학습반'에 입학하였다. 이른바 '학습반'은 중파대학에서 중학교 졸업증이 없거나 프랑스어를 배운 적이 없는 학생들을 모집하기 위해 개설한 반이었다. 샤농타이는 사회과학이론연구에 열중하였는데 사상적으로 뚜렷한 좌경 경향을 점차 보이기 시작하더니 마르크스주의 혁명이론을 받아들이기 시작하였다고 동창들이 회고하였다. 그는 또 문학예술을 좋아하여 그해 겨울 같은 반 동창인 천팅짠(陳廷瓚)과 함께 문예 간행물을 하나 창간하였다. 일부 문예창작품을 게재하는 외에도 문예이론에 대한 토론도 진행하였다. 그는 "프로문학"(프롤레타리아문학, 무산계급문학)을 주장하고 찬성하였는데, 동창인 쑨이졘(孫以堅)의 "민족주의문학"주장과 예리하게 맞서 변론하였던 적이 있었다.

『중파대학월간』은 중국과 서양의 요소가 한데
어우러져 있다.

　샤농타이·샤오팡과 같은 반이었던 쑨이젠은 『중파대학월간』에 경
제학 관련 글을 여러 차례 발표하였다. 「산업의 합리화에서 "전후 경
제 몰락"의 부활에 이르기까지」(1932년 제5호), 「최근 중국 대외무역
적자 급증에 대한 연구」(1933년 제3-4호), 「중국 농업금융의 현 단계」
(1933년 제4-5호)는 현재 검색이 가능한, 그들 동창들이 쓴 경제학과
와 관련된 유일한 저술이었다. 팡따쩡과 동시에 경제학과에 입학한
옌쉰추(閻遜初)는 졸업 후 프랑스로 유학을 가서 생물학 박사학위를
땄으며 훗날 우리나라 방선균 분류공학의 창시자가 되었으며 중국과
학원 원사로 선발되기까지 하였다. 1930년대 중기의 베이핑은 청년 학
생들에게 있어서 민주와 자유의 도시였고, 여러 가지 사조가 여기저
기서 일어났으며, 새로운 사물이 끊임없이 용솟음쳐 나왔다. 동청(東

빛과 그림자. 샤오팡이 대학시절에 찍은 셀카 사진.

城) 일대는 외국 공관 구역과 가장 가까이 있었기 때문에 외국 물건
들이 많이 집중되어 있었다. 심지어 지물포(南紙鋪. 중국 남방산 종이
를 파는 가게)마저도 양지행(洋紙行. 서양 종이를 파는 가게)으로 바뀌
었고, 빵집, 꽃집, 영화관 등 없는 것이 없었으며, 무도청까지 갖추어
져 있었다. 이는 다른 곳에서는 찾아볼 수 없는 풍경이었다. 중파대
학은 바로 이처럼 외국적인 분위기가 물씬 풍기는 곳에 있었기 때문
에 학생들에게서는 최신 유행의 시대적 기풍을 엿볼 수 있었고, 교사
들에게서는 서양적인 기풍을 느낄 수 있었던 것이다.

  "판창장이 총칭에 있을 때 샤오팡에 대한 글을 한 편 지었
  는데 발표된 후 다른 사람이 나에게 가져다주었다. 그 글

에서 그는 오빠의 한 여자 친구가 그에게 샤오팡의 행방에 대해 물었다고 언급하였다. 그가 말한 그 사람은 성씨가 쩡(曾)씨였고 나의 동창이었다. 우리는 다 같은 지부여서 오빠와도 잘 아는 사이였으며 늘 우리 집에 놀러오곤 하였다. 사실 그 이상으로 깊이 교제한 사이는 아니었다."

(팡청민의 회고)

팡청민의 유품 중에 쩡씨 성을 가진 그 학생이 팡청민에게 보낸 편지가 한 통 있었다. 편지에서 그들의 대학 시절에 샤오팡의 어머니 팡주리가 진보적인 청년을 구원하였던 일에 대해서 언급하였다.

청민아,

세월이 참 빠르구나. 우리는 베이징시 제1여자중학교에서 청년시절을 같이 보내고 같이 혁명조직에 참가하여 어려움을 같이 이겨냈었지. 오늘날 문득 뒤돌아보니 벌써 반세기도 넘는 세월이 흘렀더라. 그런데도 가슴을 놀라게 했던 여러 가지 지난 일들은 여전히 눈앞에 생생하구나. 1931년 '9.18사변' 후에 여1중 동기인 쩌우더신(鄒德馨) 등이 잡혀서 옥에 갇히고, 지윈(繼雲)·레이저(雷哲, 넷째 언니의 남편) 그리고 란친팡(冉琴舫) 등이 잇달아 체포되어 "난징중앙군인감옥"에 감금되었었지. 그때 넷째 언니 쓰주(似竹)도 계속 특무(정탐꾼)들에게 쫓기고 있었어. 특히 넷째 언니는 아이를 낳은 후 처지가 더 어려워졌었어. 그 생사 위기의 시각에 네가 좋은 생각을 내놓아 어머니와 의논하여 넷째 언니를 너의 친 언니인 것처럼 꾸며 아이를 낳고 친정에 와서 몸조리를 한다는 구실을 대어 너의 집에 숨겨주었었지. 그 덕분에 쓰주 언니가 위기의 상황을 넘길 수 있었던 거야.

쓰주 언니는 어려운 시기를 지나온 공산당원이다. 비록 그가 1980년에 병으로 세상을 떠났지만 그의 자녀들은 쓰주 언니가 베이징에서 곤경에 처하였을 때 어르신의 보호를 받았던 정경에 대해 언급할 때마다 눈물을 글썽이곤 하면서 팡 씨 집안의 연로한 할머니와 팡 여사의 따뜻한 정을 깊이 느낀다고 하였어. 쓰주 언니에게는 아이가 다섯 명 있어. 딸 네 명과 아들 한 명인데 모두 대학을 졸업하고 직장에 다니고 있어. 그들은 모두 앞으로 베이징에 올 기회가 있으면 반드시 세허 후통으로 팡 씨 언니를 뵈러 가겠다고 했다.

너의 오랜 동창이자 오랜 전우 쩡수더(曾淑德) 씀

1987년 6월 10일

팡청민은 우리의 방문을 받았을 때 이렇게 말했다. "나의 아버지는 집안일에는 아예 관심을 두지 않았다. 그는 자기 일에만 신경을 썼다. 우리 어머니는 진보적인 노부인이셨다. 베이핑 사람이었으며 마오 주석(마오쩌둥)의 저작 5권 중 4권을 모두 읽었다. 어머니는 중의학을 자습하였다. 이웃들은 모두 어머니가 약 처방을 쓸 수 있다는 사실을 알고 있었으며, 몸이 조금 불편하거나 하면 어머니에게 병을 보이러 찾아오곤 하였다. 그러나 어머니는 간판을 건 적이 없으며 정식 취직도 한 적이 없다. 후에 해방된 후 의사를 모집한다는 소식을 듣고 어머니는 응시하였다. 그때 이미 70세였는데 1차 시험에 통과하였다. 약 처방도 잘 쓰고 실력이 있었지만 연세가 너무 많은 이유 때문에 2차 시험에서 탈락하였다. 그 일로 어머니는 화가 많이 났었다. 워낙 의학을 유난히 좋아하셨으니까."

"기실 샤오팡을 좋아하는 여자아이들이 아주 많았다. 그래서 늘 샤오팡을 따라 함께 여행을 다니곤 하였다. 놀기를 좋아하는 샤오팡을 그녀들은 따라다니기 좋아하였다. 그러나 어쩌면 그가 너무 가난한 탓이어서인지 누구와 더 깊은 교제 관계로 발전하였다는 얘기는 듣지 못하였다. 그 사람들은 모두 가정형편이 좋은 편이었다. 칭화대학 교수이며 물리학자인 싸번동(薩本棟)의 처제(황수칭[黃淑淸], 샤오팡의 중파대학 동창, 체육 선수 황수선[黃淑愼]의 여동생), 치루산(齊如山)의 조카딸 치륀(齊倫)이 그들이었다. 사진도 한 장 있지 않은가. 치륀이 물가에서 꽃을 한 줌 쥐고 서 있고 나도 그 사진에 있으며, 천 씨 성을 가진 천통훼이(陳同惠, 발음에 따라 적음) 등도 늘 같이 나가 놀곤 하였다. 기실 그때 당시 오빠는 그런 생각이 없었던 것 같았다. 그가 한 여학생을 쫓아다니거나 하는 것도 보지 못했다. 그저 다들

샤오팡의 어머니 팡주리가 쓴 약 처방 (장짜이어 제공)

샤오팡(우1)이 친구들과 이허위안(頤和園)을 유람하면서 찍은 기념사진.

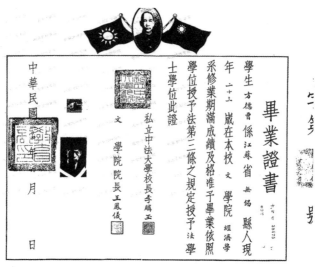

學生方德曾 係江蘇省 無錫 縣人現
年 二十三 歲在本校 文 學院 經濟學
系修業期滿成績及格准予畢業依照
學位授予法第三條之規定授予法 學
士學位此證

中華民國

月

日

文 學院院長王鳳儀

私立中法大學校長手嶠工

畢業證書

사오팡의 대학졸업증서 (베이징시 기록보관소 제공)

사이좋게 지냈으며 모두가 사상이 진보적이었다. 해방 후
그녀들 중 많은 이들이 우리 집을 방문하여 샤오팡이 돌아
왔는지를 물었었다. 어떤 사람은 샤오팡이 돌아오지 않았
다는 말을 듣고는 점점 발길이 뜸해지더니 더 이상 찾아오
지 않았다."

(천선[陳申]이 팡청민을 방문하였을 때의 담화 내용)

「중파대학 졸업생 명부」에는 1935년 중파대학 문학원 경제학과 졸
업생이 10명인 것으로 기록되어 있다. 즉 "팡더쩡, 남, 장쑤(江蘇) 우
시(無錫)", "리광티(李光偁), 남, 쓰촨(四川) 허촨(合川)", "리쉰민(李訓民),
남, 허베이(河北) 셴현(獻縣)", "천셴닝(陳獻能), 남, 광동(廣東) 충산(瓊

중파대학 정문 (펑쒜쏭 촬영)

山)" "쑨이젠, 남, 상하이" "샤룽타이(夏隆臺, 농타이), 남, 후베이, 우
창", "차오청셴, 남, 허난 구스(固始)", "황수칭, 여, 후난(湖南) 롼링(阮
陵)", "어우양청(歐陽誠), 남, 광동 중산(中山)", "웨이룽장(魏榮章), 남,
톈진(天津)" 등이었다.

가을을 맞는 중파대학 옛터는 회색 벽과 푸른 기와가 푸른 하늘과
어우러져 고요함 속에서 지난 일들이 눈에 선하게 비치는 듯했다. 마
치 맑고 투명한데 마시면 부드러우나 깊은 맛이 나는 오래 묵은 술과
도 같았다. 세월이 오래 흐르게 되면 모든 것이 바뀌게 된다. 팡따쩡
이 졸업한 지 15년 뒤의 여름 중파대학은 명령에 따라 해방구에서 이
사 온 화뻬이(華北)대학 공학원과 합병되었다.

학교 본부와 문서기록만 남겨 놓고 여러 단과대학과 전공학과에 대해서는 각각 다른 학교로 합병시켰다. 경제학과는 난카이(南開)대학에 편입되었다. 창설되어서부터 끝날 때까지 30년간 존재하였던 중파대학은 그렇게 막을 내렸던 것이다.

4.
광명행(光明行)

팡더쩡은 활동적인 공청단원이었다. 그는 이따금씩 나에게
『붉은 중국(紅色中國)』, 영문판 화보 『소련 건설』, 그리고 블
라디보스토크·파리에서 출판된 일부 혁명 출판물들을 가
져다주곤 하였다. 그리고 또 나에게 동안시장 단꿰이(丹桂)
상가 안에 있는 한 헌책방 사장도 소개시켜주었다. 그 헌책
방에서는 복사된 일부 당내의 출판물을 비밀리에 살 수 있
었다. 예를 들면 『중국 대혁명사』·『반혁명분자 숙청』 등이
그것이었다.

— 가오원훼이

「중파대학시절과 항전 초기의 농타이를 추억하며」

4. 광명행光明行

징시(京西) 쳰링산(千靈山) "관음 옛 동굴(觀音古洞)"이라는 이름은 그 앞에 "관음암(觀音庵)"이 있다고 하여 얻어진 이름이다. 관음동(觀音洞)은 링산(靈山) 일대 여러 동굴들 중에서 가장 크고 가장 깊은 동굴로서 "타이구화양동(太古化陽洞)"으로도 불린다. 팡쥐안(龐涓)이 무예를 수련하였던 곳으로 전해지고 있으며, 자연적으로 형성된 동굴이다. 후에 여러 세대에 걸쳐 불교 동굴로 개조되었으며, 가운데 관음보살을 모셔놓았다. 동굴 입구에서 안으로 들어가면 깊이를 알 수 없을 만큼 동굴이 깊다. 용딩허(永定河)와 이어진다고도 전해지고 있다.

현지인들도 그 동굴을 "끝이 보이지 않는 동굴"이라 하여 "우띠동(無底洞)"이라고 부른다. 동굴 내의 형태는 자연적으로 형성된 것으로 옛 정취가 느껴진다. 명(明)나라 때『장안객화(長安客話)』에는 이런 이야기가 기록되어 있다. 어떤 사람이 이 동굴이 정말 용딩허까지 통하는지 의문스러워서 동굴 안에 깨어진 기와 조각과 벽돌 부스러기를 던져 넣었는데 땅에 닿는 소리가 들리지 않았다고 한다. 또 한 사람은 동굴 안에 개 한 마리를 풀어놨는데 그 개가 정말로 용딩허로 나왔다고 한다. 팡따쩡이 남긴 사진 중에 풍경인물사진도 아니고 뉴스 사건도 아닌 사진이 한 장 있다. 이 사진을 보는 이들은 그냥 가볍게 한 번 스쳐볼 뿐 별로 대수롭게 여기지 않았다. 사진은 "대자대비관

옛 동굴 왼쪽 위 귀퉁이 돌담에 샤오팡의 필적이 남아 있다.

음고동(大慈大悲觀音古洞)"이라는 편액 이외에 별로 특별한 점이 없는 그냥 평범한 기념사진으로 보인다. 환경과 지형에 대한 비교 분석을 통해 보면 지점은 바로 쳰링산 관음동이다. 사진을 읽는 단계에서 나는 그가 왜 그런 사진을 찍었는지 이해가 가지 않았다. 다만 호기심에서 나는 그 사진을 컴퓨터 화면에 최대로 확대해서 꼼꼼히 세심하게 살펴보았다. 보다보니 편액 왼쪽 위의 돌 위에 "샤오팡 1931. 7. 7." 이라고 쓴 글자가 희미하게 보였다. 나머지 작은 글자는 명확히 보이지 않았다. 팡청민이 오빠의 본명은 팡더쩡인데 후에 팡따쩡으로 개명하였고, 필명은 원래 샤오팡(小芳)이었는데 후에 샤오팡(小方)으로 개명하였다고 말한 적이 있었다. 대학교 1학년 여름방학이었던 그날 그가 그 곳에 유람을 갔었던 게 틀림없다. 우연의 일치라고나 할까?

6년 뒤인 이날 루거우차오 사변이 일어났고, 샤오팡의 운명도 그로 인해 바뀌었던 것이다. 동단은 그 곳에서 30여 킬로미터 떨어진 곳이다. 샤오팡은 걷거나 자전거를 타고 베이징 교외의 산과 강을 두루 돌아다니곤 하였다. 첸링산은 멀리까지 이름이 알려져 있어서 당연히 그의 "반드시 가봐야 할 곳 리스트"에 오르게 되었을 것이다. 지금은 관음동 돌 편액의 행방을 알 수 없지만 동굴 입구의 외관은 별로 바뀐 게 없었다. 80년이 사람에게는 일생이지만 자연으로 말하면 한순간일 뿐이다. 빛이 동굴 밖에서 비쳐들어 와 눈이 부셨으며 미소를 머금은 보살의 얼굴이 평온해보였다.

고요함이 시공간의 아득함을 덮어주었다. 시간의 저쪽에서 샤오팡의 젊은 얼굴, 맑은 눈빛이 보이는 것 같았고, 카메라 셔터의 찰칵 소리가 동굴 안에서 들려오는 것 같았다. 순간 눈앞의 경물이 흑백 화면으로 정지되는가 싶더니 오늘날 역사가 되어 우리 손에 들어와 있었다. 동굴 입구 위쪽의 돌담이 반들반들하고도 가파른데다가 손으로 잡을 수 있는 물건조차 없는데 샤오팡이 어떻게 그 높은 곳까지 기어 올라갈 수 있었으며, 또 어떻게 그렇게 태연자약하게 그 곳에 글을 남길 수 있었는지 의문스러웠다.

관음상 뒷면에 이제는 햇살이 비쳐들지 않았다. 병풍 같은 벽이 하나 세워져 있었고 옆면에는 한 사람 키 높이만한 문도 하나 나 있었다. 그 문 뒤가 바로 "끝이 없는 굴"의 입구였다. 유람객들이 함부로 뛰어들었다가 의외의 사고가 발생할까 우려해 풍경구에 철문을 설치하고 자물쇠까지 달아놓았다. 현지 마을 주민의 말에 따르면 "끝이

여행 중인 샤오팡 (우)

보이지 않는 동굴"이 대체 어디로 통하는지 하는 문제에 대해서는 아직까지도 그 답을 찾지 못하고 있다. 그때 당시 샤오팡이 그 동굴에 들어가 "탐험"을 하였는지 여부에 대해서는 알 길이 없다. 모험을 좋아하는 그였으니까 아마도 들어가 낱낱이 탐구하였을 것이다.

한 가지만은 단정 지을 수 있다. 팡따쩡이 소풍(消風)을 다니는 목

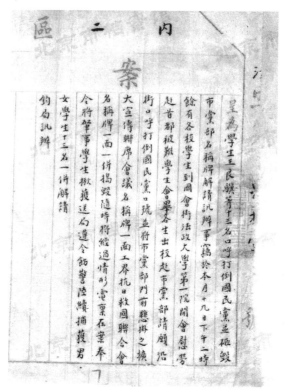
팡따쩡 체포사건파일(베이징시 기록보관소 제공)

적은 단순히 자연을 즐기며 놀기 위한 것만은 아니었다. 그가 남긴 사진과 기사를 보면 그가 산과 강의 풀 한 포기 나무 한 그루에도 감정 몰입을 하고 있었으며, 나라와 민생의 전도와 운명에 깊은 관심을 기울이고 있었음을 알 수 있다. 그렇지 않다면 그가 선택한 경물에 대한 찬미가 배어나지 않았을 것이며, 인물 촬영에서 평등함이 드러나지 않았을 것이다. 만약 샤오팡이 같은 시대의 다른 촬영자들과 비교해 전혀 다른 풍격을 띤다고 말한다면, 그것은 어쩌면 그가 앵글에

체포 인원 명단 (베이징시 기록보관소 제공)

샤오팡이 직접 쓴 사건 경과 (베이징시 기록보관소 제공)

담을 그림을 선택함에 있어서 마음을 기준으로 하는 때가 많기 때문일 것이다. 걸어 다니면서 그가 놀라움과 울분을 느꼈던 것은 최하층 노동자들이 자기 나라에서 마주해야 했던 비참한 운명이었다. 그는 생각하면서 굴욕과 분노를 느꼈던 것은 일본 침략자들이 남의 땅에서 거들먹거리고 있는 상황이었다. 캠퍼스에서 사회에 이르기까지 바로 그런 걸음과 생각 속에서 팡따쩡은 점차 사명감이 있는 진보적인 청년으로 자라나고 있었던 것이다. 최근 자료를 찾는 과정에서 사람들에게 잘 알려지지 않았던 샤오팡의 피체경력이 수면 위로 떠올랐다. 베이징시 기록보관소 목록 데이터 뱅크에 있는 중파대학 관련 5백 부 공문서 중 1932년 1월 19일 베이핑시 경찰국 내2구(內二區) 조서가 나의 주의를 끌었다. 내용은 "중파대학 왕량지(王良驥)·팡더쩡 등 13명 시위행진자 체포 압송사건"이었다. 사유에 대해서는 대략 이렇게 기록하고 있다. "이날 오후 청년 학생들이 집회 후에 시 당부(黨部)로 가서 항일을 전개해야 한다는 청원을 제기하였다. 가는 길에 '국민당을 타도하자'는 등의 구호를 소리높이 외쳤으며 편액을 여러 개나 부숴버렸다. 이에 명령에 따라 사고를 낸 학생들을 잡아 경찰국으로 압송하였다. 남녀 학생이 총 13명이었다."

조서 내용에는 샤오팡이 직접 쓴 사건 경위가 기록되어 있었다. 전문은 다음과 같았다.

팡더쩡, 장쑤 우시 사람, 중파대학 학생, 19세, 주소는 셰허 후통 3번지.

난징에서 체포된 동창 차이화이(蔡華義)는 중파대학 학생인데 엊그제 풀려나 베이핑으로 돌아왔다. 그는 나의 어린 친구이다. 오늘 그가 나에게 법학원에서 그들을 위로하는 대회가 열린다고 알려주면서 같이 가보자고 청하였다. 원래 법학원은 우리와 아주 멀리 떨어져 있어서 나는 가고 싶지 않았다. 마침 집에서 일이 있다고 나를 시청(西城)으로 불렀다. 나는 볼 일을 다 처리한 뒤 그 길로 법학원으로 갔다. 그때 이미 4시가 다 되어서 그들이 시위하러 나가는 길이었으므로 나도 뒤따라갔다.

샤오팡의 셀카 사진.

나는 병을 앓다가 나은 지 얼마 되지 않았었기에 아무 구호도 외치지 않았다. 그들이 시 당부에 청원하러 갈 때 나도 따라가 구경하였다. 후에 그들이 대문을 닫았고 많은 사람들이 시 당부의 편액을 부숴 떨어뜨렸으며, 그리고는 다들 도망쳤다. 나는 다들 왜 도망가는지 알 수 없어서 대체 어떻게 된 영문인지 살피려고 문어귀에 서서 기다렸다. 그런데 대문이 열리더니 경찰들이 우르르 쫓아 나왔다. 나는 겁이 나서 무작정 서쪽으로 뛰었다. 그런데 금방 앓았던 몸이어서 다리가 말을 듣지 않아 결국 서너 명의 경찰에 잡히고 말았다. 시 당부에 끌려가 보니 나의 동창 왕량지(王良驥)도 거기 있었다. 그는 나에게 겁먹지 말라고 하였다. 나는 그에게 우리 학교 학생들을 보지 못하였느냐고 물었다. 그는 자기도 보지 못하였다고 대답하였다. 나는 오지 말걸 하고 후회하였다. 의용군 군용모자도 잃어버렸다. 우린 매일 조련도 해야 했다.

펑더쩡 민국 21년(1933년) 1월 19일

상기 「사건의 경위」에는 "감추는 부분"이 있는 것이 분명하다. "중요한 것은 피하고 지엽적인 것만 골라서" 치밀하게 기획하여 계획적으로 행한 행동을 불시에 일어난 일로 무고하게 체포된 우발적인 사건으로 진술하였던 것이다. 샤오펑의 침착하고 지혜로운 일면을 충분히 보여주는 대목이다. "나는 그에게 우리 학교 학생들을 보지 못하였느

냐고 물었다"라는 한 마디가 그의 마음을 남김없이 표현하였다. 나이
는 어리지만 어른스러웠으며 항일의용군의 신분을 "얼렁뚱땅 넘기며"
교묘하게 둘러냈던 것이다. 뜻밖에도 그 '경위 조서'에 경찰국이 속아
넘어갔다. 얼마 뒤 경찰국은 그들에게 경고한 뒤 더 이상 추궁하지
않는 걸로 마무리 지었다. 그들은 베이핑 항일단체의 도움으로 보석
으로 풀려났던 것이다. 이로부터 샤오팡이 구국의 길을 걷게 된 것은
결국 우연이 아님을 알 수 있다.

샤오팡(오른쪽 가운데)이 평소 자주 왕래하던 진보적 학우들과 함께 찍은 사진.

"오빠의 친구 중 처음부터 마지막까지 내왕이 있었던 이가 바로 리쉬깡(李續剛. 전 공청단 베이핑 시 위원회 서기, 해방 후 베이징 시 인민위원회 부비서장이 됨)이다. 그는 우리의 가장 오랜 친구이다. 그는 14살에 혁명에 참가하였으며 지하당원이었다. 후에 학교에서 그를 퇴학시켰다. 샤오팡은 리쉬강의 퇴학처분을 알리는 게시문 사진을 찍으러 갔다. 관계자들이 사진을 찍지 못하게 막았다. 그래도 그는 막무가내로 사진을 찍으려다가 결국 경찰에 잡혀 끌려가 반나절이나 갇혀 있다가 풀려났다. 그런 일이 있는 걸 집에서는 알지 못했으며 오빠도 돌아와서 말하지 않았다. 그와 리쉬강은 줄곧 사이가 가까웠다. 그 일도 후에 리쉬깡이 우리에게 알려주어서 알게 된 것이다.

팡인이 체포되었던 그때도 너무 위험했었다. 샤오팡이 그의 처소로 달려가 경찰이 들이닥치기 전에 물건들을 다 거둬가지고 가버렸다. 만약 특무와 맞닥뜨리기라도 하였더라면 함께 잡혀 갔을 것이 아닌가? 이러한 일들을 그는 집에 돌아와서 일절 얘기하지 않았다. 이 일은 내가 팡인의 글을 보고 알게 된 것이다."

(천선이 팡청민을 방문하였을 때의 담화 내용)

오후에 기록보관소에는 사람이 별로 없었다. 아마도 구정이 멀지 않아서인지 의자가 거의 비어 있어 썰렁하였다. 멀지 않은 곳에서 한 직원이 컴퓨터를 수리하고 있었는데 십년이나 된 낡은 기계를 벌써 바꿔버렸어야 한다면서 불만스레 투덜거리고 있었다. 그는 혼잣말을 하고 있었는데 보고 있자니 웃음이 나왔다. 열람할 문서를 찾는 걸 기다리는 동안 나는 중파대학의 공문서 목록을 또 한 번 검색해보았다. 한 쪽에 20건씩 총 25쪽이었다. 30년에 이르는 학교 발전사가 전부 다 거기에 함축되어 있었다.

리따자오 장례식 사진. 친구가 여러 사람의 손을 거쳐 팡청민에게 전함.

그런데 이리 뒤지고 저리 뒤져봐도 더 이상 샤오팡의 소식은 찾을 수 없었다. 그와 관련이 있는 동창과 스승의 이름들이 우연히 언뜻 나타나기도 하였다. 황수칭(黃淑淸)은 졸업증을 받아 가지 않았다, 샤 농타이는 선택과목 성적이 뛰어나다, 왕쓰밍(王思明)이 교수가 되었을 때 판원란(范文瀾)은 겨우 강사였다. 팡따쩡 재학 기간에 중파대학은 교육부로부터 '국립'으로 변경하라는 명을 받았으나 거부하였다. 그리고 사회과학원을 철폐하고 문학 분원으로 개칭하였다. 학교에서는 이과학원 쥐리루(居禮樓)를 건설하고, 화학공장을 설립하였으며, 강철공장을 확충하고, 온천양로원을 확충하였다. 그 무렵 화뻬이(華北)의 정세는 심각하게 악화되기 시작하였다.

"1933년 봄 중파대학 학생회가 설립되었다. 학생회 설립 목적은 학생의 민주 권리를 보장하고 학습조건을 개선하기 위해 투쟁하는 것이었다. 모두가 수학학과 학생 왕즈민(王志民)을 학생회 주석으로 선거하였으며, 농타이도 학생회 주요 간부 중의 한 사람이었다. 학생회에서는 『학생회회보』를 매주 한 기씩 출간하였다. 회보는 학생들의 목소리를 대변하였기 때문에 학생들 속에서 큰 환영을 받았다.
여름방학 기간에 샤오팡과 내가 사회과학이론 학습연구 관련 토론제강을 만들었는데, 철학·정치경제학·사회주의 세 부분으로 나뉘어져 있다. 그는 등사기 한 대를 얻어 우리 집에 가지고와서 그 토론제강을 여러 부 등사하였다.

그 뒤 우리는 '독서회'를 조직하였는데 참가자들로는 왕즈민과 차오청셴, 베이징대학의 학생 첸창아이(錢昌詼), 춴밍여중(春明女中)의 마오쥐(毛掬) 등이었다. 두 주일에 한 번씩 우리 집에서 토론회를 가지곤 하였다. 그때 우리 집에는 방은 많은데 식구는 너무 적어 매우 널찍하고 편리하였다. 모두들 열띤 토론을 벌이곤 하였는데 한 번 토론을 시작하면 반나절씩 하곤 하였다. 농타이는 비록 그 '독서회'에 참가한 적은 없지만 그는 차오청셴과 같은 반에서 수업하고 같은 아파트에 살면서 관계가 밀접하였기 때문에 '독서회'의 일부 상황들에 대해 다 알고 있어 참가한 것과 별반 다름이 없었다."

(가오윈훼이 「중파대학 시절과 항전 초기의 농타이를 추억하며」)

1933년 4월 22일 베이핑 『신보(晨報)』에 리따자오 선생 발인 부고가 게재되었다. 그해는 그가 살해된 지 6년이 되는 해였다. 그 이전에 영구는 줄곧 쉬안우먼(宣武門) 밖에 있는 창천사(長椿寺) 내에 안치되어 있었다. 부고는 리따자오 선생의 딸 리싱화(李星華)의 명의로 냈으며, 그때 당시 그녀는 중파대학 쿵더학원 학생이었다.

견식이 넓고 사람 됨됨이가 충직하고 온후하며 사람들에게 크게 추대를 받았던 리따자오는 유명한 공산당 지도자였다. 장멍린(蔣夢麟)·선인뭐(沈尹默) 등 베이징대학 교수 13명이 후원의 손길을 내밀어 리따자오 선생을 위해 사회장을 준비하였으며, 한 사람이 20원(元)

샤오팡(높이 올라앉은 사람)은 진보 교사들과 왕래가 밀접했다.

씩 기부하였다. 그 이외에 베이징대학 교수 리쓰광(李四光)·정톈팅(鄭
天挺)이 각각 10원씩, 마인추(馬寅初) 등이 각각 20원씩, 량수밍(梁漱
溟) 등이 각각 50원씩 기부하였다. 외지의 오랜 친구 루쉰이 50원, 다
이지타오(戴季陶)가 100원, 천꿍버(陳公博)가 300원, 왕징웨이(汪精衛)가
1000원을 각각 기부하였다.

　장례식을 이틀 앞두고 베이핑 당 조직 책임자가 법학원 진보적 학
생 리스위(李時雨)를 찾아와 그에게 리따자오 동지의 장례행사를 잘
조직할 것을 지시하였다. 특히 영구를 완안(萬安) 공동묘지까지 안전
하게 이송할 수 있도록 호위할 것을 지시하였다. 리스위는 헤이룽장
(黑龍江) 바옌(巴彦)에서 태어났다. 그는 1931년 국립베이핑정법대학 재

학 중일 때 중국공산당에 가입하였다. 1934년에 동북군에 들어가 시안(西安) "비적 토벌 총사령부" 제4처(處)에 잠입하여 중위사무원을 담당하였다. 1936년 후부터 톈진에 잠입하여 중국공산당 북방국(北方局) 사회부의 영도 아래 톈진 고급법원 검찰관 신분으로 지하공작에 종사하기 시작하였다.

차오(喬) 씨 성을 가진 한 고향사람의 소개로 리스위는 리따자오의 부인 자오런란(趙紉蘭)을 만났다. 소개 받을 때 그를 리씨 가문의 아래뻘 되는 사람이라면서 영구운반을 도우려고 일부러 왔다고 하였다. 그들은 의논을 거쳐 영구를 운반할 때 리스위가 상제가 쓰는 흰 두건을 쓰고 리따자오의 열 몇 살 나는 작은 아들을 보살피며, 영구 뒤에 바싹 붙어서 가기로 정하였다. 이는 그가 일반 대중들처럼 군경에게 내몰려 영구운반 행렬 밖으로 쫓겨나지 않도록 막기 위한 조치이기도 했고, 다른 한편으로는 만약 그가 체포되더라도 리따자오의 먼 친척이라고 하면 위험에서 벗어나기 쉬울 것임을 감안한 조치이기도 했다.

1933년 4월 23일 이른 아침 리따자오의 장례식은 그가 희생된 지 6년이 지난 뒤 드디어 치러질 수 있었다. 이날 창천사 앞에다 빈소를 설치하였다. 가운데에는 현수막이 드리우고 앞뒤좌우에 고인을 애도하는 대련(對聯)이 가득 붙었으며, 양쪽에 화환이 빼곡히 들어서 있었다. 추도곡이 울리고 추도문 낭독에 이어 대중들이 〈국제가〉를 부르기 시작하였다. 장례식장 내에 비장하고 숙연한 분위기가 감돌았다.

팡청민의 유품 중에는 사진을 복제한 사진필름이 한 장 보존되어 있다. 새 중국이 창립된 후 팡따쩡의 친구가 전해온 것이었는데 팡따쩡이 촬영한 리따자오 선생의 영구운반 대오 사진이었다. 사진을 보면 대오 앞에 선 몇 사람은 부모상에나 입는 상복을 입고 서로 부축하며 시정 거리 한 복판에서 천천히 걸어가고 있는 모습이다. 그들은 촬영자가 서있는 쪽을 한 번 흘끗 보는 것 같았다. 길옆과 주점 앞에서 사람들이 걸음을 멈추고 바라보고 있었다. 상제를 부축하고 있는 사람이 바로 리 모모(즉 리스위)였다. 팡청민은 그 사진에서 깊은 인상을 받고 문자기록을 남겼다.

　장례식에 이어 출관이 시작되었다. 관 뚜껑 위에 남색 꽃이 수놓인 영구가 대중들에게 둘러싸여 서서히 창천사에서 들려나왔다. 리스위는 리따자오의 작은 아들을 부축하여 리 씨 부인 그리고 친척들과 함께 영구 뒤를 바싹 따라 걸었다. 그 뒤로 수백 명의 대중들로 구성된 영구를 따라가는 대열이 이어졌다. 모두가 가슴에 흰 꽃을 달고 팔에 검은 상장을 둘렀다. 일부 동지들은 리따자오의 초상화를 들고 화환과 고인을 애도하는 대련과 추도사를 어깨에 메고 걸으면서 길옆의 행인들을 향해 삐라를 뿌리며 구호를 높이 외쳤다. 입수한 소식들을 종합해 보면 샤오팡이 그 장례식에 참가하였을 가능성은 아주 크다. 그와 가까운 사이인 스승 왕쓰화(선밍)가 리따자오의 계몽교육을 받은 바 있으며, 또 그와 같은 고향이니 어쩌면 두 사람이 함께 참가하였을 수도 있다. 그리고 이번 행동은 홍색공제조합이 나서서 조직한 것이며, 팡따쩡은 공제조합에 참가하였다는 이유로 체포되었던 적이 있었다. 또 리싱화(李星華)가 샤오팡의 중파대학 학우였기에 더 직접적으로 소식을 접할 수 있었을 것이라 생각된다.

> "상복을 입고 흰 깃발을 든 우리 자녀들이 관 앞에서 걸으
> 면서 길을 열었다. 어머니와 친척, 친구들은 남색 무명천에
> 흰 꽃을 단 마차에 앉아 관 뒤를 따라 천천히 전진하였다.
> 영구운반을 보려는 대중이 점점 많이 모여들었다. 인파가
> 거리를 가득 메우고 자동차, 무궤도 전차 그리고 여러 가
> 지 차량들이 다 지나다닐 수 없게 되었다. 거리 양쪽에 들
> 어선 상가 건물 위에까지 사람들이 가득 올라서 있었다.
> 어떤 사람들은 카메라로 사진을 찍기도 하였다."
>
> (리싱화 「나의 아버지 리따자오」)

영구운반 대오 맨 앞에는 흰 종이에 검은 글자로 쓰여 진 큰 폭의
추도 대련이었다. 대련의 앞 구절(上聯)은 "혁명을 위해 싸우다 혁명
을 위해 희생되었으니 죽어도 여한이 없도다!"라고 썼고, 뒤 구절(下
聯)은 "억압 속에 살며 억압 속에 신음하고 있으니 산자가 어찌 감당
하리오!"라고 썼으며, 가운데 가로 폭(橫批)은 "리따자오 선열의 정신
은 불멸하리라!"라고 썼다. 영구가 쉬안우먼(宣武門)을 지났을 때 영
구운반 대오에 가담한 대중이 천 명이 넘었다. 시단(西單)에 이르렀을
때는 적지 않은 대중이 길옆에 제상을 차려놓은 게 보였다.

그때 추도문을 낭독하는 소리, 폭죽 소리 그리고 구호를 외치는 소
리가 한데 어우러져 베이핑 성 절반이 들썩이었다. 시단베이따가(西

샤오팡은 독립적인 정신과 독립적인 인격을 갖추었다.

單北大街)에 이르러 리스위가 남쪽으로 고개를 돌려 보니 인산인해를 이루었는데 끝이 보이지 않았다.

자료에 따르면 대오가 깐스차오(甘石橋)에 이르렀을 때 낫과 도끼가 수놓인 붉은 깃발을 누군가 미리 준비해두었다가 리따자오의 영구 위에 덮어놓았다. 그러자 영구 행렬을 감시하던 군경들이 바로 사면팔방에서 뛰어나와 영구운반에 참가한 대중들을 공격하기 시작하였다. 그들은 제상을 뒤집어엎고 추도문을 낭송하는 사람을 구타하였으며, 개머리판으로 내리쳐 영구운반하는 대중들을 흩트렸으며 수십 명을 체포하였다. 리스위는 처음부터 마지막까지 리따자오의 작은 아들을 부축하여 친족들과 함께 영구를 완안(萬安) 공동묘지까지 호송하

샤오팡(우1)과 그의 친구들.

였다. 베이징에서 리따자오의 생애 사적을 연구해온 전문가의 소개에
따르면, 선생의 장례식에 대해 그해 신문들에 보도되었다는 기록은
많지만, 함께 게재된 사진은 한 장도 없었다고 했다. 그렇다면 팡청민
이 보존한 그 사진은 또 하나의 새로운 발견이 아닐 수 없다.

그해 겨울 칭화대학 교정에서 학생들이 "현대 좌담회"를 조직하여
회원을 공개 모집하였다. 칭화대학에 갓 입학하여 팡따쩡보다 한 살
어린 마오쥐(毛掬)가 있었다. 그녀의 또 다른 이름은 링윈(凌雲)이었고,
그 조직의 상무위원이었으며, '학술활동'이라는 명의로 웨이쥔이(韋君
宜)를 동원하여 참가시켰으며, "변증유물론강좌" 등의 서적을 학습하
였다. 얼마 뒤 칭화대학이 징자이(靜齋)에서 혁명에 참가한 학생들을

체포하는 사건이 발생하였다. 마오쥐는 체포자 리스트에 올랐으나 여러 사람들의 엄호를 받아 몸을 피할 수 있었다. 그 후 설립된 지 겨우 반 년 만에 "현대 좌담회"는 하는 수 없이 해체되고 말았다. 비록 짧은 경력이었지만 웨이쥔이는 학습과 사상 면에서 큰 변화를 가져왔다. 그녀는 그 기간 자기 사상에 대해 회고하면서 이렇게 썼다. "이제 막 새로운 세계의 그림자만 조금 접하였을 뿐인 나는 머릿속이 여전히 아리송하기만 하였다. 정말 어디로 가야 할지 몰라 괴로워 죽을 것만 같았다."

샤오팡의 참여로 조직된 '독서회'의 회원이었던 마오쥐는 일본으로 멀리 떠났다. 『중국공산당 도쿄지부』라는 책에 일본유학여성회에 대한 개황이라는 부분에 일본에서 마오쥐의 활동상황에 대한 일부 내용들이 기록되어 있다. 건국 후 마오쥐는 국가통계국 부사장(副司長)을 맡은 바 있다. 이와 동시에 가정형편이 부유한 롼무한(阮慕韓)이 일가족을 거느리고 지주가정에서 철저히 벗어나 베이핑에 와서 정착하였다. 그는 중파대학과 법상학원(法商學院), 톈진 법상학원 세 학교에서 교직을 맡고 있으면서 가정의 생계를 유지하는 한편 대학교수라는 공개 신분을 이용하여 당의 지하공작에 종사하였다.

"1934년 국민당 헌병단이 베이핑에 진주하여 중국공산당과 진보적 애국인사들을 진압하고 수색 체포하였다. 그때 당시 중파대학에서 교직을 맡았던 나의 아버지와 진보 학생 팡더쩡이 갑자기 체포되었다. 그때 마침 나의 어머니가

샤오팡이 '318열사공묘' 앞에서.

장인취안의 미발표 원고 중에는 샤오팡에 대한 기록이 있었다.

배를 끄는 인부들 (샤오팡 촬영)

병원에서 나의 둘째 동생 총더(崇德)를 출산하는 중이었다. 집에는 우리 아이들만 남았는데 아버지가 갑자기 실종되어 어디로 끌려갔는지 알 수 없는 상황이 되었다. 나의 어머니는 바로 퇴원하여 사방으로 뛰어다니며 수소문하였다. 이모와 외삼촌도 달려와 도왔다. 온 집안 식구가 애가 타서 견딜 수 없었다. 그 어려운 시기에 아버지의 오랜 친구들이 나서서 뛰어다녀주었다. 특히 중파대학 리린위(李麟玉) 교장이 여러 모로 방법을 강구하여 아버지를 구원하려고 애쓴 덕분에 마침내 출옥할 수 있었다. 아버지가 감옥에서 자신의 정치면모를 들키지 않았기 때문에 출옥한 뒤에도 계속

걸어 다니는 음표 (샤오팡 촬영)

노동 실천 (샤오팡 촬영)

혁명 활동에 종사할 수 있었다. 리 교장도 아버지에게 학교
에 돌아와 계속 교직을 맡아달라고 만류하였다." (롼충우
[阮崇武]·롼뤄산[阮若珊]·롼뤄린[阮若琳]「감격과 축하」에서)

그 뜻밖의 체포사건과 관련해서 역시 팡따쩡의 중파대학 스승이었
던 장여우위(張友漁)가 자신의 회고록에서 사건의 경과에 대해 더 명
확하게 서술하였다.

"무한 동지는 나의 오랜 전우이다. 1933년에 나는 베이핑에
서 그를 처음 만났다. 그때 당시 나는 당의 베이핑 시 특과
계통(特科系統. 당의 은밀 조직) 옛 상층 통일전선업무와 문
화운동에 종사하고 있었다. 당 조직에서는 나에게 무한 동
지, 왕여우밍(王右銘) 동지(즉 왕쓰화)와 하나의 핵심팀을
구성하여 업무를 전개할 것을 지시하였으며, 내가 팀장을
맡았다. 우리는 매 주 우리 집에서 한 두 번씩 만나 당의
지시를 전달하고 문제를 토론하였으며 업무를 배치하였다.
가끔 회의 참가인원이 많은 경우가 있었다. 내가 세 들어
사는 집은 단칸인데다 집주인과 한 울안에서 살았기 때문
에 사람들의 이목을 피하기 위해서 늘 무한 동지의 집에서
회의를 열곤 하였다. 무한 동지의 집은 정원이 있는 단독
주택이었으며 거실도 있어 회의 장소로는 편리하였다. 무한
동지는 대지주 가정 출신의 지식인으로서 그때 당시 그의

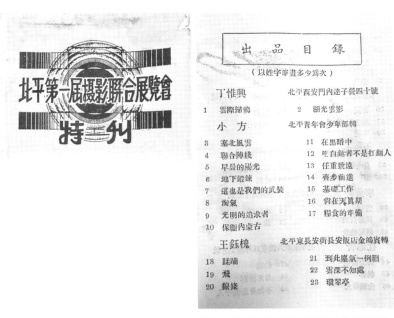

出　品　目　錄

(以姓字筆畫多少爲次)

丁惟與　　　　　北平西安門內達子營四十號

1　雲際歸鴉　　　　2　湖光雲影

小　方　　　　　北平靑年會少年部轉

3　塞北風雲　　　　11　在黑暗中
4　聯合陣綫　　　　12　吃白麵者不是打麵人
5　早晨的陽光　　　13　任重致遠
6　地下鍛鍊　　　　14　齊步前進
7　這也是我們的武裝　15　基礎工作
8　淘氣　　　　　　16　尙在天眞期
9　光明的追求者　　17　糧食的準備
10　保衛內蒙古

王鈺槐　　　　　北平東長安街長安飯店金鴻賓轉

18　跳躍　　　　　　21　到此塵氛一例鬴
19　飛　　　　　　　22　雲深不知處
20　綫條　　　　　　23　環翠亭

베이핑 제1회 촬영전에 참가한 샤오팡의 작품 목록.

캠핑 가서 텐트를 치다. (샤오팡 촬영)

캠핑장에서의 좌담 (샤오팡 촬영)

직업은 대학 교수였다.

1934년에 그는 나와 같은 직장 동료라는 이유로 체포되었다. 그때 당시 나의 공개 신분은 『세계일보』 총편집장 겸 베이핑대학 법상학원, 중국대학, 민국대학 등 대학 교수였으며 진보적인 문화인으로서 반동파와 투쟁해오고 있었다. 나와 연락해오던 시위특과(市委特科) 교통원이 체포된 뒤 변절하여 내 이름을 부는 바람에 어느 날 밤 헌병 제3연대(團) 부연대장(團長) 딩창(丁昌)이 직접 헌병과 특무, 경찰 수십 명을 거느리고 나를 잡으려고 우리 집을 포위하였다. 때마침 나는 산시(山西) 성의 타이위안(太原)으로 가서 옌시산(閻錫山)을 통일전선으로 끌어들일 수 있도록 설득하라는

샤오팡이 촬영한 학생운동 자료 (천선[陳申] 제공)

당 조직의 임시 임무를 맡고 있었다. 나는 신문사에 사흘
간 휴가 신청을 내고 그날 저녁 퇴근한 후 집으로 돌아가
지 않고 직접 기차역으로 가서 산시로 가는 기차를 탔다.
그 때문에 나를 잡으러 왔던 헌병대는 허탕을 치고 말았
다. 그러나 그들은 포기하지 않고 여러 명을 우리 집 근처
에 잠복시켜 놓았다. 며칠 뒤 무한 동지가 우리 집으로 나
를 찾으러 왔다가 잠복해 있던 특무에게 발각되었다. 특무
는 심문한 뒤 상급기관에 보고하여 무한 동지의 집으로 가
서 그를 체포하였다. 옥에서 그는 자신의 공산당원 신분을
끝까지 밝히지 않았다. 옥 밖의 사회관계를 통해 구출되어
출옥한 뒤 그는 적극적으로 조직을 찾아나서 난한천(南漢

宸) 동지와 연락해 계속 당을 위해 일하였다. 그는 '12.9'학
생운동을 적극 이끈 바 있다."

(『장여우위 회고록』)

그때 당시 베이핑에 거주했던 헬렌 스노우가 『중국에서의 나날들』
이라는 책에 이렇게 썼다. "1934년 한 해에 화뻬이지역에서만 3백 명
이 넘는 대학생과 교수·지식인이 체포되었으며 처형당한 인원수는
분명치 않다." 이때 진보적이고 애국적인 청년학생 팡따쩡이 바로 체
포되어 옥에 갇힌 자 중 한 사람이었던 것이다.

샤오팡은 밖에서 있었던 일에 대해 집식구들에게 얘기한 적이 거의
없다. 대학시절부터 그는 집에 손을 벌리지 않고 자기 원고료로 공부
하고 생활하는 비용을 해결하였다. 아버지 팡전동은 그의 일에 상관
하지 않았으며, 그의 모든 행동에 간섭하지 않았다. 담담하고 화목한
부자관계가 어쩌면 팡따쩡에게 더 많은 생각의 공간과 행동의 자유
를 주었는지도 모른다. 어머니 팡주리는 항상 아들이 너무 담대하고
모험하기 좋아한다고 생각되어 아들에게 일에 맞닥뜨릴 대마다 조심
해야 한다고 늘 귀띔하곤 하였다. 그러나 그러면서도 아들이 일처리
를 하고 친구를 사귀는 것을 제지하지 않았으며, 여행이나 촬영과 같
은 아들의 취미에 대해서 묵인하고 지지하였다. 그러한 개명한 가풍
은 샤오팡의 중후하고 정의로우며 일처리에서 빈틈이 없고 대범한 품
격을 양성하였다. 그는 친구가 아주 많았다. 스승·동창·친척, 그리고
촬영계의 지인들, 모두가 그의 너그럽고 유순한 성격을 좋아했을 뿐

만 아니라 더욱이 뜨겁고 바르며 남을 잘 도와주는 품행을 좋아하였다. 팡따쩡의 집에는 많은 사람들이 드나들곤 하였는데 마치 객점 같았다. 셰허 후통 10번지 앞뒤 두 울안에서 팡청민은 오빠가 데려왔거나 오빠를 찾아온 사람들을 자주 만날 수 있었다. 오고가는 사람들이 아주 많았는데 때로는 심지어 며칠 씩 묵어가는 사람도 있었다. 그때 당시 팡청민은 그 사람들의 신분과 내력에 대해서 잘 알지 못하였다. 후에야 그들이 모두 진보적인 인사들이라는 사실을 점차 분명히 알게 되었다. 오빠보다 두 살 아래인 리성황(李聲簧)은 중국공산당 제1차 대표대회 리한쥔(李漢俊) 대표의 아들인데 그의 아버지가 조난당했을 때 그는 14살이었고, 백부인 리수청(李書城)이 거둬서 키워주었다. "중국공산당 제1차 대표대회" 개최지인 상하이(上海) 왕즈로(望志路) 106번지는 그때 당시 프랑스 조계지 베이러로(貝勒路) 30번지로서 바로 리수청의 집이었다. 후에 리성황이 옌징(燕京)대학에 와서 공부하면서 샤오팡을 알게 되었으며 1929년 5월에 공산당에 가입하였다. 그리고 샤상즈(夏尙志)는 9.18사변 후에 옌바오항(閻寶航) 등과 함께 베이핑에서 "동북 민중 항일구국회"를 발기하였다. 후에 중국공산당 만저우(滿洲) 성위의 파견을 받고 헤이룽장(黑龍江)성 빠옌(巴彦) 유격대로 가서 근무하게 되었으며 1932년 7월에 입당하였다. 그는 새 중국이 창립된 후 국가경공업부 부부급(副部級) 간부에 임명되었다. 그리고 법학원을 졸업한 단동(丹東) 태생의 왕싱랑(王興讓)은 공청단 베이핑 시위 선전부장 직을 맡았었으며, 새 중국이 창립된 후 상업부 부부장 직을 맡은 바 있다. 그리고 또 당의 외곽 조직 "사회과학연구회"를 통해 청년 학생들을 단합시킨 왕징팡(王經方)과 훗날 상하이 재경대학 교수가 된 왕홍딩(汪鴻鼎)도 있었다.

세월이 많이 흐른 뒤에도 그 얼굴들이 여전히 팡청민의 눈앞에 자주 떠오르곤 하였다. 이상하게도 그들의 모습은 시간이 오래 흘러도 희미해지지 않았으며 오히려 더 또렷하고 친근하게 느껴졌다. 팡청민은 심지어 친구들이 셰허 후통의 고택에 다시 모여 웃고 떠들며 서로 문안인사를 하는 꿈까지 꾼 적이 있다고 했다. 다만 거기에 오빠만 빠졌던 것이다.

베이징 위안밍위안(圓明園) 서남쪽에 위치한 주쩌우칭옌(九州淸晏) 유적지에는 열사의 묘지가 하나 있다. 묘지는 크지 않은데 가운데에 1미터 남짓한 높이로 둥그렇게 돌로 축대를 쌓아올렸고 높이가 9미터인 육면체 대리석 묘비 남쪽 정면에 "318열사공묘(三一八烈士公墓)"라는 글자가 크게 새겨져 있다. 남쪽 정면에서 시작하여 오른쪽에서 왼쪽으로 허치꽁(何其鞏) 베이핑 시장이 쓴 "318열사묘표"와 39명 열사의 이름, 나이, 본적, 근무처, 직업 등이 차례로 새겨져 있다. 묘비 주변에는 28명 열사의 무덤이 있고, 그 외 다른 열사는 다른 곳에 묻혀 있다. 팡따쩡이 남긴 사진 중에 그 곳에서 찍은 셀카 사진이 한 장 있다. 나는 그 필름을 현상한 사진을 본 적이 있다. 사진에는 샤오팡이 꼿꼿이 서서 뒷짐을 지고 먼 곳을 바라보는 모습이 담겨 있다. 그 모습이 마치 위엄이 서린 조각상 같았다. 왼쪽에는 "318열사공묘" 묘비가 우뚝 솟아 있었는데 앙각 촬영을 하여 그 숭고함이 더 돋보이는 것 같았다. 그 사진이 특히 좋았던지 샤오팡은 그 사진 작품과 또 다른 사진 작품 「또 하나의 장성」으로 사진전에 여러 차례 참전하였다. 그때 당시 예술평론가 추천(秋塵)은 평론 글을 통해 "팡따쩡은 '대중의 삶을 소재로 하는' 촬영방향과 창작특색을 갖추었으며, '시대적 사상'과 '깊은' 통찰력을 갖춘 촬영계의 신예 작가"라고 칭찬하였다. 「318 공묘」 사진 작품은 묘비 옆에 한 청년이 고개를 쳐들고 우뚝 서 있는 모습에서 끝나지 않았다는 의미를 나타낸다. 「또 하나의 장성」은 대중운동시위 장면으로서 보는 이에게 감개무량한 느낌이 들게 한다.

장인취안(張印泉)이 1963년에 쓴 약 2만 자 되는 친필 원고 「40년간 종사해온 촬영에 대한 회고」가 얼마 전에 발견되었다. 그 내용 중에는 1919년에서 1962년까지 그의 인생경력과 촬영활동에 대해 언급하였다. 그 글에서는 1937년 6월 24일 열린 "베이핑 촬영 연합 전시회" 기간에 '샤오팡'이라는 작가가 한 명 있었는데 20세가량의 청년이었고 보내온 작품은 모두 아주 진보적이었다고 언급하였다.

"1937년 초여름 류쉬창(劉旭滄)이 상하이에서 베이징에 왔다. 은광사(銀光社. 그때 당시 베이징 청년회 계통의 촬영단체)가 우리를 불러 좌담회를 한 차례 가졌다. 회의에서 남북 촬영가 연합 사진전을 열기로 결정하였으며, 전시회 명칭을 '베이핑 제1회 촬영연합전시회'로 정하였다. 발기자는 예첸위(葉淺予)·류쉬창·장한청(蔣漢澄)·웨이서우종(魏守忠)·수유첸(舒又謙) 그리고 나까지 총 11명이었다. 그 촬영전은 1937년 6월 24일 동청(東城) 청년회 2층에서 열렸으며, 총

20여 명의 120여 점 작품이 전시되었다. 나의 작품은 「온 힘을 들여 대세를 만회하다」「노동」, 그리고 농촌과 산의 경치를 포함해 총 15장이 전시되었다.

그 사진전에 참가한 이들 작품에 '샤오팡'이라고 밝힌 작가가 있었다. 그는 20세가량의 청년이었고 보내온 작품은 모두 아주 진보적이었으며, 소재와 내용은 모두 하층 노동계층을 표현한 것들이었다. 예를 들면 「북부 변경의 풍운」「연합전선」「지하 단련」「이것이 나의 무장이다」「네이멍구(內蒙古)를 보위하자」「임무가 막중하고 갈 길이 멀다」「나란히 앞으로」「흰 밀가루포대를 져 나르는 사람은 정작 검은 밀가루만 먹고」 등이었다. 나라가 심각한 위기에 처하였을 때 이처럼 현실을 반영하고 뚜렷한 사상성을 갖추었으며 관중들을 자극하고 분발시킬 수 있는 작품은 참으로 드물고 귀하였다. 비록 표현 기교에서 매우 능숙하지는 못하지만 그때 당시의 상황에서 의미적으로는 매우 가치가 있는 작품들이었다. 그래서 나에게 매우 깊은 인상을 주었다. 나는 그가 뛰어난 사진작가라고 생각하였다. 애석하게도 그는 너무 일찍 세상을 떠나고 말았다. 참으로 끝없이 생각을 떠우르게 하는 사람이다."

(장인취안 「40년간 종사해온 촬영에 대한 회고」)

사진 한 장의 우열을 가림에 있어서 가장 중요한 조건은 기교가 아

니라 사상과 경계가 내용의 취사와 각도의 선택을 결정한다고 나는
줄곧 주장해오고 있다. 사진을 읽는 과정을 거쳐 촬영자에 대한 수
많은 정보를 볼 수 있다고 말할 수 있다. 예를 들어 학문과 수양, 선
호하는 것, 태도, 그리고 경향 등에 대해 알 수 있다. 사고와 기술의
통일은 한 장의 사진이 생명력을 가질 수 있는지의 여부를 결정짓는
영원한 전제 조건이다. 팡따쩡이 남긴 사진들을 보면 소박한 삶의 정
경, 반듯한 촬영 각도, 수식을 거치지 않은 암실 현상 작업을 볼 수
있다. 어떤 것은 그저 커팅만 조금 했을 뿐으로 간단하면서도 여유로
우며 전적으로 사진 작품에 내재된 힘에서 탄력을 얻고 있다. 그리고
아무리 오랜 세월이 흘러도 그의 작품 속의 흑백 두 색깔은 언제나
날이 갈수록 더 생기를 띠고 가치가 더 돋보이는 것 같다.

  새롭게 찾아낸 1937년 7월에 출판된 『동방잡지』 제34권 제14호에는
샤오팡이 촬영한 「농촌으로 가다」라는 제목 아래 일련의 사진들이 게
재되어 있다. 여름방학 기간이면 서산 일대는 남쪽의 빠따추(八大處)
에서부터 북쪽의 양타이산(暘臺山)에 이르기까지 온통 텐트들이 가득
들어서곤 한다. 중파대학, 칭화대학, 동뻬이대학, 법상학원, 베이징대
학이 발기한 "연합 캠프"인 것이다. 그 캠프들은 구국의 의미를 띠고
있어 "특별하다"고 할 수 있다. 그 일련의 사진들은 『국민(國民)』 1937
년 제11호에 게재된 「베이핑 학생들의 연합 캠프」라는 제목의 기사와
일맥상통하며 서로 보충되는 내용이라고 할 수 있다.

  겉으로는 여름 캠프에 참가하는 사람들이 매 사람 당 2원 50전의
캠핑 비용만 내는데, 열흘간의 모든 비용이 포함되었으며, 그들은 북

방지역 고역 노동자들이 먹는 수수떡에 짠지와 좁쌀죽을 먹으면서 캠핑 기간의 모든 일은 자기 손으로 직접 함으로써 스스로 "일상생활"을 해결할 수 있는 능력을 연마하기 위한 것으로 보인다. 그러나 실제로는 캠프에 또 다른 내용이 포함되어 있다. 중파대학 학우 천따뚱(陳大東)은 이렇게 회고하였다. "우리 여름 캠프 내용에는 군사훈련을 제외하고도 또 시사와 정치학습도 포함되어 있었다. 나의 기억으로는 장선푸(張申府)·스푸량(施復亮) 등 진보적 교수들이 시내에서 채소며 무 등 위문 물품을 가지고 오곤 하였으며, 또 바위 위의 높은 곳에 올라서서 캠프에 참가한 전사들에게 강의를 하곤 하였다.

그들은 당면한 정세에 대해서 이야기하고 관점을 피력하곤 하였는데 모두의 학습과 단련에 큰 격려가 되었고 많은 배움을 주었다. 구국 관련 노래를 배우는 것이 캠프생활에서 빠질 수 없는 한 가지 내용이 되었다. 나는 「의용군행진곡(義勇軍進行曲, 즉 오늘날 중국의 국가)」「구국행진곡(救亡進行曲)」「졸업가(畢業歌)」「부두 노동자의 노래(馬頭工人歌)」를 제일 즐겨 불렀으며 또 「마드리드를 보위하자」와 「국제가」도 배웠다." 샤오팡은 캠프 활동의 조직자이면서도 또 관찰자와 보도자이기도 하였다. 그들의 일상생활은 아침 4시 반에 기상한 뒤 먼저 아침 체조를 하고 국기를 게양하였다. 그 다음 자연과학, 군사학 및 정치문제 등을 둘러싼 좌담회를 열거나 혹은 강연회를 여는데 베이핑 시 유명 인사들을 초청해 와서 강의를 듣곤 하였다. 예를 들면 29군의 허지펑(何基灃) 여단장(旅長), 난카이대학 뤄룽지(羅隆基) 교수 등이 그들이었다. 오후 대부분의 시간은 군사훈련을 진행하였는데 야간 유격전술을 중점적으로 연마하였다. 이밖에 매일 밤 검토회의를 열어 하루 동안의 득과 실을 검토하곤 하였다.

샤오팡은 눈앞에 펼쳐진 정경에 설레고 기쁘면서도 한편으로는 생각을 하게 되었다. 국내에 위기가 닥쳤으니 광범위한 민중들을 동원시켜 일제히 외부 침략자에 맞서 싸우는 것만이 출로였기에 "허난(河南)성과 산동(山東)성의 20만 농민이 꼬임에 넘어가 산하이관(山海關)을 넘어 동북으로 들어온 사실을 접하고, 하이허(海河)에 떠오른 시체 사건을 접하였을 때 우리는 '미리 방지할 방법은 없었던 걸까?'하고 스스로에게 물어야만 했다. 일본인들도 늘 이렇게 말하곤 했다. '학생운동은 별로 두려울 것이 없다. 그것은 농촌에 깊이 파고들어가지 않았기 때문이다. 그러나 돌이켜보면 대량의 마약, 면직물, 밀수한 일용품은 오히려 오래 전부터 허다한 농민들의 삶과 연결되어 있었다. 이는 얼마나 심각한 문제인가? 국방전선에 나선 학생들은 자아훈련 외에도 일반 민중, 특히 농민계몽에 박차를 가하는 데 힘써야 한다!'" 「베이핑 학생 연합 캠프」에서 그는 나라와 백성을 구하려는 염원을 남김없이 표현하였던 것이다.

1936년 7월 에드가 스노우가 카메라 두 대와 24개의 사진필름을 가지고 여러 곳을 전전한 끝에 안싸이(安塞) 홍군 동선사령부로 왔다. 저우언라이(周恩來)가 그를 친절하게 맞아주면서 그에게 혁명근거지의 약도를 그려주고 그를 위해 92일간 일정의 취재계획을 짜주었다. 스노우는 그때 당시의 여정을 회고하면서 이렇게 말하였다. "나는 '국공내전'의 장벽을 뚫고 마오쩌둥(毛澤東)·저우언라이 그리고 기타 중국

175

홍군 지도자들을 만나고 그들에게 사진을 찍어줄 수 있었던 첫 외국인이었다." 스노우는 홍군들 속에서 약 4개월 가까이 취재를 한 뒤 베이핑으로 돌아올 때 "십 여 권의 일기장과 필기장, 30여 개의 사진 필름(최초로 찍은 중국 홍군의 사진과 영화 필름임), 그리고 무게가 몇 파운드나 되는 공산당 잡지와 신문·문건"을 가지고 왔다.

헬렌 스노우는 이렇게 회고했다. 스노우는 베이핑에 돌아온 즉시 글을 써 여러 신문에 발표하기 시작하였다. 그리고 옌징대학에서 강연도 하였는데 학생들에게 강의하면서 그가 산깐닝(陝甘寧) 홍군을 방문하였을 때 찍은 2백여 장의 사진을 보여주었다.

> "샤오팡은 촬영을 좋아하고 촬영에 정통하여 많은 사진들을 찍었으며 촬영전시회도 열었었다. '12.9' 운동 때 학생 시위대와 이를 진압하려는 군경들이 거리에서 싸움이 벌어졌는데 그가 달려가서 사진을 많이 찍었다. 그가 기골이 장대하고 외국인처럼 생긴데다가 짧은 양복코트 차림이어서 경찰들은 그를 외국 매체의 기자인 줄로 알고 감히 간섭하지 못하였다. 그래서 수많은 진귀한 사진들이 보존될 수 있었던 것이다. 훗날 스노우가 옌안(延安)에서 돌아온 후 미국 병영과 셰허(協和) 예배당에서 제작한 영화를 상영하였는데 샤오팡도 보러 갔었다고 나에게 알려주었다."
>
> (가오윈훼이 「중파대학 시절과 항전 초기의 눙타이를 추억하며」)

샤오팡과 스노우는 교제가 있었을까? 그가 남긴 사진필름 중에 스노우의 옌안여행 사진이 여러 장 있는데 샤오팡이 사진을 복제한 것일까? 아니면 스노우가 선물한 것일까? 이 문제에 대해 나는 팡한치(方漢奇) 선생과 토론한 적이 있는데 그들이 서로 아는 사이였을 가능성이 아주 크다는 결론을 얻었다.

이 사진은 다큐멘터리 「스노우」에 등장하였다. 샤오팡과 스노우 사이에 어떤 교집합이 있었던 것일까? (천선 제공)

177

거기에는 여러 방면의 원인이 있다. 첫째, 동단(東單)을 중심으로 할 때 샤오팡의 집과 스노우의 집은 거리가 멀지 않았다.

둘째, 베이핑 기독교청년회는 그들이 활동하는 교집합점이다. 샤오팡은 거기서 일을 하였고 스노우는 거기서 전시회를 열었다. 셋째, 애호와 취미가 같았기에 어쩌면 이들과 같은 다른 친구들도 있었을 수 있다. 이전에 팡청민은 오빠가 청년회 소년부 까오상런 주임을 초청해 스노우가 옌안 혁명근거지를 방문하고 찍은 사진을 보러 간 적이 있다고 회고하였다. 그때 당시 국민당의 통치 아래 있었던 화뻬이에서 그의 그런 행동은 지극히 비밀리에 행해졌던 것임이 틀림없다. 스노우의 사진을 통해 그는 산뻬이(陝北) 고원의 감동적이고 특별한 광채를 보았으며 공산주의자들이 그려낸 신선한 풍경을 보았다. 스노우의 펜과 렌즈가 세계를 설득하였으며, 물론 팡따쩡도 설득 당하였다. 만약 그 뒤 갑자기 들이닥친 전쟁이 없었다면 어쩔 수 없이 취소된 그의 일련의 계획 중에는 옌안 방문의 여정도 포함되지 않았을까 하는 생각이 든다.

5.

톈진天津에서

항일전쟁 직전에 청년회는 이미 톈진 각계의 추앙과 찬양
을 받고 있었다. 품격과 교양이 있고 남의 충고를 잘 받아
들이는 그들의 미풍에 대해 하이허(海河. 톈진를 가로지며
흐르는 강) 양안 사람들은 모두 알고 있었다. 팡따쩡의 직
업생애는 바로 여기서 시작되었다. 어렸을 때부터 베이핑
기독교청년회와 우정이 깊었던 그는 청년회 사무에 능숙
한데다 솔직하고 열정적이며 다른 사람과의 교제에 뛰어나
바로 업무에 적응할 수 있었다. 그는 소년부 직원의 신분으
로 아이들을 거느리고 여름 캠프에 참가하여 야외에서 생
존할 수 있는 기술과 전문지식을 가르치고, 촬영반을 개설
하여 사진 구도기초지식을 설명해주었으며 심미적 취미를
키워주었다. 근무 외 시간이면 샤오팡은 카메라를 둘러메
고 부둣가·완궈챠오(萬國橋)·취안예장(勸業場)·톈허우궁(天
后宮) 등 곳을 돌아다니곤 하였다. 그가 남긴 사진 속에서
수식을 거치지 않은 톈진 시가의 삶이 소박하게 모습을 드
러내고 있다. 비록 80년이란 시간을 사이에 두고 있어 세월
에 씻겨 옛 모습이 희미해졌지만 보다보면 여전히 친근하게
느껴진다.

— 펑쉐쑹 「취재 노트」

5. 톈진天津 에서

2016년 9월 25일 이른 아침 베이징남 역에서 G57편 열차가 톈진으로 출발하려고 했다. 이번 출장에는 나와 중앙텔레비전방송국 「기다려줘」 프로그램의 프로듀서 한 명과 영상 촬영기자 두 명, 그리고 사진 촬영을 맡은 동료 쑨난(孫南)이 동행하였다. 이번 출장의 목적은 두 가지였다. 한 가지는 오래 동안 계획해온 톈진에서 팡따쩡의 흔적을 찾는 것이고 다른 한 가지는 이날 오후 "팡따쩡 캠퍼스행" 공익계획의 제11번째 역으로 톈진사범대학에 가기 위해서였다.

9월말 날씨에서 벌써 어느 정도 가을기운을 느낄 수 있었다. 고속열차가 벌판을 가로지르며 달렸다. 창밖의 풍경들이 순식간에 뒤로 비껴 지나갔다. 그러나 한순간에 스쳐지나가는 풍경을 조금이라도 늦출 수는 없었다. 그저 바람처럼 빠르게 날아가고 있는 느낌이었다. 젊은 동행 몇은 이따금씩 차창 밖에 힐끗 눈길을 주었다가 눈을 비비고는 또 고개를 숙여 휴대폰에 올라온 소식을 확인하곤 했다. 베이징—톈진 구간의 120킬로 거리를 주파하는 데 요즘은 단 30분밖에 걸리지 않는다. 그러나 80년 전에는 이 구간을 가는데 몇 시간이 소요되었다. 소년시절부터 청년시절까지 팡따쩡이 두 도시 사이를 오간 여정을 이제는 그 숫자를 통계낼 수가 없다. 철도의 두 끝 중 한쪽

샤오팡이 톈진에서 찍은 최초의 기념사진.

끝은 그의 생명이 시작된 곳이고, 다른 한 쪽 끝은 그의 사업이 시작
된 곳이었다.

베이징을 제외하면 톈진은 팡따쩡과 가장 밀접히 연결된 도시이다.
국민정부가 남으로 옮긴 뒤 그의 아버지 팡전동은 기록보관처에서 한
동안 근무하다가 외교부를 떠나 톈진으로 와서 몇몇 친구들과 함께
사업을 시작하였다. 방학만 되면 샤오팡과 누이동생 팡청민은 아버지
를 보러 톈진에 오곤 하였다. 최근 새롭게 발견한 사진 한 장이 바로
그가 아버지가 운영하는 진부(津埠)전력회사 사무실에 앉아 찍은 기
념사진이다. 업무용 테이블 앞에 앉아 있는 열 몇 살짜리 팡따쩡은
제법 성숙해보였다. 펜을 잡고 테이블 앞에 앉아 차분한 눈빛으로 카
메라를 응시하고 있는 모습이 남달라 보였다.

"이상하리만치 우람한 체구가 한쪽 어깨에 가방을 둘러메고 톈진남역 출구를 밀물처럼 빠져나오는 인파를 헤치며 빠른 걸음으로 걸어 나왔다. 우리를 발견한 펑쉐쏭 선생이 미소를 지으며 다가와 악수를 청하였다. 동행한 이들로는 중앙텔레비전방송국 다큐멘터리 '팡따쩡을 찾아서' 제작팀의 촬영 담당과 프로듀서 총 4명이 더 있었다. 펑 선생님은 뉴스에서 봤던 모습과 별반 다르지 않았다. 다만 촉박한 여정 때문인지 얼굴빛이 다소 창백해보였지만 여전히 눈빛이 예리하고 기력이 왕성해보였다.

톈진에서 나서 자란 나지만 나라를 위해 몸 바친 한 종군기자가 80여 년 전에 내가 딛고 있는 이 땅과 밀접히 연결되어 있었다는 사실을 상상도 하지 못했다. 이 시각 우리와 펑 선생님 팀은 팡따쩡 선생이 접이식 카메라 한 대로 남긴 몇 장의 유작에 의지하여 마치 캄캄한 밤에 몇 줄기의 희미한 촛불을 빌리듯이 밤하늘의 별처럼 사방에 분포되어 있는 시가지와 골목에 흩어져 있는 샤오팡이 머물렀던 흔적들을 찾아나서야 했다."

(마루이산(馬睿姍)「추위를 모르던 소년을 기억하며(曾記少年春衫薄)」)

톈진남역에서 우리는 오래 기다리고 있던 톈진사범대학 신문방송학원 천나(陳娜) 부교수 그리고 그의 학생 마루이산과 합류하였다. 이에 앞서 천나 부교수는 특별히 베이징으로 와서 그의 국가사회과학

텐진 현지를 방문 (쑨난 촬영)

샤오팡의 동창 샤눙타이의 중파대학 졸업사진.

톈진기독교청년회 옛터.

프로젝트인 "당대 뛰어난 언론학자 구술실록(當代傑出新聞學者口述實
錄)" 중에서 나와 관련된 내용을 만들어 주었다. 바로 그때 우리는
"팡따쩡 캠퍼스행" 공익계획의 톈진사범대학 개최 일정을 확정지었으
며, 나 또한 오래 동안 계획해온 톈진에서 팡따쩡의 자취를 찾을 생
각을 그에게 털어놓았었다. 그 뒤 몇 개월간 나는 또 샤오팡이 쓴 기
사와 촬영 작품을 다시 검토하면서 톈진과 관련된 부분을 찾아냈으
며, 현장 답사를 위한 충분한 준비를 하였다.

 1935년 6월 팡따쩡과 샤농타이·차오청셴·황수칭·쑨이졘 등 경제
학과 9명 동창이 중파대학을 졸업하였다. 샤농타이와 차오청셴은 출
국하여 공부를 더 하여 더 깊은 학문을 쌓을 계획이었고, 다른 동창
들은 각자 계획이 있었으며 샤오팡은 아버지가 일하는 톈진에 가서
직장을 구하기로 하였다. 서로 잘 아는 사이였던 베이핑 기독교청년

本會幹事及職員

總幹事　陳錫三

會員部　王子英（主任）　王錫昌　王雲波

智育部　王正路（主任）　岳世培

少年部　楊肯彭（主任）　方大會　陳鴻保

體育部　毛駿民（主任）　錢靈甫

事務科　鍾嗣庭（主任）　吳世昌

文牘科　桂逢伯（主任）　莫家祐

會計科　邵杳趨（主任）

톈진기독교청년회 인명부에 팡따쩡의 이름이 들어있다.

회 소년부 까오상런 주임이 그를 예전의 자기 동료였던 양샤오펑(楊尚彭)에게 추천하였다.

양샤오펑은 즈리(直隸)성 파(覇)현 성팡(勝芳)진(鎭) 사람이며 청나라 광서(光緒) 32년(1906년) 생이다. 그는 고향에서 초등학교와 중학교를 다녔으며 고등학교 때 같은 고향인 왕종위(王宗興)와 결혼하였다. 1923년에 톈진 난카이대학에 입학하였으며, 공부도 잘하고 품행도 단정하여 장버링(張伯苓) 교장의 총애를 받았다. 1927년에 그는 베이핑의 옌징대학에 입학하였다. 옌징대학에서 공부하는 동안 옛날 가정제도의 속박에서 벗어나고자 그는 아내와 함께 베이징 하이뎬(海淀)에서 따로 살았다. 그는 공부에 열중하여 성적이 우수하였으며 존 레이튼 스튜어트(John Leighton Stuart) 교무장의 도움을 받은 바 있다. 그는 매 학기마다 장학금을 받아 학비에 보태곤 하였다. 그밖에

185

원 텐진청년회 건물 현관은 지금까지도 원 모습 그대로이다. (쑨난 촬영)

그는 또 학교에서 아르바이트를 하여 저들 부부 두 사람의 생활비용
을 해결해 주기도하였다.

　양샤오펑은 옌징대학에서 처음에는 신문학을 전공하다가 후에 사
회학과로 전공을 바꾸었다. 그때 베이핑 기독교청년회 소년부 간사(幹
事)였던 미국인 L. Sweet 교수가 옌징대학에서 사회단체 과목을 담당
하는 교수를 겸임하고 있었다. L. Sweet 교수는 양샤오펑을 특히 총
애하였다. 청년회가 칭다오(靑島)에서 소년 여름 캠프를 개최하게 되었
는데, L. Sweet 교수가 양샤오펑을 보내 업무를 협조하게 할 정도였
다. 1932년에 양샤오펑은 또 텐진청년회 총간사인 천시싼(陳錫三)으로
부터 텐진청년회 소년부 주임간사로 초빙 임명되었으며, 그로부터 장
기간 텐진에서 근무하였다.

　그때 당시 중화 기독교청년회 전국협회에 초빙되는 이는 일반적으

그 시기 청년회 실내 농구장. 지금은 소년궁 훈련장임. (쑨난 촬영)

로 다음과 같은 6가지 조건을 구비하여야 했다. 건강하고, 완전한 지식을 갖춰야 하였으며, 즉 대학졸업생이어야 했다. 또한 기독교 신자여야 하고, 사교 경험이 풍부해야 하며, 전국협회를 돌볼 수 있는 박력이 있어야 하고, 종교사업에서 실적을 쌓은 자여야 했다. 팡따쩡은 기독교 신자가 아니었다. 그가 채용된 것은 파격적인 일이었다고 팡청민은 회고하였다. 그는 톈진 기독교청년회 소년부에 배치 받아 근무하였다. 임직원으로는 양샤오펑 주임 외에 천홍빠오(陳鴻保)라고 부르는 동료 한 사람이 더 있었다.

청년회의 교훈은 "남을 시켜 나를 위해 봉사하게 할 것이 아니라 내가 남을 위해 봉사하는 것이다.(非以役人, 乃役於人)"라는 것이다. 취지는 "기독교 정신을 발양하고 청년 동지들을 단합하며 완전한 인격을 키우고 완벽한 사회를 건설하는 것"이다. 청년회 휘장 도안은 붉은색 정삼각형 안에 푸른색 등거리 가로금이 하나 있는 그림이었다. 그 도안이 갖는 의미는 덕(德)·지(智)·체(體)·군(群), 즉 건전한 청년이라면 반드시 고상한 인품과 덕성, 풍부한 지식, 건강한 신체와 정신, 군중(대중) 업무 처리 능력을 갖춰야 한다는 것이다.

톈진청년회는 설립 초기에 이미 사무실을 옮겼다. 후에 톈진청년회는 난카이(南開) 구 내 여러 곳에 학당을 창설하였다. 업무의 편리를 위해 1909년에 톈진청년회는 모금활동을 개최하여 동마로(東馬路)에 새 사무실 건설에 착수하였다. 1913년 5월 23일에 정초식을 가졌으며 1914년 10월 16일에 톈진 중화기독교청년회 동마로 사무실(이하 "동마로 사무실"로 약칭함)이 낙성되었다. 그 사무실은 톈진시 난카이 구 동마로 94번지에 위치하였으며, 이전에 톈진시 중심이었다. 동마로 사무실 내에는 체육관, 실내 농구장, 영화관, 교실, 헬스장, 사무실, 도서관 숙소 등 총 206개 시설이 있었으며, 부지 면적이 2.2무(畝, 전답의 면적 단위, 6척 사방을 '보[步]', 100보를 '무[畝]'라 함. 1무는 약 667㎡)에 이르고 벽돌 목제 구조의 4층 건물인데 건축 면적이 4,300㎡에 이른다.

동마로 사무실은 그때 당시 세계기독교청년회의 통일적인 표준 양식으로 건설되었으며, 톈진의 근대 사회 대외개방의 랜드 마크 성격의 건물이었다. 톈진청년회는 또 중국 현대 체육의 중요한 도입경로 중의 하나이기도 한데, 중국에 농구를 도입시킨 장본인이고 했다. 동마로 사무실 내에 중국 최초의 실내농구장, 중국 최초의 탁구대가 있었으며, 1931년에 톈진시 최초로 공식적인 탁구 경기를 개최하였었다. 동마로 사무실은 또 중국 올림픽운동의 발기와 추진에도 적극적인 역할을 하였다. 유명한 "올림픽운동 관련 세 가지 질문", 즉 "중국은 언제나 선수를 파견하여 올림픽대회에 참가할 수 있을까? 우리 선수는 언제나 올림픽 금메달을 딸 수 있을까? 우리나라는 언제나 올림픽대회를 개최할 수 있을까?"하는 질문은 바로 그때 당시 톈진청년회의 로버슨(Robertson) 총 간사 대행의 추진 하에 제기된 것이었다.

샤오팡이 근무하였던 곳을 찾아서 (쑨난 촬영)

톈진 중위안(中原) 백화 (1935년 겨울 샤오팡 촬영)

하이허(海河) 위의 목화 운송선 (샤오팡 촬영)

항일전쟁 직전에 청년회는 이미 톈진 각계의 추앙과 찬양을 받고
있었다. 품격과 교양이 있고 남의 충고를 잘 받아들이는 그들의 미풍
에 대해 하이허(海河. 톈진를 흘러 지나는 강) 양안 사람들은 모두 알
고 있다. 팡따쩡의 직업생애는 바로 여기서 시작되었다. 어렸을 때부
터 베이핑기독교청년회와 친분이 깊었던 그는 청년회 사무에 능숙한
데다 솔직하고 열정적이며 다른 사람과의 교제에 뛰어나 바로 업무

톈진시 시립도서관 (1935년 겨울 샤오팡 촬영)

에 적응할 수 있었다. 그는 소년부 직원의 신분으로 아이들을 거느리고 여름 캠프에 참가하여 야외 생존 기술와 전문지식을 가르치고 촬영반을 개설하여 사진의 구도를 잡는 기초지식을 설명해주었으며, 심미적 취향을 키워주었다. 근무 외 시간이면 샤오팡은 카메라를 둘러메고 부둣가·완궈챠오(萬國橋)·취안예장(勸業場)·톈허우궁(天后宮) 등여러 곳을 돌아다니곤 하였다. 그가 남긴 사진 속에는 수식을 거치지 않은 톈진 시가의 삶이 소박하게 모습을 드러내고 있다. 비록 80년이란 시간을 사이에 두고 있어 세월에 씻겨 옛 모습이 희미해졌지만 보다보면 여전히 친근하게 느껴진다.

1935년 6월 15일 오후 톈진 역사상 최초의 집단혼례식이 청년회 주최로 진행되었다. 베이닝(北寧)공원 강당에 붉은색의 커다란 "쌍희(囍)" 글자가 드리우고, 양 옆의 사롱 위에는 아홉 개의 "동심(同心)"이 장식되어 9쌍의 신혼부부가 함께 혼례식을 올림을 상징하였다. 강당 밖에서는 소년단이 질서를 유지하고 있었으며 3천 명이 넘는 손님이 모여들어 흥성(興盛) 거렸다. 상전(商震) 시장이 주례사를 하고 결혼증서를 수여하였으며, 신랑 신부가 결혼반지를 교환하고 예를 올리자 현장에서는 박수갈채가 울려 퍼졌다. 촬영사가 소중한 사진을 찍었으며 신문들에서는 새로운 풍조를 선도하는 선례를 열었다고 보도하였다. 청년회 역사를 돌이켜보면, 동서양 문화가 서로 뒤섞이면서 낡은 것이 사라지고 새로운 것이 창조되면서 사상관념에서 낡은 틀에 얽매이지 않고 독창적인 풍격을 이루었다. 23살의 팡따쩡은 비록 이런 환경에서 새로운 공기를 접할 수 있었지만, 그는 돌아다니면서 접하게 되는 고통스럽게 살아가는 대중의 곤궁한 삶의 처지를 여전히 잊지 않았다. 그는 어느 한 기사에서 "그들은 언제가 되어야 '밝은 앞날'을 맞이할 수 있을까?"라고 개탄하였다.

2층 홀은 네모나고 반듯한 공간이었으며 네 개 면에 모두 거울을 붙인 기둥 두 개가 받쳐주고 있었다. 전반적인 구조가 그때 당시와 별반 다르지 않았으며 사면 벽 커다란 아치형 문 아래에는 아이들이 학

중외신문학사가 소재하였던 원 신화신탁청사. (新華信托大廈)

세월은 많이 흘렀어도 역사의 유전자는 바뀐 적이 없다. (쑨난 촬영)

소년 시절부터 샤오팡은 하이허 강가에 자주 가곤 하였다.

샤오팡(좌2)이 톈진에 있는 친구들과 함께.

원수업을 마치고 나오기를 기다리는 학부모들이 꽉 차게 앉아 있었다. 좌우 여닫이 목제 대문을 여니 붉은 카펫이 눈에 들어왔다. 무용 수업 중인 너 댓 줄로 줄을 선 아이들이 음악의 리듬을 타며 조그마한 몸으로 춤을 추고 있었는데, 실내에서는 웃음소리가 넘쳐났다. 2층에는 복도가 딸린 훈련장이 있는데 바로 톈진 첫 실내 농구장이었다. 비록 백년의 세월이 흘렀지만 여전히 그때 당시의 위엄을 느낄 수 있었다. 팡청민은 인터뷰를 할 때 이렇게 회고하였다. "오빠는 천성이 활발하여 아이들을 데리고 놀기를 좋아하였다. 그는 총명하고도 재미가 있었기 때문에 아이들도 그를 좋아하였다. 사람들은 깡충깡충

뛰노는 꼬마들 속에 끼어 있는 키가 큰 그를 보면 '샤오팡'이라고 친근하게 부르곤 하였다." 나무의 향이 풍기는 오랜 건물 안에서 양샤오펑이 그를 부르고 아이들이 그를 부르는 소리가 들려오는 것 같았으며, 그 소리는 시공간을 뚫고 다가와 마치 지난날의 장면이 재현되는 것 같았다. 번화한 도시 속을 달려 우리는 난카이구 동마로 94번지에 이르렀다. 차에서 내리니 알록달록한 무용복을 입은 아이들이 꼬리에 꼬리를 물고 나오고 있었다. 샤오팡이 근무하였던 기독교청년회 사무실 옛터가 현재는 톈진시 소년궁이 되어 있었다. 그 사무실 왼편에 거리를 하나 사이 두고 바로 따후통(大胡同)상업구가 있었다. 그 상업구는 화뻬이지역 최대의 소상품집산지여서 원래부터 "남에는 이우(義鳥)가 있고 북에는 따후통이 있다."라는 평판이 나있다. 사무실 오른편에는 두 채의 현대화 쇼핑몰인 신안(新安) 상가와 위안동(遠東) 백화점이 우뚝 솟아 있었다. 사무실 맞은편의 옛 문화거리는 옛 톈진의 풍치가 여전히 남아 있었다. 거리 옆 톈진은행 간판 위에는 "관은호(官銀號)"라는 세 글자가 버젓이 새겨져 있었다. 그들만이 오래 전 파란 많은 세월에 대해 이야기하고 있는 것 같았다. 우리는 높은 아치형 문으로 들어갔다. 손잡이의 페인트가 벗겨져 얼룩얼룩하였으며 녹슨 철의 누런빛이 드러났다. 벽돌색 페인트칠을 한 계단을 따라 올라가는데 발밑에서 이따금씩 삐걱삐걱 소리가 났다. 우리를 맞아준 분이 "이 건물 내부는 모두 목제 구조이며, 1914년에 건설되고부터 지금까지 이미 여러 차례 보수를 거쳤으니 걱정하지 않아도 됩니다."라고 나에게 알려주었다.

"펑 선생님은 현관 측면의 3층으로 통하는 계단을 오르더니 바닥에 세워진 거대한 거울을 마주하고 서서는 자신이 샤오팡을 위해 쓴 책을 손에 받쳐 들고 또 고개를 돌려 우리를 바라보았다. '샤오팡이 기뻐할 것입니다. 그가 근무하였던 이곳이 지금은 아이들의 낙원이 되었으니 말입니다.' 숙연한 분위기를 띤 유구한 역사를 가진 이 건물은 아주 잘 보존되었으며, 다른 기독교 유적들처럼 인적이 드물지도 않다. 높이 솟은 지붕 위에는 유럽풍의 팬던트 등이 드리워져 있었다. 희미한 등불 아래서 거울 속에 샤오팡의 얼굴이 나타난 것 같은 느낌이 들었다. 그 얼굴이 점점 생기를 띠는 것 같았으며 한 쌍의 큰 눈에는 웃음이 반짝이고 있는 것 같았다."

(마루이산, 「추위를 모르던 소년을 기억하며」)

양샤오펑은 청년회의 모든 활동을 조직하였으며 언제나 뛰어난 업무처리 능력을 보여주었다. 그의 언행에서는 강렬한 애국심이 넘치곤 하였다. 처음에 그는 천시산을 도와 그의 영문통역비서로 일하면서 소년부의 "칭꽝(靑光)" "쓰위(四育)" 등의 일부 작은 단체의 사무를 담당하였다. 그는 또 "친구들을 모으고 모금을 하는" 등의 행사를 조직하여 청년회의 활동기금을 충족하게 하였다. 교제에 능한 그는 상공업계 유명 인사들과 연합하여 "롄칭사(聯靑社)"(1928년 톈진에 설립된 "중국톈진연청사"라는 동아리의 약칭)에 참가하여 청년회의 업무를 지원하였으며, 사회에 이로움을 주는 선행도 많이 하여 청년회의 명성을 더욱 확대시켜 주었다. 소년부 활동은 풍부하고도 다채롭게 전개되었다. 참가자들 대다수는 초·중·고 학생들이었는데 정기적인 여름 캠프를 제외하고도 청년회의 유희실과 실내 농구장에서도 자주 문화체육활동을 개최하곤 하였다. 그 활동들은 샤오팡이 책임지고 조직하였으며, 적극 참가하기도 하였다. 영어실력이 뛰어난 양샤오 평은 샤오팡과 몇몇 동료들을 데리고 시후(西湖)호텔로 가서 "롄칭사의 밤(聯青夜)"활동에도 참가하여 시야를 넓히고 사회 각계와 널리 교류할 수 있게 하였다. 팡따쩡이 촬영에 취미가 있는 것을 알고 양샤오 평은 업무 외 시간에 더 많은 편리를 도모해주어 그가 사방으로 돌아다니면서 사회를 더 많이 접촉할 수 있는 기회를 마련해주었다. 이는 샤오팡이 찍은 현존하는 톈진의 사진 수량에서도 분명하게 알 수가 있다. 얼마 뒤 샤오팡은 우지한(吳寄寒) 그리고 옌징대학 신문학과를 졸업한 저우몐즈(周勉之) 등 진보적인 청년 지식인과 함께 하이허(海河) 연안에 "중외신문학사(中外新聞學社)"를 설립하였다. 그 취지는 뉴스에 대해 연구하고 뉴스를 쓰는 것을 통해 외국의 침략과 압박에 대한 저항과 학생운동을 내용으로 하는 사진과 보도된 기사를 국내외에 전파하는 것이었다. 시국에 관심을 가지고 민생에 가까이 접근하였기 때문에, 짧은 시간 내에 신문학사가 발표한 소식과 사진이 상하이·베이핑·톈진 등지의 신문과 잡지들에 대량으로 채용되며, 국내외 신문계에서 영향력이 아주 빠르게 퍼져나갔다.

팡따쩡과 동갑인 우지한은 본명이 사자오위(沙兆豫), 또 다른 이름

중외신문학사가 소재하였던 빌딩 입구 (샤오팡 촬영)

80년 전 샤오팡이 서있었던 동일한 위치에서 (쑨난 촬영)

밀수선 (샤오팡 촬영)

임시 화물 창고. (샤오팡 촬영)

은 우장(吳江)이었으며 산시(陝西)성 한중(漢中) 사람으로 회족(回族)가
정에서 태어났다. 중·고등학교 시절에 셰줘민(謝佐民, 오래 전부터 중
국공산당 지하당원이었음) 등 교사의 영향을 받아 동창들과 함께 진
보적인 서적과 출판물들을 읽고 연구하였으며, 진보적인 학생조직인
"신문화연구회"에 가입하였다. 그는 다른 동창들과 함께 "칭녠리진사
(靑年勵進社)"를 발기하고 조직하여 주간지를 발행하고 반제국주의·반
봉건사상을 선전하였다. 1935년 초 사자오위는 상하이 따샤(大夏)대
학·후장(滬江)대학 야학교에서 공부하였으며, 5월에 중국공산당이 이
끄는 신사회주의연맹조직(新社會主義聯盟組織)에 가입하였다. 얼마 지나
지 않아 그는 톈진 난카이대학에 입학하였고, 중국공산당에 가입하
였으며, 항일구국운동에 적극적으로 뛰어들었다. 그는 학생들을 단

부두의 역부. (샤오팡 촬영)

합시켜 학생운동을 제압하는 낡은 학생회와 투쟁하여 학생회 임원진을 새로 선출하였으며, 그 본인은 학생회 비서장에 선출되었다. 진보적인 학생들과 함께 독서회와 여름 캠프를 조직하였으며, 시위행진을 진행하고 선언을 발표하였으며, 『신성(新生)』이라는 간행물을 편집 출판하는 등 항일구국활동을 전개하였다. 역사 자료를 보면 중외신문학사는 당의 지시로 설립된 것임을 알 수 있다. 그때 당시 팡따쩡은 중외신문학사에서 유일한 촬영기자였다. 오래된 그의 작품에서 80여 년 전 톈진의 하이허(海河)·하이룬(海輪)·완궈차오(萬國橋) 그리고 다양한 업종에 종사하는 노동자들의 모습을 볼 수 있으며, "하이허에 떠오른 시체" 등과 관련된 초점보도도 볼 수가 있다.

"건전한 기자라면 반드시 갖춰야 할 기술이 바로 취재 능력이다. 유창한 대화, 속기, 타자, 촬영 그리고 적어도 한 가지 외국어를 할 줄 알아야 한다. 표현 면에서 논설·뉴스·보고문학·전신문·번역 및 연설에 능하여야 한다. 행동면에서 기마·수영·자전거 타기·운전·사격·선박 조종·장거리걷기·항해습관을 키워야 하며, 앞으로는 비행기 조종도 배워두는 것이 좋다." 판창장은 쩌우타오펀(鄒韜奮)의 부탁을 받고 쓴 「어떻게 신문 기자가 될 것인가?」라는 제목의 글에서 이렇게 썼다. "우리 중국 신문업계 종사자들이 기술을 배울 수 있는 기회는 다른 나라에 비해 훨씬 뒤떨어져 있다. 우리는 분발하여 앞선 그들을 바싹 따라잡아야 한다. 주변의 이용 가능한 환경을 가급적 이용하여 기술을 연마해야 한다. 기본 원칙이 정해진 뒤에는 기술이 모든 것을 결정하기 때문이다. 나는 개인적으로 이 방면에서 부족한 부분이 너무 많다. 그래서 수많은 이로운 뉴스활동의 기회를 잡을 수 있는 충분한 기술적 여건이 없어 그 기회를 놓쳐버리곤 하였다. 너무나도 유감스러운 일이었다."

"(오빠가) 처음으로 수이위안(綏遠)을 다녀와서 나에게 말하였다. 난생 처음 말을 탔는데 올라타자마자 굴러 떨어져 넘어졌다. 따칭산(大靑山) 근처에서 그는 연습을 거듭하였다. 그랬더니 말을 점점 잘 탈 수 있게 되었다. 말을 탈 줄 알게 되었을 뿐 아니라 나중에는 말을 타고 빨리 달릴 수도 있게 되었다."

(팡청민의 회고)

신문 기자에 대한 판창장 선생의 정의에 비추어보면 팡따쩡은 신문 기자로서 알맞은 사람이었던 게 틀림없다. 취미와 교육 배경, 직업 소양과 직업정신을 한 몸에 갖추었으며, 몸소 체험하고 직접 실천하며, 생각하기를 즐기고, 총명하고 부지런하며 배우기를 좋아하고 애국심까지 두루 갖추었다. 만약 대학시절이 그에게 신문업계에 종사하려는 소원의 싹을 틔워준 맹아기였다면 톈진에서의 세월은 신문업으로 이상을 실현하려는 결심이 확고해질 수 있었던 성숙기였다.

우리 일행은 톈진 역에서 빙 돌아 제팡로(解放路)에 들어섰다. 백여 년 전 이 거리가 영국과 프랑스 조계지를 관통하였던 이유로 프랑스인들은 대프랑스로라고 불렀고 영국인들은 빅토리아도로라고 불렀다. 중외신문학사 옛터가 바로 제팡베이로(解放北路)에 위치해 있다. 거리 양 옆에 늘어선 프랑스 오동나무의 가볍게 떨리는 나뭇가지와 나뭇잎이 눈부신 햇살을 가려주었다. 거대한 기둥이 현관을 떠받치고 있는, 청색에 잿빛이 내비치는 서양식 고전건물들이 차창 뒤로 비껴 지나갔다. 그때 샤오팡은 기독교청년회에서 이 길을 거쳐 중외신문학사까지 오고갔을 것이다. 차창 밖을 내다보니 마치 한 젊은이가 총총걸음을 걷다가 이따금씩 멈춰 서서 카메라를 들고 초점을 맞추고 셔터를 누르는 모습이 보이는 것 같았다. 찰칵 소리와 함께 순간 멈춰버린 영상이 바로 차 안에 앉은 내 손에 쥐어져 있는 사진 중의 하나로 변해버리는 것 같은 느낌이었다. 다시 눈을 들어 창밖을 내다보니 그 청년의 모습은 어느새 온데간데없이 사라져버렸다. 차창 유리를 내리니 현대화 도시의 소리와 냄새가 확 안겨와 일시에 현실 속에 역사가 살아있는 것인지 아니면 역사가 현실 속에 숨어 있는 것인지 분간하기가 어려웠다.

중외신문학사 옛터가 현재는 톈진평화금융혁신서비스청사(天津和平金融創新服務大廈)가 되었으며 제팡베이로와 빈장도로(濱江道) 교차로의 서북쪽에 자리 잡고 있는데 1917년에 설립된 신화신탁저축은행(新華信托儲蓄銀行) 톈진지점이었다. 신화신탁저축은행은 최초에 중국은행과 교통은행이 협력해 1914년에 창설하였으며, 톈진지점 내에 신탁과 저금 두 개의 부서를 설치하였었다. 1921년에 그 은행이 유통저금권을 발행하여 베이징·톈진·상하이 세 곳에서 널리 유통되었었다. 신문학사 창설 초기에는 그 은행에 근무하는 사원이 있어서 그 곳을 연락 지점과 착지점으로 삼았었다.

빌딩 앞에 있는 거리 옆에는 아침 식사를 만드는 작은 수레 몇 대가 있고, 그 옆에는 노인들이 모여 있었는데 난로 위에서는 김이 모락모락 피어나는 젠삥궈즈(煎餅菓子)가 구워지고 있었다. 샤오팡 앵글 속의 장엄하고 냉혹한 금융은행들이 가득 들어선 중가(中街)는 현재 거리에 당연히 넘쳐나야 하는 인정미가 다분한 모습으로 바뀌어 있었다. 샤오팡이 신화빌딩의 한 귀퉁이 사진을 찍었는데 화면이 아주 간단하다. 깔끔한 옷차림을 한 상인으로 보이는 사람들이 문 앞을 지나가고 있는 장면이다. 건물 모퉁이에 바싹 붙어 있는 쪽문이 중외신문학사로 통하는 문이었던 것 같다. 문 앞에 멈춰 있는 승용차와 길가에서 졸고 있는 인력거꾼이 어느새 부유층과 빈곤층 사회의 양극을 보여주는 대조를 이루고 있다. 사진 오른쪽 아래 부분의 인력거를 끌

완궈챠오(萬國橋) 위에서. (샤오팡 촬영)

80년 세월이 흘러 다리는 여전한데 사람은 어디로 갔을까? (쑨난 촬영)

물상의 안팎, 시간의 거리. (쑨난 촬영)

고 가는 인부는 길 맞은편에서 사진을 찍고 있는 샤오팡을 발견하고 힐끔 쳐다보더니 호기심이 동한 것 같으면서도 종종걸음을 놓는 모습이다. 중외신문학사에 사진과 기사를 제공하던 2년간 팡따쩡의 주업이 슬며시 바뀌기 시작하였다. 그는 프로 신문 기자로 점차 성장하였으며, 톈진에서부터 더 먼 곳으로 눈길을 돌리기 시작하였고, 관심사도 나라의 위기와 민생에 초점을 맞추기 시작하였다.

「톈진소식」이라는 기사에서 팡따쩡은 화뻬이지역 밀수의 대본영인 베이따이허(北戴河) 해변으로 눈길을 돌렸다. 해변과 창리(昌黎) 사이 접경의 길이가 40리에 이르는 밀수지대를 거쳐 상륙하는 밀수품이 화뻬이지역 밀수품 총 수량의 거의 3분의 2정도를 차지햇다. 그가 풍경구 내 산꼭대기 위에 올라서서 서남방향을 바라보니 저 멀리 해수면 위에 기선 몇 척이 떠 있는 게 보였다. 그것이 바로 밀수현장의 정경이었다. "풍경구를 나서서 서쪽으로 시냇물을 하나 건너면……" 샤오팡은 이렇게 썼다. "'허동짜이(河東寨)'라는 마을이 하나 있다. '허동짜이'라는 이름은 아마도 따이허(戴河)의 동쪽이라는 뜻일 것이다. 그 곳은 밀수현장을 '참관'할 수 있는 시작점이다. 거기서부터 서쪽으로 나가면서 보면 무수히 많은 '기이한 경관'을 감상할 수 있다. 사실 그 것은 밀수라기보다는 오히려 자유무역이라고 하는 표현이 더 낫다. 그 곳에서는 비록 현대화한 부두 설비는 없지만 '초현대적'인 짓거리를 하고 있는 것이다." 베이따이허 역에서 한 해관조사원이 지키고 서 있었고, 대량의 밀수품이 그로부터 50미터 떨어진 곳에 쌓여 있었지만, 그가 마땅한 권력을 행사할 수 없다는 것을 샤오팡은 본 적이 있다. 그 해관조사인원의 유일한 임무는 그저 그 화물들을 통계하는 업무였으며, 조사한 숫자를 세관에 보고하여 통계도표를 작성할 수 있도록 하는 것이었다.

1935년 9월에 일본 헌병사령부는 친황따오(秦皇島) 해관세무사에 공식 통지를 보내 루타이(蘆臺)에서 친황따오 해수면에 이르는 밀수 감시선의 무장해제를 '요구'하였으며, 이어 연해의 3마일 거리 안에서는 밀수 감시선이 순찰을 하지 말 것을 요구하였다. 이 같은 '요구'는 실제로 명령이었으며, 상대의 대답 따위는 필요하지 않았다. 그때부터 그 일대에서 해관은 밀수감시능력을 철저히 상실하고 말았다. "만약 해관이 명령에 따르지 않을 시, 일본은 감시선을 해적으로 간주하여 해적에 대응하는 수단으로 대응했을 것이다."

"밀매업자들은 이 지대에 수많은 크고 작은 천막을 둘러 쳐서 임시 화물창고로 삼았으며, 또 각자 깃발을 꽂아두었 다. 따이허가 바다로 흘러드는 입구에는 '쉬주공사(旭株公司)'가 하나 있는데 영어 발음으로는 'Asahi'이기 때문에 깃 발에는 커다란 'A'자가 쓰여 져 있었다. 밀수품이 들어올 때 면 깃발을 올렸다가 물건을 다 부리고 옮긴 뒤에는 다시 내 리곤 하였다. 그러한 천막 창고가 지금도 계속 새롭게 늘 어나고 있는데, 더 많은 수용이 필요한 '수요'를 만족시키기 위해서다. 천막 창고는 큰 것은 길이가 약 2백 자, 너비가 약 30자, 높이가 약 25자에 달한다. 그러나 화물이 상륙한 뒤에는 반드시 창고 안으로 옮기는 것이 아니라 대다수는 노천에 방치해두곤 한다. 그 화물들은 바로 큰 화물차에 실려 베이따이허 역으로 옮겨지기 때문이다. 특별한 상황이 없는 한 화물은 그 곳에 쌓아둘 필요가 없다. 베이따이허·류서우잉(留守營)·창리·롼(灤)현 등의 역에는 모두 '운송회사' 혹은 '중계 운송대리점'과 같은 기관이 있다. 그 기관들은 베이닝로(北寧路) 여러 기차역에 설치된 일본헌병주둔 수비소와 마찬가지로 '영광스러운' 태양기를 펄럭이면서 이 '문명'사업을 전개하고 있다."

[샤오팡 「톈진소식 해변의 밀수(天津通訊走私在海濱)」]

1937년 『국민』 잡지 제2호에 팡따쩡이 중외신문학사 기자의 신분으로 쓴 기사 「톈진뉴스 해변의 밀수」가 게재되었다. 그 기사는 글과 사진을 결부시켜 간결하고도 직관적으로 보도되었으며 세부묘사에서 현장감이 넘쳤다. 기사에서 그는 현장에서 보고 생각하고 느낀 것을 자신의 분석과 판단과 결부시켜 밀수현상을 독자들에게 아주 명확하게 서술하였다. 그는 그렇게 그 사회 고질병을 통절하게 폭로한 한편 젊음의 정의감과 확고한 애국심을 재차 불러일으켰으며, 그의 직업정신과 함께 민족이 위기에 처한 시기에 책임과 사명으로 불타올랐다.

"최근 해변 일대 본토박이 명사와 상인들이 이러한 행위에서 이득을 볼 수 있음을 발견하고, 이곳도 밀수부두로 개방할 것을 관련 당국에 신청해 놓은 상황이다. 그러나 지동(冀東, 허뻬이성 동부지역)의

하이허 강변에서 생계를 이어가다. (샤오팡 촬영)

매국노 통치계급은 또 이런 한 가지 문제를 고려하고 있었다. 즉 만약 이 풍경구 내에서의 밀수행위를 허용하게 되면 여름철에 피서하러 온 '중외 인사'들의 웃음거리가 되지 않을까?" 샤오팡은 뉴스 제일 마지막 부분에 이렇게 썼다. "후안무치한 매국노들은 어떤 짓거리도 서슴지 않고 할 수 있다. 그 정도의 고민은 어쩌면 쉽게 극복할 수 있을지도 모른다. 만약 그렇다면 머지않아 화뻬이 밀수가 더 새로운 단계에 들어설 것이다. 이는 또 '나라정책' 문제에 영향을 주게 될 것이니 우리는 일단 지켜봐야 한다."

판창장 선생은 이렇게 말하였다. 신문기자라면 진리를 고수해야 하고, 협공 속에서 분투해야 한다. 특히 시국이 어려운 때일수록 신문

方大曾・許智方
攝影展覽

今日開幕約期五天

【本市消息】攝影界方大
曾・許智方二君、定於今日
起、至十一月五日止、假本
市東馬路青年會、擧行攝
影展覽會、二君已於日前
自平來津、佈置一切、聞
出品共百餘幅、均精心傑
作云。

方大曾・許智方
聯合影展觀賞記

○水皮○

렌진 『이스보(益世報)』에 팡따쩡・쉬즈팡(許智方)
촬영 전 소식이 실렸다.

렌진 『이스보(益世報)』에 팡따쩡・쉬즈팡(許智方)
촬영 전 평론 글이 실렸다.

대공보사 옛터. (쑨난 촬영)

211

기자는 진리를 고수해야 한다. "부귀에 미혹되지 않고, 가난이나 비천함으로 인해 지조가 꺾이지 않으며, 위세나 무력의 위협 앞에서도 뜻을 굽히지 않는 정신"을 잃지 않는 것이 참으로 중요하다.

소년에서 청년이 되기까지 팡따쩡에게서 "진리를 고수하는 정신"이 갈수록 뚜렷해졌다. 오늘날에 와서 되돌아보면 톈진에 있었던 시기는 그의 인생에서 충분한 준비를 마치고 대기하고 있던 단계였으며, 더욱이 그가 "기자로 우뚝 서서" 시시각각으로 희생할 준비를 하게 된 시점이었다.

"제팡베이로에서 불과 200미터도 채 안 되는 길 어귀는 샤오팡의 유작에서 보기 드물게 직접 제목을 붙인 작품의 촬영지인 제팡차오(解放橋)와 이어진다. 펑 선생님은 빠른 걸음으로 다리 위에 올라섰다. 대교의 파란 외벽에 쏟아진 햇살이 희미한 빛으로 반사되었다. 그는 사진을 높이 쳐들고 눈을 찌프려 원래 완궈차오라고 불리던 그 부두 위에서 샤오팡이 찍은 그 사진을 자세히 살펴보았다. 그 사진은 삭제할 부분을 그려놓은「생계를 위해 뛰어다닌다(爲生計奔波)」라는 작품이었다. 촬영이 끝난 뒤 펑 선생님이 몸을 돌려 우리에게 등을 돌리고 물결이 일렁이는 하이허 강물을 바라보았다. 그 방향이 어쩌면 바로 80여 년 전에 샤오팡이 고생스럽게 살아가고 있는 대중에 초점을 맞추고 셔터를 눌렀던 방향일 수도 있었다. 그 순간 그의 뒷모습은 뭐라

고 표현할 수 없이 친근하면서도 그러나 또 뭐라고 표현할
수 없이 슬퍼보였다."

(마루이산 「추위를 모르던 소년을 기억하며」)

하이허 강가를 따라 서남 방향으로 전전하여 허핑로상업구에 이르
렀다. '톈진취안예장(天津勸業場)'이라는 다섯 자의 금빛 글자가 새겨진
간판이 빽빽이 들어선 빌딩숲의 뾰족한 서양건물 위에 여전히 높이
걸려 있었다. 새로 칠한 마차 동상이 얼룩진 세월의 흔적을 은은히
가려주고 있었다. 팡따쩡의 작품 중 취안예장에서 찍은 것이 한 점
있었다. 사진은 실루엣 수법으로 표현하였는데 빛이 있는 분위기에서
뾰족한 건물, 총총히 걸어가는 행인, 거리의 경물들이 조화롭게 어우
러져 흔치 않은 홀가분함이 물씬 느껴지는 평화롭고 평온한 어느 하
루가 역사로 기록된 것이었다. 그때 당시 샤오팡은 80년의 세월이 흐
른 뒤에도 그에 대한 경의를 안고 그의 흔적을 찾아오는 후배가 있으
리라고는 생각지 못했을 것이다.

"쉐쏭 선생님이 촬영사들과 사진 원본의 촬영위치가 어딘
지에 대해 토론하였다. '빛이 비춰드는 방향을 봤을 때 서
북쪽을 마주하고 섰던 것 같아요.' 그는 말을 끊었다가 다
시 이었다. '만약 저녁 무렵의 빛이라면 얘기가 달라지죠.'
갑자기 그는 맞은편에 있는 거리를 향해 곧장 뛰어갔다.
그 뒤를 촬영사 선생님들이 재빨리 종종걸음으로 뒤쫓아

"팡따쩡 캠퍼스행" 공익계획이 톈진사범대학에 들어섬. (쑨난 촬영)

갔다. 그렇게 촬영 위치에 대해 반복하여 대조해보고 있는 사이에 해가 서서히 솟아올랐다. 펑 선생님의 귀밑머리를 타고 땀이 흘러내렸으며 촬영사 선생님들의 옷도 땀에 흠뻑 젖었다. 길옆에 있는 한 노인에게 물어보았으나 애석하게도 사진 속의 밤장막이 드리운 훼이중호텔(惠中飯店)은 오래 전에 이미 신축된 상가로 대체되어 있었다. 그 사실을 안 뒤에도 샤오팡의 흔적을 찾아다니는 그 대오는 일각도 지체할세라 북적이는 사람들 속을 누비고 다녔다. 옛날 사진 속 흑백 바탕색 속에서 인력거를 끄는 인부며, 치파오(旗袍)를 입고 한들거리며 거리를 지나가는 묘령의 여성이며, 길가에 웅크리고 앉아 덜덜 떨고 있는 거지들은 색이 누렇게 바래져 있었다. 풍경은 여전한데 사람은 달라져 있는 눈앞의 정경과 샤오팡의 앵글 속 화면이 어느 한 시공

간에서 빈틈없이 맞물리고 빠져나가버린 역사 환경을 우리
가 접할 수 있는 현실에 박아 넣는다면 살아 숨 쉬는 장면
이 될 것이다."

(마루이산 「추위를 모르던 소년을 기억하며」)

다년간 우리가 줄곧 오해하고 있었던 사실이 있다. 중국의 뉴스현
장 촬영, 특히 시정 촬영과 전선 촬영이 시간과 수준에서 로버트 카
파 (Robert Capa), 앙리 카르티에 브레송(Henri Cartier Bresson)
등과 같은 세계 대가들에 비해 거리가 너무 멀다고 생각하고 있다는
것이다. 팡따쩡의 작품을 통해 진실한 중국 촬영사를 어느 정도 되돌
릴 수 있었다. 적어도 상당한 정도로 거리를 좁힐 수 있었다. 유명한
촬영기자이며 판창장 뉴스상 수상자인 위원궈(於文國) 선생은 인터뷰
를 받을 때 이렇게 말하였다. 팡따쩡의 사진작품은 순박하고 시각이
민첩하며 빈틈없는 구도에 수수하고 소박하며 사진의 미적 감각이
다분하다. 팡따쩡은 화면에서 뉴스 줄거리와 세부적인 서술까지도 엄
숙하고 이성적이며 정확하고도 구체적으로 표현하였다. 특히 여러 폭
으로 된 장면과 인물의 초상에 대한 기록이 뚜렷한 역사적 특징을 띠
었다. 더욱 보귀한 것은 그 사진작품들이 20세기 20~30년대 중국사
회에서 유행하던 그림에 담긴 뜻과 유미적인 것을 기준으로 하는 소
비적인 촬영들과는 전적으로 구별되는 것이다. 그 사진작품들은 후
세 사람들이 중국 신문촬영의 역사, 나아가 세계 신문촬영의 역사
및 정적인 사진의 생산법칙에 대해 연구할 수 있도록 진귀하고도 드

문 중국의 본보기를 제공해주었다. 판창장 선생이 「샤오팡을 추억하며」라는 글에서 팡따쩡과의 "첫 만남"에 대해 묘사한 것이 있다. 애석하게도 기회가 닿지 않아 톈진에서 두 사람은 인연이 엇갈려버렸던 것이다.

"아마도 1925년 여름이었을 것이다. 나는 톈진 『대공보』 편집부 책상 위에 '팡따쩡'의 명함이 놓여 있는 것을 보았다. 투고 건에 대해 의논하러 온 사람이라고 동료가 나에게 알려주었다. 흔한 일이었으므로 당연히 별로 관심을 기울이지 않았다. 그로부터 얼마 뒤 톈진 『이스보(益世報)』 지방란에 실린 그의 장편 기사 '장위안(張垣)에서 따퉁(大同)까지'를 보았다. 그는 차진(察晉)지역의 어두운 사회상황에 대해 많이 폭로하였다. 그러나 그때까지 만도 그가 별로 유명하지도 않았고 또 처음 쓴 기사였던지라 많은 사람들의 관심을 끌지 못하였다."

(판창장 「샤오팡을 추억하며」)

서쪽으로 계속 4백 미터를 더 걸어 하미로(哈密路)에 이르면 흰색의 아담한 2층짜리 건물이 나온다. "대공보사 옛터(大公報社舊址)"라는 황금빛 글자들이 흰 돌로 된 편액에 새겨져 있었는데 유난히 눈에 띄었다. 그 곳은 지금 안경점이 되어 있었다. 건물 앞에는 사람 키 절반 높이의 상아빛 화단이 빙 둘러져 있었으며 무성한 적갈색 잎이 화단

톈진의 밤. (샤오팡 촬영)

톈진 기독교청년회 이준국악사(繹純國樂社)에 보내는 초청 편지. (개인 소장)

에 넘쳐날 것처럼 가득 채우고 있었다. 그때 기사 발표의 섭외 업무를 맡았던 샤오팡도 혹시 같은 계절에 이곳에 왔었던 것은 아닐까? 명성이 높은『대공보』는 예의 바르고 겸허하며 키가 훤칠하고 준수한 외모의 그 젊은이가 신문사에 세상을 놀라게 할 영광을 가져다줄 수 있을 줄을 어찌 알았겠는가? 추위를 모르던 소년을 기억한다. 사람들로부터 그리움과 간절한 바람을 받아온 그 영혼은 역사의 깊은 곳에서 울려나오는 노래에 녹아들어 끊임없이 읊조리고 있었다.

2016년 9월 25일 오후 3시 "팡따쩡 캠퍼스행" 공익계획이 예정대로 톈진사범대학에서 개최되었다. 회의센터 강당에는 신문학과, 촬영학과 등 전교 여러 학과의 3백여 명의 교원과 학생들이 강좌를 통해 팡따쩡 및 그의 흔적을 찾아다닌 이야기를 들었으며, 이밖에도 8백여 명의 교원과 학생들이 학교 사이트에 접속하여 실시간으로 강좌를 들었다. 어울림 타임에서 나는 판창장 선생의 말을 인용하여 바야흐로 신문기자가 되어 사회에 발을 들여놓게 될 청년 학생들에게 말하였다. "신문기자의 역할이 중요한 것은 올바른 정치적 인식과 꿋꿋한 인격 이외에도 풍부한 지식을 갖춰야 하기 때문이다. 풍부한 지식을 갖춰야 한다는 것은 박식해야 할 뿐 아니라 정통해야 함을 뜻한다. 이른바 '박식하다는 것'은 상식이 풍부한 것을 말한다. 국제와 국내, 고금의 문제를 막론하고 비록 모르는 게 없을 정도까지는 아니더라도 기자라면 어떻게 해서든 광범위한 학과에 대해 간단한 개념이라도 반드시 확실하게 알아야 한다. 적어도 많은 문제에 대해 이야기할 때면 항상 실마리를 찾을 수 있어야 하며, 기본적인 명사조차도 몰라서는 안 된다. 풍부한 상식을 갖추지 못하면 기자로서의 활동을 전개하기가 어렵기 때문이다." 훌륭한 기자는 오로지 뉴스만 전하는 사람이 아니라 민족의 선구자, 사회의 양심을 이끄는 자, 시대의 병폐를 바로잡는 자가 되는 대중의 눈이 되어야 한다. 팡따쩡이 바로 그런 사람이다. 1936년 3월 14일 저녁 8시 톈진 기독교청년회에서 국악연주회를 열고 이쳰귀악사(繹純國樂社) 등 단체를 초청해 공연을 마련하였다. 그날 저녁 총 18개의 곡이 연주되었다. 이쳰귀악사는 관현악합주 「윈칭(雲慶)」, 현악 「오제진(五節錦)」을 연주하였는데, 라디오방송에서 생중계로 방송되어 센세이션을 불러일으켰었다.

그 뒤 얼마 지나지 않아 팡따쩡은 톈진을 떠나 베이핑으로 전근되어 기독교청년회 소년부 간사로 근무하게 되었다. 그러나 그의 또 다른 신분은 여전히 중외신문학사 기자였다.

6.
걸어 다니는 기록자

까오상런(高尚仁)은 1936년 즈음에 샤오팡이 그에게 스노우
가 옌안에서 찍은 사진을 보여준 적이 있다고 나에게 알려
주었다. 오빠는 또 영국의 한 잡지에 「사자왕가의 혼례(四子
王府的婚禮)」(사진 묶음)를 발표해 받은 원고료로 새 카메라
를 한 대 사고 원래 쓰던 낡은 카메라는 까오상런에게 기
념품으로 주었다. 해방 후 나는 까오상런을 만났는데 그는
샤오팡에 대해 언급하면서 아주 흥미진진하게 이야기하였
으며 많이 보고 싶다고 말했다. 까오상런은 샤오팡을 많이
지지하였으며 그가 돌아다니면서 여행을 하고 사진을 찍을
수 있도록 허락하였다.

— 팡청민의 회고

6. 걸어 다니는 기록자

베이징 빠다링(八達嶺)은 동경 116도 0분 20초, 북위 40도 21분 3초, 해발 720미터이다.

2007년 6월 5일 오전 중국 장성(長城, 만리장성을 지칭 함)학회 장바오톈(張保田) 이사와 동행한 왕졘쥔(王建軍)이 손에 자료를 들고 걷다가 멈춰 서서 맞춰보기를 거듭하면서 확인한 끝에 드디어 샤오팡이 70년 전에 사진을 찍었던 정확한 위치를 찾아냈다. 이번에 그들은 빠다링 장성 옛 사진과 대조할 사진을 찍는 걸 선택하였다. 팡따쩡 사진 속의 장성을 찾는 것이 바로 주요 임무 중의 하나였다. 그때 그 시절의 경관이 바로 눈앞에 펼쳐졌다. "그래. 바로 여기야!"하며 장바오톈이 이마에 맺힌 땀을 훔치며 긴 한숨을 내쉬었다.

팡따쩡이 장성 위에서 사진을 한 장 찍었는데 전경(前景)은 세 아이가 땅 위에 앉아 있는 장면이다. 아이들마다 옆에 바구니가 하나씩 놓여 있고 아이들 앞에는 석탄덩이 같은 물건이 한 무더기씩 쌓여 있었다. 마치 사람들이 와서 사가기를 기다리고 있는 것 같은 모습이었다. 업계 인사들에게 고참으로 불리는 장바오톈은 자신이 잘 알고 있는 장성 관련 전문지식을 이용하여 사진에서 한 쪽으로만 만들어진 타구(垛口, 총을 쏘기 위해 성벽 위에 요철처럼 파놓은 움푹 들어간 곳)가 만들어져 있는 것을 보고 그 사진 속 정경이 빠다링일 것으로 판단하였으며, 구체적으로 어느 구간인지는 실제로 현장을 답사해 관찰해 봐야 알 수 있다고 했다.

일반적으로 장성 담장 위에는 모두 타구가 만들어져 있는데 적을 사격하고 자신을 엄호하기 위한 수단으로 만든 것이었다. 베이징 일대의 유명한 황화성(黃花城)·무톈골(慕田峪) 등을 비롯해 대다수 장성 구간의 담장은 모두 양측으로 타구가 건설되어 있다. 그런데 빠다링 일대는 한쪽에만 타구가 건설되어 있다. 즉 적을 방어하는 관외를 향한 쪽에 타구가 건설되어 있고, 관내를 향한 쪽에는 단지 낮은 장벽만 건설되어 있을 뿐이다. 샤오팡이 찍은 사진과 대조해보면 담장 오른쪽에 있는 한쪽만의 타구가 또렷이 보인다. 따라서 오른쪽이 적을 방어하는 관외를 향한 방향임을 알 수 있다. 담장 왼쪽은 장벽일 뿐으로 관내를 방어하는 쪽임을 알 수 있다. 그리고 또 장성이 산세를 따라 뻗어 나간 방향으로 볼 때 사진 속의 지점이 빠다링 성 밖 남쪽임을 추측할 수 있었다. 특히 좌측 담장 아래에 바위와 담장이 엇갈려 있는 모습은 옛 사진에 찍힌 장소를 찾을 수 있는 또 하나의 확실한 증거가 되었다.

그렇게 일련의 추론을 거친 뒤 장빠오톈과 우리 일행은 남쪽 1층에서부터 오르기 시작하였다. 남쪽 1층에서 2층까지는 거리가 아주 가까워 발을 내딛기 시작하니 바로 도착할 수 있었다. 그러나 2층에서 3층까지는 거리가 늘어났다. 남쪽 2층과 3층 사이에서도 사진 속의 것과 모양이 비슷한 장벽을 발견하였다. 자세한 감별을 거쳐 비록 확실하지는 않았지만 목표가 바로 앞에 있을 것이라는 믿음이 한층 더

기근으로 떠돌이신세가 된 피난민. (샤오팡 촬영)

샤오팡이 사진을 찍었던 자리에 서서. (장바오톈[張保田] 촬영)

근심 걱정이 없는 삶. (샤오팡 촬영)

커졌다. 3층에서 계속 전진해 4층까지 이르는 것이 훨씬 더 어려웠다. 거리가 더 멀어지고 경사도는 더 가팔라졌다. 뙤약볕이 정수리를 내리쬐는 36도의 고온 날씨여서 땀이 비 오듯 하였다.

시간은 11시 54분으로 정오에 접근하고 있을 무렵 드디어 앞쪽에서 샤오팡의 사진과 완벽하게 맞물리는 성벽 곡선을 발견하였다.

이는 성공적이고도 정확한 만남이었다. 예기된 장소에서 장성과의 만남이기도 하였고, 또 역사의 시공간을 지나 그때 그 곳에 서 있었던 팡따쩡과의 만남이기도 하였다.

"샤오팡에게 위로가 될 말이라면 '그때 당시 당신이 바라본 것이 외래 침략자들이 횡포를 부리고 인민이 의지할 곳이 없어 정처 없이 떠돌아다니는 산산조각이 난 나라였다면……'" 장삐오톈은 감개무량해서 말하였다. "70년이 지난 지금 나는 같은 장소에서 우리 동포와 여

샤오팡(우1)이 촬영을 좋아하는 친구들과 함께.

러 나라 벗들이 우리 장성을 유람하는 장면을 바라보고 있습니다."
그는 "우리가 이런 방식으로 팡따쩡을 찾고 있는 것은 우리가 역사를
잊지 않고 있음을 보여주며 팡따쩡을 존경하고 기념하고 있음을 보여
줍니다."라고 말하였다.

"촬영 작품에서는 가장 작은 사물이 위대한 주제가 될 수 있다." 앙
리 카르티에 브레송(Henri Cartier Bresson)은 촬영 작품이 중요한
사회적 책임을 짊어지고 있다고 주장하였다. 그는 촬영사라면 모두
존엄을 갖춰야 한다면서 모두 "한 촬영 작품은 제 아무리 화면이 눈
부시고 기술이 뛰어났어도 사랑을 멀리하고 인류에 대한 이해를 멀리
하며 인류 운명에 대한 인식을 멀리한다면, 그것은 분명 성공한 작품
이 아니라는 것"을 인식하여야 한다고 말했다.

샤오팡의 습작품.

인력거꾼 쏭(松) 씨와 그의 동료들. (샤오팡 촬영)

　바로 인류에 대한 이해와 사랑이 있었기에 샤오팡은 장성 아래에
앉아 있는 떠돌이 아이들에게 관심을 가질 수 있었던 것이다. 그의
앵글 속에서는 작고 약한 사물이 위대한 주제를 형성하였다. 얼핏 보
기에는 무심결에 잡힌 것 같지만 그가 착안한 부분을 통해 그의 위
대함이 드러난다. 그러한 사진을 본 사람이라면 모두 틀림없이 장빠
오톈과 마찬가지로 깊이 매료되고 감동을 받을 것이다.

그 시절에 일반 사람들이 사진을 찍는 일을 일부 접할 기회도 있긴
하지만 어쨌든 수박 겉 핥기에 불과할 뿐이었다. '미술촬영'에 대한
얘기는 더 알아듣기 어려워하였다. 그래서 우리는 더 상세하게 설명
해줘야 하였다. '미술촬영'이란 바로 "그림 같은 미감"이 있는 사진을
찍는 것, 다시 말하면 사진을 그림의 형식으로 찍는 것이라고 말이
다. (이는 그 시절 '미술촬영'에 대한 우리의 인식이었다) 사실 그 시
절에는 '촬영'이라는 명사에 대해서조차 잘 알지 못하는 사람들도 있
었다. "서양 사진을 찍는다"라고 하거나 "모습을 그리다(寫眞)"이라는
표현이 보편적이었다. 팡따쩡과 함께 촬영전을 개최한 적이 있는 쉬
즈팡은 팡따쩡과 비슷한 경력도 가지고 있었고, 또 촬영에 대한 비슷
한 인식도 가지고 있었다.

그때 촬영 대상은 도시에서 점차 농촌으로 바뀌었다. 도시를 나서
10~20킬로미터 정도 되는 곳에는 심지어 카메라를 구경조차 못한 사
람들도 있다. 샤오팡과 그의 친구들이 도시 밖으로 사진을 찍으러 나
가면 늘 사람들에게 겹겹이 둘러싸이곤 하였다. 누가 "저건 천리안이
다"라고 하면, 또 다른 사람이 "저건 사진 찍는 데 쓰는 거야! 난 알
아!"라고 반박하곤 하였다. 일부 여성들은 서둘러 아이들을 안아 카
메라에서 멀리 떼어놓느라고 허둥대기도 했다. 마치 촬영사가 아이들
의 혼을 몰래 찍어가기라도 할까 두려워하는 것 같았다.

"어느 날 오후 눈이 멎고 날이 개이기 시작할 때 나와 궈쉐
친(郭學群)이 하이뎬(海甸)으로 사진을 찍으러 갔던 기억이

난다. 우리가 작은 강물을 따라 걷고 있는데 저 멀리서 오리 무리가 헤엄쳐오고 있는 게 보였다. 새하얀 베이징 오리들 뒤로 파란 하늘이 배경처럼 펼쳐지고 강기슭의 수양버들 위에 채 녹지 않은 눈이 쌓여 있는데다가 강물에 비낀 구름까지 어우러져 한 폭의 아름다운 그림을 연출하고 있었다. 우리가 막 사진을 찍으려는 순간 갑자기 뒤에서 어떤 할머니가 뛰어오며 소리쳤다. '미안한데요! 아직 찍지 마세요!' 그 할머니가 우리에게 다가오더니 아주 완곡한 말투로 설명하였다. '선생님, 저기 우리 오리들은 모두 암컷들이에요! 이제 곧 알을 낳을 건데요. 사진을 찍어도 되지만 그러면 저 오리들이 알을 낳지 않게 돼요! 꼭 사진을 찍고 싶으시다면 제가 지금 가서 수컷들로 몰아올게요!' 할머니는 말하면서 그 오리들을 집으로 몰아가더니 이윽고 정말 다른 오리들을 몰고 왔다."

(쉬즈팡 「광사를 회고하며」)

촬영에 대한 사람들의 태도와 관련해 샤오팡은 자신이 쓴 글에서 "수이위안(綏遠)과 허베이(河北) 민중을 비교한 적이 있는데 수이위안의 민중은 자신들이 기르는 가축과 함께 사진을 찍는 것을 좋아하는 반면에 허베이 사람들은 카메라만 보면 자신들의 '운'을 찍어 가버릴까 두려워하며 멀리 도망을 가버리곤 한다."라고 서술하였었다. 그럼에도 팡따쩡은 온갖 방법을 대서 그들에게 접근하곤 하였다. 특히 최하층 노동자들을 만나면 더욱 가까이 다가가려고 애를 썼다. 그런 경험은 그가 자기 집 문 앞에 모여 있는 쑹(宋) 씨와 같은 인력거꾼들과의 교류를 통해 얻은 것이며, 생사를 넘나드는 탄광 노동자에 대한 이해에서 얻은 것이며, 더욱이 동분서주하면서 보고 듣고 넓힌 식견에서 얻은 것이다.

인력거꾼은 베이핑 도시의 거울처럼 그 시대의 특색을 잘 보여준다. 그 시기 사람의 눈에는 "베이핑에서 가장 감동적인 계층이 평민이었다. 절대 현명하고 만사에 통달한 학자나 대학 교수가 아니라 인력거를 끄는 인부였다." 그들은 노동계층에서 가장 고생스럽게 피땀을 흘려 돈을 벌어 생계를 유지하는 사람들이었다. 그런데도 "흔히 어떤 사람들은 권세가 없는 그들을 소나 말처럼 여기며 멋대로 괴롭히곤 하였다." 1930년대 초 베이핑은 인력거꾼이 급증해 5~6만 명에 달하였으며, 도시 인구의 7%를 차지하였다. "더 이상 팔래야 팔 것이 없고, 전당을 잡힐 래야 잡힐 것이 없게 되자 이를 악물고 눈물을 머금고 그 죽음의 길에 들어선 것이다. 그들은 생명의 가장 활발하던 시기를 이미 팔아버리고 이제는 수수떡이 만들어낸 피땀을 길 바닥에 떨구고 있었다." 라오서(老舍) 선생은 인력거꾼의 고생스러운 운명을 장편소설 「낙타상자(駱駝祥子)」로 써냈다. 청년 팡따쩡은 인력거꾼 쑹 씨와 같은 이들에 대한 동정을 생명의 바탕색으로 융합시켰다. 아무리 멀리 가고 아무리 오래 걷더라도 가난한 사람을 만날 때마다 언제나 집 앞에서 만난 쑹 씨들을 떠올리곤 하였다.

1936년 초 샤오팡은 베이핑으로 돌아와 기독교청년회 소년부 간사

샤오팡(앞줄 좌1)이 광밍단(光明團) 아이들을 데리고 샤오탕산(小湯山)에 갔을 때 찍은 사진. 사진 뒷면에 그의 필적이 있다.

직을 맡았다. 부서 주임은 오래 전부터 알고 지내던 까오상런이었다. 까오상런은 재능이 많은 샤오팡을 매우 좋아하였고, 회원과 아이들도 그를 좋아하여 서로 아주 사이좋게 지냈다. "모두가 그의 말을 잘 들었기 때문에 그를 간사로 채용하였다." 그때 당시 소년부 회원 수는 9백 명에 달하였다.

소년부 사무실 현관 내에 네 가지 바람을 담은 여덟 마디의 말 "사원팔구(四願八句)"가 걸려 있다. 즉 "도덕적으로 고상하고, 사상이 순결하며, 학습 면에서 진보적이고, 지식 면에서 발전하며, 정신적으로 활발하고, 신체가 건강하며, 벗을 널리 사귀고, 사회에 봉사하여야 한다"라는 것이었다. 그 취지는 덕(德)·지(智)·체(體)·군(群) "네 가

샤오팡(오른쪽)이 탄광지역에서 친구와 함께.

지 교육" 정신을 발양하여 학생들의 건전한 인격을 양성하고 과외 생활을 풍부하게 하는 것이다. 소년부는 또 "네 가지 교육 양성단"을 설립하여 회원 중에서 자원적으로 참가하는 학생들에 대해 연령별로 여러 팀으로 나누어 품행과 학문이 다 훌륭한 사람을 청해 지도자를 맡도록 하였다. 매 팀 인원수는 열 명에서 스무 명까지 각기 달랐다. 샤오팡은 성적이 뛰어난 '광명' A·B 두 팀의 지도원을 맡았다. 그가 남긴 개인 사진 중에는 그가 광명단 학생들을 데리고 샤오탕산(小湯山)에 가서 활동하면서 찍었던 기념사진이 한 장 있다. 사진 뒷면에는 그가 단원들 이름을 적은 필적까지 있다. 단원들을 조직해 교외로 소풍을 가고 농구경기나 배구경기 등 활동을 조직하는 이외에도 샤오팡은 단원들을 데리고 품행에 관한 문제를 토론하기도 하였다. 예를 들면 행동거지, 언어수양, 부모를 존경하는 것 등에 대한 토론을 벌이곤 하였다. 그는 단원들에게 지식을 가르치는 교원이었을 뿐 아니라 사심이 없고 두려움을 모르는 본보기였으며, 인생의 바른 길로 이끌어주는 길잡이이기도 하였다.

"까오상런(高尚仁)은 1936년 즈음에 샤오팡이 그에게 스노우가 옌안에서 찍은 사진을 보여준 적이 있다고 나에게 알려주었다. 오빠는 또 영국의 한 잡지에 「사자왕가의 혼례(四子王府的婚禮)」(사진 묶음)를 발표해 받은 원고료로 새 카메라를 한 대 사고 원래 쓰던 낡은 카메라는 까오상런에게 기념품으로 주었다. 해방 후 나는 까오상런을 만났는데 그는 샤오팡에 대해 언급하면서 아주 흥미진진하게 이야기하였으며 많이 보고 싶다고 말하였다. 까오상런은 샤오팡을 매우 지지하였으며 그가 다니면서 여행을 하고 사진을 찍을 수 있도록 허락하였다."

(팡청민의 회고)

팡따쩡이 남긴 사진 중에서 일부는 그가 허베이·산시(山西) 등 탄광에 가서 심지어 탄갱에 깊이 들어가서 찍은 것도 있다. 그곳에서 한 번도 사람들의 관심을 받지 못하였던 광부들이 그의 앵글 속 주인공이 되었다. 그들의 운명과 처지가 대도시에서 온 그 청년을 놀라게 하

곡괭이 날을 가져다주러 온 아이. (샤오팡 촬영)

였던 것이다. 어느 한 화창한 아침에 샤오팡은 난꺼우(南溝)탄광에 갔
다. 갱구에서 그는 부상을 당한 노동자가 탄갱에서 부축을 받으며 승
강기를 타고 올라오는 장면을 목격하였다. 그 장면은 그가 탄광지역
에 취재 가서 받은 첫 인상이었다.

"아침 6시, 오후 2시, 밤 10시, 이는 교대 시간이다. 지하에
서 막 올라와 8시간 만에 신선한 공기를 마시는 인부들은
자신이 혹시 꿈을 꾸고 있는 건 아닌지 의혹에 찬 얼굴들
이었다. 실제로 그건 꿈이 아니라 재생이었으며 축하할 일
이었다! 그러나 그런 재생은 자기 행복을 누리기 위한 게
아니라 정신을 회복한 뒤 다시 탄갱에 내려가 일할 준비를

탄갱 내에서 채탄 작업을 하고 있는 광부. (샤오팡 촬영)

해야 하는 것이다. 그래서 그런 재생은 축하할 일이라고 할
수 없는 것이다!

일을 마치고 교대하고 나면 마치 또 한생을 산 것 같다. 광
부들은 그렇게 번갈아가며 그들의 생명을 이어간다. 이 어
찌 인류가 참고 견뎌야 할 삶이라고 할 수 있겠는가!

탄갱 안은 칠흑처럼 어두운데 석탄을 운반하는 노동자들
은 발 앞에만 기름등잔을 하나 밝히고 죽을힘을 다해 석
탄 운반차를 밀어야 한다. 그들은 발 주변의 작은 공간만
제외하고 다른 건 전혀 보이지 않는다. 그러니 앞에 누가
있는지 알 수가 없다. 자기 자신도 늘 뒤에서 쫓아오는 석
탄 운반차에 부딪쳐 다치기가 일수였다. 그러니 탄갱 내 위

커우취안(口泉) 탄광. (샤오팡 촬영)

험은 입체적이었다. 상·하·앞·뒤·좌·우 천지사방에서 초
가(楚歌)가 들려오는 것이다! 우르릉 꽈르릉 하는 석탄 운
반차 바퀴 굴러가는 소리에 그 소리가 낯선 참관자는 두려
움을 느꼈다. 그러나 운반이 간혹 멈출 때면 적막이 깃들
어 으스스한 느낌이 들며 마찬가지로 두려웠다! 사망 무휼
금(撫恤金, 불쌍하게 여겨 위로하고 물적으로 도움을 주는
것−역자 주)이 고작 50원밖에 안 되지만, 그들이 평소에
받는 안쓰러울 정도로 보잘 것 없는 임금에 비하면 괜찮은
액수라고 하지 않을 수 없다. 임금제를 실행하는 이 탄광
은 한 근무 기간의 수당이 28전 6리이다. 이것이 바로 생명
의 위험을 감내하면서 어둠 속에서 8시간 일한 대가이다.
여기서 죽음은 너무나도 흔한 일이다."

(샤오팡 「탄광 잡기(鑛區雜記)」)

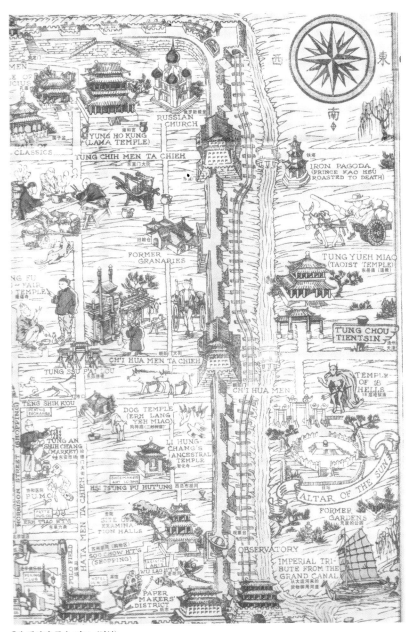

「옛 베이징 풍속 지도」(일부)

편집을 거치기 전의 「흰 밀가루포대를 져 나르는 사람은 정작 검은 밀가루만 먹다」(원본 사진)

취재와 동시에 찍은 사진에서 샤오팡은 또 많은 탄광 노동자의 삶의 정경도 기록하였다. 조건이 열악한 탄갱 내 석탄 채굴 막장, 남루한 옷차림의 광부들, 땔감을 주워 밥을 짓는 탄광 노동자들, 한 점 한 점의 사진들은 끔찍하여 보는 이의 마음을 아프게 하고 눈물을 자아낸다. 그 진귀한 사진들은 만약 작자가 신분을 내려놓고 몸을 낮춰 광부들의 생존상태를 볼 수 있는 은밀하고 구석진 곳까지 들어가지 않았다면 절대 포착할 수 없는 장면들이다. 특히 석탄을 채굴하는 지하 작업 막장까지 내려간다는 것은 위험지수가 너무 컸다. 사람들에게 충분한 인정을 얻지 못하였다면 그를 지하 탄갱까지 기꺼이 안내해줄 사람이 없었을 것이다. 그는 가급적 제때에 가장 적절한 촬영 위치에 나타나려고 애썼으며 할 수 있는 한 촬영 대상에게 가까이 접근하고 최대한 다양한 각도로 촬영하려고 애쓰면서 가장 중요한 순간에 셔터를 눌렀다. 그는 자기 앵글 속 인물과 성실한 신뢰와 이해를 확립하였다. 실제로 현장을 방문해 여러 가지 현상을 관찰한 뒤 샤오팡는 「진뻬이(산시성 북부) 석탄산업 현황(晉北煤業現況)」이라는 글에서 이런 판단을 내렸다. "진뻬이 석탄업의 현활은 우리 중화민족의 앞날을 반영하고 있다. 우리는 반드시 대중의 삶을 개선해야 하며 애써 건설해야 한다. 그렇잖으면 기다리는 건 멸망뿐이다."

"소년공들이 탄갱에서 하는 일은 곡괭이 날을 나르는 일 외에 풍문을 관리하는 일이었다. 지하 탄갱은 마치 거미줄처럼 한 평면 위에 이리저리 널려 있는데 모두 일정한 공기유통경로가 나 있었으며 각기 풍문을 설치하여 통제 관할하고 이동하도록 하였다. 이런 풍문 옆에는 흔히 열두어 살 난 아이들이 외롭고 쓸쓸하게 지키고 있었는데 마치 경찰이 보초를 서는 것 같았다. 그런 곳으로는 석탄 운반차가 경유하지 않기 때문에 지나다니는 사람도 드물었다. 그래서 어둡고 음침하며 으스스한 느낌이 들었다. 그 사랑스러운 아이들이 두렵지는 않을까?
대다수 인부들은 농촌에서 파산을 맞고 집을 떠나온 떠돌

고된 노동. (샤오팡 촬영)

이 농민들이다. 그들은 살 집도 없고 더욱이 밥을 지을 부뚜막조차 찾을 길이 없어 탄광주의 무자비한 착취를 참고 견디는 수밖에 없었다.

여인들도 가끔씩 탄광에서 석탄 관련 일을 찾아 할 수 있었다. 그녀들이 석탄 적재장에서 '버력'을 줍고 있는 정경을 목격할 수 있는데 일솜씨가 뛰어났음을 알 수 있었다. 이른바 '버력'을 줍는다는 것은 석탄덩이 속에 섞여 있는 잡돌을 골라내는 작업이다. 그녀들도 온몸이 그녀들 남편과 아이들처럼 까만 검댕이 투성이가 되어 있었다.

탄광 근처의 산골짜기에서 탄광 인부 부부가 빨래를 하고 세수를 하고 있는 장면을 목격하였던 기억이 있다. 그것은 참으로 시적인 그림과도 같은 장면이었다. 도심의 공원에서 손잡고 나란히 걷고 있는 모던 남녀들보다도 더 부러움을 자아낼 자격이 있는 모습이었다."

(샤오팡 「탄광 잡기」)

팡따쩡은 경제학과를 전공한 자신의 시각으로 볼 때 진베이 탄광의 가장 손해를 보는 부분이 운송비용이라고 생각하였다. "석탄 1톤의 운임을 계산해보면 커우취안(口泉) 진(鎭)에서 따통(大同)을 경유해 펑타이(豊臺)에 이르는 403㎞ 거리에 소요되는 운임이 3원 70전이고, 펑타이에서 탕구(塘沽) 항구까지 165㎞킬로미터 거리의 운임이 1원 65전이며, 탕구에 당도한 석탄을 기차에서 부려 배에 싣는 하역비용이

아편 가게. (샤오팡 촬영)

북국의 풍경. (샤오팡 촬영)

밭에서 잠깐 휴식을 취하다. (샤오팡 촬영)

45전 소요된다. 그리고 배로 상하이 시장까지 운송하는 데도 운임이 2원 내지 3원 가량 소요된다. 모두 합치면 석탄 1톤에 소요되는 운임만 총 8원 이상에 달한다. 그런데 상하이에서 석탄 시장가격은 평균적으로 고작 12~13원밖에 안 된다."

"기자는 커우취안에서 상하이 화뻬이(華北)석탄회사 판쥔(潘君) 사장을 만났다. 그는 석탄 구매 임무를 맡고 특별히 이곳으로 고찰하러 왔다고 하였다. 그의 소개에 따르면 민국 23년 이전에 상하이 석탄시장에서 매년 판매되는 석탄 수량이 320만 톤에 달하였는데, 그중 카이롼(開灤) 석탄이 120만 톤, 푸순(撫順) 석탄이 120만 톤에 이르며, 그밖에 일본이 친황다오(秦皇島) 일대에서 운송해온 석탄이 약 60만 톤에 이른다고 했다. 중국 내륙의 석탄은 거의 없는 상황이었다. 그런데 최근 1년간 카이롼 석탄은 40만 톤으로 줄어들고 일본이 운송해오는 석탄이 20만 톤으로 줄어든 반면에 새롭게 안난(安南)에서 온 석탄이 24년도에 110만 톤이나 판매되었으며, 나머지는 화뻬이지역의 여러 국영 탄광과 따통광산업회사가 점유하였다고 했다. 그밖에 국민정부 건설위원회가 화이난(淮南)에 큰 탄광을 몇 개 개발하여 석탄을 채굴하기 시작하였으며, 앞으로 생산량이 매월 6만 톤에 이를 것으로 예상되는데, 전부 상하이 시장에 공급될 예정이란다. 화이난 석탄은 운임이 저렴하여 톤당 약 8원에 판매될 것으로 추정된다. 따라서 현재 상황으로부터 비추어 볼 때 중국 석탄산업은 밝은 발전 전망을 갖고 있다고 본다!"

(샤오팡「진베이 석탄산업 현상태」)

　수도도서관 내 높다란 책서가 위에서 수십 년간 잠자고 있다가 최근 발견된 순 영문판「1936년 옛 베이징 풍속 지도(1936老北京風俗地圖)」가 쉐위안(學苑)출판사에 의해 새롭게 정리 출판되었다. 그 지도 제작자는 "Frank Dorn"이라고 명시되어 있는데 그의 명확한 신분은 알려져 있지 않다. 편집자의 눈에 비친 지도 제작자의 모습은 중국식 긴 두루마기에 마고자를 입고 서툰 중국어를 쓰는 노랑머리와 파랑 눈에 매부리코를 가진 사람이었다. 그가 대체 어느 나라에서 왔으

자그마한 마방(馬房). (샤오팡 촬영)

며, 또 그 흥미로운 채색 지도를 어떻게 제작하게 되었는지에 대해서는 아직 아무런 단서도 없다. 명확하게 식별할 수 있는 것만에 의지해서 본다는 전제하에서 편집자가 영문으로 표기된 지명에 중문 표기를 붙여 넣었다. 지명을 헷갈려 잘못 표기된 곳을 수정한 것 외의 지명에 대한 번역은 음역이건 의역이건 모두 원작을 존중하는 원칙에 따랐다. 그 외국인이 1936년 당시 황성 아래를 걸으면서 낙타를 끌고 가는 사람이 대야만한 크기의 밥그릇을 들고 있는 모습을 보고, 구수한 자짱면 냄새를 맡으면서 느꼈던 그때 그 심정을 그대로 자들 앞에 펼쳐 보일 수 있도록 애썼다.

「옛 베이징 풍속 지도」는 비례가 아주 정확한 건 아니지만 그래도 대체적으로 분명하게 분간할 수 있었다. 팡따쩡의 집은 황성 아래이서 멀지 않은 곳에 있었다. 자짱면을 담은 대야만한 크기의 밥그릇, 구수한 냄새에 만족스러운 기분이 낙타를 끌고 가는 사람의 얼굴에서 넘쳐흐른다. 그러한 화면은 샤오팡의 작품에서 본 것 같다.

「흰 밀가루포대를 져 나르는 사람은 정작 검은 밀가루만 먹고」라는 사진작품은 매우 큰 시각적 충격을 주는 작품이다. 땡볕 아래 부둣가에서 인부들이 커다란 흰 밀가루가 담긴 포대를 힘겹게 져 나르고 있다. 한꺼번에 두 포대씩 어깨에 메 나르는데 짓눌려 숨도 바로 쉴 수 없을 것 같다. 샤오팡은 정오의 뜨거운 햇살을 맞받아 탑 라이트 수법으로 촬영하여 흑백의 대조를 더 선명하고 강렬하게 표현하였다.

이로써 "흰 밀가루포대를 져 나르는 사람들은 정작 흰 밀가루를 먹을 수 없고, 검은 밀가루밖에 먹을 수 없는" 시대적 병폐를 폭로했다.

보기만 해도 몸서리가 쳐지는 아편 재배 현장 (샤오팡 촬영)

「신보 매주 증간(申報每週增刊)」에 실린 여행 기사 「수이위안의 아편 문제」

사진은 마치 사람의 눈길을 끌어당기는 한 폭의 판화 같았다. "팡따쩡의 특징은 가까이 더 가까이 다가가는 것, 고생스럽게 살아가는 대중에게 마음으로 가까이 다가가 서민적인 감정을 유지하는 것이다." 판창장뉴스상 수상자인 위신빠오(俞新寶)는 인터뷰에서 이렇게 말하였다.

"그는 현실생활에 깊이 파고들어 자신의 예리한 시각과 숙련된 기교로써 최하층 노동인민의 삶의 현장을 진실하게 기록하였다. 이는 사회에 관심을 기울이고 백성들의 사정을 세심하게 살피는, 그 피 끓는 애국 청년의 인류애를 보여주었으며 더 나아가서 시대를 뛰어넘은 그의 남다른 박애정신을 보여주었다. 그는 취재하고 여행하는 도중에 현지 백성의 진실한 상황에 대해 예리한 시선으로 살피곤 하였으며, 특히 일부 생활의 사소한 부분에 대한 섬세한 관찰을 통해 겉으로 드러나는 현상 뒷면에 숨어 있는 중대하고도 뜻 깊은 주제를 보여주었다."

1936년 6~7월 사이 샤오팡은 쩌우타오펀(鄒韜奮) 선생이 편집장을 맡고 있는 『생활주간(生活星期刊)』 『생활일보(生活日報)』의 특약기자로 위촉되어 여행하면서 보고 들은 것에 대해 사진과 글을 결합하는 수법으로 독자들에게 소개하였다. 그는 허뻬이·산시(山西)·수이위안 등지를 선택해 현지를 답사하였다.

"6월 4일 아침 장위안(張垣)을 떠나 철도를 따라 서남방향으로 걸어 난차이원(南菜園)을 벗어났다. 되돌아보니 멀리 보이는 산, 가까이 있는 강, 그리고 하늘에 떠도는 양털구름들, 직접 가보지 않고서는 진정 강산의 사랑스러움을 알 수가 없다.

30리를 천천히 걸어 콩자좡(孔家庄)에 이르러 기차를 타고 차이꺼우빠오(柴溝堡)에 당도하였을 때는 이미 날이 저물어서 기차역 근처에 있는 객점에 묵기로 하였다. 그런 객점은 숙박비가 흔히 도심에 있는 작은 객점보다 3~4배는 더 비쌌다. 기실 방이 누추하기는 매한가지였다. 창밖으로 보이는 울안에는 온통 말똥천지였고 방은 흙 구들 위에 헌 자리가 펴져 있었다. 밤에 기차에서 내린 여객들이 도시로 들어갈 수 없으니 하는 수 없이 더 많은 숙박비를 쓰고라도 도심 밖에 묵곤 한다. 이곳 숙박비는 단독방이 70전이고 합숙하는 방이 20전이며, 가격표는 모두 벽에 써 붙여 있었다. 그래도 짧은 시간의 흥정 끝에 기자는 15전에 합숙방에서 잘 수 있게 되었다. 밤에 합숙객들은 전혀 거리낌 없이 담배연기를 뿜어댔다. 한 사람이 담배를 다 피우기 바쁘게 다른 사람이 이어서 피웠다. 담배를 피우는 그 순간만큼은 그들이 아무 구속도 받지 않고 얼마나 자유로울지를 상상해본다."

(샤오팡 「따통에서 수이위안까지」, 『생활일보』에 게재됨)

어두침침한 작은 객점에서 팡따쩡은 십여 명의 젊은 농민과 함께 한 방에서 숙박하게 되었다. 그들은 파견되어 현(縣)정부 소재지에 온 이들이었다. 현정부 소재지 서문 밖에 강이 하나 흐르고 있는데, 현 정부가 매 마을마다 15명씩 의무노동자를 선출하여 강물 보수에 나설 것을 명하였던 것이다. 이렇게 "파견되어 온 의무 노동자들"은 수당을 받지 못할 뿐 아니라 숙식도 자체 부담해야 하며 한 번 파견되면 2~3개월은 의무 노동을 해야 하였다. 그들의 이야기를 듣고 샤오팡은 홀로 탄식하였다. "어쩌면 이런 식으로 아무런 수당도 지불하지 않는 착취건만 '인민복역운동'이라고 미화되어 있는 것은 아닌가? 이러한 초경제적인 통치관계 또한 반봉건주의 중국정치 특유의 현상 중 하나인 것이다."

이틀 뒤 샤오팡은 양까오(陽高)현에 당도하였다. 이 곳은 톈전(天鎭)과는 60리, 따퉁과는 백리나 떨어진 곳이었다. 자그마한 현 정부 소재지에는 수많은 가게 문 앞에 금연약을 대리 판매한다는 간판이 걸려 있었다. 샤오팡은 그 간판들 사이를 걸어가면서 아마도 아편을 피우는 사람이 매우 많은가보다 하고 생각하였다.

"기자는 양까오 역에서 배회하다가 부역장(副站長) 탕(唐) 모 씨를 만나 역장의 사무실에서 인터뷰를 하였다. 탕 부 역장은 광동(廣東) 말투가 다분한 표준말을 썼는데 성실하고 친절한 고참 직원이었다. 우리는 현 직업계의 탐오현상에 대해, 젊은이들의 사상적 타락에 대해 이야기를 나누었

황허에서 배를 끄는 인부 (샤오팡 촬영)

다. 특히 그는 현재 서남지역 정국의 변화에 관심이 많았
다. 이야기를 나누는 동안 정직하고 충직한 그의 눈에 비
분의 눈물이 가득 차오르기도 하였다. 그는 '왜 멋대로 전
쟁을 일으키느냐? 왜 서로 양해할 수 없는 건데? 더욱이
왜 늘 자기만 옳고 남은 그르다고 생각하느냐고?'라면서
통탄하였다. 그러나 그가 권력자들을 감동시킬 수는 없을
것이다. 권력자들 역시 감정이 없는 동물이라고는 할 수 없
다. 그러나 그들은 그들 사이의 모순을 언제나 전쟁으로만
해결하려고 한다. 그렇지만 전쟁이 모순을 해결할 수 있는
길은 절대 될 수 없다. 반대로 전쟁은 모순을 더 격화시키
고 더 끝없이 이어지게만 할 뿐이다."

(샤오팡 「따퉁에서 수이위안까지」, 『생활주간』에 게재됨)

6월 16일 아침 팡따쩡은 따퉁을 떠나 위허(御河)의 상류를 따라 북
쪽으로 걸었다. 높은 산과 깊은 골짜기 사이를 철도가 뚫고 지나가는
그 일대는 경치가 뛰어났다. 그의 눈앞에 펼쳐진 품격 있고 위대한
북국의 풍경이 어쩌면 핑수이로(平綏路, 베이핑과 수이위안 구간)에서
가장 아름다운 구간이었을지도 모른다.

여행 과정에 보고 느낀 것이 줄곧 그의 머릿속에서 맴돌았다. 고생
스럽게 살아가는 최하층 노동자, 부패타락한 통치자들 그리고 호시
탐탐 노리고 있는 침략자들, 그의 눈에 비친 것은 겉으로 보이는 덧
없는 세상뿐 아니라 나라와 민족의 운명에 닥친 잠재된 위기도 있었

다. 『생활주간』에 발표한 기사 「따통에서 수이위안까지」에서 그는 이렇게 썼다. "이러한 환경에서 2~3일간 지내게 되면 산 좋고 물 맑은 남방이 눈에 들어오지 않을 것이다. 확실히 그렇다. 오늘날에 이르러서 우리 민족은 더 이상 부드러움과 그윽함에 도취되어 있을 것이 아니라 웅장하고 호기로운 자세를 갖추어야 한다! 강남의 벗들이여, 모두들 이 곳으로 오라! 이곳 풍경이 좋아서가 아니라 이곳 강산을 우리는 보위해야 하기 때문이다!"

옛말에 "펑전(豐鎭)은 춥고 빠오터우(包頭)는 더우며 수이위안은 춥지도 덥지도 않다."라고 하였다. 펑전 기차역은 남문 밖에 위치해 있다. 동문 밖으로 산골짜기를 따라 작은 강이 흐르고 있다. 그 강이 흐르는 유역은 유난히 기름진 땅이 펼쳐진다. 원래는 그 기름진 땅에 "좋은 걸" 심어 가꾸어야 하겠지만 그 좋은 땅에 온통 아편이 자라고 있다.

농민들은 낯선 팡따쩡을 보고 이상하게 여겼다. 샤오팡은 틈을 타 그들과 이야기를 나누기 시작하였다.

"이건 뭐예요?" 내가 일부러 밭에 자라고 있는 아편모를 가리키며 그들에게 물었다.

"아편이에요!" 농민이 바로 시원시원하게 대답하였다.

"아편은 다 누구에게 파세요?"

"아편 장수에게 팔지요."

"관가에서는 당신들의 아편을 사가나요?" 나는 그 아편을 관가에서 사가는 줄로 알았다!

"관가에서 이걸 사갈 리가 없지요!"

"돈만 받으면 되니까요!"라고 농민이 한 마디 덧붙였다. 그 한 마디가 정치학적인 진리를 표현하였다. 그렇다. 중국인으로 태어나서 어찌 자기 동포에게 마약을 재배하여 자기 자신을 해치라고 차마 부추길 수 있겠는가? 나는 우리 정치당국이 그런 생각을 할 리가 절대 없을 것이라고 상상해 본다. 다만 "돈을 받기 위한 것"뿐이리라.

(샤오팡 「따통에서 수이위안까지」)

즉흥적으로 찍은 시골 경치 (샤오팡 촬영)

판창장뉴스상 수상자인 주하이옌(朱海燕)은 인터뷰에서 샤오팡이
나라의 위기와 민중의 질고를 교과서로 삼아 그때 당시의 나라 상황
과 민생 그리고 백성들의 원한을 써냈다고 말하였다. 특정된 국정이
샤오팡의 특정된 세계관과 사상 감정을 형성하였으며 이를 사물에
대해 인식하고 분석하며 감별하는 능력으로 삼았기 때문에 문제에
대한 깊고도 투철한 견해를 가질 수 있었다.

쥐쯔산(阜資山)의 한 작은 객점. 큰 구들이 하나 있고 방 중간에 난
로가 두 개 놓여 있는 방안, 양 옆에는 난로의 연료로 쓰일 말똥이
가득 쌓여 있었다.

화신(華新)방직공장(紗廠) (샤오팡 촬영)

네 개의 등잔에 불이 밝혀져 있고 구들 위에는 18명의 투숙객이 앉아 있다. 담배를 피우지 않는 몇 명만 제외하고 모두 두세 명씩 등잔의 "점점의 불꽃"을 둘러싸고 앉아 담배를 피워대고 있다.

"여러분들은 뭘 하시는 사람들지요?"

라고 샤오팡이 그들에게 물었다.

"아이고! 우린 다 고생하며 살아가는 사람들이요."

그 지역에서는 막일을 하는 사람들을 "고생하며 살아가는 사람"이라고 부르고 있었다. 확실히 세상에는 두 부류의 사람이 있다. 한 부류는 복을 누리는 사람들이고, 다른 한 부류는 고생하며 사는 사람들이다.

"여러분들은 모두 어떤 고생을 하며 사시는 가요?"

샤오팡이 물었다.

"나는 아편 밭에 물을 길어다 대는 일을 하고 있소."

체면 때문에 올해는 철도를 따라 그 인근에는 아편을 재배하지 못하게 되어 있었다. 그래서 아편 밭은 다 철도에서 3~4리 떨어진 곳에 있었다. 아편 밭에는 물을 충분히 대주어야 하는데 비가 오지 않아 가물었다. 더욱이 아편 수확이 중요하였기 때문에 많은 비용을 써서라도 일꾼을 고용해 줘쯔산에서부터 물을 길어다 밭에 대고 있었다. 그들 "고생하며 살아가는 사람"들 중 몇 명은 다른 곳에서 걸어서 수이위안으로 가는 길손이었고 또 몇 명은 미장이었다. 어쨌든 그들 모두 고향을 떠난 떠돌이 농민들이었다.

「일본군 가을 훈련 후」라는 기사가 쩌우타오펀(鄒韜奮)이 편집장을 맡고 있는 『생활주간(生活星期刊)』에 발표됨.

「지동(冀東, 허뻬이성 동부) 괴뢰(僞)자치구역 사진」 묶음이 『생활주간』에 발표됨.

"여러분들은 하루에 얼마씩 버시나요?"

"10전 좀 넘어 벌고 있소!"

그들이 하루에 버는 10전 좀 넘는 돈은 노동 수당이고, 고용주가 식사를 제공한다고 하였다.

"하루에 아편을 얼마씩 피우겁니까?"

"10전 좀 넘게 피우고 있소!"

그들은 숙박비만 빼고 모든 수입을 아편을 피우는 데 써버리는 것이다. 투숙객 중 한 사람은 딸을 팔려고 시골에서 쥐쯔산으로 왔는데 약 70원에 팔기로 거래가 거의 성사되었다고 말하였다. 그 딸아이는 이제 겨우 14살이었다. 진수이(晉綏) 일대에서는 여자가 남자보다 몸값이 더 비싼데 이 또한 특별한 풍속이기도 하다. 그들은 기자에게 뭘 하는 사람이냐고 물었다. 기자는 사진을 찍는 사람이라고 대답하였다. 그랬더니 사진 한 장을 찍는데 얼마 받느냐고 물었다. 기자가 돈을 받지 않는다고 대답하였더니 그들은 매우 기뻐하였다. 그래서 어두운 등잔불빛을 빌어 그들을 위해 '흡연도'를 두 장 찍어주었다. 그리고 우리는 더 친근하게 스스럼없이 이야기를 나누었다. 다음날 잠에서 깨어보니 "방안이 담배연기로 자욱하였다." 난로 안에서 말똥이 타면서 내뿜는 짙은 연기와 아편의 연기가 한데 뒤섞였으니 상상해보라. 냄새가 얼마나 "기가 막힐지."

(샤오팡 「따통에서 수이위안까지」)

샤오팡은 핑수이로에서 5주 동안 여행을 하면서 현지답사를 통해 느끼는 바가 많았다. 특히 수이위안의 아편 상황에 그는 놀라움을 금치 못하였으며 특히 마음이 너무 아팠다. "수이위안에서는 아편이 대중화되었다고 할 수 있었다. 부잣집에서 아편을 피우는 건 말할 것도 없고, 심지어 막노동을 하는 인부들 중에도 아편쟁이가 매우 많았다. 이번 여행길에서 나는 형편없이 누추하고 보잘 것 없는 객점에서까지도 신을 신발조차 없으면서도 두세 명씩 아편등잔을 에워싸고 앉아 '아편 벌금'의 의무를 다하고 있는 동포들을 만날 수 있었다." 수이위안은 워낙 인건비가 너무 싼데 막노동을 하는 일꾼의 하루 임금은 겨우 20~30전에 불과하였다. 다행이도 그들이 먹는 귀리 가루가 엄청 싸기 때문에 매일 10여 전이면 식사비를 해결할 수 있었다. 그리고 남는 얼마 안 되는 돈은 모두 아편에 허비해버리는 것이었다.

"수이위안에서 주요한 농산물은 아주까리씨와 귀리이다. 아주까리씨는 주로 수출상품인데 수이동(綏東) 일대, 즉 펑전(豊鎭) 핑디취안(平地泉) 등지에 십여 개의 운송창고가 있어 아주까리씨 해외 수출업무를 전적으로 경영하고 있다. 그런데 아주까리 밭 조세는 1무 당 고작 6~7전밖에 되지 않으며, 소득도 겨우 3원 가량밖에 되지 않는다. 반면에 아편을 심을 경우 1무 당 평균 150냥의 아편액을 말리면, 아편가루 50냥을 수확할 수 있다. 아편가루를 현지에서 아편장사꾼에게 넘기는 가격은 1냥에 1원이다. 비록 아편 재배 원가와 '벌금'금액이 높지만 농가들에게는 수지가 맞는 장사이다. 게다가 아편은 심어서 수확할 때까지 100일밖에 걸리지 않기 때문에 자금을 빨리 회수할 수 있고, 또 재배 업자에게 막대한 이익을 가져다줄 수 있다. 그래서 기름진 땅에는 모두 아편을 심고 메마른 땅에 식량을 심었다."

(샤오팡 「수이위안의 아편 문제」)

팡인(方殷)의 기억 속에서 샤오팡(뒷줄 우2)은 항상 패기가 넘쳤다.

이번 여행에서 팡따쩡은 황허에서 배를 끄는 인부를 주인공으로 하는 촬영작품들도 찍었다. 약 10장 가까이 되는 경치와 인물이 각기 다른 사진에서 배를 끄는 인부들은 알몸으로 노를 젓거나 돛을 올리거나 배의 밧줄을 끌거나 하는 모습이었다. 그들의 다양한 표정을 통해 독자들은 그들의 힘겨운 노동과 강인한 성격, 삶에 대한 낙관적인 태도를 느낄 수 있을 것이다. 한편 팡따쩡이 어떠한 깊은 감정을 가지고 황허 기슭으로 가서 그들의 모습을 찾았고, 그들의 삶속으로 걸어 들어가 그들의 마음에 가까이 다가가 결국 그들의 인정을 받았으며, 그들에게 받아들여졌을 것이라는 것을 짐작할 수 있다. 만약 그렇지 않았다면 아무리 사회 최하층에 처해 있는 배를 끄는 인부들이라 할지라도 중국인의 전통 관념으로는 알몸인 자신의 모습을 낯선 사람 앞에 드러내서 촬영하여 대중들 앞에 공개하도록 허용할 리가 없었을 것이다. 그 시기 중국은 외국의 침략과 괴롭힘을 받는 심각한 위기 속에 처해 있었다. 방학 기간에 샤오팡은 또 동쪽 교외 봉사팀에 참가하여 항일선전을 행하였다. 시골은 온통 황폐하고 몰락한 정경이었다. 샤오팡과 팀원들은 밭길을 따라 예정된 방향을 따라 걸어가면서 하나의 기회라도 놓칠세라 사람만 만나면 "온갖 방법을 다 써서 그들에게 말을 걸었으며 선전용 인쇄물을 건넸다. 만약 상대가 글을 아는 사람이면, 또 다른 글을 아는 사람에게 보여줄 것을 당부하곤 하였다." 일단 적과 전쟁을 하게 되면 남자들은 모두 전선에 나가야 하고 여자들은 후방에서 밥을 짓는 등의 일을 할 수 있다는 말을 들은 그들은 매우 기뻐하였다.

"전단지를 받은 그들은 모두 그 전단지를 자기 이웃과 친구들에게 전하겠다고 약속하였다. 봉사단의 여러 작은 팀들은 가끔씩 인근 마을 앞에서 마주치곤 하였는데 그때마다 서로 성과에 대해 이야기를 나누었으며, 일하면서 서로 위안을 주고받는 즐거움도 느꼈다. 우리가 베이핑시 교외 곳곳에 민족해방투쟁의 씨앗을 뿌린 것은 이번이 처음이었다. 봉사단 단원들은 모두 각자 점심식사로 건량을 싸가지고 왔다. 단원들마다 봉사지점까지 거리가 각기 달라서 시내에서 좀 가까운 단원은 오후 3시쯤이면 학교로 이미 돌아와 있었지만 거리가 좀 먼 단원들은 봉사가 끝나면 날이 어두워져 등불을 밝힐 때도 되었다."

(샤오팡 「베이핑 학생의 재해구 봉사」)

샤오팡은 흔한 일이어서 사람들이 그냥 흘러버린 사실에서 뉴스를 발견하고 전쟁과 아무런 연관도 없어 보이는 정보들 가운데서 뉴스의 가치를 재빨리 판단해내고, 뉴스의 무게를 가늠함으로써 독자들에게 앞으로 변화하는 사실 속에서 정확하게 예견하고, 사물의 맥락과 그 내부의 필연적 연계를 발견할 수 있도록 하였다.

"나의 한 오랜 동창이 성(省)정부 모 청(廳) 과원(科員)으로 근무하고 있다. 원래 성정부 과원의 월급은 50원인데 그의 월급은 25원밖에 안 된다. 그 원인에 대해 묻고서야 그가

'정원 외 과원'이라는 사실을 알게 되었다. 각 청 과원의 정원에는 안면과 체면 요소가 포함되기 때문이다. 아는 사람의 추천으로 온 사람에게 자리를 배치하지 않을 수 없으니 하는 수 없이 두 사람이서 하나의 일자리의 월급을 나누기가 일수였다. '정원 외 과원'이라는 말에는 밥이 있으면 여럿이 나눠 먹는다는 뜻이 담겨 있다. 사람은 많고 일거리는 적은 정경을 알 수 있다!"

(샤오팡「장위안일별(張垣一瞥)」)

"기차역에 꽂혀있는 육일기와 일본 수비군의 순찰 등은 베이닝로(北寧路) 연선에 살고 있는 사람들에게는 흔히 볼 수 있는 정경이다.
이번 지둥(冀東. 허베이 성 동부지역)의 여행은 총 5일이 걸렸다. 그중 대다수 시간은 탕산(唐山)과 롼(灤)현 그리고 창리(昌黎)에서 보냈다. 원래는 산하이관(山海關)에도 한 번 가보려고 했었지만 중도에서 눈보라치는 날씨를 만나는 바람에 겨울옷을 가지고 가지 않았던 나는 발길을 돌리는 수밖에 없었다.
화신(華新)방직공장은 내가 기사를 쓸 때 당시 화뻬이에 유일하게 존재하는 중국의 대 방직공장이었지만, 그 원래의 면모를 계속 유지할 능력을 잃은 상황이었다. 이해 12월 1일부터 그 공장은 일본자금을 강제로 1배 정식으로 받아

들여 중일 합작경영으로 바뀌었다고 한다. 이로써 화뻬이 방직업을 독점하려는 일본자금의 시도는 99%가 완성된 셈이다. 순수 중국 방직공장은 오직 톈진에 헝위안(恒源)이라는 공장 하나밖에 남지 않았다. 그 공장은 규모가 매우 작기 때문에 그나마 겨우 살아남을 수 있는 것이다."

(샤오팡 「지동일별(冀東一瞥)」)

"속담에 '백문이 불여일견이다'라고 하였다. 참으로 일리가 있는 말이다. '우호국' 병사들이 도시 교외에서 군사연습을 하고 있을 때, 그들의 대부대가 전 시를 행진할 때 민중들은 '황군(皇軍)'의 위풍당당함을 직접 목격하였다. 예전에는 '황군'이 신의 파견을 받고 하늘에서 내려온 군사인 줄 알았잖은가? 그런데 오늘 직접 보니 '별로 대단해 할 것'도 없네. 그러니 두려울 게 뭐겠는가? 우리는 왜 그들과 한 번 싸워보지도 않는 걸까? 이런 의문이 모든 사람의 머릿속에서 맴돌았다.

한 농민이 말했다. '우리 마을에 온 일본 병사는 고작 백여 명에 불과하였다. 만약 중국 경찰들이 와서 질서유지를 하지 않았다면, 우리는 벌써 그 놈들을 모조리 해치웠을 것이다!' 한 시민이 말하였다. '내 손에 수류탄만 하나 있었어도 벌써 탱크 아래에 던져 넣었을 것이에요!'

적들의 공격이 갈수록 치열해지면서 우리 민중의 단합의

힘도 갈수록 강해졌으며 연합전선의 확립도 갈수록 확고해
졌다."

(샤오팡 「일본군 가을 훈련 후」)

"기자가 나붙은 구호를 자세히 살펴보니 어떤 표현은 참으
로 이해하기가 어려웠다. 정부의 창립을 기념하는 것은 인
민이 백 가지 복을 받으라고 축복하는 것(紀念政府成立是祝
人民百福), 공화를 실현하여 민족의 부흥을 다시 창조하자
(共和再造民族复兴), 정부가 인민에게 많은 복을 마련해주었
으니 모두가 열렬히 경축하자(政府为人民造福不浅, 大家要热烈
庆祝), 애국자라면 마땅히 가정을 사랑해야 한다. 정부는
여러분의 가정이다(爱国者就应爱家庭, 政府是大家家庭)(이러한
논리는 참으로 묘한 논리이다!), 오색 국기가 나붓기는 것
은 인민의 앞날에 행복이 무궁하기를 축하하는 것(五色国旗
飘扬是祝人民前途幸福无量) 등의 구호가 붙어 있었다. 그 구호
를 작성한 사람은 분명 우방의 사람이 틀림없을 것이다. 대
체적으로 보면 그 구호들은 중국어문법에 맞지 않는 표현
들이기 때문이다.
제등대오가 거리를 행진할 때 기자의 귓가에 한 시민이 입
속말로 중얼거리는 소리가 들려왔다. '파렴치하기가 짝이
없군!' 그렇다. 비록 매국노들이 이 땅을 적에게 바쳤지만
우리 민중의 마음은 아직 죽지 않았다. 민중들은 자기 땅

과 정권을 언제든지 되찾을 준비를 시시때때로 하고 있는 것이다. 필자가 지동지역을 여행하면서 만난 한 사람이 나에게 이렇게 통탄하였다. '중국은 22개 현을 빨리 회수해야죠!' 맞는 말이다. 나는 물론 그의 말에 찬성이다. 특히 내가 지동지역에 직접 가서 살펴본 뒤여서 그 말이 특히 공감이 갔다."

(샤오팡 「지동 답사기」)

샤오팡의 보도기사는 언제나 직접 찾은 현장과 밀접히 연결되어 있어 역사의 "최초의 원고"가 되었음을 의심할 나위가 없다. 판창장뉴스상 수상자 주하이옌(朱海燕)은 울고 있는 강산, 고난스러운 민생이 그가 보도하는 기사의 배경과 깊이라면서 그의 필 끝에서 흘러나오는 것은 설령 고난스러운 것일지라도 어마어마한 힘을 갖추고 있어 중국인에게 "중국은 반드시 일어서야 한다!"라고 부르짖도록 한다. 그의 작품들을 읽으면서 나는 뉴스라는 생각 대신 중국과 일본 간 전쟁이 발발하기 전 전쟁을 담은 모래 지형도를 읽는 것 같은 느낌이 들었다. 아편이 범람하고 기생들이 득실대며 백성이 도탄에 빠져 허덕이고 나라가 위기에 처한 시기에 전쟁이 발발하면 중화민족에 어떤 어려움을 가져다줄지 가히 짐작할 수 있었다.

1936년 6월에서 8월까지 샤오팡은 『생활일보』 『생활주간』에 「장위안 일별(張垣一瞥)」 「장위안에서 따퉁까지」 「진베이 석탄산업 현상태」 등 기사를 잇달아 발표하며 답사 과정에서 본 상황을 독자들에게 보고

하였다. 7월 17일 『생활일보』에는 팡인(方殷)의 신작시 「자위의 노래(自衛之歌)」가 발표되었다. 예전에 함께 『소년선봉』 잡지를 창간하였던 동료가 여러 해가 지나서 동일 신문 지면을 통해 우연히 다시 만난 것이다. 기사 한편과 시가 한 수, 형태는 서로 다르지만 둘 다 공동의 적에 대한 적개심을 갖고 적을 증오하며 목숨 바쳐 나라를 구하려는 간절한 마음만은 서로 통하였던 것이다.

누가 우리 금수강산을 짓밟고 있는가?
누가 우리 만리 강산을 빼앗았는가?
수천수만의 동포가 노예로 전락하고
수천수만의 민중이 정처없이 떠돌아다니네.
이제 우리는 땅도 빼앗기고 가정도 깨지고 나라도 망하였다.
우리는 엄동설한 속에서 몸부림치고 있나. 항일하자—
우리의 적들을 몰아내기 위하여
두려워 말자. 전쟁의 포화 속에서 우리 자신을 연마하자.
적의 포화가 아무리 맹렬할지라도
매국노들이 아무리 파렴치하게 날뛸지라도
우리 전투의 불길은 꺼지지 않으리!
저항의 길을 걷는 우리 분노의 불길은 꺼지지 않으리!
모여라! 압박 받는 대중들이여, 노예의 삶을 원치 않는 모든 이들이여!
조선인이건 중국인이건 혹은 일본의 고통 받는 형제이건

정의를 위하여, 진리를 위하여, 또한 우리 민족의 존망을
위하여……

우리 대중들 사이에는 원한이 없다.

우리는 적에게 이용당하거나 이간질을 당하거나 그들의 총
알받이로 살지 말자!

각성하라! 우리는 일제히 나서서 우리 공동의 적을 괴멸시
키자!

비참하게 울부짖는 소리가 사방에서 들려온다.

우리 벗들의 지원과 동정이 담긴 응답의 목소리가 사방에
서 들려온다!

우리는 자기 나라의 주인이 될 것이다.

우리는 자위하자, 자위하자, 자위하자.

각성하라! 모든 생존을 갈망하는 사람들이여!

우리는 자위하자, 자위하자, 자위하자!

우렁찬 시구, 뜨거운 감정이 팡인의 문자에서 표창과 비수로 바뀌
었다. 시인은 자신의 분노를 그 속에 녹여내어 어두운 세계 장막의
한쪽 귀퉁이를 살짝 들어 햇살이 비쳐들게 하여 민중을 해방시키려
고 시도하였다.

"샤오팡은 마치 언제나 걷고 있고 바삐 보내면서 지칠 줄 모르는 것
같았다." 팡인의 기억 속에서 그는 "인품이 정직하고 열정적이며 활기
가 차 넘쳤다." 뜻과 마음이 서로 통하는 두 전우의 마지막 합동작업

은 1937년 4월 먼터우꺼우(門頭溝)탄광 취재였다. 취재해서 쓴 기사는 상하이 잡지회사에서 발행하는 반월간『세계문화』제1권 제11기에 발표되었다. 기사 제목은 「먼터우꺼우―'흑'의 세계」이고, 기사와 함께 발표된 사진 6점은 다 샤오팡이 찍은 것이다.

그해 5월 26일부터 6월 3일까지 샤오팡은 핑수이로를 따라 여행하고 취재하면서 차하얼(察哈爾) 경내에 9일간 머물렀다. 여행 과정에 간혹 기차를 탄 것 외에는 대다수 여정은 걸어서 다녔다.『이스바오』에 6월 6일과 7일 이틀 연속 「차하얼 답사기(察哈爾視察記)」라는 제목의 기사가 발표되었다. 그 기사들은 샤오팡의 행방에 대해 팡인이 알고 있었던 마지막 소식이었다. 나도 그 기사들을 통해 샤오팡의 차하얼행에서 겪은 사소한 경력들에 대해 알게 되었다.

"기자는 난커우(南口)을 지나다가 두 청년농부와 마주쳤다. 그들은 기자처럼 단출한 행장을 짊어지고 마주 걸어와 먼터우꺼우로 가는 길을 물었다. 상세한 상황을 물었더니 화이라이(懷來)에서 온다면서 고향에서 생계를 유지할 수 없어 먼터우꺼우 탄광에 가서 "석탄을 져 나르는" 일이라도 얻어 해보려고 한다고 말하였다. 화이라이에서 난커우까지 백 리 길인데 그들은 이미 하루 종일 걸은 것이다. 농촌경제의 파산으로 하는 수 없이 고향을 떠나와야 했던 두 청년은 그날 밤은 어디서 묵어야 할지 몰랐으며 더욱이 앞으로 그들의 운명이 어떻게 될지 예측할 수 없었다. 차하얼

경내에서 도보로 몇 구간을 여행하는 과정에 이러한 정경을 많이 접하였는데 농민들 모두가 이구동성으로 살아갈 방법이 없다고 말하였다. 또 한 번은 신빠오안(新保安) 인근에서 풀뿌리를 캐고 있는 두 아이와 이야기를 나누는 과정에서 그들은 식량이 부족한 탓에 풀뿌리를 캐서 주린 배를 채우는 수밖에 없다는 사실과 그 풀뿌리 이름이 "씀바귀"라는 걸 알게 되었다. 도시에 사는 사람들은 어쩌면 들어본 적이 없을 것이다. 그밖에도 어디서나 수시로 마주치게 되는 노인 거지들도 적지 않았다. 차하얼의 농촌은 중국의 수많은 농촌의 대표이기도 하며 파산 정경의 축소판이기도 하다. 청년들은 일자리를 구하러 도시로 나가고 어린 아이들은 겨우 농촌에서 몸부림치며 노인들은 굶어죽기만 기다릴 뿐이다."

(샤오팡 「차하얼 답사기」)

"그 후……" 팡인은 이렇게 회고하였다. "그는 어느 한 곳에 정착하지 않고 동분서주하였기 때문에 나도 그가 어디에 있는지 알 길이 없었다." 그 후에도 팡인은 줄곧 팡청민 그리고 그 가족들과 관계를 유지하고 있었으며, 그도 샤오팡을 위해 책을 내고 전시회를 열기 위한 일을 하려고 생각하였지만 그 소원을 줄곧 이루지 못하였다.

1980년대에 들어서 점점 늙어가고 있던 팡인이지만 지난 옛 일들이 늘 머릿속에 떠오르곤 하였다. 정의로운 샤오팡이 항상 그의 눈앞에서 언뜻거렸으며 여전히 그렇게 젊은 모습이었다. "나는 영준하고 재능이 있는 그 청년이 항상 그리웠다. 나는 샤오팡이 어느 날 갑자기 내 눈 앞에 나타나줄 수 있기를 항상 바랐다. 이처럼 젊은 친구이자 언론전선의 선봉을 너무 일찍 잃어버리고 보니 슬픔이 가시지 않았으며 '그가 돌아올 수 있을까?'라며 계속 되뇌곤 하였다." 팡인 시인은 「눈물을 거두고 웃다」라는 글에서 팡따쩡에 대한 마지막 한 단락의 내용을 남겼으며, 그로부터 얼마 지나지 않아 그만 세상을 떠나고 말았다. 그리고 세월이 흘러 그들의 글과 사진이 실린 신문과 잡지가 누렇게 퇴색하고 헐었으며 잉크 흔적도 희미해졌다. 마치 소리가 귓가를 스쳐 지나간 뒤 점차 고요가 찾아오는 것처럼 비록 그 신문과 잡지들이 기록보관소와 서고 안에서 조용히 침묵하고는 있지만, 절대 사라질 수는 없다. 오늘날에 와서 다시 읽어보니 걸어 다니면서 본 것에 대한 그 기록들은 그들 양심의 부름과 생명의 외침이었다. 자세히 음미해보면 그 옛날이나 지금이나 우리 민족정신은 사라진 적이 없었으며, 다만 시간의 흐름에 따라 보일락 말락 하면서 각성의 계기를 기다리고 있었던 것이다.

"퇴직하기가 바쁘게 나는 오빠가 남긴 사진 필름을 정리하기 시작하였다. 그 이전에는 줄곧 바빴다. 때로는 밥 먹을 짬도 없었다. 그리고 문화대혁명 기간에는 농촌에 내려가 노동을 하며 지냈고, 그 뒤 또 1년 넘게 앓고나니 손댈 시간이 아예 없었다. 나는 먼저 한 번 쭉 훑어보았다. 필름의

순서며 큰 번호와 작은 번호로 된 필름들은 봐도 어느 연
도의 것인지 알 수가 없었다. 어쨌든 촬영 순서에 따라 배
열하였다. 특히 수이위안 항일전쟁에 대한 내용은 모두 5
백 몇 번에서 8백 몇 번까지 사이에 매우 집중되어 있어 한
눈에 알아볼 수 있었다. 그 후 나는 그 필름들을 아예 분
류하였다. 어떤 것은 인물사진들이고, 어떤 것은 풍경사진
들이며, 어떤 것은 불상이고, 어떤 것은 전선사진들인지
나는 그 필름들을 정리해서 그를 기념할 수 있는 책자든
뭐든 출판하고 싶었다. 그런데 나에게는 그럴 힘이 없었다.
나는 글재주도 없었고 촬영도 할 줄 몰랐으며 자료들을 어
떻게 정리해야 할지도 알지 못했다. 후에 팡인이 왔다. 그
도 샤오팡을 위해 뭔가 해주려고 생각하고 있었다. 그때 당
시 그가 80장의 사진필름을 가져갔다. 그리고 얼마 지나지
않아 그만 세상을 떠나고 말았다. 그 뒤 나는 그의 아내를
찾아가서 그 사진필름들을 도로 가져왔다."

(1995년 10월 18일 팡청민이 장짜이쉬안에게 보낸 편지에서)

1936년 11월 수이위안 항일전쟁이 발발하였다. 바로 4개월 전 그 일
대에서 취재를 하고 돌아온 샤오팡은 자신이 여행하면서 느꼈던 우려
가 순식간에 전쟁의 포화로 무정하게 검증되었음을 민감하게 의식하
였다. "최근 이틀간 여러 학교 학생들은 모두 수이위안 문제로 바쁘
게 돌아가고 있었다. 기자가 이 보도기사를 쓸 때까지 학련회(學聯會)

는 18일부터 한 차례 대규모의 시민모금운동을 일으켜 수이위안에서 적들과 싸우고 있는 전사들을 지원할 계획을 세우고 있었으며, 또 위문단을 조직해 군대를 따라 전선으로 가서 항일전쟁에 참가할 계획도 세우고 있었다."

또 다시 출발을 준비하였으며 또 수이위안으로 달려가려고 하였다. 24살의 팡따쩡은 처음으로 전장을 직접 대면하여 진상을 대중에 알리려는 것이었다. 나라와 민족이 존망의 위기에 처한 시각에는 모든 중화의 아들딸이 모두 아무런 망설임 없이 그러한 선택을 하여야 한다고 그는 생각했던 것이다.

머나먼 수이위안

그(샤오팡)는 그 다음날 이른 아침에 말을 한 필 얻어 인산
(陰山)을 넘어 타오린(陶林)으로 갔다. 그건 대담하고도 장
려한 여행이었다. 젊은이의 머릿속에는 오로지 광명과 승
리에 대한 추구뿐이었다. 이른바 위험과 어려움에 대해 생
각을 많이 할 여유가 우리에게는 없었다. 놀라운 과업은
언제나 평범한 사람이 감히 하지 못하는 가운데서 성공하
는 것이다. 그날 밤 우리는 이미 남쪽 따퉁(大同)으로 가는
열차를 갈아탔다. 그제야 그의 거대하고도 아름다운 모습
이 우리 눈앞에서 자취를 감춰버렸다.

— 판창장 「정적이 깃든 수이삐(綏邊)〔沉靜了的綏邊〕」

7. 머나먼 수이위안

    1936년 수이위안의 지닝(集寧)성 안에서 희한한 일이 발생하였다. 상인 졔루슈(解汝秀)가 미국제 다지(Dodge) 자동차 2대를 도입하여 제리(捷利)자동차영업점을 개업하였다. 그 일은 빠르게 퍼져나가 순식간에 현대화 기운을 느낄 수 있었다. 소 수레와 마차가 교통수단인 것을 습관적으로 봐온 초원의 작은 도시 사람들에게 엄청 큰 놀라움을 가져다주었다고 하지 않을 수 없었다.

    "사면을 둘러보니 아득히 멀리 있는 산들은 한 가닥의 실처럼 보이고, 중간에는 평탄하고 드넓은 평원이 펼쳐졌다. 소와 말들이 떼를 지어 멀리서부터 다가오는 것이 마치 초록빛 바다 위에 점점이 떠 있는 갈매기 같았다. 시원한 바람에 마음이 확 트이는 것 같았다! 이처럼 아득히 높고 가없는 하늘, 끝없이 펼쳐진 드넓은 초원, 더없이 맑은 공기는 오로지 서북고원에만 있는 것이다. 나는 남방의 모든 아이들이 이곳에 와서 보고 남쪽 하늘의 섬세하고 연약한 기운을 모두 씻어버리길 바랐다."

    작가 빙신(氷心)이 「핑수이 연선 여행기」에서 지닝을 유람한 느낌을 묘사한 바 있다. 그때 빙신 작가는 남편 우원짜오(吳文藻), 그리고 학자 정전둬(鄭振鐸) 등과 함께 핑수이선을 따라 여행 중이었다. 여행 과정에서 그들은 보고 듣고 느낀 사회와 풍토 인정, 지리 경치 등에 대해 상세하게 기록하였다. 지닝현이 이미 설립되었지만 기차역은 여전히 "핑띠취안(平地泉)"이라는 원래의 명칭을 그대로 쓰고 있었다.

「따통에서 수이위안까지」라는 글에서 샤오팡은 이렇게 소개하였다. "지닝현에서 서남쪽으로 20리 떨어진 곳에 핑띠취안이라는 곳이 있다. 그때 당시 핑수이철로를 부설할 때 원래는 핑띠취안을 경유하는 철도를 부설하려고 하였으나 종교구역인 그곳을 철도가 뚫고 지나가게 되면 그 곳의 거룩하고 깨끗한 기운과 풍수에 방해 될까 우려되어 하는 수 없이 지닝현으로 길을 틀었다. 그러나 철도부설계획에서 핑띠취안 역의 이름은 바뀌지 않았다. 그렇게 계속 써오다가 오늘날에 이르러서야 철도국은 역 이름을 정식으로 지닝현으로 개명키로 하고 장인들이 역 이름이 새겨져 있는 간판을 새기고 있는 중이었다. 그러나 지닝현이라는 세 글자 아래에는 여전히 작은 글자로 핑띠취안이라고 표기해 놓았다."

그때 당시 핑띠취안역 남쪽 공원 안에는 대련(楹聯)이 하나 있었다고 한다. 전련(上聯)은 "이 곳 아름답던 강산은 잡초가 우거져 황폐한데 한(漢)나라 진관(秦關)의 영웅은 어디 있느냐? 동한(東漢) 말기 위나라(魏)의 도성이요, 원나라(元)의 성(省)이었던 이곳, 왕의 기운은 온데 간데없이 사라지고 드넓은 사막이 기이하던 경관을 대체하였으니 밝은 달빛을 마음껏 바라볼 수 있게 되었구나.(此地好山川, 徒埋没荒烟蔓草, 望汉室秦关英雄何在？ 魏都元省王气俱销, 大漠辟奇观, 任我来看千明月.)"라고 하였고, 후련(下聯)은 "유명한 정원의 새로운 구조로 흰 바위와 맑은 샘물이 더욱 돋보이네. 울부짖는 독수리, 달리는 말의 야성

굽어본 핑띠취안(平地泉). (샤오팡 촬영)

사진 뒷면에 샤오팡의 필적과 중외신문
학사의 도장이 찍혀 있다.

지닝(集寧)의 거리. (샤오팡 촬영)

과 속됨이 은연중에 바뀌니 슬픈 노래가 갑자기 멎고 운치가 있는 일
이 바람을 타고 퍼져나가 백성들과 함께 즐기니 사계절이 봄날 같도
다.(名园新结构, 更掩映白石清泉, 把呼鹰走马野俗潜移, 晓角秋茄悲歌顿改, 流风
传韵事, 与民同乐四时春)" 장장 82자나 되는 이 긴 대련은 누가 썼는지
알 수 없지만 지닝(集寧)지역의 역사와 강산, 칼과 검의 번뜩임, 용사
들의 슬픈 노래를 형상적이고도 생생하게 묘사해냈다.

"지닝현이 예전에는 별로 번화하지 않았는데 최근 불과 1,2
년 사이에 도시 면모가 빠르게 발전하였다. 건물만 보더라
도 한 해 사이에 새로 지은 집이 1천여 채에 달한다.
그 원인은 현지에서 생산되는 농산물을 외국 산업가들이
구매하게 되면서 농산물시장이 빠르게 발전하기 시작한 것
이다. 따라서 농산물을 전문적으로 경영하는 큰 곡물 도매
상이 60여 개에 달하였다. 그런 업체는 대부분 널찍한 정
원을 갖고 있으며, 대문 앞에는 'ㅇㅇ곡물점'이라고 쓰여 져
있는 좁고 긴 편액을 걸어놓았다. 외지에서 온 상인들은 모
두 먼저 이곳 운송회사와 연락하면 운송회사가 나서서 곡
물점을 소개시켜주어 곡물을 사들일 수 있게 알선한다.
이런 운송회사가 이전에는 고작 3개뿐이었는데 지금은 8개
로 늘어났다. 그중에 '완궈공사(萬國公司)'라는 회사가 하나
있는데 일본 상인이 경영하고 있었다. 그러나 장사는 그지
되지 않았다.

곡물점마다 그 회사와 거래하는 걸 원치 않았기 때문이다.
상인들도 애국심이 없는 건 아니었다."

(샤오팡 「따퉁에서 수이위안까지」)

장거리여행에서 빙신 부부와 동행하였던 정전둬는 「서행서간(西行書簡)」에서 이렇게 썼다.

"밤에 차가 핑디취안(平地泉)에 이르렀다.……두 시 경에 라오야줴이(老鴉嘴, 일명 라오후산[老虎山, 호랑이산])를 유람하였는데 산세가 아주 완만하였다. 푸른 주단을 깔아놓은 것 같은 잔디 위를 걷노라니 부드러웠으며 소리도 나지 않았다. 네모나고 너비가 수십 미터는 될 바위가 한쪽 모퉁이에 불거져 나온 것이 마치 까마귀 부리처럼 생겼다고 하여 이른바 라오야줴이(老鴉嘴)라고 불리고 있었다. 바위 위에 작은 절이 하나 있는데 거지 한 명이 거기에 살고 있다고 한다. 산정에 올라서서 사방을 둘러보니 결이 고운 숫돌 같은 평야가 끝이 보이지 않게 펼쳐져 있다. 바람이 불어오자 밀려오는 파도가 출렁이는 것이 마치 배를 타고 바다 위에 떠있는 것 같은 느낌이었다. 그야말로 핑디취안(平地泉, 평지천)이라는 이름에 걸맞은 풍경이었다. 이로써 만리장성 이북의 풍경을 엿볼 수 있었다.……이는 서쪽 여행을 떠난 뒤로 가장 즐거웠던 저녁 무렵이었다. 옛날 사람

들이 말한 '마음이 탁 트이는 상쾌함'을 오늘 비로소 체험
하였다. 전무후무한 이 처녀지에 서있는 이 순간 마음으로
느끼는 감정이 기쁨인지 슬픔인지 분간할 수 없었다. 밤바
람에 옷깃을 펄럭이며 우리는 아무 말도 없이 서로 바라보
면서 서 있었다. 문득 머리를 들어 보니 저 멀리에서 점점
의 흰 빛이 천천히 흘러오고 있는 게 보였다. 양떼들을 방
목하고 있는 것이다. 양떼들이 다 지나간 뒤로 목동 두어
명이 채찍 막대로 땅을 짚으며 머리를 숙이고 유유자적 따
라간다. 해질 무렵 금빛 햇살 속에서 이 위대하고도 조용
하고 장엄한 해질녘의 그림이 완성되었다.

우리 모두의 마음속에도 수십 수백 개의 해질 무렵의 정경
이 있지만, 가장 인상 깊고 가장 마음에 드는 이 "핑디취안
의 해질 무렵"을 아무도 잊을 수 없을 것이다."

그러나 자동차를 이용한 여행이 가져다준 신선함도, 핑디취안 해
질 무렵의 아름다움도, 그리고 또 "마음이 탁 트이게" 매혹적인 경
치도 얼마 지나지 않아 모두 총소리와 대포소리에 산산이 부서지고
말았다.

1936년 11월 엄동설한에 훙꺼얼투(紅格爾圖) 전투에서 승리를 거두
었다는 소식이 베이핑에 전해지면서 수이위안은 삽시에 국민들이 입
에 오르내리는 키워드가 되었다. 오랜만에 느끼는 후련함이 사람들의
입과 귀를 통해 전해지면서 추위에 대한 공포가 사라지는 것 같았다.

잇따라 바이링먀오(百靈廟)와 시린무러(錫林木勒)에서 또 승전보를 전해왔다. 일본을 등에 업은 왕잉(王英)의 '대한의군(大漢義軍)'은 주력을 모두 잃고 처참하게 패하였다. '비적 숙청'의 명분을 가지고 수이위안의 항일전쟁을 지휘한 푸쭤이(傳作義) 장군이 완승을 거두었다.

팡따쩡은 수이위안의 정세에 줄곧 관심을 기울이고 있었다. 6~7월 사이에 그는 허뻬이(河北)와 산시(山西)에서 수이위안으로 가면서 여행하고 취재하는 도중에 보고 느낀 것과 우려하는 마음을 훗날 보도기사에 써넣었다. "일본은 자체의 세력을 산·깐·닝·칭(산시[陝西]·간쑤[甘肅]·닝샤[寧夏]·칭하이[靑海]) 및 중국에서 제일 서부인 신장(新疆)까지 확장하려고 하고 있다. 이는 중국에 대한 진일보적인 침략이며 화뻬이(華北)와 시뻬이(西北)까지 집어삼키려고 하고 있다는 사실을 우리는 직관적으로 알 수 있었다. 이밖에 일본의 또 다른 의도는 바로 소련으로 진격할 수 있는 완벽한 전선을 형성하려는 것이었다. 그 세력의 확장을 이루게 되면 중국을 대신해 '서북 개발'에 나설 뿐 아니라 남으로 이동해 쓰촨(四川) 등지로 아주 순조롭게 들어갈 수 있다."

여행 도중에 지닝 부근에 있는 줘쯔산(卓資山)에서 팡따쩡은 군영에까지 깊이 들어가 현지 주둔군 궈지탕(郭躋堂) 중대장을 만나게 되었다. 그는 샤오팡을 데리고 군영을 참관시켜주었다. "군영은 아주 운치가 있게 꾸며져 있었다. 샘도 있고 정자도 있었으며 바위도 있고 시냇물도 흐르고 있었다. 게다가 민중들이 언제든 들어가 볼 수 있었으며, 군민이 아주 사이좋게 지내고 있었다. 중대장은 비록 무관이었지만 문학에 재능이 있어 군영 내 곳곳에 쓰여 져 있는 기념 글은 모

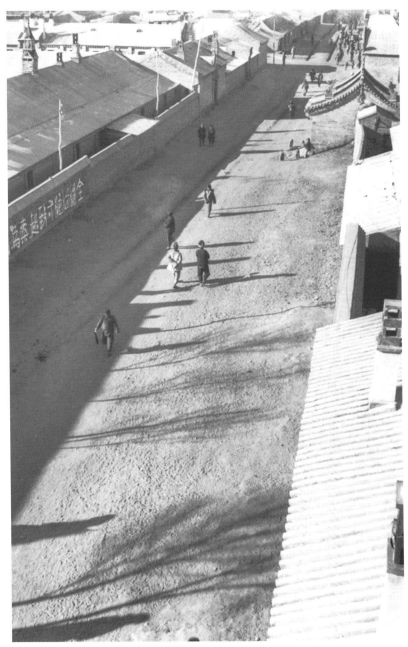

평온해 보이는 수이위안(綏遠). (샤오팡 촬영)

'항일(抗日)'이라는 두 자를 '장성(長城)'이라는 두 자로 바꿔 쓴 열사묘비. (샤오팡 촬영)

두 그의 손으로 쓰여 진 것들이었다." "생활이 너무나도 안정되지 않은 군대가 한 곳에 이르러 병영을 건설할 생각까지 할 수 있다니 참으로 보기 드문 일이었다." 궈 중대장은 샤오팡에게 저녁식사로 검은 찐빵과 짠지에 국물 한 그릇을 대접하였다. 그들은 정치문제에 대해서도 이야기를 나누었다. 샤오팡이 그에게 물었다. "만약 대외 전쟁이 일어난다면 중대장께서는 어떤 입장을 취할 것입니까?" 그 물음에 점잖으면서 건장한 그 군관은 "남쪽으로 가려면 길이 없고 서쪽으로도 갈 수 없습니다. 군인에게 뭐가 있겠습니까? 목숨 하나밖에요!"라고 단호히 대답하였다. 그 말에 샤오팡은 "맞는 말씀입니다. 군인에게는 목숨 하나밖에 없습니다. 그 목숨을 가벼이 여기지 마세요. 그것은 우리 전 민족의 호위무사이니까요!"라며 감탄하였다.

이튿날 이른 아침에 샤오팡은 귀 중대장의 대오가 산둥성이 오르기와 돌격 훈련을 하는 것을 보았다. 이로써 그는 수이위안의 군대에 대한 실질적인 인상을 갖게 되었다.

> "기차역 서북쪽에 항일열사묘비가 하나 세워져 있었는데, 지금은 '항일'이라는 두 자를 파버리고 없었다. 9.18기념당도 사라졌다. 그나마 국기만은 여전히 나부끼고 있어 다행이었다. 어쩌면 생각이 단순한 신문기자가 '국기가 여전하고 수이위안은 아직 무사하다!' 라고 소식을 내지의 대중들에게 전해줄 수도 있다. 아이고! 아무리그래도 국경지대에 있는 수이위안에 도사리고 있는 위기를 감출 순 없는 것이다! 수이위안에는 확실히 수많은 심각한 문제들이 존재한다. 국민들은 이에 특별한 주의를 기울여야 한다."
>
> (샤오팡 「따통에서 수이위안까지」)

겨우 5개월이 지난 뒤 국민들이 "특별한 주의"를 기울일 새도 없이 샤오팡이 수이위안을 여행하고 취재하는 과정에서 예감하였던 일이 일어난 것이다. 샤오팡이 보기에 그 충돌은 언젠가는 일어나고야 말 일이었다. 수이위안 항일전쟁의 총소리가 민중의 애국열정을 불러일으켰다. 베이징대학에서는 "수이위안 비적 숙청 장병후원회"를 설립하였으며 교내 모금활동을 벌여 2천여 원을 모금하였다. 그중 교사들이 하루 수당을 기부하여 총 1,300원을 모금하고 학생들이 600원,

수이위안 위문단. (샤오팡 촬영)

그리고 학교에서 3일간 석탄을 때지 않고 절약한 비용 400원까지 합쳤다. 그 기부금으로 부상자 구호약품과 병사들의 방한 옷을 샀다. 1936년 11월 30일 베이징대학 제2학원 서쪽 연회청에 의약품과 물자를 공개 진열해 교원과 학생들에게 참관시켰다. 학교에서는 또 "베이징대학 사생 수이위안 위문단"을 조직하여 화학교수 쩡자오룬(曾昭掄)이 단장을 맡아 위문단을 이끌고 수이위안으로 가서 항일전쟁 참전 병사들을 위문하였다.

위문단은 총 13명 단원으로 구성되었다. 그들은 베이핑(北平)에서 빠오터우(包頭)로 가는 3등석 표를 사서 1936년 12월 1일 오전 9시에 첸먼(前門) 기차역을 출발해 수이위안으로 향하였다. 오후 4시에 장자커우(張家口)까지 왔다. 북으로 갈수록 날씨는 더욱 추워졌다. 밤 12

시 반에 핑띠취안에 이르렀다. 모두들 찻간 안에서 추워서 덜덜 떨었다. 위문단이 가지고 온 온도계마저도 얼어서 작동되지 않았다. 바깥 온도가 영하 25도 아래까지 떨어졌을 것이라고 쩡자오룬이 추측하였다. 찻간 안은 사람들로 꽉 찼다. 밤새 모두 비좁게 앉아 있어야 했다. 수이위안에 대해 알기 위해 춥고 비좁은 환경에서 쩡자오룬은 서둘러 판창장의 저서『중국의 서북 지대(中國的西北角)』를 다 읽었다. 이튿날 새벽 5시에 위문단은 꿰이수이(歸綏) 기차역에 당도하였다.

그들과 선후하여 수이위안에 당도한 위문단체와 인원이 매우 많았다. 그중에는 옌징(燕京)대학 신문학과 전선답사단, 칭화대학 학생전선봉사단, 셰허(協和)의학원 관쏭타오(關頌輯)와 위안이진(袁貽瑾) 두 교수, 베이징대학 의학원 류자오린(劉兆霖) 교수, 칭화대학 공학원 꾸류슈(顧毓琇) 학원, 류뤠이선(劉瑞愼) 위생서장 등이 있었다. 그때 당시 그들은 모두 수이위안에서 조건이 좋은 편인 수이위안여관(綏遠飯店), 수이신여관(綏新旅社), 따베이여관(大北旅社) 세 여관에 투숙하였다.

팡따쩡이 근무하고 있던 톈진 기독교청년회도 그의 전 상사와 양샤오펑(楊尙彭) 소년부주임이 이끄는 위문단을 파견하였다. 그들은 수이위안전선에 1개월간 머물면서 군대를 위해 「치우진(秋瑾)」 등의 영화도 방영하고, 또 미국 흑인 가수 로버트슨이 중국어로 부른 「의용군진행곡(義勇軍進行曲)」이 담긴 레코드판도 한 장 가지고 갔다. 양샤오펑과 위문단원들은 광장에서 나무토막을 엮어 무대를 만들고 지휘자 류량모(劉良模)를 청해 병사들에게 진보적 노래를 가르쳐주어 부르게 함으로써 사기를 북돋아주었다. 후에 그들은 그 장면을 촬영하여 미국

방독면을 쓰고 사격훈련을 하고 있는 병사. (샤오팡 촬영)

샤오팡(좌2)이 동료들과 함께 수이위안에서.

의 『생활』 잡지에 보내 게재하였다. 그 일로 푸쭤이(傅作義) 장군은 양
샤오펑과 류량모를 청해 식사대접을 하며 감사의 뜻을 전하기까지 하
였다.

수이위안 전선 취재를 떠나기에 앞서 샤오팡은 지난 번 현장답사를
하면서 보고 느낀 바에 따라 수이위안의 정세에 대해 분석한 뒤 「수
이위안의 군사지리」라는 글을 한 편 썼다. "수이위안이 서북지역의 문
호가 된 것은 인산(陰山)산맥의 험준한 산세 때문이다. 인산산맥의
북쪽으로 에돌아 닝샤(寧夏)와 신장(新疆)까지 이를 수도 있지만, 그러
나 그 지대는 모두 황막한 초원지대여서 교통이 너무 불편할 뿐만 아
니라 물산도 너무 제한적이어서 반드시 인산 남쪽 기슭에 건설한 핑
수이(平綏) 철도를 출발점으로 삼아야만 하기 때문이다." 그는 그 글
에서 자기 견해를 밝혔다. "그렇다면 어떻게 핑수이철도를 차지할 것

판창장(좌)과 먼빙웨(閂炳岳). (샤오팡 촬영)

인가? 또 어떻게 해야만 수이위안성 전역을 통제할 수 있을까? 핑띠 취안(즉 지닝 현)만 점령하게 되면 그 계획의 대부분이 해결되는 것이다. 왜냐하면 지닝현이 수이위안의 교통요충지이므로 적들이 일단 지닝을 점령하게 되면 바로 지닝에서 차하얼의 뒤룬(多倫)에 이르는 뒤닝철도를 부설할 것이며, 다시 러허(熱河)의 츠펑(赤峰)·차오양(朝陽)·베이퍄오(北票)까지 이르게 되어 '위만주국(僞滿洲國)'과 하나의 견고한 쇠사슬처럼 이어질 수 있기 때문이다. '위만주국'이 그렇게 핑수이로와 연결되면 한 걸음 더 나아가 중국의 동북과 서북을 하나로 묶을 수 있는 것이다."

　수이위안전쟁이 발발한 후 전선에서 적들이 독가스를 사용한다는 소식이 퍼지면서 사람들은 불안과 공포에 휩싸였다. 상세한 상황을

푸줘이(좌)와 자오청서우(趙承綬) 진수이(晋綏)군 기병사
령관. (샤오팡 촬영)

알아본 후 쩡자오룬이 11월 24일『대공보』에 글을 발표하여 현재 현지
기후조건에서 "독가스가 별로 효력을 발휘할 수 없을 것이며 제때에
방독교육지식을 보급해 군민의 공포 심리를 없애야 한다."라고 썼다.
12월 4일 쩡자오룬 일행은 각기 꿰이수이 일대의 주요 학교와 부대를
찾아가 방독 관련 강연을 하였다. 그들은 오전과 오후에 각각 네 곳
을 방문했다. 시뻬이영화회사는 그들의 활동을 영화로 제작하기도 하
였다. 그 후 며칠 동안 군인·학생·농민으로 구성된 약 3,000여 명 규
모의 상비대오는 방독훈련도 수차례나 진행하였다.

  12월 5일 이른 아침 샤오팡은 중외신문학사 기자의 신분으로 지닝
에 도착한 후 바로 취재에 들어갔다. 오늘날 우리는 그가 처음 전선
에 도착하여 촬영한 수이위안 항일전쟁에 관한 대량의 사진들을 통

수이위안의 겨울. (샤오팡 촬영)

홍꺼얼투(紅格爾圖)의 장병들. (샤오팡 촬영)

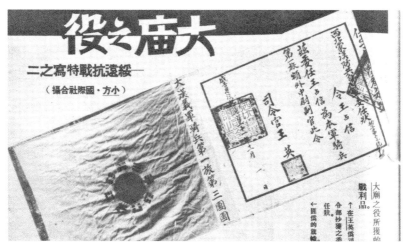

「따묘전투(大廟之役)」가 『동방잡지』 1937년 1월 1일 신년특간에 발표됨.

해 전사들이 머리에 방독면을 쓰고 방독훈련을 하는 진귀한 장면들을 볼 수 있었다.

『대공보』의 저명한 기자 판창장은 샤오팡보다 앞서 수이위안에 왔다. 그는 십여 명의 신문업계 대표단을 이끌고 전선으로 위문 취재하러 온 것이다. 그의 기억 속에서 "사람들에게 '샤오팡'으로 불리는 팡따쩡 선생은 우리 친구들의 마음에서 매우 중요한 지위를 차지하고 있었다. 그것은 수이위안에 오기 이전의 '팡따쩡'에 대한 인상을 많이 연상시키기 때문"이다.

"톈진 『이스바오』 지방면에서 그가 쓴 「장위안에서 따퉁까지」라는 제목의 장편기사를 본 적이 있는데 그 기사에서 그는 차진(察晉) 일대의 사회 암흑상을 적잖게 폭로했다." "출판물에서 '샤오팡'의 작품들을 자주 볼 수 있었는데 주제 선택과 시간성에서 엄격한 점 등의 그의 장점은 우리 친구들이 주의를 기울여야 할 부분이었다." 함께 수이위안에서 취재 중이던 중앙사(中央社) 왕화줘(王華灼) 기자가 판창장에게 이런 일을 언급한 적이 있다. 그가 그때 샤오팡의 기사를 채용하였는데 신문사 당국은 사회의 암흑상을 지적한 것에 대해 매우 못마땅하게 여겨 그의 직무까지 해임하였다는 것이다. 수이위안에서 많은 동종 업계 종사자들을 만날 수 있었는데, 특히 판창장을 만날 수 있어서 샤오팡은 너무 기뻤다. 예전의 '외로운 싸움'에서 현재 '집단행동'을 하게 된 것이 샤오팡에게는 신선하고 재미있는 일이었다. 그는 전선에서 쓴 보도기사에 이렇게 썼다. "신문기자들의 활약은 사람들에게 가장 흥미를 느낄 수 있게 하는 일이다. 그들에게는 갈 수 없는 곳이 없고 뚫을 수 없는 관문이 없다. 그들은 매일 신출귀몰하게 사방으로 뛰어다니고, 각자 자기의 비밀을 지킨다. 동종 업계에서 경쟁이 너무나도 치열하지만 그러나 그들 서로 간에는 개인적으로 다 너무 좋은 감정을 가지고 있다."

팡따쩡은 초청을 받고 수이위안 주재 『대공보』 사무소를 방문하였으며, 판창장 등 이들과 함께 취재를 다녔다. "기병 7사 사단장 먼빙웨(門炳岳) 중장이 룽성좡(隆盛庄)으로 되돌아가는 기회에 필자도 그를 따라갔다. 중앙사의 왕화줘와 떠꿍보의 창장 군도 동행하였다. 우리는 함께 큰 자동차를 타고 10시쯤 지닝을 떠났다." "그날은 날씨가 그리 나쁘지 않았다. 백십리 길을 가는 동안 별로 춥지 않았다. 먼 사단장 또한 입담이 좋은 양반이어서 우리는 웃고 떠드는 사이에 어느새 룽성좡에 당도하였다." 싱허(興和)로 가는 길에 샤오팡은 또 판창장·멍치우장(孟秋江) 등에게 기념사진도 찍어주었다.

훙꺼얼투의 보루. (샤오팡 촬영)

"후에 싱허(興和)로 갔는데 기병 제7사(師) 사단장인 먼(門) 씨 성을 가진 먼빙웨(門炳岳)라는 사람이 판창장과 중앙사 기자, 그리고 나의 오빠를 데리고 진지를 돌아보았다. 모두 말을 타고 다녔는데 먼 사단장은 그들이 모두 말을 잘 타는 것을 보더니 '당신들은 모두 무장한 신문기자들입니다.' 라고 말하였다. 그 말에 오빠가 '네, 신문기자뿐 아니라 중국의 전민이 모두 무장하여야 합니다.'라고 말했다. 그런 점에서 보면 오빠는 사상이 매우 진보적이었음을 알 수 있다. 그때는 루거우차오사변 전이었는데, 그때 그는 이미 멀리 내다보는 안목을 갖추고 있었다. 그때는 비록 나도 그를 좀 도와주고 있었지만, 여러 방면에서 사상인식이 그와 비

해 많이 뒤처져 있었으며, 그저 가슴에서 끓고 있는 피만
뜨거웠을 뿐이었다."

(팡청민의 회고)

수이위안 성의 주석이자 35군 군장이었던 푸쮀이 장군은 여러 차
례 판창장·샤오팡 등 기자들과 만나 그때 당시 수이위안 항일전쟁의
의미와 특성에 대해, 그리고 그로부터 상하이 항일전쟁과 장성 항일
전쟁이 실패한 원인을 떠올리면서 많은 문제에 대해 담론하곤 하였
다. 샤오팡이 자기 견해를 말했다. "괴뢰군(일본군 앞잡이 군대) 비적
들이 이번 손실을 겪은 뒤 상두(商都)의 근교까지 물러나 군대를 다시
보강해야 할 것입니다. 물론 또 다시 더 강력한 기세로 공격해 올 것
입니다. 우리 쪽에서도 후방 준비를 더 단단히 해야 합니다.

우리 전방의 방어시설에 대해 절대적으로 확신하고 있지만 후방에
수많은 약점이 존재한다는 점을 인정하지 않을 수 없습니다." "예를
들면 이번에 일본군 비행기가 지닝 남부 50리 거리에 있는 핑수이로
철교를 폭파시키는 바람에 차량이 5시간이나 연착하였습니다. 이것
이 바로 경계해야 할 교훈입니다. 우리도 후방에 비행기를 비치해두
어야 합니다."

푸쮀이 장군은 앞으로 항일전면전이 발발할 경우 전 군민이 항일전
쟁을 끝까지 하려는 결심을 가지고 마지막 한 병사가 남더라도 절대
투항하지 말아야 한다고 말하였다. "모든 힘을 동원하여 수이위안을
지켜내야 한다." 이번 수이위안의 항일전쟁에서 제2의 장성 항일전쟁

의 결과를 초래하는 것은 절대 안 될 일이다. 그것은 "인내가 최후의 고비에 이르렀기 때문이다!"라고 말했다.

팡따쩡과 판창장 등 이들이 취재를 위해 지닝에서 출발하여 전방에 당도하였을 때는 날이 이미 저물기 시작할 무렵이었다. 동문 밖 빠리로(八里路)의 빠왕챠오(覇王橋)에 이르자 날이 완전히 어두워져 캄캄하였다. 가는 도중에 제35군과 교대할 제4사단 야간부대와 마주치면서 그들은 "전선의 위대한 광경을 느낄 수 있었다."

황자춘(黃家村)에 이르러 십여 분간 차를 세우고 샤오팡 일행은 차에서 내려 얼어서 굳어진 몸을 푼 뒤 갈 길을 재촉하였다. 자동차는 높고 낮은 산과 고원이 엇갈려 있는 어두운 들판을 두 시간 정도 달려 따류하오(大六號) 경내에 들어섰다. 기병 제1사단의 참모처가 바로 이 지역에 설치되어 있었다. 그들 일행은 이곳을 홍꺼얼투(紅格爾圖)로 가는 첫 주둔지로 정하였다.

홍꺼얼투는 몽골어인데 홍껀투(紅根圖) 혹은 홍꺼투(紅格圖)라고도 하며, 수이동(綏東) 타오린(陶林) 현 산하의 최동단에 위치한 중요한 진(鎭)으로서 바로 차하얼과 수이위안의 접경지대에 위치해 있다. 그 일대의 지형은 험산준령 대신 다소 기복을 이룬 구릉들뿐이다. 작은 홍꺼얼투진은 바로 그중 한 구릉의 지세가 낮은 곳에 들어앉아 남, 북, 동 삼면이 산에 둘러싸여 있고, 서쪽만 평탄하여 타오린현까지 직통하는 큰 길이 나 있다. 그래서 이곳은 상뚜(商都)에서 수이뻬이(綏北)로 통하는 길목이기도 하다. 저녁에 왕 참모장 및 여러 참모들과 환담을 나누었다. 군관들은 신이 나서 11월 15~18일의 홍꺼얼투 전

탄알 구멍투성이가 된 훙꺼얼투 교회당. (샤오팡 촬영)

이스팡(易世芳). (샤오팡 촬영)

투에 대해 이야기하였으며, 또 많은 전리품을 꺼내 기자에게 보여주기도 하였다. 그중에서 커다란 '북지나(北支那)' 지도가 샤오팡의 흥미를 끌었다. 일본어로 된 그 화뻬이(華北) 지도는 최근에 남만주철도주식회사에서 출판된 것이었는데, 그 상세한 정도가 우리 자국에서 출판된 그 어떠한 지도도 견줄 수 없을 정도였다. "기자는 그 지도를 보물을 보는 것처럼 자세히 보고 간략하게 베끼기도 하였다." 그 지도는 비적 두목 왕잉(王英)의 사령부에서 입수한 것이라고 돤(段) 참모가 설명하였다.

"우리 군이 홍꺼얼투 진을 포위한 괴뢰군 비적을 격퇴한 후 또 15리 밖의 따라촌(大拉村)까지 계속 추격하였다. 그 곳은 왕잉 소재의 괴뢰군사령부였다. 아군이 적을 추격해 그

곳에 이르렀을 때는 한밤중이었다. 왕가 놈과 괴뢰군 군관들은 바지도 미처 입지 못한 채 허둥지둥 자동차를 타고 도망치기에 바빴다. 이는 현지 백성들이 직접 목격한 광경이다. 이번에 왕가 놈은 총 7천명의 병력을 총동원해 면밀한 계획을 짜고 고작 200명밖에 안 되는 우리 수비군이 지키고 있는 훙꺼얼투를 포위 공격하려고 시도하였다. 그는 3시간 안에 함락시킬 계획을 세웠다. 물론 이런 참패를 당할 줄은 생각도 못하였을 것이다. 그래서 알몸으로 도주하는 웃음거리가 생겨난 것이며 고금의 전선에서 회자되고 있는 재미있는 이야깃거리가 되었다."

(샤오팡 「수이둥 전선 시찰기」)

훙꺼얼투에서는 왕우하이(王五海)가 적군의 비행기를 떨어뜨린 이야기가 오늘날까지도 전해지고 있다.

현지 동네 어른들이 하는 이야기에 따르면 왕쓰하이(王四海)·왕우하이(王五海) 두 형제는 명사수라고 한다. 그들은 말을 타고 달리면서 어느 서까래를 쏴 맞히라고 하면 그 서까래를 명중하곤 하였으며, 사람들이 담배를 피우고 있을 때 총을 쏴 그 사람이 피우고 있는 담배를 맞히면서 사람은 다치게 하지 않았다고 한다.

1936년 11월 16일 적기가 훙꺼얼투의 상공을 선회하면서 참호진지에 이를 때마다 낮게 날면서 기관총으로 소사하고 폭탄을 투하하여 폭격을 하여 우리 수비군에게 막대한 위협을 조성하였다.

홍꺼얼투 전선의 지휘자. (샤오팡 촬영)

　바로 그 위급한 시각에 명사수 왕우하이가 보총을 들고 조준하고 있다가 비행기가 낮게 날면서 소사하는 순간에 방아쇠를 당겨 적기의 핵심부위를 명중시켰다. 비행기는 검은 연기를 내뿜으며 상뚜 쪽으로 도망치다가 상뚜 성북 쪽으로 10여 리 되는 곳까지 미끄러져 추락하였다.

　적기를 격추시키자 성을 지키던 군민의 사기를 더욱 북돋아주었다. 사람들은 서로 뛰어다니면서 소식을 전하기에 바빴으며, 왕우하이를 위해 즉흥시까지 지어 불렀다. "왕우하이는 유명도 하지. 유격대 대원이었다지. 과녁을 얼마나 잘 맞히는지 적기를 한방에 곤두박질치게 만들었으니 '어이쿠' 외마디 비명만 남기고 저승길로 갔다네."

　전쟁 후 왕우하이 형제가 상뚜로 이주해 살게 되면서 현지인들이

진지 최전방을 살피다. (샤오팡 촬영)

그들의 이름을 따서 마을 이름을 '우하이촌'이라고 부르게 되었다.

80년이 지난 오늘 마을 동북쪽 토성 위에 원형 '건물'이 나타났다. 그것은 현지 정부가 몇 년 전에 복원한 훙꺼얼투 작전에서 사용했던 보루이다. 그 옆에 있는 담벼락은 비바람의 침식으로 하얀 회가루가 벗겨져 얼룩지긴 하였지만, "훙꺼얼투 항일전쟁유적"이라는 글귀가 여전히 어렴풋하게나마 알아볼 수 있었다.

"보루는 높이가 2m가 넘는데 흙벽돌을 쌓아 만든 것이며 서쪽에 문이 하나 있다. 보루 안에 들어가 보면 직경이 10여 보에 이르며 벽면을 빙 둘러 일곱 여덟 개의 사격구멍이 균일하게 분포되어 있다. 사격구멍으로 밖을 내다보면 지형을 또렷하게 관찰할 수 있어 침범해 오는 적을 소멸하기에 유리한 보루임을 알 수 있다."『북방신보(北方新報)』의 장보한(張泊寒) 기자가 현지답사 후 이렇게 묘사하였다.

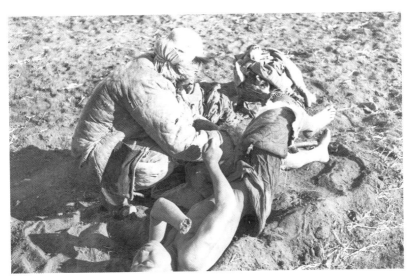

시신의 옷을 벗기다. (샤오팡 촬영)

왕우하이가 적의 비행기를 격추시킨 날 오후 적의 대포가 훙꺼얼투 동북과 서북 양 외곽을 집중 공격하였다. "담벼락이 무너지고 보루 윗부분도 파괴되어 여러 군데가 무너졌다." 포격이 끝난 후, 괴뢰군은 훙꺼얼투 동북과 서북 두 방향에서 맹렬히 공격해왔다.

"우리 수비군은 보루 밑이나 깊은 참호 옆에서 괴뢰군이 100미터 안까지 다가오기를 기다려 여러 가지 화기로 일제히 사격을 가하곤 하였다……" 한 차례 전투에서 우리 수비군은 적군 100여 명을 소멸 하였다. 괴뢰군은 패하고 물러났다.

그날 적의 폭격이 끊이지 않았다. 적의 폭탄은 보루만 겨냥하였다. 100여 발에 달하는 적의 포격에 동, 북 두 방향에 있는 보루의 천정 이 훼손되었다.

"우리 군민이 훙꺼얼투에 구축한 보루는 모두 두 층으로 되었는데,

판창장 등이 싱허(興和)에서 높은 곳에 올라서서 먼 곳을 내다보고 있다. (샤오팡 촬영)

아래층은 돌로 쌓아 위층보다 견고하였다. 애초에 보루의 위층은 적을 감시하기 위한 용도로 쓰고, 아래층은 적을 공격하는 용도로 쓰기로 설계하였던 것이다. 이제 적의 포격에 보루 위층이 파괴되었으니 마침 적을 유인하기 유리해진 것이다." 훙꺼얼투향의 전 부향장 우웨왕(吳月旺)은 "괴뢰군이 가까이까지 진군해 오기를 기다려 우리 수비대의 경·중기관총과 기관단총이 모든 보루 안에서 일제히 불을 토하기 시작하였다. 앞에서 공격해오던 적들은 한 놈도 살아남지 못하였다."라고 말하였다.

차수이(차하얼–수이위안) 일대는 천주교 세력이 아주 큰 지역이었다. 그 작은 훙꺼얼투에도 교회당이 하나 있었는데 건물이 매우 커서 진(鎭) 전역에서도 으뜸으로 손꼽히는 건물이었으며 봉건제후의 궁전과도 흡사하였다. 그곳 주민의 95%가 교도였으며 교회는 마치 전 진

겨울철 길이 험난한 허우차오띠(後草地). (샤오팡 촬영)

의 통치자와 마찬가지였다. 그래서 그곳의 교도들을 모두 '교민'이라고 불렀으며, '교민'이 되면 교회의 보호를 받을 수 있고, 상당한 직업을 얻어 편안하게 살면서 즐겁게 일할 수 있었다.

판창장은 자신의 작품「정적이 깃든 수이볜(沈靜了的綏邊)」에 이렇게 썼다. "우리는 홍꺼얼투 마을 교회당에서 휴식하였다. 교회당의 종루는 적기의 폭격을 맞아 한쪽 귀퉁이가 무너져 있었다. 교회당 뒤쪽에는 아직 폭파되지 않은 200파운드짜리 폭탄 하나가 남아 있었다. 벽에는 여기저기 폭파흔적이 남아있었다."

"100년이 지났지만 교회당 지하실은 여전히 남아 있었으며, 한 칸한 칸 물건을 넣어두고 있다."라고 촌민 천카오(陳考)가 말하였다.

홍꺼얼투에서 팡파쩡은 교회당을 방문하여 신부 이스팡(易世芳) 선생을 만났다. "이 씨는 사근사근한 노인이었다. 우리가 교회당에 들어섰을 때, 그는 길거리에서 주워온 총탄을 정리하고 있었는데 총탄이 무려 가솔린 탱크 하나에 차고 넘쳤다. 총탄 안에 금속 주석이 들어 있기 때문에 그는 쇠 국자를 난로 위에 올려놓고 주석을 정제하는 중이었다. 우리가 들어서는 것을 본 그는 빙그레 웃으면서 '엄청 많이 주웠지요!'라고 말하였다. 후에 그는 또 안쪽 방의 문을 열더니 방안에 아직 터지지 않은 크고 작은 포탄 20~30개가 있는 것을 보여주었다. 그는 그 포탄들을 이미 다 해체하여 그 안의 화약과 쇠구슬을 빼냈다. 작은 포탄 안에 총 30개의 쇠구슬이 들어있다고 그가 말하였다.……그리고 이 씨는 또 우리를 뒤울안으로 안내하더니 120근이 되는 비행기 폭탄을 보여주었다. 그 폭탄도 역시 교회당 안에 떨어진 것인데 다행이도 터지지 않았다."

"우리는 전투 당시의 상황에 대해 잠깐 이야기를 나누었다. 전투가 일어나게 되자 교회당에서는 원래 이곳 교도들을 모두 인근의 한 교회로 호송해 피난시키고 80여 명의 장정들만 남겨 읍내에서 군대가 항전을 펼치는 것을 돕도록 하였다. 그 장정들은 모두 경험이 풍부한 전투인원들이었는데, 그들은 교회당 안에 있던 20대의 사제 대포를 모두 전선에 투입하여 그들이 그 대포를 쏘는 일을 맡기로 하였다. 가장 흥미로운 것은 그들이 진군(晉軍)의 수류탄을 사용한다는 사실이었다.(진군의 수류탄은 타이위안[太原] 병기공장에서 제조한 특산물로서 진군이 사용한 가장 유명한 무기였다. 모양은 쇠망치처럼 생겼고, 나무 자루의 끝에 가는 줄이 하나 달려 있는데, 그 줄을 당긴 뒤 바로 내던지면 5초 뒤에 폭발하게 되어 있었다. 종류는 대·중·소 세 가지로 나뉘는데 소형은 폭파 범위가 직경이 50미터인 동그라미 원 정도에 이른다. 그런 유형의 수류탄은 제조 원가가 매우 낮은데 한 개 당 고작 10전이나 20전 정도였다.] 수류탄 자루를 제거하고 사제 대포 안에 넣어 포탄처럼 쏘는 것이다. 적들은 이런 '개량포탄'을 맞고 큰 손실을 입고도 그것이 대체 무엇인지조차 알 수 없었다. 세상에는 그런 무기를 뭐라고 부르는지 명사가 없었으니까 말이다. 적들은 어리둥절하기만 할 뿐이었다."

(샤오팡 「수이둥 전선 답사기」)

전쟁이 끝난 지 몇 년이 지나서도 훙꺼얼투에서 탄피를 주울 수 있었으며 심지어 터지지 않은 포탄을 파내기도 하였다.

지금은 그때 사제 대포가 사라진 지 오래다. 촌민들의 얘기로는 새 중국이 창립된 뒤에도 사제 대포가 있었는데 후에 폐품으로 한 근에 30전씩 팔아버렸다고 한다.

전선에서 취재하는 동안 샤오팡은 기병 제1사(師) 제2연대(團) 장폐이쉰(張培勛) 연대장(團長)을 만나 4냥짜리 커다란 찐빵과 소금을 넣고 삶은 감자를 먹으면서 이야기를 나누었다고 한다. 적이 쳐들어왔으니 "목숨을 바쳐서라도 훙꺼얼투를 지키려는 군민의 결심을 확고히

하기 위해 모든 전마의 안장을 풀 것을 명령하였습니다. 누가 안장을 풀지 않거나 혹은 후에 제멋대로 말에 안장을 입히거나 하면 그가 장병일지라도 즉석에서 처결하게 하였습니다. 그리고 한편으로는 장병들에게 동부의 4개 성이 함락된 후 동북 인민이 망국노의 신세가 되어 도탄 속에 허덕이고 있는 사실을 널리 알리고 우리는 반드시 죽기를 맹세하고 홍꺼얼투를 지켜내야 한다는 것, 마지막 한 사람이 남더라도 끝까지 싸워야 한다는 이치를 설명하였습니다. 나라를 위하는 일이라면 희생되더라도 영광스러운 일이라고 말입니다." 라고 장 연대장이 그에게 말하였다. 작고 비좁은 흙집 안에서 장페이쉰이 말을 이었다. "그때 당시는 아주 사기가 높았습니다. 모두 나라를 위해 충성을 다하겠다고 일제히 마음을 모았습니다. 적들이 바로 다시 공격해 들어올 것이라고 우리는 예상하고 있었습니다. 그래서 군사들은 배불리 먹은 후 바로 진지로 들어가 적을 상대할 준비를 하였습니다.

예상대로 우리가 진지에 들어간 지 얼마 되지 않아서 적들은 더욱 가혹한 공격을 시작하였습니다. 그들은 위에서는 비행기 7대로 진지를 따라가며 150파운드짜리 폭탄으로 번갈아 폭격을 가하면서 기관포로 쉴 새 없이 소사하였으며, 지면에서는 약 10문의 대포로 우리 진영을 향해 끊임없이 맹렬한 포격을 퍼부었습니다. 그리고 그들의 보병들은 또 파도타기식으로 우리를 집중 공격하였습니다. 그렇지만 우리 연대는 대중들의 전폭적인 지원을 받아 군량과 기타 군용물자를 넉넉히 비축해둔 상황이었습니다. 한편 대중들은 또 100여 명이 사제 대포 여러 문을 제조해 전투에 적극 뛰어들어 군심을 더욱 진작시켜

本刊特約通訊
從集寧到陶林　小方

集寧的朋友正禹見

現代化的交通工具的，我早已向王萬齡師長借好了，但是他不知道這段原始狀態下的路程是不遠宜於湯恩伯軍長聽到我這個計畫，他要派汽車送我，是很值得去買一點辛苦的旅行。

我計畫着越過集寧與陶林間的大青山經烏藍花大廟百靈廟等這橫亘一段所謂「後草地」地帶。我這路程所經過的地方大部分是蒙漢雜處同時又是王英僞軍曾經陷落過的地方自戰爭不足後還沒有新聞記者到那兒去觀察過被匪滌蹂躪後的慘狀其次為着多了一點日前最值得我們注意的所謂蒙古民衆與綏遠大局的關係以上兩種意義而言這也是很值得去一遊大加注意的。

此它消耗在蒙古去。照相材料，看着還剩着二三百張未照的片子，我決定不惜着這總會到綏北去一趟呢，檢察一下箱子裏的什麼君，我一定給你們帶回來豐富的新聞」我這樣見，我想助我安置了一切途我遠遠的走上征途「再一月六日的中午一位熱誠的青年朋友邱溪映兩四歲馬並派他派一個衛兵同行。

跋過一個煤礦區

此行二十里，到馬連灘從老遠就已望見兩旁邊的山坡上現出一堆堆的黑點這一帶地方出產煤炭因為煤賤裏含有多至的硫磺所以燒起來常發出一種強烈的氧味本地人因此名之爲臭炭臭炭叟炭亦卽是地主家約三塊錢的稅金就可以由他的礦商上租到一塊小小的地盤他們三人開始工作是先從事掘井轆之也垂直的並且也有一二百尺深但是並沒有機器絞車的設備下井的工只是憑着在井壁上壓好了的梯槽一蹤一蹤的往下走井口的直徑很小只能容一個人的身體爬上爬下去井底的情形，因爲時間關係，未能親自下去看看但是我在從前的旅行中，下過好多次煤鑛那些還是存有遺器形的設備工人的工作情形已是我們所想像不到的那種苦了自然遠種土窰裏的環境當飯在哪兒吃這種「採礦事業」的人有一部分是亡命之人這個世界簡直不尤許他們生存在光明中我想他們這個世界簡直不尤許此以外再也找不到另外的生路之人作遺種「採鑛事業」有加困難與危險。

爬下，所以用沫方法作爲「地獄」與「光明」間的交通媒介還勉强可以辦通不過在這梯槽上經過的人萬一失足亦是不堪設想的。

他們三人中有兩個人帶着暗淡的油燈下到炭莊裏的水井一樣另一個留在上面的人就掌管這道架「櫓櫓」把底下那兩個人採下來他們的炭決無時間的限地從井底用繩索絞上來他們的工作完畢再扭用這條牛車地運着炭去奇那麼這三個鑛工的純收入是可以估計得出的一元有餘把炭一車一車的載滿了也就算今天的工作完畢接着再扭用這牛車去集寧陶林和其他的村鑛去把炭換來的臭炭運到集寧陶林所有權賣去求活命的絞金以集寧市價而論每三十斤臭炭只能賣到二角錢還得把因之吃過了早飯是不敢想到晚飯的。

井底下的情形，因爲時間關係，未能親自下去的我們，井底下所以完全沒有把握因之遇到一個牛飯在哪兒吃。

但它消耗在蒙古去。

주었습니다. 그래서 우리는 반복되는 적의 공격을 번번이 물리칠 수 있었으며 경기관총으로 적기 한 대를 명중해 손상을 입혔습니다.

적이 많고 아군이 적으며 무기 면에서도 현저한 차이가 나는 상황에서 바로 그렇게 군민은 일치 단합하여 사흘 낮과 밤을 치열하게 싸웠으며, 무수히 많은 적을 살상하였습니다. 홍꺼얼투는 여전히 우리가 지키고 있었으며 적들은 한 걸음도 들어서지 못한 채로였습니다."

"병사들은 외곽의 큰 참호에 쌓인 눈을 치는 이도 있고 야외에서 말을 방목하는 이도 있었으며 보초임무를 수행하는 이도 있었다." 이는 샤오팡이 동산의 산등성이에 올라 촬영한 홍꺼얼투의 전경이다.

멀지 않은 곳에는 들개가 뜯다만 비적의 시체가 나뒹굴고 있었는데 머리와 이어진 등뼈만 남아 있었으며, 옷은 오래 전에 인근의 가난한 백성들이 벗겨가고 없었다. 참호 안에서는 장병들의 말소리가 간간히 귓가에 들려오곤 하였다. 날씨가 매웠지만 전쟁에 대해 이야기하는 목소리는 유난히 격앙되어 있었다. 엄동설한에 주변이 고요한 작은 읍을 바라보노라니 장 연대장이 했던 말 한 마디가 생각났다.

"전투는 전적으로 장병들의 사기에 달린 겁니다. 연대장이 당황하지 않으면 중대장도 물론 당황하지 못할 것이며, 그 밑으로 소대장과 병사들도 절대 흔들리지 않을 것입니다. 그리 되면 군사가 희생되어 마지막 한 사람이 남더라도 물러서지 않을 것입니다."

"미국 국적의 중국인인 진안팅(金安婷) 여사는 역사(근대사)를 연구하는 학자이며, 그녀의 남편은 예일대학에서 교편

을 잡고 있다. 그녀는 대만에서 '팡따쩡 특집 프로'를 보고
그녀의 어머니에게 부탁하여 나를 찾아와서는 전투에서 맞
아 죽은 괴뢰군(시체 사진) 옆에서 백성이 죽은 자의 옷을
벗기고 있는 사진을 요구하였다.

그 사진은 중국 토비가 괴뢰군(일본군에게 이용 당한)에 편
입되어 중국인을 죽이고, 또 중국인에게 죽임을 당하고,
죽어서는 또 몸에 입었던 솜옷이 중국인에 의해 벗겨지는
장면을 보여주고 있다. 너무나도 추악하여 중국인의 체면
을 깎는 사진이어서 나는 차마 줄 수 없었다. 김 여사의 모
친은 먼저 가격부터 언급하였다. 그래서 나는 사진 필름을
팔지 않을 것이라고 하였다.

샤오팡(우1)이 용닝(永寧) 탄광에서.

싸이뻬이 바오쩡(塞北保障). (샤오팡 촬영)

그러나 그녀는(만약 사진을 출판하거나 전시하더라도) 그
것은 오빠를 기념하기 위한 것일 뿐이라고 말하였다."

(1995년 10월 18일, 팡청민이 장짜이쉬안에게 보낸 편지)

팡청민이 편지에서 언급한 그 사진이 바로 샤오팡이 홍꺼얼투 취재
길에 찍은 것이다. 나는 그의 유작을 정리하면서 그가 글에서 서술한
내용에 따라 그 사진의 제목을 「시신의 옷을 벗기다(剝尸衣)」 (또 다른
제목은 「전쟁 후의 참상(戰後慘象)」)라고 달았다. 각기 다른 각도에서
찍은 사진이 두 장이 있었다. "온전한 시신에 대해서는 가난한 백성
들이 그들 몸에 입고 있는 군복을 벗겨내기도 하였다. 옷을 모두 벗
겨내고 나면 바로 들개들이 달려들곤 하였다. 또 새 먹잇감을 발견하

였기 때문이다."「수이둥 전선 답사기」에서 그는 가엾게 죽은 민주에 대한 연민을 표현하였다. "전쟁은 이처럼 참혹한 것이다. 그런데도 미쳐 날뛰는 침략자들은 기를 쓰고 전쟁을 일으키고 있는 것이다."

 "그 작품은 너무나도 충격적입니다." 제1회 판창장뉴스상 수상자인 위신바오(俞新寶) 씨는 인터뷰를 받는 자리에서 이렇게 말하였다. "사진 한 점이 천 마디 말보다 더 효과가 큽니다. 팡따쩡은 인도주의 촬영가입니다. 그는 순식간에 지나가는 감정을 포착하는 능력이 엄청 뛰어났습니다. 그는 측광을 절묘하게 이용하여 죽은 자의 피부 빛깔을 질감 있게 보여주어 더 큰 시각적 충격을 줌으로써 작품의 울림과 의미를 더 짙게 하였으며, 정치 사회에 대한 사람들의 사고를 불러 일으켰습니다." 따라서 "오직 평화로운 환경에서야만 개개인이 존엄이 있는 삶을 살 수 있다"라는 감탄을 자아내게 합니다.

 그 사진 필름은 팡따쩡이 남긴 작은 나무상자 안에 계속 담겨져 있었다. 팡청민이 그 사진 필름을 미국 국적의 교수에게 넘기지 않은데는 두 가지 이유가 있었다. 첫 번째는 오빠의 작품은 그 어떤 것이라도 팔고 싶지 않았던 것이고, 두 번째는 자신의 영혼을 파는 것이 내키지 않았던 것이라고 그의 가족들이 회고하였다.

 1937년 양력설을 쉬기 바쁘게 판창장은 또 펑띠취안으로 돌아갔다. "저녁 무렵 기차가 펑띠취안 역에 당도하였다. 역에 내리자 썰렁하였다. 사람들의 몸을 감싼 두터운 가죽옷 위로 찬바람이 불고 지나갔다. 기차역 근무원까지 포함해서 누구라 할 것 없이 사람들은 모두 목을 한껏 움츠리고 있었다. 기차를 오르내리는 여객이 몇 없었고,

쑨창성(孫長勝). (샤오팡 촬영)

기차역 부근의 넓은 광장은 더욱 횅뎅그렁하였다. 오직 모래먼지만 이따금씩 삭풍에 휘말려 허공에서 날아예곤 하는 것이 적막을 깨뜨리는 유일한 풍경이었다."

샤오팡과 판창장 일행은 롱성좡(隆盛庄), 펑전(豊鎭), 싱허(興和) 등지를 방문하였는데, 그의 말을 빌린다면 "성과는 작지 않았다!" 「지닝견문기(集寧見聞記)」, 「수이동 전선 답사기(綏東前線視察記)」, 「싱허행(興和之行)」 등의 글은 답사하는 길에서 보고 들은 바를 글로써 적은 것이다. 롱성좡에서 50여 세 된 리짜이시(李在溪) 연대장은 듬직하고 느린 말투로 전투과정에서의 경력에 대해 그리고 적에 맞서 싸우려는 결심에 대해 이야기하였다. "이번에 일본과의 전투가 아니었다면 난 벌써 나이를 핑계로 집으로 돌아갔을 것입니다!" 그는 전선에서 가까운 상두(商都) 부근에 있는 마을마다에 "중국인이 외국인을 위해 목숨을 바쳐서는 안 된다", "중국인이 중국을 위해 피를 흘려야지 적을 위해 희생해서는 안 된다" 등의 표어들이 적잖게 걸려 있는 것을 보았다. 이들 표어들은 모두 토비괴뢰군의 양심을 각성시키는 유력한 경구들이었다. 싱허현 소재지 도시의 산비탈 위에 서서 샤오팡은 하얀 눈에 뒤덮인 높고 험한 먼 산을 바라보면서 감탄해 마지않았다. "아름다운 강산이어라", "중국인으로 태어나 누군들 기꺼이 조국에 충성을 다하려 하지 않겠는가? 중국의 출로는 앞을 보고 싸워나가는 것이다. 뒤륀(多倫)으로, 청더(承德)로 줄곧 동북3성까지 쳐들어가 싸우는 것뿐이다! 우리는 이 위대한 민족해방전쟁에서 절대적인 승리를 거둘 것이라고 확신한다. 잃어버린 우리 땅에 아직도 우리 동포들이 살고 있기 때문이다. 그들은 총을 들고 우리를 뜨겁게 맞이하고 있다. 잃어버린 땅을 되찾는 것은 어려운 일이 아니다."

"올해 연말연시가 되면서 수이동 일대가 조용하였다. 그 때문에 모두들 한가하기 그지없었다." 샤오팡은 원래 일찍 베이핑으로 돌아갈 생각이었다. "그러다가 문득 이 기회에 수이위안에 한 번 다녀오면 좋지 않을까 하는 생각이 들었다." 상자안의 촬영 장비들을 점검해보니 아직 찍지 않은 사진 필름이 200~300장이나 남아 있는 게 아닌가. 그래서 그것을 내몽골에 가서 써버리기로 결정하였다.

샤오팡은 지닝(集寧)과 타오린(陶林) 사이의 따칭산(大靑山)을 넘어 우란화따묘(烏蘭花大廟)·바이링묘(百靈廟) 등 곳을 거쳐 이른바 "허우차오띠(後草地)"라는 지대를 횡단할 계획이었다. 그가 경유한 그 구간

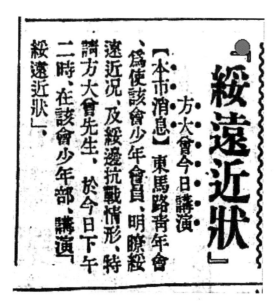

톈진 『이스보』에 게재된 샤오팡의 연설 소식. (1937년 2월 2일)

현 소재지 성안의 거리. (샤오팡 촬영)

따투청쯔 목장 왕주창(王著常) 주임. (샤오팡 촬영)

『국방 전선의 수이위안(國防前線的綏遠)』표지사진은 샤
오팡이 수이위안에 갔을 때 찍은 것이다.

은 대부분 몽골족(蒙)과 한족(漢)이 섞여서 사는 지역이었으며 왕잉
(王英) 괴뢰군이 점령했던 곳이기도 하다. 전쟁이 평정된 후 괴뢰군에
게 짓밟혔던 그 곳 참상에 대해 답사하러 간 신문기자가 없었다. "그
것은 고생을 무릅쓸 가치가 있는 여행이었다."

"내일 저는 바이링묘로 갈 겁니다. 만약 일찍 떠나게 되면 찾아뵙
지 못할 수도 있습니다!" 핑띠취안의 겨울밤에 팡따쩡이 판창장에게
작별인사를 하였다.

"바이링묘로 간다고?"

"네."

"어떻게 가려고?"

2017년 11월 초 펑쉐쑹이 샤오팡의 발자취를 찾아 훙꺼얼투 징위안탕(敬原堂) 옛터를 방문하였다.
(쑨진주[孫進柱] 촬영)

"말을 타고 가려고요."

샤오팡이 태연하게 대답하였다.

"몇 명이 같이 가는가?"

"마부 한 명과 같이 갈 겁니다."

"가지고 갈 물건은?"

"그냥 몸에 지니고 온 물건이 전부입니다."

「정적이 깃든 수이볜(沉靜了的綏邊)」이라는 글에서 판창장은 그 작별에 대해 언급하였다. "그(샤오팡)는 그 다음날 이른 아침에 말을 한 필 얻어 인산(陰山)을 넘어 타오린(陶林)으로 갔다. 그건 대담하고도 장려한 여행이었다.

젊은이의 머릿속에는 오로지 광명과 승리에 대한 추구뿐이었다. 이른바 위험과 어려움에 대해 생각을 많이 할 여유가 우리에게는 없었다. 놀라운 과업은 언제나 평범한 사람이 감히 시도해보지 못하는 가운데서 성공하는 것이다. 그날 밤 우리는 이미 남쪽 따통(大同)으로 가는 열차를 갈아탔다. 그제야 그의 거대하고도 아름다운 모습이 우리 눈앞에서 자취를 감춰버렸다."

이튿날 『대공보』 청년기자 치우시잉(邱溪映) 씨가 샤오팡의 모든 준비를 도와주고 그가 길을 떠나는 것을 멀리서 지켜봤다. 이제 헤어지면 언제 다시 만날지 알 수 없는 일이었다. "안녕, 내가 반드시 풍부한 소식을 가져다주리다." 말 등에 올라탄 샤오팡은 시잉을 바라보며 묵묵히 생각하였다. 타오린으로 가는 길에 샤오팡은 지닝 성 외곽에 위치한 오늘날 탄갱마을이라 불리는 곳을 지났다. 「지닝에서 타오린까지」라는 글에서 그는 자신이 보고 들은 것을 이렇게 기록하였다. "이번에 20리가량 걸어 마렌탄(馬蓮灘)에 당도하였다. 멀리서부터 양쪽 산비탈 위에 점점이 검은 점이 보였다. 그 일대는 석탄이 나는 곳이었다. 석탄 속에 유황이 다량으로 들어있기 때문에 탈 때면 항상 일종의 강한 냄새가 났다. 그래서 현지 사람들은 그 석탄을 구린 석탄이라고 불렀다." 그것은 지닝지역의 첫 탄광이었으며 그때 당시는 용닝(永寧)탄광이라고 불렀다.

"구린 석탄을 채취하는 과정에서는 전부 재래식 방법을 썼다. 막일꾼들은 언제나 3명씩 팀을 무어 탄광주, 즉 지주에게 세금 3원을 바치고 작은 면적의 탄광 땅을 얻곤 한다. 그러면 세 사람은 일을 시작하는데, 먼저 탄갱을 파고 그 다음 석탄을 캐기 시작한다. 탄갱은 수직으로 되어 있는데다가 깊이가 100~200자에 달함에도 불구하고 기계 권양 설비는 없었다. 일하러 탄갱에 내려가야 하는 인부들은 그저 갱 벽에 파 놓은 홈에 의지하여 딛으면서 갱 아래로 내려가야만 한다. 갱도 너비 또한 엄청 좁아 한 사람이 겨우 오르내릴 수 있을 정도였다. 그래서 그런 방법을 '지옥'과 '광명' 사이를 오가는 교통수단으로 삼는 것도 그런대로 통할 수는 있었다. 그러나 그 홈을 딛고 갱을 오르내려야 하는 사람이 만약 발을 헛디디기라도 한다면 그 결과는 상상조차 할 수 없는 것이다.……

지닝의 시장가격을 보면 구린 석탄 한 차 가격이 고작 1원 남짓밖에 되지 않았다. 그 세 광부의 순수입이 얼마일지 가히 짐작할 수가 있다. 그들의 순수입으로는 그 자신의 생활비용으로 사용해야 하는 외에도 또 소 한 마리를 먹여 살려야 하였다. 그리고 또 석탄 한 차를 시장에 내다 팔러 가도 당장에 살 임자를 만날 수 있을지도 전혀 확신이 없었다. 아침밥을 먹고 나면 저녁밥은 어디 가 찾아야 할지 감히 생각조차 할 수 없었다. 탄갱 안의 상황은 시간상 관계로 직접 내려가 보지는 못하였지만 이전에 여행하면서 여러 번이나 탄갱에 내려가 본적이 있다. 그 탄광들은 모

두 기계화설비가 갖추어져 있었음에도 노동자들의 작업 상
황은 우리가 미처 상상조차 할 수도 없을 만큼 고통스러웠
다. 그러니 이런 토굴 속의 환경은 얼마나 더 어렵고도 위
험할지 짐작조차 할 수 없을 것이다."

(샤오팡 「지닝에서 타오린까지」)

"이 세상은 그들이 밝은 세상에서 살아가는 걸 애초에 허용하지 않
았다." 샤오팡은 몇 명의 인부들과 짤막한 교류 끝에 생각하였다. "그
들도 언젠가는 해방될 날이 오겠지." "나는 그렇게 희망하고 있다. 그
것이 환상이 아니라고 나는 확신한다. 수천수만을 헤아리는 사람이
인류의 밝은 세상을 위해 일하고 노력하며 투쟁하고 있으니까! 노예
들도 '인류의 삶'을 누릴 수 있을 것이다!" 망망한 황야에서 영하 30
도가 넘는 혹한과 얼음 같은 칼바람이 앞으로 나아가는 자의 의지를
시험하고 있다. 샤오팡을 동반해 따칭산을 넘은 병사는 몇 번이나 물
러서고 싶은 생각이 들었다. 너무 추웠다. 산봉우리는 끝없이 이어지
고 있었다. 눈앞에 보이는 봉우리를 넘고 나면 저쪽은 반드시 평원이
펼쳐질 줄 알았다. 하지만 번번이 실망만 안겨줬다! "우리는 천천히
걸었다. 나는 침착한 태도로 나와 동행해주는 병사를 위로하고 있었
다. 이렇게 된 이상 침착해야만 대응할 수 있었기 때문이다."

"갑자기 저 멀리 서북쪽에 '아오빠오(敖包)'가 나타났다. 그
것은 그야말로 '구세주'와 같은 존재였다. 나는 서둘러 달리

는 말에 채찍을 가하며 1~2리 길을 내달려 그쪽 방향으로 난 길을 찾아낸 뒤 다시 돌아와 더 이상 걷지 못하는 나의 동행에게 알려주었다. 우리는 다시 앞으로 천천히 걸어갔다. 바람도 많이 잦아든 것 같았다. '아오빠오'를 지나니 그 뒤로 넓은 산골짜기가 눈앞에 펼쳐졌다. 폭이 십여 자 정도 되는 빙하 북쪽에 흙집 하나가 어렴풋하게 보였다. 좀 더 가까이 다가가니 뜻밖에도 지붕에서 연기가 나고 있는 게 아닌가! 개 짖는 소리가 들리자 주인이 방에서 뛰어나왔다. 우리는 아무것도 알아볼 수 없을 정도로 어두운 그의 방으로 안내되었다. 꼬마 주인이 밖에서 우리가 타고 온 말을 보살피느라 분주히 왔다갔다 하고 있고, 나의 호위병은 구들 위에 올라가 체온을 회복하고 있는 중이었다. 수십 초 정도 지나니 동공이 점점 커지면서 방안의 부뚜막이며 구들 구석에 앉아 있는 여주인, 그리고 서너 살가량 돼 보이는 아이가 눈에 들어오기 시작하였다. 물을 마시고 건량을 먹고 나니 나의 동행의 얼굴에는 희미한 웃음이 어리기 시작하였다. 드디어 살아난 것이다!"

(샤오팡 「지닝에서 타오린까지」)

주인은 샤오파이로 가는 길을 맞게 들어섰다고 말하였다. 그는 이 길은 타오린으로 가는 지름길인데, 큰 길로 가는 것보다도 훨씬 가깝다고 말하였다. "그는 또 우리에게 여기서 북쪽으로 가다보면 세 갈래 갈림길이 나오는데, 그중 가운데 길로 가다가 산등성이를 하나 더 넘으면 산을 내려가는 길이라고 알려주었다. 그리고 산을 내려가서 차한부라오(察汗不老)와 헤이사투(黑殺圖)를 지나면 바로 타오린 현소재지 성에 도착하게 된다고 알려주었다." 늙은 주인은 20리 밖에 되지 않는다고 하였으나 그의 큰아들은 약 30리는 될 거라고 하였다.

> "뒷산에 사는 사람들은 거리의 멀고 가까운 것에 대한 개념이 항상 모호하였다. 예를 들면, 분명 30리 길인데 언제나 20리라고 말하곤 한다. 그러나 경험이 있는 여행자라면 꼭 "그 20리 길은 먼 길인가요?"라고 한 번 더 묻곤 한다. 그러면 그는 그제서야 "멀고말고요. 30리는 족히 될 겁니다!"라고 대답하곤 했다."
>
> (샤오팡 「지닝에서 타오린까지」)

타오린에 당도한 그날 저녁, 샤오팡은 기병 제2사단 부관(副官)의 거처를 빌려 묵었다. 다음날 아침 부관장(副官長) 왕쭝팡(王仲芳) 선생이 그의 명함을 가지고 쑨창성(孫長勝) 사단장에게 보고하러 갔다 돌아오더니 "사단장께서 출타 중"이라고 알려주었다.

"사단장이니 틀을 차리느라고 신문기자를 만나는 걸 어쩌면 썩 달가워하지 않을 수 있지 않을까 라고 나는 생각했다." 샤오팡은 의문스러웠다. 그때 부관이 다시 말을 이었다. "오늘은 '산주(三九)'에서 이틀째 되는 날인데다가 이렇게 추운 날씨는 처음이라 우리 사단장은 날이 밝기도 전에 말을 타고 성 외곽을 달리러 갔습니다. 매번 특별히 추운 날만 되면 그는 운동하러 나가곤 합니다."

"약 30분가량 지나자 쑨 사단장이 돌아왔다. 우리는 만나서 서로 흉금을 터놓고 마음껏 이야기하였다. 그는 올해 57세인 노 영웅이었다. 자고로 산동(山東)에서 대장부가 난다고 하였는데 그가 바로 진경(秦瓊)과 한 고향 사람이었다." 바이링묘를 공격할 때 쑨 사단장은 용맹한 장수 중 한사람이었다. 그 후 그는 또 우촨(武川)현과 우란화(烏藍花)로 발령이 나 왕잉 괴뢰군 부대를 궤멸시킨 후 타오린에 주둔하며 수비하게 된 것이다. 수이뻬이 전투에서는 모두가 알다시피 빼앗겼던 바이링묘와 따묘를 다시 수복하였을 뿐이다. "그러나 사실 우리 군대는 그 넓은 초원에서 아주 긴 시간 동안 힘겨운 전투를 하고서야 비로소 수이뻬이의 괴뢰군을 숙청할 수 있었다. 그 숙청 임무를 맡은 이가 바로 쑨창성 사단장이 거느리는 기병 제2사단이었다." 수이동과 수이베이에서의 두 차례 대전에서 기병 제2사단은 막심한 사상자를 냈다. 전 사단에 6개 중대(連)와 3개 연대(團)가 있었는데 그중 중대장 한 명이 전사하고, 또 다른 중대장 한 명과 연대장 한 명이 부상을 입었다.

"그날 밤 전투가 시작되자 일본군과 괴뢰군은 산등성이에 의지해 지세가 높은 장점을 이용해 맹렬한 포화로 산 어구를 봉쇄했습니다. 우리 부대가 장갑차로 돌격해나갔지만 적에게 격파당했습니다." 쑨창성이 샤오팡에게 설명해주었다. "나는 포병 제1대대(營)를 동쪽에 배치시켜 적을 포격하면서 보병과 기병이 산 어구로 돌격할 수 있도록 엄호하게 했습니다. 이튿날 새벽 2시경까지도 돌격해 들어가지 못했지만 쌍방 모두에서는 사상자가 나타났습니다. 3시쯤 되자 바이링묘 서쪽에 파견한 우리 기병 제2연대가 왜놈의 비행장을 점령하고 적의 기름 탱크에 불을 질렀습니다. 삽시에 세찬 불길이 치솟고 돌격소리가 사방에서 일어났습니다. 정의로운 우리 부대는 싸울수록 용감해졌고, 흐트러지기 시작한 일본군과 괴뢰군은 더 이상 싸울 힘이 없어져 바이링묘 동과 북 두 방향으로 뿔뿔이 도망치기 바빴습니다.

아군은 새벽 5시에 산 어구로 쳐들어가 바이링묘 전역을 수복하였습니다. 일본군과 괴뢰군은 크게 패해 수백구의 시체를 남기고 도망쳤습니다. 아군은 적군 100여 명을 생포하였는데 그중에는 왜놈 20여 명도 포함되었습니다. 그리고 군량과 마초, 무기도 많이 노획하였습니다."

"직접 전쟁에 참전하지 않은 사람은 전쟁 당시의 정경에 대해 듣다보면 참으로 대단하다는 느낌이 들 것이다. 그러나 싸움터를 누비며 싸웠던 사람들과 이야기를 나누게 되면 그들은 그것을 아주 예사로운 일로 여기며, 대단하다거나 자랑스럽다거나 하는 느낌을 전혀 느끼지 않고 있는 것같았다. 그들은 작전에 대한 태도가 너무나도 태연하였다. '왜냐하면, 그것은 그들의 본분이니까요!'라고 쓴 장군은 웃으면서 말하였다."

(샤오팡 「지닝에서 타오린까지」)

"이곳 백성들은 참으로 고통스럽게 살아가고 있었다. 이 현에서는 참깨와 귀리만 조금씩 날 뿐이다. 다른 모든 일용품은 모두 외지에서 공급 받아야만 한다. 토질은 강한 알칼리성 탓에 모두 회색으로 변해 있었다. 현지인들이 먹는 거친 돌소금은 쓴 맛이 나는데다가 독성을 띤다. 습관이 되지 않은 여행자들은 정말 먹기 어려웠다." 현지 시정과 민생 상황에 대해 파악한 뒤 샤오팡은 또 기병 제2사단 제6연대장 자쟈띠(張甲第) 연대장, 자오버밍(趙帛銘) 타오린 현장 그리고 왕짠천(王贊臣) 수비사령관을 잇달아 방문하였다. "그들이 나를 데리고 거리에 나가 돌아보고, 성벽 위에 올라가서 사진을 찍게 해주었으며, 군사상의 이야기를 많이 들려주었다." 왕짠천 수비사령관이 그에게 수비에 대해 이야기해주었다. "한 달 전에 일본 비행기가 타오린 상공까지 날아와 수십 분간이나 선회하면서 비행하였습니다. 그들은 오래 전에 이미 이곳 지형과 방어 공사에 대해 항공촬영을 진행하였습니다." 왕사령관의 말을 들은 샤오팡은 "정말 심각한 문제구나. 우리에게는 비행기도 없고, 고사포도 없으며, 더욱이 아무런 방공설비도 없다. 머지않아 만약 적들이 또 다시 '현대화'한 군사공격을 해온다면, 우리는 도대체 무엇으로 저항할 수 있겠는가?"라는 생각을 하였다.

날씨는 갈수록 추워졌다. 자오 현장은 샤오팡에게 며칠 더 묵을 것을 권하면서 이 며칠 가장 추운 날이 지나면 세찬 바람도 조금 잠잠해질 것이고, 그러면 조금은 따뜻해질 것이라고 하였다. "그러나 어떤 어려움도 그것을 해낼 용기만 있으면 쉽게 해결할 수 있다고 생각합니다." "따투청쯔(大土城子)에 있을 때 훼이텅량(灰騰梁) 산 고개를 넘기가 얼마나 힘겨운지에 대해 전해 들었지만 별 일 없이 넘어왔습니다. 어떤 일이나 부딪쳐보기 전에는 얼마나 어려운지 알 수 없다지만, 부딪쳐보지 않으면 얼마나 쉬운지 또한 알 수 없는 겁니다.

그러니 이건 두 가지 의미를 띤 문제입니다."

1937년 1월 17일 이미 베이핑으로 돌아온 팡따쩡은 셰허 후통 10번지 집에서 수이위안행에 대해 쓴 기사에 마침표를 찍었다. 그리고 확대 인화한 사진을 꼼꼼히 살피며 고른 뒤 설명을 붙여 중외신문학사와 『세계지식』 등 잡지에 부쳐 보냈다. 전쟁 취재 외에 옌징대학 졸업생, 따투청쯔 목장 왕주창(王著常) 주임의 작업 모습, 사자왕부(四子王府)의 혼례식에서 초원의 풍토인정, 양치기가 양떼를 몰고 출발하기 전 즐거워하는 표정 등이 샤오팡의 여행길에 따뜻한 추억으로 남았다. 반면에 그 화면들은 또 그에게 약간의 우려도 가져다주었다. "만약 일본제국주의가 정말 서북지역의 문호인 수이위안을 점령한다면, 그들은 그곳의 양털을 독점할 것이다. 다시 말하면 전 중국 양털 생산량의 80%를 점유하게 되는 것이다. 못난 아이 같은 소리를 한 마디 한다면 그때 가서 남들이 양가죽이며 양털을 우리에게 팔지 않는다면 정말 큰일이 아닐 수 없다."

더 많은 청소년들이 수이위안의 형세와 전쟁 상황에 대해 알게 하기 위해서 그해 2월 2일 오후 2시에 팡따쩡은 톈진기독교청년회의 초청으로 '수이위안의 근황(綏遠近狀)'이라는 주제로 강연을 하였다. 그의 수이위안 견문과 분석판단은 추웠던 그날 오후에 전 장내 청중들의 심금을 울렸다. 때로는 평온한 말투로, 때로는 격앙된 어조로 그의 연설은 사람들을 안내하여 마치 얼음으로 뒤덮인 황야와 사랑스러운 장병들 그리고 적들의 탐욕스러움과 위험한 처지를 보여주는 듯하였다. 그 자리에 있던 사람들은 모두 산우(山雨)⁶가 들이닥칠 것인데 우리는 또 어떻게 해야 할 것인가 하는 생각을 하였을 것이다.

얼마 전 헌책방에서 나는 1930년대에 딩쥔타오(丁君匋)가 책임 편집한 『오늘의 수이위안(今日的綏遠)』이라는 책을 얻게 되었다. 조금은 낡아 보이는 종이와 은은한 곰팡이 냄새가 풍기는 책 속에 「수이동 전선답사기(綏東前線視察記)」 「싱허행(興和行)」 「지닝에서 타오린까지(從集寧到陶林)」 샤오팡이 수이위안행에서 쓴 이 세 편의 기사가 수록되어 있었으며, 쩡자오룬 교수의 「수이행일기(綏行日記)」도 들어있는 게 아닌가! 머나먼 핑띠취안과 지닝에서 혹은 홍꺼얼투에서 팡따쩡과 쩡 교수가 만났을지 않았을지는 알 수 없지만, 그러나 그 한 권의 책에서 그들은 만났던 것이다!

팡따쩡의 수이위안행 80주년을 기념하고자 2017년 10월 30일부터 11월 2일까지 나는 천선(陳申)·쑨진주(孫進柱)와 함께 그해 샤오팡의 취재노선을 따라 네이멍꾸 현지답사 길에 올랐다. 그들은 지닝을 거쳐 홍꺼얼투를 방문하고 훼이텅량(灰騰梁) 고개를 넘어 쓰즈왕기(四子王旗) 우란화진(烏蘭花鎭)·왕의 저택(王爺府)·시라무렁묘(錫拉木愣廟, 대묘[大廟]) 등지를 돌았으며, 마지막에 후허하오터(呼和浩特)에 도착하였다. 답사하는 길에 내내 감탄을 금치 못하였다. 끝없이 이어지는 산

---

6) 산우(山雨) : 산에 비가 올 때는 사전에 골바람이 불어오는 것을 비유한 말로, 어떤 일이 일어날 때는 그에 앞서 어떤 심상치 않은 징조가 나타나는 것을 비유한 말.

과 초원을 그해의 혹한 속에서 홀로 말을 타고 수백 리를 달렸다. 사진도 찍고 글도 쓰면서 샤오팡은 어떻게 해낼 수 있었던 것일까? 나흘 동안 우리는 차를 몰고 1,500km를 달렸다.

그때 당시의 보루와 참호, 엄폐호가 여전히 남아 있었고, 홍꺼얼투진에는 팡따쩡·판창장 등이 머물렀던 징위안탕(敬原堂) 옛터가 남아 있었다. 80년 전의 경물은 눈앞에 여전히 남아 있는데, 패기만만하던 그 젊은이들만은 보이지를 않았다. 진(鎭) 당위서기 그리고 진장과 인터뷰하고 교류하면서 비로소 홍꺼얼투는 주변에 화산이 있고, 토질이 비옥하다는 등 지형이 특별하다는 사실을 알게 되었으며, 그곳은 감자가 유명하여 인기를 끈다는 사실도 알게 되었다. 북경에 돌아온 나는 홍꺼얼투에서 가지고 온 감자를 자세히 살펴보았다. 감자는 껍질이 붉고 고르게 둥글었으며, 삶아 먹으니 달고 촉촉하였다.

저도 모르는 사이에 장페이쉰(張培勛) 연대장이 진지의 최전방 연대에서 샤오팡에게 대접했던 감자찜이 아마도 이런 것이었을 것이라는 생각이 들었다.

8

바오띵保定 의 남과 북

백 개가 넘는 포탄이 겨우 사방 1리밖에 안 되는 작은 현
소재지 성 안에 떨어졌다. 성을 지키던 대대장(營長) 진쩐쭝
(金振中)은 성 밖으로 퇴각하는 것에 단호히 반대하였다. 그
는 진행 중인 교섭에 대하여 앞길이 막막함을 느꼈다. 한편
일본군은 이미 핑한로(平漢路)철교를 점령하고 융띵허(永定
河)를 건너 우리 후방을 습격하려는 시도까지 하고 있었다.
대대장은 전투형세가 위기일발의 상황에 처하였음을 알고
한 개 중대의 병력을 파견해 줄사다리를 이용해 성 밖으
로 나갈 것을 명하였다. 그리고 군사들에게 성을 빠져나가
서는 두 갈래로 나뉘어 일부는 루꺼우차오를 지나 강 서쪽
으로 돌아가고, 일부는 몰래 철교 동쪽 끝까지 이동해 양
쪽에서 협공하여 적을 물리칠 것을 명령하였다. 그 드높은
사기는 참으로 들어본 적이 없을 정도였다.

— 샤오팡 「루꺼우차오 항전기」

8. 바오띵保定 의 남과 북

1937년 봄 중국을 여행 중이던 미국 학자 오웬 래티모어(Owen Lattimore)는 위기가 다가오고 있음을 점점 느끼고 있었다. 줄곧 논쟁이 끊이지 않았던 중일 양국이 마치 갑자기 논쟁에 흥미를 잃은 것처럼 모두 잠잠해진 것이다. 정세에 대한 그의 파악과 판단으로 미루어볼 때 무서운 전쟁이 이제 곧 닥치게 될 것이었다. 국민당과 공산당 두 당 고위층과의 깊이 있는 접촉과 사회 각계와의 빈번한 교류를 거치면서 그는 자신의 견해에 더욱 확신을 갖게 되었다. 그는 근심에 싸여 친구에게 말하였다. "이는 1931년과 너무나도 닮아 있어. 너무 잠잠해. 너무 잠잠해서 안심할 수가 없어. 어쩌면 '9.18'을 또 한 번 겪게 될지도 모르겠군."

이에 앞서 수개월 전 즉 1936년 10월 20일 길가의 군사상황에 대해 살피기 위하여 팡따쩡은 용띵먼(永定門)에서 출발하여 20리를 걸어 펑타이(豊臺)까지 갔었다. "베이닝로(北寧路)모든 역 간판은 이미 관외(關外, 산하이관[山海關] 동쪽 혹은 자위관[嘉峪關] 서쪽 일대의 지역. 여기서는 산하이관 동쪽 지역을 가리킴)의 방법을 본받아 모두 일본어 표기를 달아놓았다. 올해 8월에 이미 모두 표기해놓은 것이다. 그래서 펑타이역 간판에도 일본어표기가 있었다.""일본군 군영은 역 동쪽에 위치해 있어서 베이핑에서 오다보면 첫 인상이 바로 제일 먼저 새로 지은 붉은색의 병영이 눈에 들어오는 것이었다. 군영의 정문은 서쪽을 향해 멀리 정거장을 마주보게 되어 있었는데, 욱일기(旭日旗)가 구름을 뚫고 높이 솟은 흰 게양대 위에서 휘날리고 있었다. 호위병 근처에는 철가시가 돋친 바리케이드가 몇 개 설치되어 있었는데 그건 장애설비였다."일본군이 거듭 루꺼우차오까지 와서 훈련을 하곤 하였지만 매번 핑한(平漢)철도 북쪽 일대까지만 왔을 뿐, 한 번도 루꺼우차오를 넘어오진 못하였다."

루꺼우차오까지 살피면서 걸어갔다. "기자가 다리 위에서 사진을 찍으려면 먼저 수비군의 동의를 얻어야 하였다. 그는 기자에게 어디서 왔는지, 이름이 무엇인지, 자세히 캐묻더니 또 사진을 찍는 건 괜찮지만 찍은 뒤 바로 돌아가라고 당부하였다." 팡따쩡은 이 기회를 빌려 그들과 간단하게 이야기를 주고받았다.

"루꺼우차오 이곳 명소엔 사진 찍으러 오는 사람이 많은데, 지금은 시국이 좀 이상하다 보니 여기 와서 두루 돌아보는 사람들에 대해 우리는 각별히 유의하지 않을 수 없습니다." 수비를 서고 있던 한 소대장이 먼저 샤오팡에게 말하였다.

"그렇지요. 지금 우리 '우방국'이 매일 기회만 있으면 트집을 잡아 시비를 걸려 하고 있습니다. 25일에 또 대규모의 훈련을 진행하려고 하지 않습니까!"

"네? 뭐죠? 최근 무슨 소식이라도 들었습니까?"

그는 샤오팡의 말을 듣더니 갑자기 흥분하더니 되묻는 것이었다.

"뭐 특별할 건 없습니다. 어쨌든 지금은 전국인민이 정부의 대 일

민국 초기의 루꺼우차오 전경. (개인 수장)

본 외교를 감독하고 있으니까 그들에게 너무 큰 양보는 못할 것입니다. 그런데 이번 '가을 훈련'에 창신뎬(長辛店)도 '훈련장' 범위에 포함시켰다고 들었습니다."

"좋습니다! 어디 와보라고 합시다. 아무튼 그들이 (루꺼우차오를) 지나가게 내버려두지는 않을 거니까요."

샤오팡의 단언은 래티모어의 예측과 매우 흡사하였다. 다만 그보다 좀 더 일렀을 뿐이다. '9.18'운동의 먹구름은 걷히지 않고 동뻬이지역에서 화뻬이지역으로 몰려왔으며 날이 갈수록 짙어져갔다.

이마이 다케오(今井武夫) 중국 주재 일본파견군 무관(부총참모장)은 전후 회고록에서 일본 정계 소식통들 사이에서 "칠석날 밤, 화뻬이에서 류탸오꺼우(柳條溝)와 같은 사건이 재연될 것"이라는 신비로운 소문에 대해 의논 중이었다고 시인했다.

란저우(灤州)봉기 기념관. (샤오팡 촬영)

란저우봉기 기념탑 낙성식에 참가한 루종린(鹿鐘麟, 앞줄 가운데)과 각계의 명류 인사들. (샤오팡 촬영)

1937년 5월말 베이핑의 날씨는 무더웠다. 26일은 란저우(灤州)봉기에서 희생된 열사들을 기념하고자 펑위샹 등이 발기하고 후원해 의관 무덤(衣冠冢)과 기념탑을 짓고 하이뎬(海淀)구 원취안(溫泉)향 부근에서 낙성식을 개최하고 국장으로 제를 지내게 되었다. 기념원은 북쪽에 남향해 앉았으며 원내 건물들은 산세를 따라 들어앉았는데, 북에서부터 차례로 원내(園內)·돌비(石碑)·비정(碑亭)·석당(石幢)·의관 무덤·기념탑 순으로 배열되어 있었다. 북쪽 산정에 기념탑이 세워져 있었는데 탑신 정면에는 펑위샹이 서명한 "신해 란저우 혁명선열 기념탑"이라는 탑명이 새겨져 있고 탑 누대 앞면에는 그가 손수 쓴 "정신불사(精神不死)"라는 네 개의 큰 글자가 새겨져 있었다.

현장에서 사진을 찍는 샤오팡은 쉴 새 없이 각도를 바꿔가면서 셔터를 눌러댔다. 의식이 성대하게 거행되고 높은 관료들이 운집하였

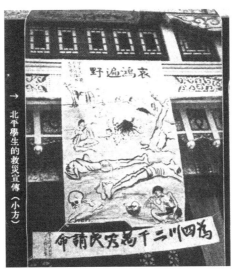

『신보매주증간(申報每週增刊)』 1937년 제20호에 샤오팡이 촬
영한 선전포스터가 게재되었다.

다. 그가 남긴 사진 속에서 그 순간은 이미 역사로 굳어져버렸다. 죽
은 자는 영예를 다하였고 산 자는 단정하고 숙연하게 "정신불사" 탑
아래에 서 있었다. 루종린(鹿鐘麟)·스징팅(石敬亭)·친더춴(秦德純) 등
주요 귀빈들이 한 줄로 늘어서 있었다. 사람들은 무거운 표정을 짓고
있었는데 선열들을 기리는 마음이 얼굴에 드러난 것인지 아니면 날
이 갈수록 위태로워지고 있는 화뻬이 정세에 대한 우려 때문인지 알
수 없었다. 그 답은 바람 속에 있는 게 아니라 그들 자신의 마음속에
있다고 나는 생각한다.

이 부분을 창작할 때는 마침 기념원 낙성 80주년이 되는 날이어
서 옛터를 찾아 자취를 더듬어봤다. 그런데 원내는 적막하고 쓸쓸하
였으며 선열들을 우러러 기리는 사람은 보이지 않았다. 계단을 따라
한 계단 한 계단 올라가니 기념탑이 우뚝 솟아 있고, 사방에 새겨진

글자 흔적들이 얼룩져 있었지만 여전히 또렷하게 알아볼 수 있었다. "강 한 척(尺), 산 한 척에도 영원히 핏자국이 남아 있고, 꽃 한 포기, 나무 한 그루에서도 영웅의 풍채를 엿볼 수 있다.(尺水尺山永留血迹, 一花一木想見英風)" 비록 사람이 문자를 창조하였지만 문자는 인생보다 더 오래 전해질 수 있는 것이다. 새소리가 나무의 푸르름 속에서 메아리치고 모든 것이 지난 과거가 되어버렸으며 오로지 석각 위의 주련(楹聯)에만 기억이 남아 있었다.

소서(小暑)가 지난 뒤, 쓰촨(四川) 성에서는 여러 해 연속 가뭄이 이어지는 바람에 흉년이 들어 심각한 기황이 들었다. 재해는 쓰촨 남부의 18개 현으로 확산되어 굶어 죽은 시신이 사방에 널리고 자식을 서로 바꿔 삶아 먹을 지경에 이르러 보기만 해도 몸서리가 쳐졌다. 기아에 허덕이는 민중들은 들풀과 나뭇잎, 나무뿌리, 흰 흙(속명 관음토)으로 근근이 연명해나갔다. 샤오팡은 베이핑의 거리에서 재해구제를 위한 학생들의 선전포스터와 "이재민이 사방에 널렸다", "2,000만 쓰촨 이재민을 살려주세요"라는 표어를 촬영하여 『신보매주증간(申報每週增刊)』 국내 시사부분에 발표하였다. 팡청민은 그때 당시 오빠가 40여 개의 필름을 구입하였으며 여비를 마련하고 행장을 꾸려 수중의 원고와 사진을 처리하여 여러 신문과 잡지에 부쳐 보낸 뒤 쓰촨으로 가서 대기근의 현실 사진을 찍을 계획이었다고 회고하였다.

마침 그때 화뻬이지역 일본군이 분주한 움직임을 보였으며 베이핑은 사방팔방이 이미 포위 속에 빠질 추세였다. 무거운 공기, 불길한 분위기 속에서 관망하고 있던 옛 도시 사람들도 어찌할 바를 몰라 당황하기 시작했다.

"7월 초부터 7.7사변이 일어나기까지 기간에 연일 궂은비가 끊이지 않고내렸다……" 그때 당시 제29군 37사단 110여단 219연대 3대대 진 쩐종 대대장은 이렇게 회고하였다. "6일 오후 2시에 나는 비가 끊이지 않았던 그 며칠간 동안에 일본침략자의 모든 움직임 관련 정보를 수집하기 위하여 홀로 평상복으로 갈아입고 큰 삽을 둘러메고 일본 침략군이 늘 훈련을 감행하곤 하는 기차역(루꺼우차오역) 동쪽 지역으로 가서 살펴보았다." "일본침략군 대오가 앞쪽 700~800미터 되는 곳에서 비를 맞으며 진흙 속에서 우리 측 성과 다리를 목표로 공격적인 훈련을 진행하고 있는 모습이 멀리서도 보였다. 그 뒤에서 포병들이 마치 강한 적과 맞닥뜨리기라도 한 것처럼 서둘러 진지를 구축하기에 급급하였다." "나는 오래 머물 상황이 아님을 알고 바로 돌아와 소대장과 중대장들을 불러 회의를 소집하고 방금 전에 직접 본 왜놈들의 훈련 상황을 자세히 설명한 뒤 그들이 침범해 오든 말든, 우리는 시시각각으로 왜놈들의 침략에 맞서 싸울 준비를 해야 한다고 간곡하게 타일렀다."

"'7월 7일' 밤 10시 수이수쉬(綏署許) 처장이 나에게 전화를 걸어와 말했다. '일본군은 저들의 훈련병 한 명이 완핑(宛平)의 중국군에 잡혀갔다고 주장하면서 성안에 들어와 수색하겠다는 요구를 제기해왔습니다. 그래서 제가 말하였습니다. 비가 오는 이 밤에 얼굴을 마주쳐도 모습을 분간할 수 없는데 일본군이 어떻게 우리 성과 다리 경계선 안까지 들어와 훈련을 할 수 있었겠습니까. 이는 분명 우리 성과 다리를 기습하려는 의도를 갖고 있었으나 우리 측 수비가 빈틈없이 삼엄하였기 때문에 우리가 저들의 훈련병 한 명을 체포하였다고 날조한 것입니다. 저들의 공갈과 협박을 우리는 받아들일 수 없습니다.' 그 전화가 막 끝나자마자 하늘땅을 진감하는 총포소리가 우리 성과 다리 그리고 주변에서 터졌다. 이와 동시에 까오(高)·천(陳)·왕(王) 세 중대장이 잇달아 나에게 보고하였다. 모두 왜놈 병사들이 밀물처럼 우리 진지를 향해 덮쳐오고 있는데 어떻게 대처해야 할지를 물었다. 나는 '우리 진지 앞 100미터 안에만 들어오면 맹렬한 화력으로 궤멸시키고 절대 살려서 보내지 말라'고 지시하였다."

(진쩐종 「7.7사변의 점점의 추억들」)

이어 29군 110여단 허지펑(何基灃) 여단장이 세 가지 명령을 내렸다. 첫째, 일본군의 입성을 허락하지 말 것, 둘째, 일본군이 무력으로 침범해올 경우에는 단호히 반격할 것, 셋째, 우리 군은 수비의 책임이 있으니 절대 물러서지 말 것, 진지를 포기하는 자는 군법으로 다스릴 것 등이었다.

"그날 밤은 바람 한 점 없었다. 하늘은 맑게 개였으나 달은 없고 별하늘 아래서는 멀리에 어렴풋이 보이는 완핑 성벽과 옆에서 이동 중

루꺼우차오를 지키는 29군 전사. (샤오팡 촬영)

인 병사들의 모습만 보일 뿐이었다. 그것은 고요하고도 어두운 밤이었다." 루꺼우차오사변을 직접 일으킨 자인 일본군 화뻬이 주둔군 혼합편성여단 제1연대 제3대대 제8중대장 시미즈 세츠로(淸水節郎) 대위는 자신의 쓴 수기에서 그날 밤의 정경에 대해 이렇게 기록하였다.

허지펑 여단장의 아들은 허위안(何瑗)은 여러 해가 지난 뒤에도 "그날 밤 대포소리가 울리자 나의 아버지는 일이 날 것임을 예감하였다."고 아버지가 서술한 내용에 대해 기억하고 있었다.

그가 말한 그날 1937년 7월 8일 새벽 4시 30분, 일본군이 완핑성을 포격하기 시작하였고 루꺼우철교가 함락되었다.

제29군 사령부에 사변 소식이 전해진 뒤 친더춴(秦德純) 부군장이

341

명령을 내렸다. '영토를 보위하는 것은 군인의 천직이다. 대외 전쟁은 우리 군의 영예이다. 반드시 전체 관병들에게 알려야 한다. 희생을 두려워하지 말고 싸워 진지를 고수하라. 완핑성과 루꺼우차오를 우리 군의 무덤으로 삼을 것이다. 우리 국토를 한 자, 한 치도 남에게 쉽게 양보할 수 없다.' 우리 국토를 지키고 적에 맞서 싸우려는 장병들의 투지를 불러일으키기 위해 1903년에 허난성(河南省) 구스현(固始縣)에서 태어난 진쩐쫑은 전 대대(營) 관병들에게 식사 전과 취침 전마다

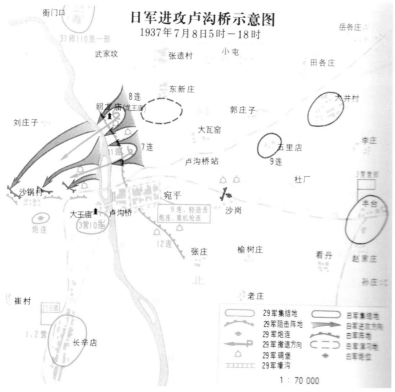

일본군 공격노선도. (『중국 현대사 지도집』에서 발췌)

"전쟁터에서 죽은 귀신이 될지언정 망국노로 살지는 않겠다."라는 29군 구호를 높이 외칠 것을 요구하였다.

바로 그날 밤 허지펑이 두 개 연대(團)에서 2백 명의 장병을 뽑았다. 허위안은 이렇게 회고하였다. "아버지가 진쩐쫑에게 지상명령을 내렸다. '진쩐쫑 자네는 오늘 철도교를 빼앗아오지 못하면 목을 내놓을 각오를 하게!' 그렇게 공동의 적을 상대로 함께 적개심을 불태워 장병들은 목숨을 기꺼이 내놓으며 철교를 도로 빼앗아왔다.

이탈리아인 마르코 폴로는 그의 저명한 저작 『마르코 폴로 여행기(동방견문록)』에서 루꺼우차오는 세계에서 그에 견줄 이가 없을 정도로 훌륭한 다리라고 평가하였다. 그는 "바위를 꿰뚫은 철기둥"의 뛰어난 다리 건설 공법도 그렇고 다리 위의 "헤아릴 수 없는 돌사자"도 그렇고 모든 것에 경탄해 마지않게 된다면서 그러나 일본인이 중요하게 생각하는 것은 그것이 아니라고 썼다.

> "일본군이 루꺼우차오를 염두에 두고 있었던 것은 하루 이틀이 아니다. 지난해 '가을철 대 훈련' 이래 펑타이(豊臺)에 주둔해 있던 일본군은 루꺼우차오를 '제2의 펑타이'로 만드는 것을 중심 임무로 삼고 있었다. 그러나 영원히 한 치의 양보도 없는 강경한 29군 때문에 어찌할 수가 없었다. 일본군 훈련부대는 용띵허의 서쪽 기슭으로 가려고 시도하면서 29군과 수도 없이 충돌해 왔다. 그러나 29군은 그들이 루꺼우차오를 지나가는 것을 끝내 허용하지 않았다.……루

꺼우차오가 펑타이보다 중요한 것은 그것이 교통 요충지여
서만이 아니라 역사적으로 아주 오래 전부터 병가들이 반
드시 차지해야 하는 전략적 요충지이기도 하기 때문이다.
만약 전면적인 항일전쟁이 발발한다면 우리 전략은 분명
복잡해질 것이다. 단순히 베이핑 보위 면에서만 보더라도
루꺼우차오는 우리가 진군하는 요충지가 될 것이다. 용띵허
가 이곳에 방어선을 쳐놓은 것이다. 용띵허 동쪽 기슭에는
드넓은 평원지대이다. 바로 일본이 가장 이상적인 곳이라
고 여기는 곳이다. 그들이 그 지대를 차지한다면 공격도 수
비도 자유롭게 할 수 있었다. 그렇기 때문에 우리는 루꺼
우차오를 반드시 지켜내야 한다. 우리 베이핑의 생존을 위
한 유일한 숨통을 확보해야만 한다."

(샤오팡 「루꺼우차오 항전기」)

루꺼우차오 사변이 터진 후 미국 『워싱턴 포스트』(The Washington
Post), 『로스앤젤레스 타임스』(Los Angeles Times) 등 매체들이 가장
빠른 시간에 AP통신(미국 연합 통신)이 도쿄에서 발송한 소식을 보
도하였다. 그 소식인 즉 극동전장이 하룻밤 사이에 만주에서 펑타이
(豊臺, 베이핑 부근)로 옮겨졌다는 것, 중국과 일본 군대가 그 지역에
서 충돌하였으며 충돌이 일어난 원인은 일본군이 획책한 "한밤중의
비밀훈련"이라는 것, 치열한 전투과정에서 쌍방 모두 사상자가 많았
다는 내용이었다.

「루꺼우차오 항전기」에서 샤오팡은 "루꺼우차오사건은 결코 돌발적인 사건이 아니라 상대방이 사전에 계획적으로 모의한 것이며 이는 매우 분명한 사실"이라고 판단하였다. "6월 하순부터 베이핑 시내에서는 '괴이한 일'들이 잇달아 일어났다. 그래서 외곽에 주둔하고 있던 29군이 조금씩 성안으로 진군해 들어왔던 것이다. 이러한 군사적인 움직임은 모두 야간에 이루어져 일반 시민들은 눈치 챌 수 없었다."

"10일 오전 8시 '무다구치 렌(牟田口廉)' 일본 침략군 연대장(일본군 연대는 중국군 연대인 단[團]보다 큼)의 진두 지휘 하에 먼저 맹렬한 포화로 우리 성으로 통하는 다리 그리고 그 주변을 공격하였다. 포탄이 터져 흙모래가 사방으로로 튀고 검은 연기가 피어올라 하늘을 덮었다. 주변 몇 리 안에서는 지척을 분간할 수 없을 지경이었다." 진쩐쭝은 이렇게 회고하였다. "이어 병력을 배로 늘려 막강한 포화로 집중공격을 가해왔으며 전차의 엄호 하에 보병들이 우리의 성과 다리를 포위 공격하기 시작하였다. 철교 동단의 진지는 왜놈들에게 겹겹이 포위되었으며 가장 치열한 전투가 벌어졌다." "거듭되는 육박전이 이어졌지만 완강한 왜군들을 좀처럼 물리칠 수 없었다. 우리 철교 동단 진지는 결국 왜놈들에게 점령당하고 말았다. 때는 오후 1시였다. 양측 부대 모두 지칠 대로 지쳐 있었다. 양측은 겨우 400여 미터 거리를 두고 서로 대치하는 국면을 이루고 있었다."

"사방이 겨우 1리 밖에 안 되는 작은 현소재지 성 안에 백 개가 넘는 포탄이 떨어졌다. 성을 지키던 대대장(營長, 진쩐

『일본 약진 화보(日本躍進畵報)』가 치열하였던 루꺼우차오 전투에 대해 보도하였다.

쫑[金振中])은 성 밖으로 퇴각하는 것에 단호히 반대하였다. 그는 진행 중인 교섭에 대하여 앞길이 막막함을 느꼈다. 한편 일본군은 이미 핑한로(平漢路)철교를 점령하고 용띵허(永定河)를 건너 우리 후방을 습격하려는 시도까지 하고 있었다. 대대장은 전투형세가 위기일발의 상황에 처하였음을 알고 한 개 중대의 병력을 파견해 줄사다리를 이용해 성 밖으로 나갈 것을 명하였다. 그리고 군사들에게 성을 빠져나가서는 두 갈래로 나뉘어 일부는 루꺼우차오를 지나 강 서쪽으로 돌아가고, 일부는 몰래 철교 동쪽 끝까지 이동해 양쪽에서 협공하여 적을 물리칠 것을 명령하였다. 그 드높은 사기는 참으로 들어본 적조차 없었다."

(샤오팡 「루꺼우차오 항전기」)

"펑즈안(馮治安) 사단장이 전화로 나에게 루꺼우차오 전황이 어떤지 물었다." 진쩐쫑이 말했다. "그래서 나는 전쟁 상황은 긴장되지만 사기는 꺾이지 않았다고 대답하였다." "그러자 사단장은 또 현재 전 세계가 루꺼우차오 전투를 주목하고 있다면서 우리 군의 영욕이 걸린 전투이니 어떻게 하겠느냐고 물었다. 이에 나는 소속 장병들과 함께 다리와 생사를 같이 할 것을 맹세하였으며 전쟁터에서 싸우다 죽을지언정 절대 사형장에서는 죽지 않을 것이라고 대답하였다."

팡따쩡은 루꺼우차오사변이 일어난 후 가장 먼저 현장에 도착한 기자이다. 시간은 7월 10일 오전이었다. "전쟁 분위기는 이번 포화로 인

「량유잡지(良友雜誌)」 중요한 위치에 게재된 촬영 작품 「루꺼우차오를 지키다. (守衛蘆溝橋)」 (샤오팡 촬영)

80년이 지난 뒤, 「루꺼우차오를 지키다」의 사진 속과 동일한 위치에서. (쑨난 촬영)

해 갑자기 팽팽해졌다. 아마도 전국 민중이 모두 항일전면전이 시작되리라는 것을 확신하고 있을 것이다." 루꺼우차오 서쪽 끝에서 동쪽 끝까지 266.5미터, 완핑성 서문에서 동문까지 640미터 구간에 총탄 자국투성이인 성벽과 성안 의 무너진 담벼락을 보면서 샤오팡은 형세가 생각보다 훨씬 심각하다는 걸 느꼈다. 그는 위(于) 씨 성을 가진 한 순찰관을 따라 여기저기 다니며 전쟁이 남긴 흔적을 찍었다.

　루꺼우차오 위 돌사자 옆에서 큰 칼을 등에 둘러메고 순찰을 하고 있는 29군 전사는 샤오파의 앵글 속에서 순간 정지 화면으로 고착되어 영원한 역사가 되었다. 팡한치(方漢奇) 선생은 나와 이야기를 나누면서 루꺼우차오사변 때 초등학교 5학년이었던 그는 총포소리가 요란하였던 기억이 남는다면서 가족들과 함께 전쟁의 포화를 피해 톈진에 피난을 갔던 일이 특히 인상이 깊다고 말하였다. 그는 샤오팡이야말로 현장을 보도한 첫 번째 사람임이 틀림없다고 말했다. 설령 기사를 쓰는 기자가 도착하였다 하더라도 촬영할 수 있는 조건은 갖추지 못했을 테니까 그럴 만도 하였다.

　　"중기관총소대 한 소대가 왜놈들의 왼쪽 등 뒤를 겨냥해 맹공격을 가하고 나서야 비로소 우리 진지를 점령한 왜놈을 격퇴시키고 빼앗겼던 우리 진지를 되찾아올 수 있었다. 여러 중대(連)의 대오가 의기양양하여 격퇴한 적을 추격하는 데만 열중하다보니 흩어진 적을 아직 떨쳐버리지 못하였다는 사실을 소홀히 하였다. 나 역시 추격 대오를 따라

전진하는 데만 전념하고나니 흩어진 적을 아직 떨쳐버리지
못하였음을 미처 생각하지 못하였다. 어둡고 은밀한 곳에
서 수류탄이 날아와 터지면서 나는 왼쪽 다리가 끊어졌다.
잇달아 또 총알이 나의 왼쪽 귀 옆을 뚫고 들어와 오른쪽
귀 밑을 뚫고 나갔다. 그때 당시 수행병사의 응급처치를 받
고 전쟁터에서 들려나와 창신뎬(長辛店)역으로 이송되었는
데,, 중외 기자들의 이목을 끌었다. 그들은 나를 겹겹이 둘
러싸고 너도나도 전투상황에 대해 물었으며, 나의 상처를
촬영하였다."

(진쩐종 「7.7사변의 점점의 추억들」)

진쩐종은 3개 대대(營)의 전체 장병들을 지휘하여 잇달아 5차례나
일본군의 공격을 물리쳤다. 철도교를 수복하는 전투에서 그는 직접
결사대를 거느리고 동단의 진지를 향해 돌격하여 적은 병력으로 많
은 적에 대적하였으며, 일본군과 필사적으로 육박전을 벌이는 과정에
서 큰 부상을 입었다. 이에 허지펑 장군은 그를 "진정한 항일민족영
웅"이라고 칭찬하였다.

"남하하고 북상하는 열차들이 다 이곳에 멈췄다가 가기 때
문에 창신뎬은 오히려 더 북적거렸다. 부상병들을 태운 전
용 열차가 바오띵(保定)으로 출발하려는 참이었다. 열차의
제일 마지막 찻간에는 완핑현 소재지 성을 지키던 진쩐종

대대장(營長)이 누워 있었다. 그는 폭탄이 폭발하면서 다리에 부상을 입었다. 창신뎬의 '종업원 위문단'이 많은 위문품을 가져다 찻간마다 다니며 부상병들에게 나눠주었다. 진 대대장에게 차례가 간 물건이 제일 많았는데, 후에 그는 전령병을 시켜 많은 물건들을 여러 찻간에 있는 수많은 부상병들에게 나눠주었다."

(샤오팡 「루꺼우차오 항전기」)

창신뎬 기차역에서 팡따쩡은 진쩐쫑과 우연히 마주쳤다. 부상을 당한 대대장은 극심한 고통을 참으며 담가에 비스듬히 누워서 얼굴에 미소를 짓고 기자를 바라보았다. 양미간에는 기개와 긍지의 빛이 어렸다. 분주히 오가는 사람들을 피해가며 화물열차 찻간 안에서 샤오팡은 곧 치료를 받으러 바오띵으로 떠나게 되는 진 대대장에게 부상당한 후 첫 번째 사진을 찍어주었다. 짧게 대화를 나누고 그렇게 헤어진 뒤로 그들은 다시는 만나지 못하였다. 그렇게 운명적으로 스치듯 만나고 지나간 뒤 두 인생은 서로 엇갈렸던 것이다.

"루꺼우차오 위에 서서 나는 아주 밝고 아름다운 경치를 본 적이 있다. 그 경치가 그리워진다." 베이핑의 집에 돌아온 샤오팡은 「루꺼우차오 항전기」라는 기사에다 이렇게 썼다. "북녘의 드넓은 하늘에 두둥실 떠있는 흰 구름을 배경으로 용띵허 기슭의 벌판이 펼쳐져 있다. 위대한 루꺼우차오가 어쩌면 위대한 민족해방전쟁의 발상지가 될 것이다!"

報畫万東

號五十第　　　卷四十三第

『동방화보(東方畵報)』가 샤오팡의 작품을 표지화면으로 채용함.

7월 13일 상하이 『신문보(新聞報)』에서 루이(陸詒)를 취재기자로 베이핑·톈진으로 파견하였다. 북역에서 기차를 타기에 앞서 그는 역장실에서 일본군이 톈진 동역을 점령하였다는 소식을 접하게 되었으며, 이 열차가 베이핑과 톈진에 당도할 수 있을지 철도당국도 확신할 수 없다고 밝혔다. 열차가 지난(濟南)을 지날 때 톈진에 당도하면 본 역에 정차하게 될 것이라는 사실을 알게 되었다.

"톈진에서 잠깐 머물렀다가 다음날 바로 베이핑으로 이동하였다. 그곳은 낮에는 일본전투기가 편대를 지어 하늘을 날아 지나곤 하였으며, 밤에는 멀리서 교외에서 공격해오는 일본군의 총포소리가 들려오는 것만 제외하면 상가들도 여전히 영업 중이었고, 시내는 여전히 평온한 분위기를 유지하고 있었다. 단 교통요충지에는 모래주머니가 가득 쌓여 있었고, 경찰들이 삼엄하게 보초를 서고 있었으며, 밤에는 계엄을 실시하고 상점들은 모두 저녁 8시가 되면 일찍 가게 문을 닫곤 하였다. 극장 및 유흥업소는 영업상황이 좋지 않았고 중산공원(中山公園), 베이하이(北海), 중난하이(中南海) 그리고 고궁은 여행객이 크게 줄었다. 나는 몇몇 친구들과 약속하고 중산공원의 녹음이 우거진 깊숙한 곳에 가서 차를 마신 적이 있다. 비록 찻집 안에 '국사에 대해 담론하지 말라'는 경고 문구들이 가득 붙어 있긴 했지만, 옆 테이블에 앉은 손님들은 여전히 시국의 위기에 대해

거리낌 없이 담론하고 있었으며, 억양도 매우 격앙되어 있
었다."

(루이 「루꺼우차오 전선 취재를 회고한다」)

팡청민은 분명히 기억하고 있었다. 친한 친구 황수칭(黃淑淸)의 형부
이자 저명한 물리학자인 싸번동(薩本棟)은 7월 6일 국립샤먼(廈門)대학
초대교장에 임명되었는데, 그 이튿날 루꺼우차오사변이 터진 것이다.
사변이 일어난 후 샤오팡은 전선에 취재하러 갔다가 집에 한 번 돌아
왔었는데, 돌아와서도 그는 바쁘게 움직였다. 울안에 설치한 암실에
서 사진들을 확대하고 인화하여 신문과 잡지에 붙여서 보냈으며, 또
거리에 나가 방어수비와 위문·성원하는 내용을 반영하는 사진들을
찍었다. 팡청민은 오빠가 「루꺼우차오 항전기」를 쓴 뒤 떠났다고 기억
하고 있었다. 그는 적잖은 사진 필름과 일부 촬영기자재 그리고 여행
용 트렁크와 옷도 몇 견지 남겨둔 채 떠났다. 그때 당시는 인심이 흉
흉하였고 모든 게 엉망진창이었다. 그는 떠난 뒤로 집에 편지를 보내
지 않았다. 덩윈샹(登雲鄕) 작가의 기억에 의하면 베이핑 성안 거리가
처음 며칠 동안은 별로 이상한 점이 없었다. 성문도 닫히지 않았으며
톈진, 바오띵, 장자커우 등지로 가는 기차들도 정상적으로 운행되고
있었다. 식량이며 채소며 석탄 등의 물가에도 한동안은 변화가 없었
다. 루꺼우차오 사변을 겪은 후에도 이 유서 깊은 도시는 한동안 여
전히 정상적으로 돌아가고 있었다.
"미국의 여러 유명한 영화회사 뉴스촬영사, 중앙영화제작사의 기

일본 종군기자가 촬영한 양측의 격전지. (개인 수장)

사 그리고 국내의 저명한 기자들도 잇달아 북방으로 몰려왔다. 그런데 정세는 오히려 잠잠해졌다." 다시 루꺼우차오 강변에 갔을 때 샤오팡은 『대공보』의 판창장 등 이들을 만났다. 수이위안에서 헤어진 지반년 만이었다. 그때 당시 헤어질 때는 언제 다시 볼 수 있을지 알 수 없는 상황이었지만, 전쟁의 포화 때문에 어쩔 수 없이 다시 만나게된 것이다. 그런 만남이었기 때문에 사람들의 기분은 희비가 엇갈렸다. 얼마 지나지 않아 제29군이 철수하게 된다는 소식이 어렴풋이 전해지기 시작하였다. 샤오팡은 "만약 그처럼 충성을 다해 용감하게 일본 침략자에 맞서 싸우던 제29군이 베이핑에서 철수하고 방대한 일본군이 화뻬이에 장기 주둔하도록 허용한다면 화뻬이지역은 위(僞)만주국(僞滿)·지동(冀東, 하북성 동부지역)과 똑같이 되지 않겠는가?"하는 의혹이 생기기 시작하였다.

"그는 일을 하면 할수록 의욕이 생겼으며 몸도 점점 더 튼튼해졌다. 북방의 여름철에 그는 반바지에 셔츠를 입고 작은 짐트렁크를 메

부상을 당한 진쩐종(金振中). (샤오팡 촬영)

고 핑한로(平漢路, 베이핑-한커우 구간 철도) 전선에서 쉴 새 없이 앞으로 나아갔다. 성실하고 천진하며 용감하고 온화한 성격의 소유자인 그는 여러 분야 사람들의 호감을 얻었다." 판창장이 「샤오팡을 추억하며」라는 글에서 쓴 이 진귀한 한 구절을 통해 우리는 전쟁의 포화속의 샤오팡의 모습을 엿볼 수 있다.

작년 겨울 찬바람을 맞으며 나와 촬영사 쑨난은 샤오팡의 자취를 찾으려고 루꺼우차오로 갔다. 오후의 햇살은 조금 따사로웠다. 동쪽에서 서쪽까지 우리는 사자를 하나씩 세어보면서 샤오팡이 찍은 사진과 대조해보았다. 그러는 동안 총포소리 속에서도 "쉴 새 없이 앞으로 나아가는" 그의 모습이 우리 눈앞으로 점점 가까이 다가오는 것 같았다.

"창신뎬 여관에서 『대공보』의 판창장 기자와 중외신문사 샤오팡 기자를 우연히 만나 상황을 서로 교류하였다. 창장은 이 시각 시국의 중대한 소식은 루꺼우차오 전선이 아니라 베이핑·톈진·바오띵 세 곳에 있다고 여겼다. 그는 나에게 빨리 베이핑과 톈진 일대로 돌아와 담판소식을 취재할 것을 건의하면서 그자신은 바오띵에 가서 후방의 군사배치에 대해 알아보겠다고 하였다. 우리는 바오띵에서 다시 만나기로 약속하였다."

(루이 「루꺼우차오 전선에서의 취재를 회고하며」)

"27일 저녁 나와 판창장·샤오팡 그리고 베이핑 『스보(實報)』의 쏭즈취안(宋致泉) 기자가 아군이 전 전선에서 응전한다는 소식을 접하고 28일 오전에 함께 출발해 창신뎬으로 향하였다. 기차역에 당도하였을 때 쑨롄종(孫連仲)이 소속된 부대의 제26로군이 바오띵을 증원하러 온다는 소식을 입수하게 되었다. 그래서 창장은 바오띵에 남아 취재하기로 하고 나와 샤오팡 등은 여전히 원 계획에 따라 핑한로 여객열차를 타고 북상하기로 하였다."

루이는 이렇게 회고하였다. "열차가 량샹(良鄕)에 이르렀다. 창신뎬까지는 아직도 25리 길이 남았는데 전선에서 울리는 대포소리가 분명하게 들려왔다. 창신뎬에 당도하였을 때 플랫폼에는 온통 군인들의 모습뿐이었다. 그중에는 이제 막 전선에서 구원되어온 부상병도 십여 명이 있었다.""그때 샤오팡은 나에게 서둘러 작별을 고하고 철도선 위에 세워져 있는 철갑차 위에 총망히 뛰어 올랐다. 전선으로 달려가 아군의 반격 장면을 촬영하려는 것이었다."

"28일 아침 비록 아군이 따징춘(大井村) 일대의 일본군을 격퇴시켰으나 그 고립된 모래언덕에는 아직도 적군 100여 명 그리고 중포 등 무기가 남아있었는데, 그들에 대항할 방법이 없었다. 보병대는 돌파할 방법이 없었고, 철갑대포차의 포격도 아무런 소용이 없었다. 용감한 1중대(連) 병사들은 밤 어스름을 뚫으며 출발하였다. 이렇게 가면 반드시 상당한 손실을 입을 것이라는 걸 분명히 알고 있었지만, 우리에게는 아무런 구호 장비가 없었다. 다만 임시로 경찰서에 30명의 민부를 지원해줄 것을 요구하였다. 부상병들을 들어 나르기 위해서였다. 부상병을 나를 담가도 엄청나게 부족한 상황이었다. 군사훈련을 받아본 적이 없는 30명의 민부가 전쟁터에서 직무를 어떻게 수행할지 알 수 없었다. 적진을 기습하러 떠난 아군이 출발한 지 얼마 안 되어 갑자기 귀청을 찢는 대포소리가 울렸다. 포탄은 모래언덕의 일본군진지에서 발사되어 창신뎬 기차역에 떨어진 것이었다. 이어 두 번째, 세 번째…… 대포소리가 잇달아 울렸다. 그 뒤로 10분마다 두 번씩 대포소리가 울렸으며 그렇게 다음날 날이 샐 때까지 끊이지 않았다."

(샤오팡 『바오띵의 북쪽』)

팡따쩡과 함께 전장에서 취재했던 루이는 이렇게 회고하였다. 샤오팡이 16살 난 꼬마 전사에게 사진을 찍어주고 있을 때 폭탄 하나가 그의 주위에서 폭발하였다. 옆에 있던 사람들이 얼른 그를 끌어당겨 몸을 피하게 하였다. 그런데 그는 가슴 앞에 걸고 있던 카메라를 손으로 톡톡 건드리면서 "오늘 수확이 적지 않다"며 웃었다.

이날 저녁 8시 일본군은 창신뎬 거리를 향해 맹렬한 포격을 가하였다. 귀청을 찢는 듯한 굉음에 현 정부 사무실 유리창이 모두 부서져 내렸다. 폭탄이 가까이서 폭발하는 바람에 위력이 너무 컸던 것이다. 루이 등은 사무실 업무인원들을 따라 한 점포 내에 있는 땅굴로 대피하였다. 이튿날 아침 전해진 소식에 따르면 일본군이 베이핑과 톈진 두 곳에 대해 동시에 전면적인 공격을 감행하였고, 통린거(佟麟閣) 29군 부군장과 자오덩위(趙登禹) 132사 사단장이 모두 일본전투기의 폭격에 희생되었으며, 부대가 황급히 전투에 응하고 있으나 막대한 손실을 입었고, 펑즈안(馮治安)이 이미 부대로 돌아가 작전을 지휘하고 있으며, 쑹저위안(宋哲元)은 직접 바오띵으로 갔다는 것이다.

"창신뎬 역에 당도하였을 때 또 이제 막 전선에서 돌아온 샤오팡과 마주쳤다. 그는 부대 내 지휘가 혼란스럽고 각자 나름대로 전투에 임하고 있는 상황이라고 말하였다." 루이는 샤오팡이 원래 베이핑으로 돌아갈 계획이었다고 회고하였다. "오전 9시 우리 셋은 먼터우꺼우(門頭溝) 방향을 향해 걷고 있었다. 5리쯤 걸었을 때 먼터우꺼우에서 몰려오는 난민들과 마주쳤다. 그들은 먼터우꺼우에서 베이핑까지의 교통이 일본군에 의해 이미 차단되었다고 하였다. 하는 수 없이 되돌아서서 창신뎬을 향해 걷기 시작하였다. 그런데 그때 일본기 15대가 날아오더니 폭격과 소사를 가하기 시작하였다. 그중 7대는 철도선을 따라 남쪽으로 날면서 바싹 추적해왔다. 다행이 철도를 따라 '푸른 장막(중국 동뻬이지방에서 여름과 가을에 수수나 옥수수가 무성하여 몸을 숨기기 좋은 곳. 그곳이 마치 푸른 장막 같다고 해서 나온 이름)이 펼쳐져 있었는데 그것은 가장 좋은 자연 엄폐물이었다. 우리는 수수밭 속에서 남쪽으로 계속 걸어 무사히 위험에서 벗어났다. 량샹(良鄕)과 더우뎬(竇店)을 지나고 70리를 걸어 류리허(琉璃河) 기차역에 이르러서야 비로소 핑한로 여객열차를 타고 바오띵으로 돌아올 수 있었다."

항일전쟁시기의 팡청민(우)과 그녀의 친구. (샤오팡 촬영)

"때는 벌써 오후 세 시였다. 여객열차 한 대가 창신뎬에서 이쪽으로 달려오고 있다고 역장이 기자에게 알려주었다. 긴 시간의 기다림 끝에 철길 끝 저 멀리에서 웅장한 몸집의 기관차가 모습을 드러내더니 질주해왔다. 창신뎬의 철도종업원 전원을 싣고 왔다. 찻간 안에만 사람들이 가득 찬 것이 아니라 열차 꼭대기며 기관차 위에까지도 숱한 망명자들이 타고 있었다. 그들은 창신뎬이 폭격 당한 참상에 대해 이야기하였다. 너무 처참하여 듣고 있을 수가 없을 지경이었다. 29군이 어디로 퇴각하였는지 물었으나 그들은 보지 못했다고 대답하였다."

(샤오팡 「바오띵 이북」)

바오띵에 당도하여 기차에서 내렸을 때는 한밤중이었다. 성문은 굳게 닫혀 있었고 길에는 계엄령이 내렸다. 하는 수 없이 기차역 부근의 여관에 들어가 앉아서 날이 밝기를 기다리는 수밖에 없었다. 30일 아침에 성안으로 들어갔다. 샤오팡과 루이는 먼저 바오양(保陽) 여관으로 가서 판창장을 찾았다. "우리가 무사히 돌아온 것을 본 그는 너무 기뻐서 벌떡 뛰어 일어나는 것이었다."

이윽고 또 난카이(南開)대학과 동뻬이(東北)대학의 학생 7~8명이 뛰어왔다. 그들 중 한 사람은 샤오팡의 친구였다. 모두가 전선에서 보고 들은 일들에 대해 이야기하였다. "동북이 강점당한 지 이미 6년이 되었습니다. 혈육들이 뿔뿔이 흩어져 소식조차 들을 수 없게 되었으며 지금은 공부도 할 수 없고 돌아갈 집도 없습니다. 남은 것은 목숨 하나뿐입니다. 적들과 끝까지 싸워야만 합니다. 고향으로 돌아가 싸울 것입니다!"라고 그들이 말하였다.

이날 오전 일본 전투기가 바오띵 상공에 날아와 정찰을 진행하였으며, 오후 1시에는 비행기 5대를 파견해 낮게 날며 폭격을 가하였다. 폭격으로 바오띵 역 시설들이 모두 파괴되어 철도교통이 마비되고 말았다. 2000년에 다큐멘터리 「팡따쩡을 찾아서」를 제작하면서 나는 바오띵 대폭격을 직접 겪은 왕이민(王益民) 노인을 취재한 적이 있었다. 그는 평소에 늘 함께 놀곤 하였던 꼬마 친구가 폭격을 당해 죽었는데 끊어진 다리가 나뭇가지에 걸려 처참해 볼 수 없었다고 똑똑히 기억하고 있었다. 그때 당시 샤오팡·판창장·루이는 모두 성안에 있었다. 현지에서는 공습경보를 울리는 것 외에 다른 방공조치가 없었다. 그들은 바로 기차역으로 달려갔다. 살펴보니 스자좡(石家庄)으로 출발하려던 한 여객열차 지붕은 온통 총탄자국투성이였고 열차 위에는 피범벅이 된 시신 50여구가 널려 있었으며, 인근의 가옥들은 폭격을 당해 기와더미로 변해 버렸다.

기차역에는 군용기차가 한 대 멈춰 있었다. 그 기차는 전선에서부터 후퇴를 거듭해왔던 것이다. 물론 적기의 시선을 피하기 위해서였다. 그러나 이튿날 바오띵까지 피해왔을 때 결국 폭격을 당해 망가지고 말았다. 그것이 군용기차라는 사실을 일본비행기가 어떻게 그렇게 분명하게 알고 있었을까? 두말할 것도 없이 매국노들의 활약 덕분이었던 것이다.

"기자는 어느 한 가옥의 처마 밑에 몸을 숨기고 있었다. 비행기가 머리 위에서 선회하고 있었다. 갑자기 엔진소리가 잠깐 멎는 듯하였다. 비행기가 떨어지는 것 같았다. 그러나 떨어진 것은 폭탄이었다. 나에게서 20미터 떨어진 곳에 있던 민가 한 채가 파괴되었다. 나는 담장 밑에 바싹 붙어서 걸었다……"

(샤오팡 「바오띵을 출발하여 북으로」)

베이핑과 텐진이 함락된 후 바오띵은 허베이성에서 유일한 정치군사중심이 되었다. 펑즈안은 바오띵으로 와서 전쟁국면을 지휘하게 되었다. 급전직하하는 정세에 모든 사람들이 당황하고 있었으며 심지어 낙담까지 하기 시작하였다. 그 기세 드높던 제29군이 어찌 하여 그렇게 쉽게 물러날 수 있었을까? 29군이 7월 29일 밤 하룻밤 사이에 갑자기 베이핑에서 퇴각한 뒤 숱한 사람들이 의론이 분분하였다. "어찌 칼날로 저들의 비행기 대포에 대할 수 있었겠는가?"

샤오팡은 전선 통신 「바오띵 이남」이라는 글에서 자세한 관찰을 통하여 발견한 부대에 드러난 일부 문제들에 대해 언급하였다. 첫 번째, 제29군 병사들은 모두 큰 칼을 한 자루씩 메고 있었지만 삽을 가지고 있지 않았다. 그래서 "돌격능력만 있고 진지를 지키는 훈련이 부족하다. 자기 몸을 보호하는 것과 적을 무찌르는 것 모두가 전쟁 중 중요한 수단이다. 군인에게 삽과 총은 모두 제2의 목숨으로 동등시되어야 한다."라고 지적하였다.

"두 번째, 29군의 두 번째 약점은 구급할 수 있는 형편이 부족하다는 것이다. 부상병을 들어 나르는 임무를 맡은 사람들 태반이 임시로 고용된 민부들이어서 구급하는 일에 대한 상식이 전무한 것이다."
"세 번째 약점은 교통수단이 부족하고 무선으로 전달하는 능력이 턱없이 부족한 것이다. 그래서 부대 간의 연락이 원활하지 못해 행동에 매우 불리하다. 그래서 자기 자신조차 찾을 수 없는 위험한 상황이 발생하기 쉽다." 그는 "29군이 항전과정에서 꾸준히 자아교육에 애써 피어린 투쟁 속에서 지난날의 모든 약점을 극복하고 자기 부대를 철의 대오로 연마함으로써 우리 민중의 기대를 저버리지 않기를 바란다."라고 솔직하게 말하였다.

"베이핑은 웅장하고 아름다운 문화의 성이다. 이런 베이핑이 만일 전쟁 속에서 파괴되어 버린다면 너무나도 유감스러울 것이다. 이것이 어쩌면 우리가 성을 지키기 위한 전쟁을 치르는 것을 원치 않는 이유 중 하나인지도 모른다. 그러나 이 지역이 '문화의 성'으로 불리는 것은 '물질문화'가 있기 때문만은 아니다. 더욱 중요한 것은 150만 명이 넘는 교양을 갖춘 시민이 여기에 살고 있기 때문이다.
그중 30만 명을 헤아리는 학생은 모두 지난 수차례 애국운동을 거치면서 단련된 정수이며, 전국 청년운동의 지도자로서 우리 민족부흥운동 과정에서 얼마나 많은 영광과 역사를 창조하였던가.

특히 소중한 것은 그러한 영광스러운 사적들이 어느 것 하
나 청년들의 목숨과 피로써 바꿔오지 않은 것이 없다는 사
실이다."

(샤오팡 「전선에서 베이핑을 그리며」)

1937년 8월 7일 『일러스트레이티드 런던 뉴스』(The Illustrated
London News)에 샤오팡이 찍은 루꺼우차오사변 관련 사진이 게재되
었다. 현장에서 온 진상에 대한 보도는 서양세계에 대한 일본의 위
선적인 가면을 찢어버렸다. 이와 동시에 『타임스(The Times)』는 "중
국은 평소에 전쟁을 원치 않았다. 당면의 정세 발전의 결과는 일본
이 기어이 사단을 일으키려 하는지 여부에 달려 있다."라고 보도하였
다. 이 한 편의 총괄적 보도기사에서 기자는 그 사변을 1931년 9.18사
변 이후 가장 심각한 위기로 정의하였다. 군사적 형세가 이미 정상적
인 수준을 벗어났다. 일본은 중국의 한 개 성(허베이 성을 가리킴)에
만 정예 장비로 무장된 7천 명 규모의 부대를 주둔시켰다. 이로부터
일본이 경제와 영토에 대한 야심을 품고 있음을 이미 분명하게 알 수
있었다. 중국 북방에서 가장 큰 두 도시 베이핑·톈진이 함락되면서
기존의 평화롭던 생활방식이 막을 내렸다. 일본침략군은 베이핑에서
입성식을 열고 용띵먼(永定門)에서 첸먼(前門)을 거쳐 거들먹거리며 도
시구역으로 들어왔다.
덩윈샹(鄧雲鄕)은 자신이 쓴 글 「문화 옛 성의 옛이야기」에 이렇게
썼다. "어느덧 8월이 가고 9월이 가까워지면서 점점 서늘한 가을 날

루꺼우차오에서 샤오팡의 자취를 찾아서. (쑨난 촬영)

씨로 바뀌어갔다. 그런데 일본 침략자들은 점점 더 멀리까지 쳐들어왔고 중국 군대가 이제 곧 돌아오리라는 희망은 점점 막연해졌다. 같은 대학에 다니는 대학생들 몇몇도 모두 톈진을 거쳐 배를 타고 남하하였다. 떠날 수 없는 학생의 경우는 그들의 부모들이 그들을 학교에 보내야만 하였다. 싸늘한 바람이 부는 늦가을에 나도 책가방을 메고 학교로 갔다. 원래 나는 매일 차비 10전, 밥값 10전씩을 가질 수 있었는데, 첫 번째로 10전 차비가 없어졌다. 매일 아침 일찍 황청건(皇城根)에서 샤오커우따이 후통(小口袋胡同)까지 걸어서 등교하곤 하였는데 약 3리가량 되었다. 학교 상황도 크게 달라졌다. 원래 중학교 1학년이 5개 반이었는데 지금은 1개 반밖에 남지 않았다. 원래 학교가 끝날 때마다 학교 문 앞에서 학생을 집까지 태워다 주려고 기다리면서 딸랑딸랑 하고 끊일 줄 모르던 월세 인력거의 방울소리가 지금은 온데간데없이 사라져버렸다. 학생들은 책가방을 메고 학교에 올 때도 말없이 오고 집으로 돌아갈 때도 묵묵히 돌아가곤 하였다. 심지어 장난기가 가장 많던 학생마저 얌전해졌다……어린 마음속에는 도데의「마지막 수업」의 내용이 문득문득 떠오르곤 하였다.”

우췬(吳群) 선생이 고증한 바에 따르면 한동안 샤오팡은 베이핑과 톈진 사이를 자주 오가면서 「적의 고의적인 파괴로 우리 문화기관인 난카이대학은 잿더미로」「적에게 강점당한 톈진 시」 등 일련의 사진들

샤오팡이 사용하였던 것과 같은 보이그랜더 카메라. (펑쉐쏭 촬영)

을 촬영하여 중외신문사의 명의로 『량유전쟁화간(良友戰事畫刊)』 제7호
에 게재한 것으로 보인다.

> "초토화시켜야 하는 항일전쟁은 우리에게 불가피하기에 일
> 부의 희생을 필요로 했다. 오로지 초토화시키겠다는 항일
> 전쟁에 대한 결심을 다져야만 비로소 최후의 승리를 거둘
> 수 있다고 말할 수 있다. 톈진의 상황을 보면 세 개의 기
> 차역이 오래 전에 이미 일본침략군에게 점령당하였고 그
> 리고 동마로(東馬路) 또한 일본 조계지와 인접해 있어서 일
> 본군이 힘도 들이지 않고 손쉽게 베이핑을 점령한 뒤 고작
> 일부만 남은 현지 경찰보안대가 적의 비행기와 대포의 공
> 격 속에서 5~6일간 시가전을 하며 버틸 수 있었다. 그래서
> 우리는 또 베이핑의 함락이 너무나도 이상한 일이 아닐 수
> 없었다. 이상한 정도가 심양이 함락되었을 때와 마찬가지
> 였다. 우리에게는 베이핑을 지켜낼 능력이 없었단 말인가?
> 도시 포위작전을 펼 수는 없었을까? 어쩌면 '할 수 없었던
> 것이 아니라 하지 않았던 것'이리라."
>
> (샤오팡 「전선에서 베이핑을 그리며」)

『케임브리지중화민국사』에 따르면 1927년부터 1937년까지는 민국 경
제발전의 이른바 "황금 10년"이었다. 그런데 그 황금 같은 세월이 루
꺼우차오사변 후 멈춰버린 것이다.

얼마 후 중파대학 시절 샤오팡의 스승이었던 왕선밍(王愼明) 선생이 베이핑 제2전투구역 동원위원회 위원으로 선출되었다. "우리 아버지가 혁명 활동에 적극 참가하였던 행위가 점차 드러나기 시작하였다……" 왕루이핑(王瑞平) 씨는 이렇게 회고하였다. "지하당은 그에게 서둘러 철수할 것을 지시하였다. 그래서 왜놈들이 베이핑을 점령하자 그는 곧바로 산시(山西)로 떠났다. 내가 그를 기차역까지 배웅하였는데 그때의 정경이 지금도 눈앞에 생생하다." 왕선밍은 일본 헌병의 추격을 피해 전전하다가 마침내 홀홀단신으로 비밀리에 옌안(延安)에 도착하여 정식으로 왕쓰화(王思華)라는 이름으로 고쳤다. 1년 후 그는 가족들도 속속 데려왔다.

베이핑과 톈진이 함락된 후 판창장은 상하이로 돌아갔다. 후에 샤오팡이 북방에서 띄운 편지를 받았다. 편지에는 이렇게 썼다. "베이핑 저의 집이 함락되었습니다. 그 많은 촬영자료와 장비들을 가지고 나올 수 없게 되었습니다. 저는 지금 돌아갈 집을 잃은 사람이 되었습니다. 신문사에서 종군기자로 일하고 싶은데 일자리를 좀 알아봐 주실 수 있겠습니까?" 그때 마침 상하이『대공보』에 사람이 필요하던 차여서 종군기자의 파견과 연락업무를 주로 책임지고 있던 판창장은 샤오팡에게 핑한선 업무를 맡겼다. 그래서 그는 『따공보』에 기사를 써 보내기 시작하였다.

그 후 바오띵은 샤오팡이 동분서주하면서 취재하러 다니던 길에서 목적지와 환승역이 되었다. "기자는 우리 항전 후방의 상황에 대해 알아보기 위해 특별히 바오띵에서 출발해 철로를 따라 남하해 허뻬이 남부 일대로 가서 답사하게 되었다……” 샤오팡은 이렇게 썼다. “×현에 도착하였다. 이곳은 '큰 역'이었다. 나는 인력거를 한 대 세냈다. 인력거꾼은 다혈질 청년이었다. 그는 참으로 빨리도 달렸다. 게다가 길에서 마주치는 아는 사람들이 모두 반갑게 인사를 건넸다. 후에 그는 참지 못하고 결국 말했다. '우리는 오늘 국민의 책임을 다할 수 있었습니다. 마침내 중국인으로 헛살지 않게 되었다는 겁니다. 아침부터 부상병을 세 차례나 실어 날랐으니까요!'”

"부상병들이 기차에서 내릴 때 담가가 없었기 때문에 모두 인력거로 병원으로 실어 옮겨야 하였다. 그러나 밤에 도착하거나 인력거가 없는 곳에서도 여전히 인력거꾼들이 부상병을 부축하여 걸어야 하였다. 어느 날 밤 현에서 나는 많은 부상병이 대오를 지어 천천히 걷고 있는 모습을 보았다. 그들이 군대 초소 앞을 걸어 지날 때 보초병들이 숙연한 자세로 총을 들고 서서 군례를 올렸다. 그 장면을 본 기자는 너무 감동하여 저도 모르게 눈물을 흘렸다. 특히 으스름한 밤빛이 그 그림 같은 장면에 수백 배의 위대함을 더해주었다. 이는 전 국민의 항전이며 생사존망의 관두에 처한 민족의 해방투쟁이다. 모든 국민은 반드시 항전의 행동 아래에 조직되어야 한다. 오직 그렇게 해야만 우리는 최후의 승리를 거머쥘 수 있다."

(샤오팡 「바오띵 이남」)

2000년 9월 24일 「팡따쩡을 찾아서」 제작팀이 바오띵 기차역을 답사하는 장면. [쑨진주 촬영]

난커우(南口)전투가 일어난 후, 상하이의 『대공보』에서는 판창장을 차하얼에 파견하여 멍치우장(孟秋江)을 돕게 함으로써 중앙 전장의 취재력을 강화하고, 좌익의 치우시잉(邱溪映) 그리고 우익의 샤오팡과 협력하여, 핑수이(平綏) 핑한(平漢)의 전쟁소식을 총괄하게 하였다.

차하얼이 함락되자 창장과 치우장은 차하얼 남부지역에서 산시(山西)성 북부로 퇴각하였다가 다시 따통(大同)으로 옮겼다. 따통에서 우연히 군사우편 담당 친구인 천쉬저우(陳虛舟) 선생을 만났는데 샤오팡은 이미 수이둥으로 갔다고 알려주었다. 그 말에 판창장은 깜짝 놀라며 "그가 왜 그 우익의 임무를 포기하였는지 모르겠군. 서둘러 수이둥에 전보를 쳐 그에게 따통으로 돌아와 업무에 대해 의논하자고 합시다."라고 하였다.

1937년 8월말 판창장이 따통에서 종군기자회의를 소집했다. 팡따쩡, 멍치우장, 치우시잉이 회의에 참가하였다. "샤오팡은 따통에 오면

入 九時，戴旅長親往前方指揮，並派一連人偷襲沙崗子。沙崗子在盧溝橋東北，平漢鐵路之東南，鐵路

綫有一百餘米達，只是一個小土山，但地勢非常重要，以前中央軍第二師駐防北平時，工兵曾把這裡修建成很堅

固的工事，費了兩萬元經費，第二師調走之後，接防的部隊未重視這個地方，然而碻早已被日軍所注目，平常，他們就常到這裡來演習，盧溝橋事變一發生，日軍首先即佔據此處。在戰略上，這地方無異一個宛平城第二，二十八日早晨，我軍雖已把大井村一帶之日軍擊退，但是孤立的沙崗子裡，還招有百餘人及重砲軍火，我們面對他沒有辦法，步隊是沒有方法衝鋒，鐵甲砲軍的轟擊，亦無濟於事。

勇敢的一連人在暮色朦朧中出發了，他們明知道此去必有相當損失，但是自己並沒有什麼救護的設備，只在臨時向警察局要去三十名民伕，為的去抬傷兵，抬傷兵的工具亦很缺乏，不知道這三十名毫無軍事訓練的民伕，在戰場上將怎樣執行他的職務。

偷營去的出發不久，一聲震耳的大砲忽然響了，砲彈係由沙崗子日軍陣地發出，落在長辛店車站，接連着第二聲第三，以後，每隔十分鐘發兩響，直響到次日的天明。

廿九日晨，記者離長辛店赴門頭溝，在街頭正遇着青星文團長自盧溝橋撤退回來，覺得很奇怪，問有他們盧溝橋上有人接防否，他也不答應。同時，去門頭溝的大道上，卅七師的隊伍亦由西葫方面退下來，據他說昨夜在北平附近還打了一夜伕，日軍藉坦克車攻擊，戰爭非常激烈，行出長辛店十餘里，遇到從門頭溝退回的旅舍據說北平與門頭溝之交通中斷，好像一切情形均與昨日在長辛所聞者大為相異，返平企圖既不能達，記者乃折回長辛店。

回到長辛店，恰為早晨七時，站上員工都避在一個洞口上，知日軍飛機將臨轟炸，過了兩分鐘，沉重的飛機聲從東面轟過來，數目不多，只有兩架，記者躲在一個房沿下面，飛機在頭上打圈，忽然，引擊的轟聲停一間民房破壞了，我沿着牆根走，離開這一個危險地帶不多時候，兩架飛機敵飛走，長辛店車站上，冷清清的，一個軍也沒有，記者只得沿鐵路徒步南下，青星文團退下來的隊伍，絡繹不斷，陪伴着我，他們到了長辛店二里路的南崗窪集合，樣子很疲倦，團長也隨着隊伍一同走，大家在這裡休息，到南崗窪紀十分鐘，一隊飛機又來了，先是九架，見他們盤旋在長辛店的上空，一上一降的提着炸彈，轟轟的聲響，這裏逃難得很真，接着，六架重轟炸機飛來了，無疑的，目標是向着吉團來了的機關槍正在集合訓話，一哄散開不及，幾個炸彈落了下來，隨着又是機關槍的掃射，他們受到相當損失，飛機盤旋了很久，投彈五十餘枚，並且飛得很低，我們沒有高射的武器，只得受敵人甘慘的屠殺，高粱地也是避飛機的去處，祭因為人數過多，並二十九軍完全穿的是灰色服裝，對灰綠色的高粱地也不很合適，更何況敵人能夠飛得這樣低呢？當時的情形實

전선 보도 「바오띵을 출발하여 북으로」 가 『광시일보(廣西日報)』에 발표됨.

외국 매체 기자가 촬영한 일본침략군이 루꺼우차오(盧溝橋)를 점령한 모습. (개인 수장)

서 시잉과 함께 왔다. 그는 바오띵에 있을 때 팔로군이 러허(熱河)로
진격하고 있다는 소식을 듣고 서둘러 달려갔으나 수이위안에 당도하
여서야 그 소식이 확실한 것이 아님을 알게 되었다고 말하면서 단독
행동을 한 것에 대해 생각이 짧았음을 스스로 인정하였다."

치우시잉은 팡따쩡보다 한 살 어렸는데, 톈진 난카이중학교에서 항
일구국활동에 참가했었고, 1932년에 반제국주의대동맹에 참가하였
으며, 같은 해에 중국공산당에 가입하였다. 팡따쩡과 마찬가지로 그
도 역시 프로 촬영사였으며, 샤오팡과는 수이위안에서 알게 되어 서
로 깊은 감정을 쌓았다. 그들은 함께 엄동설한에 빙설에 뒤덮인 들판
에서 수이위안 전쟁에 대해 보도하였다. 그들은 카메라를 무기 삼아
"사람이 있으면 필름이 있고, 한 사람이 쓰러지면 다른 한 사람이 카
메라를 받아 메면서 절대 훼손되지 않게 잃어버리지 않게 보장하리

베이핑 성안에 설치한 방어용 엄폐물. (샤오팡 촬영)

라"라고 종군기자로서 서로에게 약속하였다.

"촬영사가 자신의 삶과 영혼을 가장 잘 결부시킬 수 있는 것은 그의 사진이 사진화면을 통해 그가 처한 시대의 하이라이트들을 반영할 때이다. 그렇게 할 수 있는 것이 보기엔 간단해보이지만 기실은 모든 촬영사들이 추구하는 궁극적인 목표이다." 판창장뉴스상 수상자인 롼쥔쉐(欒俊學)는 인터뷰에서 "그 목표를 추구하기 위해 많은 사람들이 모든 것을 버리는 한이 있어도 심지어 목숨으로 바꿔 와야 한다는 걸 뻔히 알면서도 그들은 마멸될 수 없는 진실한 카메라 렌즈로써 포화가 자욱한 그때의 세월을 증명하였다."고 말하였다.

따통에서 창장은 샤오팡 등과 상황에 대해 교류하고 주로 앞으로 이 업무 배치에 대해 연구하였다. "시잉은 계속 수이위안-닝샤선을, 치우장은 통푸선(따통에서 타이위안[太原]을 거쳐 윈청[運城]에 이르

친더췬(秦德純) 베이핑시장이 펑즈안(馮治安) 사단장(師長)과 함께 교외로 나가 부대를 시찰하는 장
면 .(샤오팡 촬영)

는 철도)을, 샤오팡은 여전히 핑한선으로 진격"하기로 하였다. 그들은
또 한 가지 일을 하였는데 그것은 즉 글을 쓰는 것이었다.

"전세가 긴장되자 우리가 묵고 있던 따퉁의 숙박 시설에는 대낮에
이미 식품 공급이 안 되었다. 우리는 늘 성벽 옆 방공호 옆에서 글을
쓰곤 하였다."

짧은 일주일 사이에 그들은 7편의 전선보도를 썼다. 「차하얼의 함
락」(9월 1일 창장 씀), 「화이라이(懷來)를 회상하다」(9월 4일 창장 씀),
「난커우(南口)로 에돌아가는 길에서」(9월 5일 치우장 씀), 「오늘의 수
이둥(綏東)」(9월 3일 시잉 씀), 「아직 죽지 못한 영웅」(9월 4일 시잉
씀), 「냥쯔관(娘子關)에서 옌먼관(雁門關)까지」 (9월 4일 샤오팡 씀), 「쥐
융관(居庸關) 혈투」(9월 7일 샤오팡 씀), 이 기사들은 모두 상하이 『대
공보』에 잇달아 발표되었다.

"만약 우리가 '우리의 피와 살로써 우리의 새로운 장성을 쌓아올리지' 못한다면 우리는 진삐이지역을 확보하기가 어렵다. 진삐이지역에 문제가 생긴다면 수이위안 방어선도 고립되는 것이다. 이러한 대 시대가 임박하였을 때, 모든 민중이 자기 임무와 자기의 힘을 똑똑히 인식하고 스스로를 구해야 한다. 기나긴 항일전쟁과정에서 최후의 승리를 거머쥐려면 역시 민중 자체의 힘에 의지하여야 한다."

(샤오팡 「낭쯔관에서 옌먼관까지」)

그때 바오띵은 이미 매우 어려운 상황에 처해 있었다. 웨이리황(衛立煌) 장군 소속 부대의 3개 사단이 난커우를 중원하려 하였으나 실패로 돌아가고, 용띵허 상류의 칭바이커우(靑白口) 일대에서 일본군과 격전을 벌이는 중이었다. 그 당시 샤오팡은 이상하리만치 흥분해 있었다. 그는 바오띵뿐 아니라 더욱이 바오띵 이북의 난커우산맥까지 가려고 하였다.

그는 남색잉크와 원고지, 촬영 장비를 넉넉히 챙겨 가지고 스자좡(石家庄)을 출발해 북쪽으로 가는 열차에 서둘러 올랐다. 떠나는 그에게 판창장이 "자네가 '용띵허 상류의 전쟁'에 관한 기사를 한 편 쓰기 바라네."라고 말하였다. 그는 "꼭 좋은 성적으로 회답하겠습니다!"라고 차분하면서도 확고하게 대답하였다.

"8.13 상하이 전투(淞滬會戰)" 이후 상하이 프랑스 조계지 아이뒤야로(愛多亞路) 181호에 위치한 『대공보』 사무실이 뤼반로(呂班路)에 있는

已淪敵手之天津市

THE FALLEN TIENTSIN

• 已成凄寂之天津東馬路，昔率為界開熱鬧之地帶。
The once prosperous and crowded Tung
Ma Lu (East Road) now quiet and desolate.

• 天津河北大經路商店，被敵炸军毀之慘狀。
Empty shells that once housed many a business
firm along the Taiching Road.

The big Union Jack on the ground of a garden in the British
Settlement, for an apparently known reason.

• 為飛轟天津租界局於一地統為標，大上民，天津炸避難鎧以國繪聞特當英，之兔

샤오팡이 보도한 「적에게 강점당한 톈진시」(『량유전쟁화간[良友戰事畫刊]』)

샤오팡이 보도한 「적들이 우리 문화기관을 고의로 파괴하다」(『량유전쟁화간』)

왕윈성(王芸生) 편집주임의 집과 매우 가까웠지만 그는 집으로 매우 드물게 돌아가곤 하였다. 매일 논평을 쓰고 교정을 보는 것을 제외하고도 중요한 뉴스는 모두 직접 배치하고 챙겼다. 종군기자 판창장, 멍치우장, 핑한선 특파원 샤오팡이 매일 밤 전장에서 전황 보도 전화를 걸어오는 것을 왕윈성은 언제나 마지막 소식까지 기다렸다가 기사를 마감하곤 하였다.

> "핑한선의 상황은 매우 위급한 국면에 처해 있다. 그러나 위급하다고 해서 반드시 핑수이와 진푸(津浦) 두 전선의 뒤를 따르게 될 것이라고는 할 수 없다. 여기에는 낙관적인 조건도 있고 부정적인 조건도 있다. 낙관할 수 있는 것은 첫째, 핑한선에는 모두 아군의 주력이 배치되어 있기 때문에 안심할 수 있었다. 절대 그렇게 흐리멍덩하게 함부로 물러서지 않을 것이기 때문이다. 둘째, 제8로군이 이미 증원하고자 이쪽으로 진군해오고 있는 것이다. 내장성선을 어쩌면 지켜낼 수 있게 될지도 모른다. 앞뒤로 적의 공격을 받지는 않을 수 있을 것이다."
>
> (샤오팡 「핑한선 북쪽구간의 변화」)

아무도 생각지 못한 일이 일어났다. 『대공보』는 샤오팡이 바오띵 부근의 리(蠡)현에서 발송한 「핑한선 북쪽구간의 변화」라는 기사를 받은 뒤로 더 이상 그에게서 그 어떤 보도기사도 받지 못하였다.

察哈爾視察記

方·大·曾

記者此次沿平綏路旅行，計程自五月二十六日至六月三日，共在察哈爾境內勾留九日，旅途中除一部分搭乘火車外，多半爲徒步，故得知察省民間狀況頗詳，茲簡述之，以供關懷察哈爾現況者之參考。

◇土地◇
減少五分三

察哈爾原有十六個縣，自長城以外的沽源、多倫、康保、商都、寶昌及張北等六縣「劃出」別人之後，只餘下了長城內的這十個小縣，這十縣原屬直隸省口北道，眞幸而是民國十七年的割省者，把它割歸察哈爾省界，否則，恐怕不再能有現在的察哈爾省政府了。

察省受到洋河及桑乾河的滋潤，所以沿河各地還相當的富饒。新保安、源鹿縣及下花園一帶，佛來供給這一地帶農民的遷移費，所以這件工程就陷於無限期的淺擱了。

滿了江南的風味的水田。在察哈爾省境南部的蔚縣，也是一個境產稻區域。在察北能見到這種情形，自然是我們沒有料想到的。洋河、桑乾二河在懷來縣境會合，由一個半里實的山峽流入河北省，這就是永定河，北平第一水工實驗所，曾經實驗過造一座蓄水閘，以防止永定河泛濫。此事華北水利委員會本已預備勸工，唯以要在懷來境內佔用一大片地方的薪水區域，受到農民的反對。而同時水利會有十萬元的協款，這本是曾經對於冀察政委會聽說在早請修解中，這就是能絕對地阻止官吏的貪污呢。不過是有幸與不幸而已！作小官者仍是這樣艱難，記者知道這兩位親愛的何處，無法爲他們將來的命不能設法使他們聊生。

◇八德◇
標語隨處見
察省以「八德」治民

德即「孝弟忠信禮義廉恥」所謂八德者，住了七位從這道來的人，同一個客店裏就記者在懷來時，和這種情形很多，農民們遇到這種情形，很多，農民們遇到這種情形，不能說不能聊生，又異口同聲地說，在新保安附近，又和兩次，由此可見，人浮於事的情形。

◇農村◇
陷破產狀態
這省裏 有許多 特產

儘管是這省裏有許多特產，及一部分肥沃的土地，然而由於苛捐雜稅的繁重與洋貨之深入民間，也就使察哈爾的農村陷於破產狀態，農民們因而也就處於悲慘的命運！

記者過南口時，曾遇見兩個青年農人，身上背着兩袋行李，迎面走來向我打聽門頭溝的去向。問他們詳情，則云來自懷來縣，因本鄉煤礦停頓一個「背煤」的活兒。從懷來到南口一百里，他們「走了一整天」。被農村經濟破產逼走了的這種可憐可愛的青年，不知道每夜將宿於何處，更無法爲他們將來的命運設想！記者在邊境內親愛段徒步的旅程上，遇這種情形很多，農民們遇到這種情形。

真是個堂堂的省份了，然而實際上，它是中國一個最小的大縣，還我們難然可以個人拿去了六個大縣，還省份一樣。在察哈爾一點也不因爲土地廣大，與別的省份一樣。今俺剩十縣，也要負擔一個省政府的羅嘗。此外，六縣負擔一個省政府，如今省府警務處，只要警務處接者人民控信，經過相當的調查，即會被控者行令「提解來審」，再就是「鐐把解來審」。還種辦法自然也是軍人政治的美德，是各縣公安局直接隸於省府警務處。這種隸於省府直接警務處的調查，即會被控者行令「提解來審」，再就是「鐐把解審辦」。

察哈爾者，到處都可見到這八德的標語，正如同××眼藥的廣告一樣地多。

訴現任官，已成了一種非常的風氣，尤以各縣公安局長被控的，更是屢見不鮮。因爲察省的政治系統，是各縣公安局直接隸於省府警務處，只要警務處接者人民控信，經過相當的調查，即會被控者行令「提解來審」，再就是「鐐把查辦」。

實在是困難。密於控控及一種做官，實在是困難。哈爾省者，到處都可見到這哈爾者，密於控控及一種做官。移費，所以這件工程就陷於無限期的淺擱了。在地圖上看，八德的標語，正如同××眼藥的廣告一樣地多。

1937년 5~6월 사이 샤오팡이 차하얼(察哈爾)에 가서 취재하였으며 『이스보』에 「차하얼 답사기」라는 기사를 발표하였다.

한 달이 지나고 두 달이 지났다. 그런데 마치 무선전화가 무신호 상태에 빠진 것처럼 핑한선은 삽시에 잠잠해진 것 같았다.

2016년 7월 나는 허뻬이대학 신문학원의 학생들을 거느리고 리현으로 가서 현지답사를 진행하였다. 그 옛날 우체국 옛 터 앞에서 학생들은 모두 감개무량해하며 탄식하였다. 모두들 의혹을 떨쳐버릴 수 없었다. 이곳에서 기사를 발송한 뒤 샤오팡은 대체 어디로 갔을까?

이 책 편찬을 위해 자료를 찾는 과정에서 『항전화보(抗戰畵報)』1937년 제4호 6쪽에서 우연히 「진수이 아군이 대전을 준비하다(晉綏我軍準備大戰)」라는 제목의 사진 묶음을 발견하였다. 작자는 샤오팡이라고 밝혀져 있었다. 여러 장의 사진은 모두 수이위안과 산시성에서 찍은 것이었다. 그중에 주더(朱德)의 사진이 한 장 있었는데 사진 설명에는 "주더 제8로군 신임 군장이 부대를 거느리고 이미 산시성에 도착했다."라고 쓰여 져 있었다. 이는 매우 중요한 새로운 발견이었다. 설마 샤오팡이 러허(熱河)로 진군하는 팔로군을 취재하고자 수이동으로 가려 하였다가 그 소식이 확실치 않아 다시 틈을 타 산시성에서 팔로군을 취재하였던 것일까? 10 수년의 탐방과정에서 이와 관련된 소식에 대해 누군가 언급하는 것을 듣지 못하였다. 팡한치(方漢奇) 선생은 그랬을 가능성이 매우 크다면서 "사진 속 주더의 옷차림과 그의 몸 뒤 토굴의 특징으로 판단해보면 계절과 장소가 모두 일치한데다가 그때 당시 샤오팡은 바로 그 일대에서 취재하고 있었으며, 또 작자 이름을 샤오팡이라고 밝힌 점 등으로 미루어볼 때 그 사진은 아마도 그가 찍은 것일 수 있다."라고 말하였다. 샤오팡이 팔로군을 촬영한 적이 있

2000년 9월, 다큐멘터리 「팡따쩡을 찾아서」 제작팀이 따통 근교를 방문하였다.

었는지의 여부는 좀 더 확실한 증거가 필요하다. 그런데 한 가지 긍정할 수 있는 것은 그로부터 얼마 지나지 않아 그의 친한 친구 치우시잉이 『대공보』 기자의 신분으로 산시성에 가서 팔로군에 가입하였고, 총부의 종군기자를 맡게 되었다는 사실이다.

바오띵이 함락된 후 판창장은 팡따쩡과 연락이 끊겼다. 송금을 하려고 해도 어디로 부쳐야 할지 알 수 없었다. 샤오팡의 친척에게 연락해봤더니 그가 리현으로 철수한 뒤 편지 한 통을 부쳐왔는데 "여전히 리현에서 계속 북상하여 창장 씨가 나에게 맡겨준 임무를 완성할 것"이라는 내용이 담겨 있었다는 회답을 얻을 수 있었다.

"그 후 스자좡(石家庄)이 함락되고 타이위안(太原)이 점령당하였다. 팡따쩡의 소식은 도무지 알 길이 없었다." 여러 해가 지난 뒤에도 판창장은 "젊고 영준하며 머리에 흰 헝겊모자를 쓰고 흰 적삼에 누런

2016년 7월 펑쉐쑹이 허뻬이대학 교사와 학생들을 거느리고 리(蠡)현으로 가서 현지답사를 진행하였다. (쑨난 촬영)

반바지를 입고 운동화를 신고 카메라를 둘러메고 활기에 찬" 샤오팡의 모습을 줄곧 머릿속에 간직하고 있었다. 저우미엔즈(周勉之)·팡중보(方仲伯) 등은 「전민통신사(全民通訊社)에 대한 저우언라이(周恩來) 동지의 배려와 양성」이라는 글에서 이렇게 회고하였다. "원래 중외사 사원이었던 팡따쩡이 그때 당시 통푸로(同蒲路) 연선에서 활동하면서 전민사(全民社)의 종군촬영기자를 담당하였다. 전선 사진을 적지 않게 찍었기 때문에, 전민사가 우한(武漢)에 있을 때 문자기사 외에 사진기사도 송고하곤 하였다. 불행하게도 얼마 지나지 않아 그와 연락이 끊겼고, 그 뒤로는 그의 상황에 대해 더 이상 알 길이 없었다. 항전 전선에서 희생되었을 가능성이 가장 크다."

"종군기자라는 직업을 선택했다는 것은 무엇보다도 먼저 죽음을 선택하였음을 의미한다는 걸 팡따쩡은 분명 알고 있었을 것이다." 판창

「진수이 아군이 대전을 준비하다」 사진 묶음. (샤오팡 촬영)

장뉴스상 수상자인 정밍(鄭明)이 말하였다. "겨우 25세밖에 안 된 젊은이가 피와 살이 튀기는 전장을 선택한 것이며, 야만과 정의의 대결을 가장 가까운 거리에서 지켜보는 걸 선택한 것이며, 신문기자의 역할 중에서 가장 위험한 역할을 선택한 것이다. 어쩌면 그는 개체의 생명은 사라질 수 있어도 민족의 각성은 영원할 것이라는 도리를 오래 전부터 이미 알고 있었는지도 모른다."

판창장은 『서부전선의 풍운(西線風雲)』 증정판 자서에서 그가 『대공보』 전시 취재과 주임을 맡았을 때, 업무 성과에 대해 중점적으로 서술한 바 있는데 그중에 팡따쩡의 기사 여러 편을 채용하였다는 내용과 그 기사들에 대해 언급한 내용이 있다. 그는 "이 책에 수록된 글들 중 어느 것 하나 생사의 갈림길에서 완성되지 않은 작품이 없다. 내가 비록 체계적으로 편집하고 배열하는 노력을 했지만 매 한 편의 진수는 여전히 그 글을 쓴 작가들의 것이다."라고 썼다.

1년 뒤 쉬잉(徐盈)이 서부전선에서 길을 에돌아 시란도로(西蘭. 시안[西安]-란저우[蘭州])를 거쳐 우한에 돌아왔다. 그때 이제 막 장시(江西)성 북부전선에서 돌아온 판창장을 만났는데, 이야기를 나누는 사이에 창장은 여전히 "화뻬이 종군기자 샤오팡의 행방에 대해 관심을 두고 있었다"라고 그는 기억하고 있었다.

9.
이야기 속의 이야기

팡따쩡이 우리와 친척 사이라는 사실을 최근에 이르러서야 외조카 판쑤쑤(范蘇蘇)에게서 들어서 알게 되었다. 둘째 백부 선쥔루(沈鈞儒)가 청년시절에 수재(秀才)에 급제하였는데 쑤저우(蘇州)의 명사 장팅샹(張廷驤)이 그를 가정교사로 집에 들였으며, 후에는 또 자기 딸 장샹정(張象徵)을 그에게 시집을 보냈다. 둘째 큰어머니의 큰오빠는 이름이 장샹퀘이(張象奎)이고 자(字)는 보서(寶書)인데, 그의 아들 장쇼통(張孝通)이면 둘째 백부 부부의 외조카요, 누이 선푸(沈譜)의 외사촌오빠가 된다. 그리고 장쇼통의 부인 팡수민(方淑敏)의 둘째 동생이 바로 팡따쩡이다. 다시 말하면 팡따쩡은 사촌 누이 선푸 부부와 외사촌형제간이다.

— 선닝(沈寧)

「항전 당시 젊은 종군기자가 활약하고 있었다」

9. 이야기 속의 이야기

1937년 7월 중하순 『량유(良友)』화보 130호가 출간됐다. 그 호에 실린 "정 여사"라는 이름의 표지 모델이 유난히 눈길을 끌었다. 건강과 활기가 그녀의 얼굴에 쓰여 져 있고 붉은 입술과 빛나는 눈빛이 인상적이었다. 이웃이었던 저명한 작가 정전둬(鄭振鐸)는 자신의 기억 속의 그녀를 이렇게 묘사하였다. "균형 잡힌 몸매에 풍만한 얼굴형, 화려하지만 눈이 거슬리지 않는 옷차림, 한눈에도 교양을 갖춘 순진한 소녀임을 알 수 있었으며 보기 드문 중화의 딸임을 알 수 있었다.

몇 년 뒤 리안(李安) 감독의 「색계(色戒)」가 공연되면서 그 "정 여사"는 또다시 주목을 받게 되었다. 어떤 사람들은 영화 속 여주인공의 원형이 바로 그녀라고 하였다. 그해 『량유』화보 편집이었던 마궈량(馬國亮)은 말년에 출간한 회고록에 이렇게 썼다. "아주 여러 해가 지난 뒤에야 우리는 비로소 그녀가 항일에 장렬하게 헌신한 애국열사라는 사실을 알게 되었다. 그의 완전한 이름은 정핑루(鄭苹如)였다."

바로 그 표지 뒤로 이 화보는 아주 드물게 3쪽부터 9쪽까지 많은 페이지를 할양해 샤오팡의 촬영보도가 네 묶음인 총 40장의 사진을 실었다. 그 네 묶음의 작품으로는 "루꺼우차오사변" "우리는 자위를 위해 항전한다" "일본군 포화 아래의 완핑(宛平)" "경계가 삼엄한 베이핑"이었다. 루꺼우차오전선 제1현장에서 온 그 사진들은 영상으로

中華郵政特准掛號認為新聞紙類・內政部登記證警字六四五號・廣州市政府社會局登記證文字二九九號

期〇三一第　號月七
THE YOUNG COMPANION
JULY, 1937 NO. 130

『량여우화보(良友畵報)』 1937년 7월호 (총 130호)

역사를 기록하는 과정에서 한 민족, 한 나라의 지워버릴 수 없는 소중한 기억이 되리라고는 아무도 생각지 못하였다. "9. 18"사변 때부터 시작하여 중일 간에 마찰이 끊이지 않았기 때문에 루꺼우차오 총포 소리가 그저 끊이지 않는 마찰 과정에 스쳐가는 또 한 차례의 충돌인 줄로만 알고 절대다수 사람들이 여전히 관망만 하고 있을 때 『량유』화보는 사건의 중요성에 대해 인식하였던 게 분명하다. 때문에 그들은 줄곧 양호한 합작 관계를 이어오던 팡따쩡이 보내온 작품들을 받았을 때 문제의 심각성 정도가 절대 예삿일이 아님을 이미 느꼈던 것이다. "『량유』는 창간 초창기 때부터 신문 사진의 게재 문제를 이미 주목하기 시작하였다……" 마궈량은 이렇게 회고하였다. "그러나 그 때 당시 여건의 제한으로 세계적으로 주목을 받는 일부 뉴스인물의 반신 사진만 게재하였을 뿐, 사건 발생의 현장배경과 인물 활동 상황 관련 사진은 적었다. 그 원인은 그때 당시 신문 사진 촬영에 종사하는 사람이 많지 않았기 때문이었다."

● 頁友 第一三○期 目錄 ●

標題	作者	頁
		封面
盧溝橋事件(採自歐洲畫報之二)	小 方	3
我們爲自衛而抗戰	小 方	5
日軍砲火下之北平	小 方	7
北平刀斗森嚴	方	9
新中國幹部之搖籃	蔣仲起	11
國內各方	方	13
武裝起來		14
到農村去	辛	15
世界三大建築落成		16
新艦不海號	廉子	17
李維諾夫		19
撒拉族的祀會	莊學本	21
國軍在綏東前線	周佑富	23
五倍山除害記	趙寅卯	25
上海衛生試驗所	林明蓉	27
聰明醫探	鄭聰人	29
浪漫兒章的天堂	蔡永華	31
鮮慈之人工培植	錢守忠	33
蜀中一瞥	謝白克	35
射藝研究	詹靭佰	37
夏空行雲	竹關將	39
海濱即景	廬慕氏	41
結婚的悲劇	廬慕氏	43
勇敢之女	鮒造光	44
武則天	基	46
世界珍聞錄	鳳	47
晨操第六課	許海紀 朱今明	49
良友畫庫	司徒光	50
小陳(連載漫畫)	葉淺予	54

『량여우화보』 130호에 샤오팡의 전선 촬영 작품 네 묶음이 잇달아 게재되었다.

두말할 것 없이 팡따쩡의 신문촬영은 『량유』의 부족함을 메워주었다고 할 수 있다. 그들은 사진내용에서 루꺼우차오에서 발생한 사건이 큰 사건이라는 걸 바로 인식하고는 추호의 망설임도 없이 선참으로 보도하였던 것이다. 『량유』 화보가 샤오팡의 현장보도를 대서특필하면서 훗날 『전쟁화간』 출판을 위한 토대를 닦아놓았다. 이와 동시에 그들은 또 「루꺼우차오 사건 화간」도 출판하였다. 이번에 샤오팡이 촬영한 「루꺼우차오를 굳게 지키는 병사」를 직접 대형 사진으로 표지에 실었는데, 그때 당시 사회적으로 영향이 매우 컸으며 잇달아 4차례나 재판되었다.

> "우리가 그때 원고를 발송할 때 당시에는 그 시간이 우리 전국을 집어삼키고 노예화하고자 하는 일본의 시도의 시작이 되리라고는 미처 생각지 못하였다. 일본군국주의도 이번 야심찬 행동이 1894년 갑오중일전쟁이래 거의 한 세기 동안에 걸쳐 꾀해온 음모와 계획이, 우리나라를 일본 판도에 합병시키려는 망령된 꿈을 전부 파멸시켜버릴 줄은 생각지도 못하였다."
>
> (마궈량 「량유의 옛 추억」)

『량유』 130호에는 수사오난(舒少南)의 기사 「무장하여라(武裝起來)」 외에도 쫭쉐번(庄學本)의 사진기행문, 웨이서우종(魏守忠)의 기사 「생버섯의 인공재배(鮮菇之人工培植)」, 그리고 「여름 하늘에 구름이 떠가고(夏

샤오팡은 『량여우화보』와 양호한 합작관계를 갖고 있었다. (펑쉐쏭 촬영)

空行雲)」「눈앞에 펼쳐진 바닷가 풍경(海濱卽景)」등 레저 내용이 실렸
다. 여러 해가 지난 뒤 그때 당시의 화보 편집 담당자가 "루꺼우차오
위의 돌사자와 항전 용사의 사진이 표지 모델 여성의 뒤 속표지에 모
습을 드러냄으로써 선명한 대조를 이루었다"라고 감개무량해 하였다.

같은 호에 또 상하이 극예사 배우 잉인(英茵) 분 무측천(武則天) 스
틸사진도 게재되었다. 항일전쟁이 전면적으로 발발한 후 그녀는 정보
원이 되었다. 그러다가 1941년 3월에 한간(漢奸. 매국노)의 속임수에
빠져 신분이 노출되었으며, 결국 잉인은 국제대호텔에서 음독자살하
고 말았다.

생각밖에 그 뒤 『량유』역시 전쟁으로 인해 3개월간 정간되었다. 그
잡지를 본 정핑루가 표지를 펼치고 샤오팡의 작품을 보게 된 순간,

그녀의 심정이 어떠했을지는 알 바가 없다. 그러나 그 뒤 그녀 운명이 순경과 역경을 겪는 것을 보면서 어쩌면 답을 찾을 수 있을지도 모른다고 생각했다.

그해 상하이탄 유행계에서 정핑루는 "미래의 스타"였다. 그녀의 집은 상하이 프랑스 조계지 뤼반로(呂班路) 완이팡(萬宜坊) 88번지였는데, 지금의 총칭난로(重慶南路) 205농(弄)이며, 쩌우타오펀(鄒韜奮), 푸레이(傅雷), 딩링(丁玲), 정전둬 등은 모두 그녀의 이웃이었다. 가을의 어느 날 한 모임에서 경력이 풍부한 특공대원 천바오화(陳寶驊)는 그녀를 보자 그녀가 얼마 전 『량유』 표지에 실린 소녀임을 바로 알아보았다. 이야기를 주고받는 과정에서 뜻밖에 그녀가 장쑤(江蘇) 고급검찰원 제2분원 정웨(鄭鉞) 수석검사의 딸이며, 상하이법정학원 학생이라는 사실을 알게 되었다. 강렬한 애국 열정을 품은 이 여대생, 높은 관직에 있는 그녀의 아버지와 일본인 어머니, 그녀 자신이 일본어에 능통한 조건을 갖춘 점 등을 감안하여 천바오화는 당장에서 정핑루에게 "항일투쟁을 더 잘하고 나라를 위해 충성을 다할 수 있도록" "단체에 가입할 것"을 청하였고, 정핑루은 흔쾌히 받아들였다. 그렇게 되어 그녀는 중국 국민당 중앙집행위원회 조사통계국('중통[中統]'으로 약칭) 비밀 정보조직 요원으로 발전하게 되었다.

정핑루의 뜨거운 애국심은 가정교육에서 비롯되었다. 그녀의 아버지 정웨는 자가 영백(英伯)이며 일본 유학시절에 이미 동맹회에 가입하였었다. 그는 비밀 정보원이 된 딸에게 "나라를 위해서라면 무엇이든 희생할 수 있다."라고 일깨워주었다. 그녀의 어머니는 일본인이지

팡수민(方淑敏) 장쇼퉁(張孝通) 부부와 딸 장짜이어(張在娥)(앞 가운데) 장짜이치(張在琪).

만, 중국의 항일투쟁을 지지하였다. 정핑루는 재빨리 유창한 일본어와 절반이 일본인 혈통인 신분을 이용하여 일본 침략군 상하이 주둔여러 기관의 중상층 사교계에 금방 융합되어 들어갈 수 있었으며, 수많은 일본군 부서를 자유롭게 출입할 수 있게 되어 대량의 고급기밀을 획득할 수 있었다. 량유회사는 상하이 홍커우(虹口) 베이쓰촨로(北四川路)에 위치해 있었는데 그 구역은 줄곧 일본군이 저들의 세력범위로 간주하였던 구역이다. 일관되게 항일을 주장해온 『량유화보』는 그런 환경에서 경영이 더욱 어려웠다. '8.13'의 총포소리에 회사의 정상적인 운행이 혼란에 빠졌으며 내부 도서들은 이틀 내에 모두 도둑을 맞고 말았다. 하는 수 없이 영국 조계지 내 장시로(江西路) 264번지로 이주하였다. 인쇄공장이 있는 양수푸(楊樹浦)는 바로 일본군의 전쟁

선쥔루(沈鈞儒)가 자택에서. (장짜이어 사진 제공)

구역 위에 속해 있었는데 편집을 끝내고 발간 단계에 들어간 제131호 잡지가 원고와 함께 전쟁의 포화 속에서 모두 훼손되고 말았다. 3개월 가까이 정간되었다가 11월 1일에 『량유』는 홍콩에서 복간되어 여전히 제131호라고 호수를 매겼다. 여건의 제한으로 이번 호 잡지는 동판 인쇄를 하는 수밖에 없었다. 「편집자의 말」과 마궈량의 회고 글에서는 모두 이런 내용에 대해 언급하였다.

"팡따쩡이 촬영한 화뻬이 항전 상황 관련 사진 등은 그때 당시 다른 곳에 발표된 적이 없는데, 전부 다 상하이 전쟁구역에서 훼손되어 버려 독자들에게 보여줄 수 없는 것이 못내 아쉬웠다."

그 시절 팡따쩡의 누이 팡수민과 자형 장쇼통 일가가 상하이 아이원이로(愛文怡路)의 아이원팡(愛文坊)에 살고 있었는데, 바로 오늘날 베

장샹정(張象徵)이 장짜이어를 품에 안고 찍은 사진. (장짜이어 사진 제공)

이징시로(北京西路)의 1312눙(弄)이다. 장쇼퉁의 본명은 장셴다(張賢達)이고 아명은 마오관(卯官)인데 샤오팡과 정이 두터웠다.

그 아버지가 일찍 세상을 떠나는 바람에 그는 어려서부터 베이징에 있는 고모 장샹정의 집에서 자랐으며 고모부가 바로 유명한 민주인사인 선쥔루이다.

> "팡따쩡이 우리와 친척 사이라는 사실을 최근에 이르러서야 외조카 판쑤쑤(范蘇蘇)에게서 들어서 알게 되었다. 둘째 백부 선쥔루(沈鈞儒)가 청년시절에 수재(秀才)에 급제하였는데 쑤저우(蘇州)의 명사 장팅샹(張廷驤)이 그를 가정교사로 집에 들였으며, 후에는 또 자기 딸 장샹정(張象徵)을 그에게 시집을 보냈다. 둘째 큰어머니의 큰오빠는 이름이 장샹퀘이(張象奎)이고 자(字)가 보서(寶書)인데, 그의 아들 장쇼퉁(張孝通)이면 둘째 백부 부부의 외조카요, 누이 선푸(沈譜)의 외사촌오빠가 된다. 그리고 장쇼퉁의 부인 팡수민(方淑敏)의 둘째 동생이 바로 팡따쩡이다. 다시 말하면 팡따쩡은 사촌 누이 선푸 부부와 외사촌형제간이다."
>
> (선닝[沈寧] 「항전 당시 젊은 종군기자가 활약하고 있었다 [抗戰中, 活躍著年輕的戰地記者]」)

1894년 장샹정과 선쥔루가 부부의 연을 맺었다. 혼인한 후 선 선생은 밖의 일로 바삐 보내다니다 보니 집안일과 자녀를 양육하는 건 그녀의 몫이었다. 때로는 경제적 어려움에 부딪힐 때도 있었는데, 그녀는 늘 혼수로 장만해 왔던 물건들을 팔아 살림에 보태곤 하였다. 때로는 걱정거리가 생겨도 그녀는 남편이 알면 걱정할까봐 되도록 선쥔루가 알지 못하게 하였다. 그녀는 남편을 많이 도와주었으며 유능하고 현숙한 내조자였다. 1929년 2월~3월 장상정이 단독(丹毒)[7]에 걸려 병원에 입원하게 되었는데, 선쥔루 선생이 직접 옆에서 보살폈다. 병세가 중할 때는 그가 반달 가까이 신발 끈을 풀지 못하였다. 상하이의 한 신문에서 그 일을 보도하면서 "돈독한 부부의 정"이라고 극찬하였다. 선쥔루 부부는 서로 정이 깊었으며 사람들의 존경과 대접을 받았다. 그때 당시 『대공보』 총편집장을 맡았던 장지롼(張季鸞)이 선쥔루의 "가정은 현숙한 아내와 총명한 자녀가 있고, 가난한 생활환경에서도 늘 웃음을 잃지 않으며 집안이 화기애애하다"라고 말하였다.

선쥔루 선생은 처조카인 장쇼퉁을 친자식처럼 대하면서 그를 베이핑 기독교청년회 상과(商科)학교에 들어가 공부할 수 있게 뒷바라지를 해주었다. 1927년 5월 21일 그가 아내에게 쓴 편지에는 이런 내용이 담겨 있다. "마오관에게는 참으로 미안한 마음이 드는구려. 그러나 지금 당장은 고루 돌볼 수가 없구려. 마오관의 학비며 생활비는 절대 몰라라 하지 않을 것이오. 그는 재능이 있으니 내가 반드시 추천할 것이오. 올해 여름방학에 졸업할 수 있겠는지 나에게 바로 알리기 바라오. 마오관은 당신이 각별히 아끼는 아이니까 반드시 도와줄 것이오. 지금 일시적으로 어려운 나의 고충을 그 아이가 헤아려주기 바

---

7) 단독 : 피부나 점막 따위의 헌데나 다친 곳으로 연쇄상 구균과 같은 세균이 들어가서 생기는 급성 전염병.

라는 마음이오." 장쑈통이 졸업하자 선쥔루는 먼저 그를 정법계에 추천하였다가 후에 상하이철도국에 전근시켰다. 그리고 여전히 한 집에 같이 살면서 그의 성장에 항상 관심을 기울였다.

어쩌면 장쑈통이 청년회 상과학교에서 공부하는 기간에 소년시절의 샤오팡을 알게 되었을 수도 있다. 후에 누이 팡수민과 장쑈통이 결혼하게 된 것이 그와 연관이 있는지 없는지는 이제 와서 고증할 방법이 없게 되었다. 그러나 그가 중파대학을 졸업하고 기자가 된 뒤, "아버지는 상하이에서 외삼촌이 자주 작품을 발표하곤 하였던『세계지식』『량유』『생활주간(生活星期刊)』그리고 후에 근무하였던『대공보』를 항상 구독하였으며, 보도기사를 통해 샤오팡의 행방을 알아보곤 하였다."고 장쑈통의 장녀 장짜이어가 회고하였다.

1934년 선쥔루와 부인이 나란히 예순 잔치를 치렀다. 1월 1일 상하이 변호사공회, 상하이 법학원, 전절공회(全浙公會) 등의 친척과 친구들이 부부를 위한 축하행사를 마련하고, 또 "모금을 통한 교육기부기금(釀資捐助敎育基金)"을 발기하여 두 분을 오래도록 기념할 수 있도록 하였다. 얼마 뒤 장샹정이 감기로 인한 급성폐렴에 걸렸는데 위염까지 겹쳐 치료를 받았으나 효과를 보지 못하고 3월 22일 상하이에서 세상을 떠났다. 선쥔루는 말할 수도 없는 큰 슬픔에 잠겼으며, 입관할 때 자기 사진을 사망한 아내의 가슴 위에 올려놓았다. 장샹정의 영구는 자싱(嘉興)의 심가빈(沈家浜) 조상 묘지에 안장하였으며, 선쥔루의 분부에 따라 묏자리를 하나 더 만들어 훗날 부인과 함께 합장하려고 준비하였다. 선쥔루는 부인이 세상을 떠난 뒤부터 부인의 유

她在微笑着希望
你们二位時々指教
她不要忘了她。

郎弼
妹
绍

喜贈于一九三五
見于一月。

선푸(沈譜)가 장쇼퉁·팡수민에게 보낸 사진. 뒷면에 그녀가 직접 쓴 글이 적혀 있다.
(장짜이어 사진 제공)

『량여우화보』 129호에 「옥중 일곱 군자(獄中七君子)」 사진묶음이 게재됨. (중외신문학사)

전민통신사에 소장된 선쥔루(앞줄 우-2) 등의 옥중 사진.

상(遺像)을 내의 주머니 속에 넣고 다녔으며, 잠을 잘 때는 베개 위에 올려놓곤 하였다. 그리고 그는 평생 재취를 하지 않았다.

누가 그에게 후취에 대한 이야기를 꺼내거나 하면 그는 언제나 부인의 유상을 가리키면서 "그만 하시게. 내 부인이 여기 있네. 그녀가 들으면 기분이 좋지 않을 걸세."라고 말하곤 하였다.

그의 시집 『요요집(寥寥集)』에는 저세상에 간 부인을 애도하고 그리워하는 정서를 담은 「그림자(影)」라는 제목의 시가 실려 있다.

그대의 그림자는 내 품에 있고, 그대의 몸을 내 그림자가
따릅니다.(君影我懷在, 君身我影隨)
저승길이 막혀 잠깐 떨어져 있지만,(重泉雖暫隔)
한시도 떨어진 적이 없습니다.(片夕未相離)

굽어보고 쳐다보며 한 옷섶 안에서 꼭 껴안고 있으니,

(俯仰同襟抱)

몸뚱이는 얼마든지 버릴 수 있습니다.(形骸任棄遺)

백 년 동안 울고 웃으며 쌓아온 감정은,(百年真哭笑)

오로지 두 마음만이 알 수 있을 뿐입니다.(只許兩心知)

그 뒤로 선쥔루는 장쇼퉁을 더욱 아껴주었다. 그를 보면 부인 장샹 정을 보는 것 같은 마음에서였을 것이다. 그의 딸 선푸는 쇼퉁·수민 부부와 마치 친형제처럼 사이좋게 지냈으며, "마오(卯)오빠", "마오 형 님"이라는 애칭으로 부르곤 하였다. 선 씨와 팡 씨 두 집안도 왕래가 잦았다. 선쥔루가 가족들에게 쓴 편지에는 "쇼퉁 역시 무사히 잘 있 다는 소식을 전해왔고, 마오 조카며느리의 여동생 팡청민도 여기에 있다"라고 언급하였다.

1936년 11월 22일 밤중에 국민당정부가 "민국에 위해를 끼쳤다"는 죄목으로 상하이에서 선쥔루·장나이치(章乃器)·쩌우타오펀(鄒韜奮)·리 궁푸(李公朴)·사첸리(沙千里)·스량(史良)·왕짜오스(王造時) 등 7명의 구 국회 리더(역사적으로 "칠군자사건(七君子事件)"이라 부름)를 체포한 뒤 그들을 장쑤 고급법원 구치소에 감금시켰다.

그때 당시 선푸는 난징의 진링(金陵)여자대학교 화학과 3학년에 재 학 중이었는데 아버지 선쥔루가 항일구국운동을 하다가 감옥에 갇히 게 되자 공부를 계속할 마음이 없었다. 그래서 겹겹의 장애물을 물리 치고 구치소로 면회를 갔다. 아버지가 쓴 "내 강산을 돌려다오(還我河

『량여우』 복간 당시 「편집자의 말」에 샤오팡의 필름이 전쟁의 포화에 훼손되었다는 내용을 언급함.

山"라는 힘 있는 글자가 감방 벽에 드리워져 있는 것을 보고 크게 고무되었다. 그녀는 감방 문 앞에서 아버지와 함께 기념사진을 찍었다. 이로써 아버지세대의 애국정신을 높이 우러러보는 마음과 '애국이 죄'라고 주장하는 당국에 대한 말없는 항의를 표하였다.

『량유』 화보 129호에 '일곱 군자'의 옥중 생활사진 한 묶음이 실렸다. 출처는 중외사(中外社)라고 밝혀져 있다. 4폭의 사진은 각각 옥중 단체사진, 구국 노래를 부르는 장면, 공부에 열중하는 장면, 그리고 선쥔루 선생이 "내 강산을 돌려다오"라고 쓴 글자 아래 감방에 홀로 앉아서 찍은 사진이다.

장짜이쉬안이 그의 어머니에게 들은 바에 따르면 일곱 군자가 옥에 갇힌 뒤 그의 부모가 두 차례 쑤저우의 구치소로 선쥔루의 면회를 갔다고 한다. 그때 당시 친인척 사이가 아니라면 면회가 허용되지 않았다. 그때 중외신문학사의 촬영기자로 있던 외삼촌 샤오팡이 함께 가서 사진을 찍었을 가능성이 아주 크다는 것이다. "오늘 우리가 볼 수 있는 출처를 중외사라고 밝힌 사진에 옥중의 선쥔루와 관련한 내용이 있는데, 이는 그가 찍은 것임이 분명하다." 이런 설은 필자가 최근 판창장의 장자 판쑤쑤(范蘇蘇) 선생을 방문하였을 때도 확인되었

아들이 실종된 후의 팡주리(方朱理). (장짜이어 사진 제공)

팡수민이 두 딸을 데리고 베이핑으로 돌아오고, 장쇼퉁은 충칭(重慶)으로 감. (장짜이어 사진 제공)

판창장과 선푸(沈譜)의 결혼사진. (판쑤쑤[范蘇蘇] 사진 제공)

다. 그는 "샤오팡이 누이와 매형을 따라 감옥에 면회를 갔던 게 틀림없다. 이처럼 중외를 들썩한 대사건에 대해 게다가 친척간이기까지 하니 진보적 사상과 정의로운 양심을 갖춘 그가 절대 수수방관할 리 없었을 것이다."라고 판단하였다.

일곱 군자의 사진묶음을 처음에는 중외신문학사가 보관하고 있었는데, 전면적인 항일전쟁이 일어난 뒤 톈진에서 산시(山西)로 옮기면서 학사는 전민통신사로 개명하였다. 전쟁의 불길을 피할 수 있도록 하기 위해 리공푸 사장은 그 진귀한 사진들을 항상 몸에 지니고 다니곤 하였다. 후에 리 선생이 암살당한 뒤 가족들이 그의 유물에서 그 보귀한 사진들을 발견하였으며, 또 여러 해 동안 정성들여 보관하였다가 1959년에 국가박물관에 넘겨 수장하기에 이르렀다.

장쇼통과 아이들이 상하이에서. (장짜이어 사진 제공)

『대공보』 9월 30일자에 샤오팡의 전선보도기사 「핑한선 북쪽구간의 변화」가 실린 뒤 장쇼통은 매일 퇴근 후에는 언제나 신문을 한 부 사곤 하였다. 그렇게 3개월 연속 해왔으나 더 이상 샤오팡의 기사가 실리는 건 볼 수가 없었다. 떠들썩하다가 침묵하기까지 처음에 가족들은 별로 개의치 않았다. 그가 늘 오래도록 소식이 없다가 어느 날 갑자기 활기찬 모습으로 눈앞에 나타나곤 하였기 때문이다. 샤오팡의 어머니 팡주리가 걱정하는 것은 아들이 "어렸을 때부터 모험하는 것을 좋아하고 담이 너무 큰 것"이었다. 그러나 그들 모자간에는 약속이 되어 있었다. 어떤 상황에 맞닥뜨리더라도 셰허 후통 10번지에 있는 집은 정해져 있는 꼭 만나야만 하는 지점이라고 말이다. 시간이 가고 샤오팡의 소식을 도무지 들을 수 없게 되자 가족들과 친구들은 비로소 불길한 예감이 들기 시작하였다. 판창장은 1937년 말 중국청년기자협회 설립을 준비하면서 "만약 샤오팡이 있으면 분명히 꼭 올 것"이라고 말하기도 하였다. 그리고 그는 샤오팡이 무사할 것이라면서 "영민한 그니까 예상치 못했던 사태의 변화에도 충분히 대처할 수 있을 것"이라고 믿었다. 시간이 많이 흘렀지만 여전히 샤오팡에 대한 아무런 소식도 들을 수 없었다. 산시(山西) 성의 타이위안(太原)에서 그를 본 적이 있다는 사람도 있고, 또 그가 일본 병사에게 잡혀 옥에 갇혔다는 사람도 있었지만, 그런 소문들을 확증할 방법이 없었다. 1938년 후 장쇼통이 상하이를 떠나 기관을 따라 육로를 통해 총칭으로 가고, 팡수민은 딸 장짜이어 자매를 데리고 베이핑의 집으로 돌아왔다. 1년 뒤 선푸가 대학을 졸업하고 총칭으로 돌아가 쩌우타오펀 선생의 소개로 판창장을 만나게 되었으며, 두 사람은 서로 알게 되어서부터 얼마 안가 서로 사랑하기에 이르렀다.

1940년 12월 10일 아버지 선쥔루의 주관 하에 그들은 총칭의 량좡(良庄)에서 간소한 결혼식을 올렸다. 리공푸·저우언라이 등이 참가해 축하해주었다. 덩잉차오(鄧穎超)는 몸이 아파서 참석하지 못했으나 진심 어린 축사를 보내왔다.

"옷 한 견지도 새로 지어 입지 않고 이른바 신혼집을 꾸밀 가구 하나도 새로 장만하지 않았다. 딸과 창장은 모두 남색 무명천 두루마기를 입고 꽃 한 송이를 상징적으로 옷깃에 달았다." 선쥔루는 가족들에게 혼례식에 대해 소개하는 편지에 이렇게 썼다. "그 어떤 의식도 모두 다 생략하였다. 인사도, 결혼 증서도, 반지 교환도 모두 다 생략하고 주례도, 증인도, 소개자 등 이들의 이름도 생략하였으며 초대장과 연회석도 생략하였다." "그저 여덟 자 길이의 선지(宣紙)를 한 장 마련하여 결혼식에 참가한 손님들의 사인을 받아 결혼을 증명 받았다. 250~260명의 손님이 참가해주었다."

"판창장이 사촌 누이 선푸와 결혼하면서 나의 사촌매형이 되었다. 다시 말하면 팡따쩡이 그들의 사촌형제가 된 것이다." 선닝은 이렇게 회고하였다. "그러나 그때 당시 그들이 함께 전선에서 취재하고 소식을 보도할 때, 그리고 샤오팡이 실종된 후 그를 기념하는 글을 쓸 때도 매형은 그가 결혼으로 인해 샤오팡과 친척간이 될 줄은 생각지 못하였다." 후에 장쇼통 일가가 총칭에 다시 모였을 때 선쥔루와 한 집에 함께 살았다. 선 선생은 위층에 살고 그들은 아래층에 살았다. 지금까지도 장짜이쉬안은 저우언라이가 여러 차례 선쥔루를 방문하였던 일을 기억하고 있다.

승용차가 문 앞에 세워져 있었는데 그들 형제들이 차 안에 기어들어가 라디오 스위치도 틀어보곤 하면서 너무나도 재미있었던 기억을 간직하고 있었다. 거기서 그는 판창장과 여러 번이나 마주쳤었다. 샤오팡이 실종된 데 대해 창장은 미안해하고 있었으며, 자신이 그를 잘 보살피지 못하였다고 늘 말하곤 하였다는 말을 어머니 팡수민에게 들었다.

"팡따쩡의 성공에는 한 가지 중요한 요인이 있다. 그것은 바로 그와 판창장이 알게 된 뒤였다. 판창장이 팡따정에

샤오팡(두 번째 줄 좌1)이 실종된 후 많은 친구들이 그의 집을 찾아와 그의 행방을
수소문하였다.

게 대체 어떤 신문취재 관련 비결을 전수하였는지에 대해
서 증명할 수 있는 그 어떤 자료도 없다. 단 그가 판창장을
알게 된 후 그의 수준과 문풍이 크게 개선되고 향상된 것
만은 확실하다. 그 이전의 팡따쩡의 보도기사는 비록 훌륭
하지 않다고는 할 수 없지만 극치에 달할 정도는 아니었다.
그의 일부 보도기사는 마치 가지만 있고 잎이 없는 나뭇가
지처럼 사실은 있으나 재기와 생기가 부족하였다.

자료들을 너무 많이 열거하는 바람에 글에서 격정의 파문
이 일지 않았다. 판창장과 알게 된 뒤로 그의 문풍이 크게

샤오팡이 집에 남기고간 사진 필름 함. (펑쉐쏭 촬영)

바뀌어 서술하는 풍격이 판창장과 아주 비슷하게 되었다. 예를 들면 「루꺼우차오 항전기」 「전선에서 베이핑을 그리며」 「바오띵 이남」 「바오띵 이북」 「냥쯔관(娘子關)에서 옌먼관(雁門關)까지」 「쥐용관(居庸關) 혈투」 등의 보도는 만약 저자 이름을 '샤오팡'이라고 밝히지 않았다면 대다수 사람들이 그 보도기사를 판창장이 쓴 건 줄로 오해할 정도로 꼭 적합한 표현능력을 보여주었다. 그는 뛰어난 기법으로 전선뉴스를 매우 생생하고 실감나게 남김없이 전해주었다. 그의 기사는 류셰(劉勰)가 말했다시피 진정으로 '우주만물들 사이에서 떠나기가 아쉬워 배회하면서 보고 들은 것에 대해 말없이 깊은 사색에 빠지게 하고, 경물의 모습에 대한 묘사가 경물에 따라 바뀔 수 있으며, 언어와 음절의 배치 또한 반드시 자기 사상감정을 결합시켜 섬세하게 고민하는 경지'

에 도달하였다."

(주하이옌[朱海燕]「포화를 헤치고 온 제례[穿越炮火的祭禮])」

판창장은 「미완성 걸작」, 「조국 십년」 등 글에서 "머리카락이 조금 노
란, 슬라브 풍"의, 전우에서 친척이 된 사랑스러운 젊은이 샤오팡을
몇 번이나 언급하였다. 그는 중국청년신문기자협회의 한 보고서에서
이렇게 언급하였다. "바오띵전투 때 종군기자 팡따쩡이 「용띵허 상류
의 전투」라는 기사를 쓸 계획이었는데 후에 바오띵이 함락되는 바람
에 리(蠡)현까지 철수하는 수밖에 없었다. 그런 와중에도 그는 후방
으로 보낸 편지에 여전히 '계속 북상해 최초의 결정을 달성해야만 한
다'라고 주장하였다. 그런 사랑스러운 신문계 전사가 결국 실종되었
다." 그리고 그는 자신이 편찬한 『루꺼우차오에서 장허(漳河)까지』, 『서
부전선의 풍운』 등 책에 샤오팡의 보도 작품을 수록하였다. 그렇게
한 것은 좋아하고 감복해서이기도 하지만 어쩌면 그들 사이에 우연히
맺어진 친척간의 정을 위로 받기 위함이었을 것이다.

행방이 묘연해진 팡따쩡에 비해 그와 같은 『량유』 화보에서 '우연히
만난' 표지인물 정핑루는 비록 이름난 규수의 길을 따라 패션계와 사
교계에서 크게 빛을 발하지는 않았지만, 운명의 선택에서는 장렬하고
대단하다고 할 수 있다. 중통 특공대원이 된 후 그녀는 딩모췬(丁默邨)
을 암살하는 중요한 임무를 맡았다. 딩모췬은 젊었을 때 공산당조직
에 가입하였으나 후에 혁명을 배신하고 군통국(軍統局. 중화민국 시대
의 국민당 특무기관의 하나로 '국민정부군산위원회조사통계국[国民政

1947년 충칭에서 돌아온 팡청민. (장짜이어 사진 제공)

府軍事委員会调查统计局]'의 준말) 처장의 신분으로 왕징웨이(汪精衛)에게 달라붙었다. 왕징웨이 괴뢰정부 특무조직의 '일인자'가 된 딩모췬은 두 손에 항일군민의 피를 가득 묻혔다. 정핑루는 세상 물정을 모르는 소녀로 가장하여 "스승과 제자의 관계"를 강조하며 어느 한 사교모임에서 그 옛날 중학교 교장과 우연히 만난 것처럼 꾸며 연을 맺은 뒤 기회를 틈 타 애교를 부리면서 딩무췬의 혼을 쏙 빼놓았다.

시기가 무르익은 것을 파악한 중통은 암살행동을 개시하였다. 1939년 12월 21일 딩모췬이 정핑루를 불러 함께 후시(滬西)의 한 친구의 집 식사초대모임에 갔다가 두 사람이 한 차를 타고 돌아오게 되었다. 자동차가 과등로(戈登路, 지금의 장닝로[江寧路])에 위치한 시베리아 가죽제품가게 앞에 이르렀을 때 정펑루가 갑자기 가죽외투를 한 견지 사겠다면서 딩모천의 팔목을 당겨 함께 차에서 내렸다. 가죽외투를 고르던 딩모천이 문득 가게 유리창 밖에서 누군가 자신을 노려보고 있는 것을 발견하였다. 순간 의심이 든 그는 바로 몸을 돌려 밖으로 뛰쳐나갔다. 가게 밖에서 손쓸 기회를 엿보고 있던 중통 특무는 그가 갑자기 뛰쳐나오는 바람에 어쩔 바를 몰라 멍해 있었다. 그 틈을 타 딩모천은 거리를 가로 질러 도망쳤다. 뒤늦게 총소리가 울렸으나 탄알이 자동차 방탄문에 맞아 튕겨났을 뿐 딩모천은 털끝 하나 다치지 않고 도망치고 말았다.

계획이 실패한 것을 본 정펑루는 포기할 수 없어 권총을 몰래 지니고 기회를 틈 타 직접 손 쓸 생각으로 차를 타고 76번지까지 쫓아가 딩모천을 만나겠다고 요구하였으나 그 자리에서 잡혀 어두컴컴한 감방에 갇히고 말았다.

가혹한 고문을 받으면서도, 짧은 생을 마감하는 마지막 시각에도 정펑루는 그 암살은 "딩모천이 그녀의 감정을 농락하였기 때문에 사람을 매수해 복수하고자 저지른 일"이라고만 주장하였을 뿐이다.

그리고 얼마 지나지 않아 그녀는 후시 중산로(中山路)의 한 황무지에서 비밀리에 처형을 당하였다. 몸에 총을 세 방 맞았으며 그때 나이가 겨우 22세였다.

자료를 보면 정펑루는 죽지 않을 수도 있었다. 그녀의 아버지가 왕징웨이 괴뢰정부의 사법부장직을 맡는 조건만 수락하면 되는 일이었다. 그러나 그녀의 아버지는 그 조건을 거절하였다. 그는 다른 건 뭐든 희생할 수 있지만 민족의이 절개만은 버려서는 안 된다고 생각하였다. 그리고 1년 뒤 그는 딸에 대한 그리움을 안고 세상을 떠나고 말았다. 항일전쟁이 승리한 뒤 정전둬가 「한 여자 간첩(一个女間諜)」이라는 제목으로 정핑루를 추모하는 글을 한 편 지었다. 그 글에 그는 이렇게 썼다. "조국을 위하여 그녀는 장렬히 희생되었다! 그녀의 죽음은 전선에서의 죽음보다도 더 장렬하였다!"

"나에게 외삼촌이 있다는 말을 처음 들은 것은 1950년 5살 때 부모를 따라 홍콩에서 상하이를 거쳐 베이징 셰허 후통 7번지에 위치한 외할머니의 팡 씨 고택에 돌아왔을 때였다. 부지면적이 1무(약 667제곱미터)가 넘는 고택은 엄청 컸다. 앞뒤 두 정원으로 나뉘었는데 구도가 "일(日)"자 모양으로 되어 있었다. 앞 정원 동남 모퉁이에는 보루 모양의 회색 나는 목조 오두막이 하나 자리 잡았는데, 높이가 2미터 남짓이 되고 네 벽의 너비가 4자 정도 되는 네모난 집이었다. 목조 오두막은 아주 정교하게 지어졌는데 빈틈없이 완전히 밀폐되어 있었다. 문에는 오른쪽 1미터 남짓한 높이에 32절지 교과서 크기의 '창'이 하나 설치되어 있었다. 창 아래위로 나무틀을 설치해 맞춤 제작한 붉은 유리와 푸른 유리 그리고 목판을 바꿔 가며 끼워 맞출 수 있게 돼 있었다. 목판을 맞춰 넣고 문을 닫으면 방안이 칠흑같이 어두워 아무것도 보이지 않았다. 그곳은 그야말로 나와 형의 둘도 없이 좋은 놀이터였다. 어느 하루는 우리가 '보루' 안에서 '전투'놀이를 하면서 큰 소리로 떠들며 뛰어놀고 있었다. 한창 신나게 놀고 있는데 갑자기 외할머니의 호통소리가 들려왔다. '너희들 거기서 방을 망가뜨리지 말고 어서 썩 나오지 못할까. 그건 네 외삼촌 거야. 아무도 들어갈 수 없어!' 그때부터 나는 어머니에게 남동생이 하나 있고 나에게 외삼촌이 한 분 있으며, 외할머니에게 아들이 하나 있다는 걸 알게 되었고, 또 외삼촌이 외할머니 마음속에서 차지하는 중요한 위치를 알게 되었다."

(펑쉐쏭이 장짜이쉬안을 방문하였을 때 대화 내용)

가족들은 샤오팡이 떠날 때 무슨 말을 남겼는지 도무지 생각이 나질 않았다. 그저 루꺼우차오로 다시 가기에 앞서 며칠 동안 그가 기사를 쓰고 밖에 나가 사진을 찍어 돌아와서 정원에 있는 암실에서 사진을 인화해서는 원고를 여러 신문사와 잡지사로 부쳐 보내느라고 유난히 바빴던 것만 기억하고 있었다. 1937년 7월 22일 떠나기 하루 전 그는 자기 방을 깨끗이 정리하고 남은 옷 몇 견지는 잘 개켜놓았으며, 큰 트렁크는 남겨두고 들고 다니기 편리한 작은 여행용 트렁크를 챙긴 뒤 또 거리에 나가 잉크와 원고지를 사왔다. 저녁에 돌아와서는 어머니와 오래도록 이야기를 나누었으며 내일 일찍 떠나야 해서 작별 인사를 드리러 오지 않겠다고 미리 일러두었다.

연말이 되도록 신문에서 팡따쩡이 쓴 그 어떤 보도기사도 더 이상 찾아볼 수 없게 되자 온 가족이 당황하기 시작하였다. 여러모로 수소문하며 전전하던 중 타이위안에서 우한으로 옮겨간 전민통신사를 찾아갔다. 통신사에서는 샤오팡과 연락이 끊긴 지가 이미 오래되었고, 전선에서 그와 가장 가깝게 지내던 친구조차도 그의 행방을 모른다는 대답이 돌아왔다. 팡청민은 또 오빠가 마지막까지 근무하였던 『대공보』에 연락해보았다. 그러나 그 신문사에서도 그의 소식을 알 수 없다고 하였다. 그래서 3일 연속 사람을 찾는 공고를 냈으나 아무 결과도 없었다. 마치 인간세상에서 증발해버린 것처럼 팡따쩡은 그렇게 사라져버렸다.

가족들은 팡따쩡이 남기고 간 물건들을 하나씩 살피면서 사소한 실마리를 통해서라도 가족이 실종된 단서를 찾아보려고 하였다. 셰허후통에 있는 암실 이외에 팡따쩡은 배낭 하나와 여행용 트렁크 하나, 사용하지 않은 사진필름 40개, 사진필름을 담아둔 작은 나무상자 두 개를 남겼다고 팡청민이 회고하였다. 집에 있는 천 장이 넘은 사진필름은 거의 전부 루꺼우차오항전 이전에 찍은 것이었다. 그가 집을 떠난 뒤 찍은 대량의 전선 사진은 그의 실종과 함께 찾아볼 길이 없어졌다. 그때 당시 신문과 잡지 등 출판물에 간혹 게재된 일부만 제외하고 대다수는 전쟁 속에서 훼손되고 만 것이다.

"팡따쩡의 촬영 작품은 구도에서 어떤 힘의 확장을 느낄 수 있으며, 우리 중화민족의 사기를 북돋우는 호기로운 투지를 엿볼 수 있다." 그 사진필름을 정리한 적이 있는 촬영 역사학자 천선(陳申)은 이렇게 말하였다. "그는 촬영 타이밍과 소재 내용을 중시하였는데 소재와 타이밍을 잘 포착할 줄 알았다. 이것이 바로 종군 촬영작가가 갖춰야 할 가장 중요한 자질인 것이다."

"그 뒤로 외삼촌은 다시는 돌아오지 않았다. 다만 두 개의 작은 나무상자 안에 들어 있는 사진필름만 남겼을 뿐이다. 외할머니의 말에 따르면 작은 나무상자는 외삼촌이 정원 내에 회색 작은 목조 오두막을 지을 때 당시 목수엑 요청해 짠 것인데 길이가 한 자 남짓이 되고, 너비와 높이가 각각 반 자 남짓이 되며 겉면에 옻칠을 하여 사진필름을 담아두는 함으로 사용해오던 것이라고 한다. 루꺼우차오사변이 일어나서 얼마 지나지 않아 베이핑과 톈진이 함락되었다. 일본침략군과 괴뢰군 통치아래 처한 베이징 성은 공포에 휩싸였다. 사방에서 사람이 잡혀가곤 하는 바람에 겁이 많은 외할아버지는 외삼촌이 남긴, 항일운동을 기록한 그 사진필름들이 화근이 될까 두려워 먼저 그 중 한 나무상자를 주방에 안고 들어가 태웠다. 집 맞은편에 있는 3층짜리 양옥에 일본인이 살고 있었는데 밤에 불꽃이 보이면 발각되어 의심을 살까봐 낮에 불을 때고 밥을 짓는 틈을 타서 조금씩 태웠던 것이다. 후에 외할머니가 발견하고 다른 한 나무상자 안에 들었던 사진필름을 당신의 큰 책 상자 안에 감춰버린 덕분에 외삼촌의 사진필름 한 상자가 불에 타 없어지는 재난을 피할 수 있었다. 일본이 항복한 뒤 외할머니는 작은 나무상자를 당신 침실에 있는 장롱 위에 올려놓았다. 그 사진필름은 외삼촌을 그리는 가족들의 마음이었다. 그걸 보면 외삼촌이 살아있는 것처럼 느껴졌으며 언젠가는 그 사진필름을 가지러 돌아올 것 같은 느낌이었던 것이다."

(펑쉐쏭이 장짜이쉬안을 방문하였을 때 대화 내용)

1947년 은행에서 근무하던 팡청민이 총칭을 떠나 베이징 세허 후통의 고택으로 돌아왔다. 때는 팡따쩡이 실종된 지 십년이 지난 뒤였다. 정원 안에 집을 몇 채 더 지어 많이 비좁아보였지만 암실은 여전히 그대로 있었다. 그 안에는 잡동사니들을 넣어두었으며 사진필름을 담아주었던 나무상자도 하나밖에 남지 않았다.

"이모가 그 사진필름들을 건사하느라고 애를 많이 썼습니다. 특히 동란의 시대에 말입니다." 장짜이쉬안이 말하였다. "이모는 늘 함을 안고 '이건 온 집 식구의 그리움이니 무슨 일이 있어도 잘 건사해야지.'라고 되뇌곤 하였습니다."

샤오팡이 돌아올 가망이 없게 되자 어머니는 무기력해지는 마음을 달랠 길 없었다. 팡청민과 팡수민은 자기 아이들을 시켜 외할머니를 할머니라고 부르게 하였다. 그렇게 해서라도 남동생이 후손을 남기지 못한 유감을 덜고자 하였던 것이다. 처음에 어머니는 동의하지 않았다. 불길할까봐 걱정이 되었기 때문이다. 시간이 지나면서 점점 습관이 되어가는 것 같았다. 1966년 여름 '홍위병운동'이 사나운 기세로 번지기 시작하였다. 처음에는 사회에서 "네 가지 낡은 것(四舊)"(즉 이른바 낡은 사상, 낡은 문화, 낡은 풍속, 낡은 습관)을 없애는 바람이 일기 시작하더니 급기야 집안을 수색하고 가산을 몰수하고 사람을 때리고 물건을 부수기에까지 이르렀다. 샤오팡의 작은 나무상자 속에 든 사진필름 때문에 식구들은 바짝 긴장하고 있었다. 그가 찍은 수이 위안 항전 관련 사진들은 모두 푸쭤이 부대와 관련된 것들이었는데, 장병들의 의복이며 모자 휘장 그리고 깃발에는 모두 남색 바탕에 흰 태양 문양의 국민당 깃발 표식이 박혀 있었기 때문이다. 그 시기 그런 물건들을 소장하고 있는 건 금기를 범하는 일이었다. 그가 쓴 「허뻬이 동부지역 일별」이라는 기사에서 보여준 바와 같이 지동 괴뢰정부 통치구역에서 창궐했던 매춘, 도박, 아편, 마약, 밀수 등 추악한 사회 현상을 폭로한 사진들도 있었는데, 그 또한 그때 당시에는 모두 입이 열 개라도 해명할 길이 없는 "네 가지 낡은 것"들이었다. 만약 그 사진필름들이 홍위병들에게 발각되기라도 한다면 사진필름은 물론 온 집안이 망하는 재앙을 당하게 되는 것이다. 위기가 닥치자 팡청민이 언니 팡수민과 어떻게 했으면 좋을지 의논하였다. 팡청민은 어머니 몰래 오빠의 사진필름상자를 본인 근무처 "홍위병사무실"에 가져다 바치고 집안 친척이 남긴 기념물품이라고 알린 뒤 그들의 처분에 맡길 작정이라고 말하였다. 팡수민도 뾰족한 수가 없었던지라 하는 수 없이 그렇게 하라고 하였다.

"이모는 직장에서 대인관계가 좋았던 덕분에 상황을 설명하자 "홍위병사무실" 책임자는 이모의 태도가 성실한 것을 보고는 두고 가라고 담담하게 한 마디 하였을 뿐 이모를 괴롭히지 않았다. 낙담한 표정으로 집에 돌아온 이모에게 어머니는 사진필름을 가져다 바친 일을 외할머니가 이미 알았다고 알려주었다. 그날 외할머니가 어머니에게 작은 나무상자는 왜 보이지 않느냐고 물었고, 뜻밖에 진상을 알고서도 외할머니는 이상하리만치 차분하였으며, 한참 동안 침묵하더니 '하늘의 뜻에 맡겨야지 뭐.'라고 혼잣말처럼 중얼거리셨다고 어머니가 말씀하였다.

일주일 뒤 어느 하루 내가 집에서 쉬고 있는데 오전 10시쯤 되었을 때 갑자기 문을 부술 기세로 두드리는 소리와 함께 문을 열라는 고함소리가 어지럽게 들려왔다. 내가 막 대문을 열기 바쁘게 '홍위병' 완장을 두른 남녀들이 마구 밀고 들어오더니 뒤울안에 있는 이모네 집으로 곧바로 쳐들어갔다. 집 문에 들어서자 그들은 마구 뒤지고 부수기 시작했다. 그들은 이모부가 근무하는 직장의 홍위병들이라면서 이모부가 권총을 몰래 감춰두었다는 둥 들어보지도 못할 말을 지껄여댔다. 친척이라는 이유로 우리 집도 화를 면하지 못하였다. 그들은 바닥까지 모두 뜯어놓았다. 집안 수색은 오후까지 이어졌다. 그러나 결국 값이 나가는 물건을 찾지 못하자 그들은 풀이 죽어 돌아가고 말았다.

오후에 이모부가 퇴근하여 집에 돌아와 수색을 당해 아수

라장이 된 집을 보고는 너무 원통하고 분해 문에 머리를 들이받았다. 이모가 눈물을 글썽이며 '사람이 무사히 돌아온 것만도 천만다행'이라며 이모부를 위안하였다. 식구들은 모두 외삼촌의 사진필름을 집에 두지 않은 걸 천만다행이라고 생각했다. 그렇잖았으면 어떤 후과를 초래할지 말하지 않아도 가히 상상할 수 있을 것이다."

(펑쉐쏭이 장짜이쉬안을 방문하였을 때 나눈 대화 내용)

1968년 초 장짜이쉬안이 근무처를 베이징에서 쓰촨으로 옮기게 되었는데 떠나기 전에 외할머니를 뵈러 갔다. 그때 83세였던 외할머니는 정신이 썩 맑지 못하였다. 외할머니는 침대 위에 비스듬히 기대어 눈을 감고 쉬고 있었다. 침대 옆 장롱 위에 원래 작은 나무상자를 놓아뒀던 곳에는 중학교 시절 샤오팡의 셀카 사진 한 장이 놓여 있었다. 그때는 짜이쉬안도 촬영을 좋아하기 시작하였던지라 자연스레 외할머니에게 외삼촌 이야기를 꺼냈다. 외할머니는 아들이 돌아오지 못할 것이라는 것을 알고 계신 것 같았다. 그래서 서글픈 표정을 지으시면서 "넌 사진을 찍더라도 네 외삼촌은 닮지 말거라. 그애는 모험하는 걸 너무 좋아했어."라고 말씀하셨다. 어쩌면 외할머니도 당신의 몸 상태가 예전 같지 않다는 걸 알고 계셨던 것 같다. 그래서 짜이쉬안에게 "잘 들어. 내가 죽거든 작은 오두막을 지었던 널로 관을 만들어줘."라고 당부하였던 것이다.

"나는 마음이 너무 괴로웠습니다. 속으로 눈물이 흘렀습니다. 그것이 실현될 수 없는 염원인 줄 뻔히 알면서도 그 당시는 여전히 고개를 끄덕이며 그 지킬 수 없는 약속을 해버렸습니다. 외할머니가 죽어도 아들과 함께 있고 싶어 한다는 걸 나는 알고 있었습니다. 1년 뒤 외할머니는 세상을 떠났습니다. 외할머니는 끝내 외삼촌이 돌아오는 걸 보지 못하였습니다. 외할머니가 세상을 떠난 뒤 어머니와 이모가 외삼촌을 찾는 중임을 이어받아 수십 년간 줄곧 그의 자료를 수집하였습니다. 후에 어머니와 이모도 연세가 들어 눈도 어두워지고 귀도 잘 들리지 않게 되자 그 중임은 우리 어깨에 떨어졌습니다." 외삼촌의 생사에 대해 가족들은 여전히 일말의 희망을 품고 있었다고 장짜이 쉬안이 말하였다. 가족들은 그의 행방을 수소문해 알아낼 수 있기를 기대하고 있었으며 그가 잘 지내는지 어떤지 알 수 있기를 기대하였다. "어느 날엔가는 그가 이 정원에, 셰허 후통 10번지에, 대추꽃 향기가 풍기는 이 집에 돌아올 날을 꿈꿨습니다."

1979년의 어느 하루 퇴직한 팡청민이 원래 근무하던 직장에 놀러 갔다가 공회(工會, 노동조합) 사무실 한쪽 구석에서 낡은 신문지 몇 장에 싸인 충충의 분홍빛 주머니가 바닥에 흩어져 있는 것을 발견하였다. 그것이 오빠의 사진필름이라는 걸 그녀는 한 눈에 알아봤다.

사진필름은 한 장씩 반투명한 안주머니에 넣어서 다시 분홍빛 겉주머니에 담겨져 있었다. 겉주머니 위에는 "덕기상행(德記商行)" "왕푸징대가 북구로서(王府井大街北口路西)"라는 글씨가 박혀있었다. 그녀는 설레는 심정을 가까스로 주체하면서 공회 책임자를 찾아갔다. 그런데 "'홍위병사무실'은 오래 전에 없어져서 그 물품들은 관리하는 사람이

팡주리가 만년에 셰허 후통의 집에서. (장짜이어 사진 제공)

없으니 당신 물건이니 가져가려면 가져가라"는 대답이 돌아왔다.

"외삼촌의 사진필름이 돌아오자 이모는 정성 들여 정리하기 시작하였다. 이모는 뭐든 출판하여 오빠를 기념할 수 있기를 바랐다. 퇴직한 노인이 오로지 오빠에 대한 존경심과 그리움만으로 꾸준히 여러 가지 기회를 찾으려고 애써 온 것이다. 1989년에 이모는 상하이에 있는 한 지인과의 관계를 통해 드디어 중국촬영출판사에서 근무하는 촬영역사학자 천선(陳申) 선생을 알게 되었고, 그 후 외삼촌의 사진필름을 그에게 넘겨 체계적인 정리와 연구에 들어갔다. 1993년에 천선 선생의 추천으로 대만 촬영가 롼이중(阮義

장짜이쉬안(좌)·천선(우)·펑쉐쏭이 마카오에서 『팡따쩡: 소실과 재현(方大曾: 消失與重現)』 번체자 판본 출판식에 참가했다.

忠) 선생에게 그 사진필름을 보여줄 수 있는 행운이 주어졌다. 롼 선생은 외삼촌의 촬영재능에 대해서, 그리고 또 지난 세기 30년대에 중국에 이처럼 뛰어난 촬영사가 있었다는 사실에 경탄하였다. 그래서 그는 자신이 운영하는 『촬영가』 잡지에 특집을 내기로 결정하였다. 사진의 품질을 보장하기 위해 그는 선택한 사진필름을 대만에 가지고 가기로 마음먹었다. 오직 본인이 직접 필름을 확대해야만 작품을 가장 잘 이해하고 보여줄 수 있었기 때문이었다. 이모는 외삼촌의 작품이 출판되는 것이 너무 좋았지만 롼 선생이 선택한 사진 필름 50장을 바다 건너 대만으로 가지고 가려는 사실을 알고 많이 망설였다. 그러나 결국 이모는 롼 선생의 성의에 감동되어 그의 요구에 동의하였다. 후에 이모가 쓰촨으로 편지를 띄워 나에게 롼이중 선생에게 편지를 써 문의해보라고 당부하였던 기억이 난다. 사진필름이 우편으로 돌아오는 과정에서 분실되기라도 할까봐 걱정을 많이 하였다. 그런 이모의 근심을 나는 충분히 이해할 수 있었다."

(펑쉐쏭이 장짜이쉬안을 방문하였을 때 나눈 이야기 내용)

중국인민항일전쟁 및 세계 반(反)파시스트 전쟁승리 70주년 기념일을 앞두고 홍콩 『대공보』에서 "한 신문의 항일전쟁"포럼을 성대히 개최하였다. 장짜이쉬안이 외삼촌의 464장의 사진필름 전자파일을 『대공보』에 기증하였다. 샤오팡의 작품은 그가 마지막에 근무하였던 신문사에 돌아간 것이다. 그로부터 얼마 지나지 않아 마카오 신문 종사자협회도 「정의와 양심을 위하여—7.7루꺼우차오사변 종군기자 팡따쩡 유작전」을 성대히 개최하였다. 샤오팡의 작품이 최초로 해외에서 전시된 것이다. 사진전과 동시에 책 『팡따쩡: 소실과 재현』이 번체자로도 출판 발행되었다.

"2012년 여름에 북경에서 천선 선생을 만났을 때 그가 나에게 외삼촌이 찍은 외할머니 사진필름을 한 장 주었습니다. 그 사진필름은 그가 예전에 책을 쓸 때 이모에게서 빌려간 것인데 다시 나에게 넘겨주면서 기념으로 하라고 하였습니다." 라고 말하는 장짜이쉬안은 눈이 촉촉이 젖어들었다. 그러나 표정에는 기쁨과 위안의 빛이 어려 있었다. "이건 내가 유일하게 가지고 있는, 외삼촌이 찍은 외할머니의 사진필름입니다. 최근에 또 한 번 꺼내 보았는데 외할머니의 자애로운 모습을 보니 참으로 감개가 무량하였습니다.

외할머니, 이모 그리고 어머니가 저세상에서 보고 계신다면 수십 년간 사라졌던 외삼촌이 다시 대중들 눈앞에 돌아오신 걸 보고 얼마나 기쁘고 위안이 되겠습니까?”

73세가 된 장짜이쉬안은 외할머니의 사진필름을 조심스레 집어 『팡따쩡: 소실과 재현』 책 가운데 외삼촌의 사진 옆에 끼워 넣었다. 이로써 그가 외할머니에게 했던 약속―당신 아들과 함께 있도록 해드리겠다는 약속을 지켰던 것이다.

10.
세월을 줍다

연말이면 내 나이가 만 82살이다. 이제 살날이 얼마 남지 않았다. 내 아들들은 각기 다른 직업을 갖고 있고, 네 외삼촌은 미혼청년이었잖니? 그러니 그의 유작은 네가 물려받았으면 좋겠구나. 촬영자료를 보존하여 그 무명 영웅 샤오팡을 기념할 수 있었으면 하는 것이 내 바람이다. 대가는 바라지 않는다.

— 팡청민이 장짜이쉬안에게 보낸 편지

10. 세월을 줍다

1938년 5월 27일 정오 신화일보사가 전선에서 돌아온 여러 신문사 종군기자들을 위해 한커우푸하이춘시차이사(漢口普海春西菜社)에서 초대연을 마련하여 "환영과 위로의 뜻을 표하였다." 『대공보』의 판창장, 『신화일보』의 특파기자 루이, 싱가포르 『성중일보(星中日報)』의 후서우위(胡守愚), 『소탕보(掃蕩報)』의 장젠신(張劍心)·황웨이(黃薇) 여사, 샴(Siam, 태국의 옛 이름) 『화교일보(華僑日報)』의 차이쉐위(蔡學餘), 『시사신보(時事新報)』의 쭝치런(宗祺仁), 그리고 중국공산당 지도자들인 천사오위[陳紹禹, 왕밍(王明)]·친보구(秦博古)·카이펑(凱豊)·우위장(吳玉章) 등 29명이 연회에 참가하였다.

"우리나라 전선에서 신문기자로 일하는 사람은 매우 특별하고도 어려운 임무를 수행하는 것입니다. 전쟁구역이 너무 넓은데다가 교통이 불편합니다. 게다가 적군과 아군의 진지가 뒤섞여 있고 민중조직이 제대로 갖춰져 있지 않습니다. 그래서 혈혈단신으로 전선을 뛰어다녀야 하는 기자들은 적에게 해를 당할 위험이 항상 존재하는데다가 때로는 토비나 건달들에게도 해를 당할 위험이 존재합니다. 그렇기 때문에 그 일을 하려면 특별한 용기와 결심이 필요합니다." 천사오위는 환영사에서 이렇게 말하였다. "두 부류의 사람이 하는 일이 어쩌면 종군기자가 하는 일과 비교할 수 있을 것 같습니다. 한 부류는 항공

신화일보사(新華日報社)에서 종군기자들이 돌아온 것을 환영하였다. 판창장(앞줄 우1)과 루이(앞줄 우3) 등이 함께 기념사진을 찍었다.

대원입니다. 그들은 단독으로 비행하거나 하늘을 날면서 전투를 치러야 합니다. 그래서 모두 특수 개성의 결심과 용기가 필요합니다. 다른 한 부류는 비밀스런 환경에서 일해야 하는 혁명당원입니다. 그들은 적들의 겹겹의 감시와 압박 속에서 자기 이상을 실현하기 위해 각자 분투합니다. 그들도 역시 특수 개성의 결심과 용기가 있어야 합니다. 그렇기 때문에 오늘 우리는 종군기자 여러분을 영웅적인 항공대원과 비밀스런 환경에서 일하는 혁명당원들처럼 용기와 결심을 갖춘 전사로써 환영하는 바입니다." 모두 긴 테이블에 둘러앉아 서로 문안을 주고받고 자유로이 발언하였다. 오후의 햇살이 비쳐들어 매 사람의 주변에 담담한 황금빛 테를 둘러놓은 것 같았으며, 식당 안은 조화롭고 온화한 분위기가 풍겼다. "오늘 『신화일보』는 본사 기자 루이 선생을 위로할 수 있을 뿐 아니라 전선에서 돌아온 여러분을 위로할 수 있어서 우리는 너무나도 설레고 감사합니다." 판창장은 "전선 기자 몇 분은 아직까지도 소식이 없습니다. 어쩌면 일부 사람들은 희생되었을 수도 있습니다."라고 말하였다. 그 중에서 반년 넘게 감감무소식인 샤오팡에 대해서도 언급하였다. 짧은 몇 마디에 실내에는 한동안 정적이 흘렀다. 모두들 묵묵히 잔을 들고 가볍게 부딪쳤다. 잔 부딪치는 쟁그랑 소리에는 돌아오지 못한 동료에 대한 걱정과 그리움이 묻어나는 것 같았다. 그들은 약속이나 한 듯이 "그들이 안전하게 돌아오기를 진심으로 간절히 바랍시다!"라고 말하였다.

그러나 마치 아무 신호가 없이 침묵하는 무전기처럼 핑한선은 보이지 않는 쉼표로 변해버렸다. 아무도 팡따쩡과 관련된 그 어떤 소식을 들을 수 없었다. 신문에 보이던 '샤오팡'이라는 이름도 1937년 9월 30일 이후로는 더 이상 나타나지 않았다. 그의 기사를 쫓던 독자들도 어찌할 바를 몰라 하였다.

> "그가 툭하면 집을 떠나 돌아다니다가 돌아오곤 하였기 때문에, 처음에 집 식구들은 아주 예사롭게 생각하였고 그가 어디 갔는지도 알지 못하였다. 게다가 전쟁시기여서 어디 가서 알아볼 데도 없었다. 민심도 흉흉하였다. 나는

1937년 9월 집을 떠나 톈진에 있는 아버지에게로 갔다. 후
에 또 시안 임시대학에 합격하여 시안으로 갔다. 그때까지
도 그의 소식은 없었다. 신문에서도 그가 쓴 기사를 볼 수
없었고, 그의 행방도 알 수 없었다."

(팡청민의 회고)

"팔로군이 화뻬이로 진군하고 국민당군이 대거 북으로 이동하였다.
나는 『대공보』의 화뻬이 전투지역 취재업무를 배치하러 산시성의 타
이위안 일대로 갔다." 판창장이 『나의 자서전』에서 이렇게 서술하였
다. "그때 당시 멍치우장·팡따쩡·치우시잉·장징항(張鏡航)을 나와 함
께 화뻬이전선에 배치시킬 계획이었다. 후에 팡따쩡이 희생(실종)되고
상하이에서 전쟁이 일어나는 바람에 치우시잉 홀로 팔로군으로 가는
수밖에 없었다."

팡따쩡과 가까운 사이였던 치우시잉도 『신화일보』가 마련한 환영회
에 참가하지 못하였다. 전면적인 항일전쟁이 발발한 지 얼마 되지 않
았을 때, 그는 팡따쩡과 가끔씩 만나곤 하였으나 얼마 가지 않아 연
락이 끊기고 말았다. 후에 시잉은 『대공보』 기자의 신분으로 산시성으
로 가서 팔로군에 가입하여 종군기자가 되었으며, 치우강(邱崗)으로
개명하였다. 1939년부터 그는 진차지(晉察冀)군구 정치부 선전부 편집
과 과장, 주임편집, 군구 『항적삼일간(抗敵三日刊)』 편집장 등 직을 역
임하였다.

"탕언버(湯恩伯)부대가 난커우(南口)를 수비하고 있으면서 침략해오는 일본침략군과 치열한 전투를 벌였다. 언제 난커우 전선에 왔는지는 모르겠으나 샤오팡이 전선 뉴스 취재를 하고 있었다. 그때 당시 신문에서 그가 쓴 전선기사 몇 편을 본 적이 있었다. 그러나 그 뒤로는 그의 소식을 듣지 못하였고 그의 행방도 알 수 없었다."

(가오윈훼이가 팡따쩡을 회고)

중파대학을 졸업한 뒤 팡따쩡의 동창들인 왕즈민(王志民)·차오청셴·샤농타이는 학우였던 가오윈훼이와 줄곧 밀접한 통신 연락을 유지하고 있으면서 자기 학교와 베이핑, 국내 상황에 대해 수시로 서로 소식을 주고받았다. 베이핑에서 '민선(民先, 중화민족해방선봉대[中華民族解放先鋒隊])'가 조직되었다는 소식을 접한 그들은 바로 프랑스 리옹에서 '민선'분대를 설립하고 '민선'의 첫 해외지부가 되었다. 그들은 또 파리에서 열린 '세계학련(세계학생연합회의 준말)국제대표대회와 세계 학생과 청년 평화대회'에 대표를 파견해 참가하기도 하였다.

베이핑이 함락된 후 가오윈훼이와 일부 학우들은 변장을 하고 우한(武漢)으로 도망쳤다. 샤농타이는 회답편지에 그들 모두 귀국하여 항일전쟁에 참가하려 한다고 썼다. "나는 우한에서 그들이 오기를 간절히 바라고 손꼽아 기다렸으나 그들에게서는 오래도록 소식이 없었다." 가오윈훼이는 이렇게 회고하였다. "11월에 이르러서야 갑자기 그들이 창사(長沙)에서 보낸 편지를 받았다. 편지에는 웨한로(粵漢路) 열

샤농타이(우1)가 세계학련대회(세계학생련합회 대표대회)에 참석하여 차오청셴(曹承憲)(좌2) 등 중국 대
표들과 함께 기념사진을 찍었다. (1937년 8월)

차편으로 북상하던 중 광동 북부의 궁핑쉬(公平墟)역까지 이르렀을
때 갑자기 적기의 폭격을 당하는 바람에 불행하게도 차오청셴은 그
자리에서 희생되고 농타이는 엉덩이에 부상을 당해 하는 수 없이 창
사에 있는 돤웨이제(段薇杰)의 집으로 가서 당분간 머물면서 치료를
받고 있다고 하였다." 샤오팡의 친한 벗인 샤농타이는 성격이 차분하
고 사려가 깊으며 주도면밀하여 성숙되고 침착해보일 뿐 아니라 또
매우 유머러스하여 모두들 그를 큰 형님처럼 생각하고 있었다.

'12.9'학생운동 당시 그는 프랑스에서 공산주의청년단에 가입하였으
며, 항일전쟁이 발발한 뒤 중국공산당 정식당원이 되었다.

샤오팡(뒤)이 실종되기 수개월 전 친구들과 함께 찍은 사진.

"그는 항상 주위 사람들을 도울 생각을 하고 있으면서 입당할 수 있는 사람은 입당시키고, '민선'에 참가할 수 있는 사람은 '민선'에 가입하도록 하였으며, 일자리를 줘야 할 사람에게는 일자리를 소개해주곤 하였다." 후에 수많은 청년간부들이 "그의 적절한 배치에 따라 혹자는 옌안(延安)으로, 혹자는 적진의 후방으로, 또 혹자는 허난(河南)의 여러 지역으로 가서 적재적소에 배치되었다."

일본군이 베이핑을 점령한 뒤 중파대학은 간신히 버티고 있었다. 리린위(李麟玉) 교장은 애국 입장을 고수하면서 굴복하지 않았다. 그는 일본군이 강요하는 "지도관을 받아들이지" 않고 일본어과 수업을 개설하지 않았으며, 욱일기를 걸지 않았다. 1938년 여름에 이르러 학교 운영은 결국 강제 로중단되고 말았으며, 부속 온천중학교도 액운을 벗어나지를 못했다. 경제학과 교사 왕쓰화(王思華)가 전전하던 끝에 옌안에 왔으며, 1938년 6월에 류즈밍(劉芝明)과 공스푸(宮釋夫)의 소개로 중국공산당에 가입하였다. 이와 거의 때를 같이하여 마오쩌둥(毛澤東)이 옌안에서 '신철학회(新哲學會)'를 창설할 것을 제안하였다. 왕쓰화는 발기자 중 한 사람이었다. 그는 또『대중자본론』을 집필 출판하였고, 마르크스의『자본론』중 주요 내용을 통속적으로 소개하였다. 또 커버녠(柯伯年)과 합작하여 엥겔스의 저서『독일의 혁명과 반혁명』을 번역하여 1939년에 총칭(重慶)에서 출판 발행하였다.

그때 당시 눈길을 끈 책이 또 한 권 있었다. 바로 화즈궈(華之國)가 편찬한『서부전선의 혈전(西線的血戰)』(1, 2집) 이었다. 내용은 종군기자의 보도문선(報道文選)이었는데 그중에 샤오팡의『쥐용관혈투(血戰居

庸關)』냥쯔관에서 옌먼관까지』두 편의 보도기사가 포함되었다. 편집자는 후기에 이렇게 썼다. "이번 서부전선에서 『대공보』는 발 빠르게 보도하는 책임을 다하였다. 그들은 창장·치우장·샤오팡 등 여러 명의 용감한 기자들을 파견하여 대군을 따라 전선을 넘나들면서 문학적 소양이 풍부한 예술기법을 살려 감동적인 기사를 써서 꾸준히 신문 지상에 발표함으로써 수 천리 밖의 독자들에게 실제 상황에 몸담고 직접 겪는 것처럼 서부전선 전세의 일부 변화와 항전에서 위국(爲國, 나라를 위함) 용사들의 장렬함을 생생하게 보여주었다! 이처럼 진기하고 소중하며 생생한 역사자료를 우리는 마땅히 영원히 보존하였다가 나중에 후세들이 읽을 수 있게 하여야 한다.

원로 언론인 위여우(于友)는 인터뷰하면서 항전 초기에 "『대공보』가 팡따쩡을 추가 채용한 이래 판창장·멍치우장이 쓴 전선보도와 서로 어울려 빛을 발하면서 짧은 시간 내에 그때 당시 『대공보』의 한 특색으로 자리 잡았다."라고 언급하였다. "샤오팡의 보도는 놀라울 정도로 훌륭하였다. 그런데 애석하게도 그는 얼마 가지 않아 실종되었다. 그렇지 않았다면 사람들의 입에 오르내릴 수 있는 글들을 훨씬 더 많이 남겼을 것이다."

"팡따쩡이 남긴 보도기사를 보면 그는 결코 판창장에게 뒤지지 않는다. 다만 번개가 순식간에 하늘을 가로지르고 사라진 것처럼 생명이 너무 짧았던 탓에 사람들이 미처 알아보기도 전에 그만 사라져버린 것이다. 짧지만 전설적인 그의 일생과 대가급 수준의 작품은 거의 완전히 역사의 깊은 곳으로 가라앉아버린 것이다." 샤오팡의 글들을 읽은 적이 있는 판창장 신문상 수상자인 주하이옌은 인터뷰를 할 때 이렇게 말했다. "객관적으로 말한다면, 중국 근·당대 신문역사에서 팡따쩡의 촬영과 문자를 통한 보도에 견줄만한 기사를 쓸 수 있는 만능 기자는 아직까지 없다. 글은 그의 예리한 칼날이고, 사진은 그의 화폭이었으며, 모두 중화민족을 멸망에서 구하고자 한 예리한 무기였다."

루꺼우차오사변이 일어난 1개월 후, 『런던신문화보』는 『화뻬이 중-일 군사충돌 및 베이징의 준비』라는 특집보도에서 샤오팡이 찍은 사진 5장을 골라 게재하였다. 그 사진들은 모두 『량유』 잡지와 『전쟁화보』에 게재되었던 것이며, 아마도 중외신문학사가 발송하였을 것이다.

그 시기 톈진의 상황도 매우 위태위태하였다. 수많은 건물들이 포화 속에서 초토화되었으며, 하이허(海河) 양안은 울음소리가 끊이지를 않았다. 사자오위(沙兆豫, 우지한[吳寄寒])는 이미 저우언라이로부터 중외신문학사를 토대로 중국공산당이 이끄는 통신사를 정식 설립하라는 지시를 받았다. 그로부터 얼마 지나지 않아 타이위안에서 중국공산당중앙위원회와 상하이 구국회가 공동으로 운영하는 '전민통신사'의 설립을 공고하였다. 사장은 구국회 책임자 리공푸가 맡았고, 실제 책임자는 여전히 사자오위이며, 팔로군 타이위안 사무처 펑쉐펑(彭雪楓) 참모장의 지도를 받았다. 정세에 떠밀려 그해 10월 '전민통신사'는 우한으로 이사하였다. 그리고 12월에는 또 총칭으로 옮겼다. 비록 샤오팡이 수개월 동안이나 전혀 종적을 알 수 없었지만 그의 이름은 여전히 통신사의 인명부에 올라 있었다.

베이핑이 함락된 후 장한청(蔣漢澄)은 실직자가 되었다. (『장한청 의학촬영집』에서 발췌)

시간이 흐르고 전투가 잦아짐에 따라 마치 큰 파도가 쓸고 지나가는 것처럼 세월의 바위 위에 새겨진 샤오팡의 이름도 깊었던 데서부터 점차 옅어지고 희미하게 사라져갔다. 그러나 그의 펜과 카메라로 기억된 다사다난했던 조국, 그리고 굴할 줄 몰랐던 민중은 그 후 아주 긴 세월 속에서 고통을 겪을 대로 겪어야 했다.

베이징 기록보관소의 서가들 사이를 누비면서 찾아본 『베이징기록자료』라는 책은 너무나 만져서 거의 너덜너덜해질 지경이 되어 있었다. 루꺼우차오의 역사에 대해 연구하는 사람이 갈수록 많아지면서 그 책의 열람 횟수가 집중되는 바람에 기록보관소에서 가장 낡은 책이 되었던 것이다. 그 전투에 대해서는 사람마다 다 "모든 것을 희생할 결심을 다졌다." 책에는 루꺼우차오의 노래 한 수가 명확히 기록되

샤농타이(중간줄 좌1)와 천사오민(陳少敏)(앞줄 좌1), 리셴녠(李先念)(뒷줄 우2) 등이 함께 기념사진을 찍었다.

어 있었다. 첫 구절은 "루꺼우차오여! 루꺼우차오여! 사내대장부의 무덤은 그 다리에!(蘆溝橋! 蘆溝橋! 男兒墳墓在此橋!)"라고 쓰여 져 있었다.

"희생을 두려워 말라. 루꺼우차오가 바로 너희들의 무덤이다. 다리와 함께 살고 함께 죽으라. 후퇴는 없다!" 몇 년이 지난 뒤에도 219연대(團) 3대대 진쩐쫑(金振中) 대대장은 여전히 그때 당시 장관의 명령을 기억하고 있었다. 창신뎬 기차역에서 부상을 당해 담가에 누워 있는 그의 모습을 샤오팡이 촬영한 사진은 지금까지도 기념관과 신문 잡지 등에서 자주 인용하고 있다. 그의 용감한 형상은 강인하고 기개가 있는 민족의 상징으로 간주되고 있다. 그해에 팡따쩡과 총총히 이별한 뒤 진쩐쫑은 바오띵의 병원으로 호송되어 치료를 받았다. 마오쩌둥이 특별히 인원을 파견해 병실로 병문안을 보냈는데 음식과 은

왕쓰화(王思華)의 저서 『자본론 해설(資本論解說)』

으로 된 방패 모양의 패(銀盾) 그리고 위문금을 받은 진쩐쭝은 감동
을 금치 못하였다. 1938년 상처가 아물자 그는 또 29군에 돌아가 일
련의 치열한 전투에 참가하였다. 몇 년 뒤 친공(親共. 공산주의자와
친하거나 공산주의를 추종함)으로 의심 받아 군부 대령 보좌관(上校
副員)으로 발령이 나 정원 외 인원으로 전락되어 류취안(柳泉)역에 주
둔하게 되었다.

　베이핑에서 샤오팡에게 촬영지식을 가르쳐줬던 장한청(蔣漢澄)의 처
지는 더 어려워졌다. 그가 친구들과 함께 창설한 '베이핑 은광사(銀光
社)'는 항전 초기에 두 차례에 걸쳐 촬영작품 자선바자회를 개최해 수
익금으로 전선의 장병들을 지원하고 수난 당한 동포들을 구제하였
다. 일본군이 베이핑을 강점한 후 그가 소속된 셰허(協和)의학원은 강
제 해산되고, 장한청은 실업자위기에 처하게 되었다. 게다가 아내까

장샤오퉁 부부와 가족들이 셰허 후퉁 10번지 울안에서.

지 폐결핵에 걸려 하는 수 없이 일을 그만두는 바람에 한때 생활이 곤경에 처하게 되었다. 일본군이 대표를 파견하여 그에게 일본침략 자와 괴뢰군을 위해 일해 줄 것을 청하였을 때, 장 선생은 추호의 망설임도 없이 거절해버렸다. 가족의 생계를 유지하기 위하여 그는 친구에게 돈을 빌려 왕푸징에 '장한청 촬영실'을 개설하였다. 지점은 바로 오늘의 중국 사진관 대각선 방향이었다. 많은 유명 인사들이 명성을 듣고 찾아와 주머니를 털어 도움을 주었다. 치바이스(齊白石)·저우쉬안(周璇)·옌훼이주(言慧珠)·퉁즈링(童芷苓) 등 이들이 모두 그곳에서 사진을 찍었다. 1943년 장한청의 친한 벗인 장자오허(蔣兆和)가 높이 6자, 길이 8장에 이르는 거폭의 그림 「류민도(流民圖)」를 창작하였는데, 의지할 곳 없는 백성들이 정처 없이 떠돌고 도처에 이재민이 떠도는 참상을 그렸다. 장한청은 그 거작을 촬영해 베이핑 등지에서 전시하여 침략자들이 가져다준 재난을 성토하였다.

40년대에 팡따쩡의 아버지 팡전동이 병으로 세상을 떠나자 가세가 기울기 시작하더니 집안 형편이 갈수록 어려워졌으며, "밑천을 까먹으며" 살림을 이어나가는 수밖에 없었다. 가끔씩 손님이 찾아올 때도 있었으나 모두 샤오팡의 예전 친구들이었으며, 대다수는 그의 소식이 궁금해서 오는 이들이었다. 시간이 흐르면서 찾아오는 사람들도 점차 드물어졌다. 어머니 팡주리만 아들이 남기고간 사진필름상자를 지키고 있을 뿐이었다. 어머니는 정원 내 홰나무 밑에 멍하니 앉아 있다가 대문소리가 날 때마다 기대에 찬 눈빛으로 대문 쪽을 바라보곤 하였다. 한 해 두 해 세월이 흘러 어머니는 늙고 눈도 어두워졌지만 아들이 돌아오는 기적은 나타나지 않았다.

반제국주의대동맹의 전우들, 중파대학 학우들 그리고 촬영을 사랑하는 친구들이 전쟁 중에 뿔뿔이 흩어지고 즐겁게 웃고 떠들던 소리가 셰허 후통의 팡 씨네 정원에서 점점 멀어져갔다.

프랑스에서 돌아와 항일전쟁에 참가한 샤농타이는 『신화일보』 편집을 맡았었고, 제1전투구역 통일전선업무를 맡았었으며, 1939년에 적의 후방으로 옮겨 신4군 위어(豫鄂. 허난 성과 호북 성) 돌격종대(挺進縱隊) 선전부장, 신4군 제5사단(師) 제14여단(旅) 정치부주임, 어위(鄂豫) 변경지역 당위원회 통전부 부부장, 중원 신화분사 사장 겸 『칠칠일보(七七日報)』사 사장, 위어산(豫鄂陝, 허난 호북 산시) 군구 정치부 부주임 등의 직을 역임하였으며, 리셴녠(李先念) 천사오민(陳少敏) 등과 함께 근무하였다. 1946년에 위어산부대가 북진해 황허를 건널 때 농타이는 병으로 쓰러져 그의 친한 벗 팡따쩡이 실종된 지 10년 뒤인 1947년 3월 12일 산시(山西) 양청(陽城) 타이웨(太岳)군구병원에서 세상을 떠났다. 그때 나이가 겨우 36세였다.

"농타이 동지는 말주변이 좋고, 문장 구사력이 뛰어났으며, 열정적이고, 업무에 적극적이고 과감하며 열중한다. 폐병을 앓고 있었지만 여전히 십년을 하루 같이 악전고투하였으며, 인민을 위해 봉사하고, 당에 충성을 다하는 정신은 변함이 없었으며, 결국 자기 목숨을 바치기에까지 이르렀다." 신4군 제5사단 정치부는 그를 "무산계급의 탁월한 전사와 모범당원으로 손색이 없으며 그 정신은 영생불멸할 것"이라고 평가하였다.

샤농타이가 세상을 떠난 지 40년 기념일에 즈음하여 그때 당시 리셴녠 국가 주석이 전우를 추억하는 글을 한편 썼는데, 샤농타이의 "가장 두드러진 장점과 특징이 지식인의 바른 길을 고수하는 것과 노동자·농민·병사들과 밀접히 결합하는 것, 그리고 투쟁 속에서 자신을 꾸준히 개조할 수 있었던 것"이라면서 그래서 "간부와 전사 그리고 대중의 신임과 존경, 사랑을 받았다"라고 칭찬하였다.

학생 팡따쩡의 실종에 대한 왕쓰화의 생각에 대해서는 알 바가 없다. 샤농타이가 세상을 떠난 지 얼마 되지 않아 그는 헤이룽장(黑龍江)성 정부 비서장으로 승진하였고, 천윈(陳雲)을 주임으로 하는 동북재정경제위원회 상무위원을 겸임하게 되었다. 이듬해 그는 하얼빈(哈爾濱)에서 『자본론 해설(資本論解說)』을 저작 출판하였고, 또 얼마 뒤 선양(沈陽)에서 『정치경제학』을 저작 출판하였다. 이 두 책은 중국 북

1978년 7월 왕쓰화가 병으로 별세함.

방에서 대량 인쇄되어 마르크스주의를 학습하는 입문도서로 되었으며, 대학교와 고등학교 정치경제과 교과서로 선정되었다. 후에는 일본어로 번역되어 일본에서 발행되기도 하였다.

새 중국이 창립된 후 선쥔루 선생의 독촉에 못 이겨 이미 홍콩에 정착하였던 장쇼통이 가족들을 거느리고 떠난 지 몇 년 만에 베이징에 돌아와 다시 셰허 후통 10번지에 입주하였다. 그때 팡청민과 남편 차스밍(査士銘)은 오래 전에 이미 총칭에서 베이징에 돌아와 지내고 있었다. 오래 동안 떨어져 지내던 대가족이 다시 모인 것이다. 다만 여전히 샤오팡의 소식은 없었다. 1950년 5월 다시 근무를 시작한 장쇼통은 잇따라 교통부 계획사 전문 요원, 간부학원 교사, 참사실(參事室) 연구원 등의 직을 맡았다. 그의 아들 장짜이쉬안은 매년 선쥔루의 생일이면 아버지가 항상 그를 데리고 생신을 축하하러 가곤 하였는데, 거기서 사촌동생 판쑤쑤(范蘇蘇)와 함께 놀았으며, 판창장도

재앙을 겪고 살아남은 샤오팡의 사진필름. (펑쉐쏭 촬영)

장쇼통은 결국 샤오팡의 행방을 기다리지 못하였다. (장짜이어 사진 제공)

만나긴 하였으나 다만 나이 차이가 많았던 탓에 다가가 이야기를 나누지는 않았다고 기억하고 있었다.

쇼통이 새롭게 근무를 시작한 해에 셰허병원을 재건하게 되어 장한청은 사진관을 양도하고 꿈이 시작된 곳으로 다시 돌아왔다. 그때 그는 이미 명망 있는 촬영작가가 되어 있었을 뿐 아니라 더욱이 국내 의학촬영과 제도(繪圖)의 시조로서 여러 차례 양성반을 조직해 촬영인재를 발굴하고 양성하였으며, 또 중국촬영학회 설립에도 참가하였다. 전민통신사가 해체된 후 사자오위(우지한)는 충칭『신화일보』에 가서 편집주임을 맡았다가 이듬해 2월말『신화일보』가 국민당정부에 의해 차압당하자 그는 신문사 사업인원들을 따라 옌안으로 철수하였다. 전국이 해방된 후『광명일보(光明日報)』편집주임, 상하이시 신문처 뉴스대변실 주임 등의 직을 역임하였다. 1950년 10월 중공중앙 선전부 판공실 부주임, 교육처 부처장, 처장 등의 직을 역임하였다. '문화대혁명' 기간에 사자오위는 가혹한 박해를 받으며 장기간 옥살이를 하다가 1977년 7월에 세상을 떠났다.

1년 후에는 동북인민정부 통계국 국장, 국가통계국 국장, 당조 서기, 국가계획위원회 장기계획위원회 고문 등의 직을 역임한 왕쓰화도 베이징에서 세상을 떠났다. 향년 74세였다. 덩샤오핑(鄧小平)·리셴녠 등 지도자가 화환을 보냈고, 천윈·꾸무(谷牧)·왕쩐(王震) 등 지도자들이 추도식에 참가하였다. 추도사에는 왕쓰화를 중국의 저명한 경제학자와 통계학자이며, 중국공산당의 훌륭한 당원이자 훌륭한 간부라고 평하였다.

"항일전쟁이 승리한 뒤 나는 베이핑으로 돌아왔다. 사진필름상자를 받아 계속 보관하고 있으면서도 일이 바빠서 한번 볼 짬도 없었다. '문화대혁명' 시기에 홍위병들이 '네 가지 낡은 것'을 없앤다며 사방에서 집을 수색하고 다닐 때 내 머릿속에 제일 먼저 떠오른 생각이 바로 이 상자 속의 사진필름들을 어떻게 할까 하는 것이었다.

이건 샤오팡의 피가 맺힌 결정체이자, 수이위안 항일전선의 원시자료이다. 만약 몰수당하게 되면 어디 가서 다시 찾겠는가? 차라리 나의 사업단위 홍위병 사무실에 가져다 바치면 훗날 다시 행방을 알아볼 수도 있을 것 같았다. 그래서 나는 그렇게 하였다.

1979년에 나는 퇴직하였다. 하루는 내가 공회사무실(전 홍위병사무실)에 갔다. 다시 말하면 소식을 염탐하러 간 것이다. 사무실 한쪽 구석에 신문지로 싼 물건이 있는 게 보였다. 신문지가 헤져서 그 안에 든 핑크빛 작은 봉투가 보였다. 그것이 내가 예전에 갖다 바친 사진필름이라는 걸 나는 한눈에 알아봤다. 그래서 설명을 하고 가져왔다. 작은 상자는(식당)에서 식권을 담아두고 있었는데 후에 나에게 돌려주었다. 그 사진필름들이 비로소 재앙을 면한 것이다!"

(팡청민이 장짜이쉬안에게 보낸 편지)

만년의 진쩐쭝(金振中)

　'문화대혁명' 기간, 팡씨 집안은 "사회관계가 복잡하다"는 이유로 집을 수색 당하였다. 다행이도 팡청민이 오빠의 사진필름을 미리 단위의 홍위병들에게 넘겼기 때문에 재앙은 피할 수 있었다. 그렇지만 온 집 식구가 모두 조마조마한 마음을 한시도 떨쳐버릴 수 없었다. 1937년부터 온 가족의 마음을 옭아매기 시작한 그 매듭은 30년간 한시도 풀렸던 적이 없었다. 그런데 지금은 엎친 데 덮친 격으로 어떤 재앙이 수시로 닥칠 것 같은 예감에 온 가족이 마음이 불안하였다. 만약 그때 샤오팡이 나타났다면 기뻐해야 할지 슬퍼해야 할지 정말 알 수 없었다. 그런 복잡한 심경이 아주 여러 해 동안 지속되는 동안 장쇼통은 점차 늙어갔고 몸도 예전 같지 않았다. 1981년 2월 20일 오전 10시 그는 관상동맥경화증으로 응급 치료를 받았으나 효과를 보지 못하고 78세를 일기로 세상을 떠났다.

　1949년 봄 고향에 돌아와 생산노동에 참가한 진쩐쭝은 '문화대혁명'

1985년 루꺼우차오에서 진쩐종 대대장을 안장할 때 언론에서 생중계한 정경.

이관 후의 진쩐종 묘. (쑨난 촬영)

시기에 불공정한 처우를 받았다. 가장 어려웠던 때는 "생계를 위해 어쩔 수 없이 거리를 떠돌며 구걸까지 해야 할 지경"이었다. 제11기 제3차 전원회의 후 조직에서는 과거에 그에 대한 부당한 처우를 바로 잡아주었다. 1980년 11월 적의 간담을 서늘하게 하였던 진 대대장은 구스(固始)현 문화관에 일반 행정간부로 배치되었다. 1985년 3월 1일 그는 병으로 세상을 떠났다. 향년 83세였다.

진쩐쭝의 유언

1. 나는 일생 동안 정정당당하고 떳떳하게 살면서 인민에 해가 되는 일을 한 적이 없다. '7.7' 항일전쟁 때 쌓은 작은 공적은 이미 인민들에게 사랑을 받았으며 참으로 부끄럽기 그지없다. 이제 죽은 뒤 당과 인민이 공정하고 합리적인 결론을 내주기 바란다.

2. 시신은 화장하고 장례는 간소하게 치를 것이며, 유골을 루꺼우차오 기슭에 뿌려 오랜 지도자 허지펑(何基灃)과 함께 있게 해주기 바란다.

3. 내 아들에게 일자리를 배치해주어 그가 오랜 숙원을 이룰 수 있게 해주기를 지도자께 부탁드린다.

4. 늙은 아내의 만년생활을 당과 정부에서 보살펴주어 그녀가 만년을 잘 보낼 수 있도록 해주기 바란다.

5. 대만이 하루 빨리 조국의 품으로 돌아와 조국통일의 위업이 실현되기를 바란다.

베이징시 지도자의 비준을 거쳐 그의 유언에 따라 1985년 8월 14일 (즉 항일전쟁 승리 40주년 기념일), 루꺼우차오에서 진쩐종 선생의 유골 안장식을 거행하고 강물이 말라버린 용띵허(永定河) 강바닥에 비석을 하나 세우고 글을 두 줄 새겨 그의 일생을 기록하였다. 살아생전에 팡따쩡과 교집합이 있었던 민족영웅의 인생이 그렇게 조용히 막이 내린 것이다. 두 사람 사이에는 조국의 기억 속에 소중히 간직된 흑백 사진 한 장만 남았을 뿐이다.

2008년 베이징 올림픽대회 개최를 맞아 다년간 말라버렸던 루꺼우차오에 둑을 쌓고 방류를해 유명한 "루꺼우차오 위의 새벽달" 경치를 재현하게 되어 루꺼우차오관리위원회가 방류에 앞서 진쩐종 가족에 진쩐종의 유골을 이관할 것을 통지했다. 6월 10일 진쩐종의 아들 진톈위(金天宇)가 재차 루꺼우차오를 찾아 주관 부서의 안내를 받아 부친의 관을 "루꺼우차오 위 새벽달"이라는 글이 새겨져 있는 비석에서 아주 가까운 조용한 곳으로 이관하였다.

"항전을 전후로 화뻬이 일대에서 활약하였던 진보적 예술 사진작가 샤오팡(팡따쩡)은 베이핑과 톈진에서 여러 차례 촬영예술전시회에 참가하고 또 개인전을 열었으며,「무기를 가진 사람」「흰 밀가루를 져 나르는 자는 정작 검은 밀가루를 먹고」「황허 위의 뱃사공」 등 시대적 특징을 띤 촬영 작품을 창작하였다"라고 스사오화(石少華) 중국촬영가협회 주석이 1985년 9월 9일 열린 제3회 전국촬영이론연례회의 연설에서 말했다. 그는 "후에 그는 당 조직이 이끄는 톈진 중외신문학사에 가입하여 촬영기자가 되어 항일구국운동을 전폭적으로 반영하는 작품을 발표했으며, 가장 먼저 「루꺼우차오 사건」「항일전쟁으로 생존을 도모하다」 등 훌륭한 작품들을 촬영해 전국 여러 신문과 잡지에 발표하였다"라고 말하였다.

이는 지금 검색 열람할 수 있는 팡따쩡에 대한 평가 중 최초의 공식적인 평가였다. 2년 후 『중국촬영사』(1840~1937년 부분)가 출판되었는데, 그 중에 샤오팡에 대한 소개도 대체로 그러하였다. 이로 볼 때 그 청년이 촬영업계 전문 인사들에게 잊혀진 것은 아니었다. 다만 사람들이 그에 대해 아는 것이 너무 적었을 뿐이다. 그때 당시 사회 대중의 인식 속에서 팡따쩡은 상당히 낯선 이름이었던 것이다.

팡따쩡과 전선에서 헤어진 지 몇 년 뒤 진차지(晉察冀) 야전군 정치부 선전부 부장, 신화사 야전지사 지사장을 지냈던 치우강(邱崗. 치우시잉)은 새 중국 창립 후 중국인민해방군 총정치부 선전부 교육처 처장, 신문처 처장, 해방군신문사 부총편집장 등의 직을 역임하였다. 그는 1955년 2급 독립자유훈장, 1급 해방훈장을 받았으며, 1964년에 소장으로 진급하였다. 1988년 8월 14일 그는 75세를 일기로 베이징에서 별세하였다.

그 이듬해 장한청 선생이 베이징 세허병원에서 별세하였으니 향년 89세였다. 그의 유언에 따라 친족들은 그를 고향인 쑤저우(蘇州)에 묻었다. 세월은 노래와 같다. 노래가 끝나면 청중들은 흩어져간다. 샤오팡을 잘 알던 스승과 벗들이 잇따라 세상을 떠남에 따라 그와 접촉이 있었던 사람들이 날이 갈수록 줄어들었다. 어지러운 전란 중인데다가 실종될 때 당시 겨우 25세여서 생명의 여정이 이제 막 시작을

그때 당시 샤오팡의 전우였던 치우시잉(邱奚映 邱崗)

뗀데 불과하였던지라 아무도 그의 짧은 인생에 대해 제때에 정리하고
산실된 그의 작품을 수집할 생각을 미처 하지 못하였다. 마치 장엄함
뒤에 갑자기 고요함이 깃들 듯, 마치 장엄한 한 부의 교향악이 서곡
만 연주하고 청중들이 미처 음미해볼 겨를도 없이 문득 멎어버리더니
연주자들이 아무런 설명도 남기지 않은 채 분분히 퇴장해버린 것 같
은 느낌이었다. 팡따쩡을 다시 찾아다니는 과정에서 나는 찾을 수 있
는 베이핑 제1중학교 학우 명부, 중파대학 학우 명부, 그리고 회고의
글들을 뒤지고 또 뒤졌다. 베이징 시 기록보관소를 찾아 기록들을 열
람하면서 인물관계를 통해 단서를 발견할 수 있기를 바랐다. 또 중파
대학 옛터, 원취안중학(현재 베이징 시 제47중학), 루꺼우차오 등지를

만년에 장한청이 빠다링(八達嶺)에서.

여러 차례나 거듭 찾아가서 현장조사를 진행하기도 하면서 기억을 다
시 줍는 과정에서 답을 찾으려고 애썼다. 팡따쩡의 학우인 가오윈훼
이 선생에게 참으로 감사한다. 여러 편의 회고 글에서 샤오팡에 대해
언급하여 소중한 역사 기록을 남겨놓은 덕분에 내가 찾고 발견할 수
있도록 새로운 증거를 제공해주었다. 1993년 12월 18일 생의 마감을
앞둔 가오윈훼이가 우한시 중의원 부속 병원 41병동 병상에서 중파대
학 시절 동창 왕사오쩡(王紹曾)과 리창(李强)에게 편지를 썼다.

편지에서 그는 자신이 "몇 번이나 죽을 고비를 넘기면서 염라대왕

中法大學校友錄

1920——1950

中法大學校友會編印
1986

『중파대학 학우 명부』에 팡따쩡과 학우들의 학적 정보가 기록되어 있다.

과 얇은 종잇장을 한 장 사이 두고 있을 만큼 가까워졌다"면서 "세월
이 빠르기도 해 주변을 둘러보니 4~5개 반 동창들이 거의 다 저세상
으로 가버리고 유일하게 생존해 있는 이들로는 자네와 나, 그리고 리
창산(李長山)뿐"이라고 감회에 젖어 말했다.

"중파대학 재학시절에 혁명과 항일에서 크게 활약하였던
동창들, 예를 들면 팡더쩡(方德曾)·이수청(易叔成)과 같은 이
들의 이름을 알고 있는 사람이 이제는 극히 적다네. 그때
당시 그들의 상황에 대해 알고 있는 사람도 많지 않네. 차
오청셴(曹承憲)은 큰 활동은 하지 않았지만 그도 정말 충성
스러운 공산당원(프랑스에서 입당함)이었지.
나는 이렇게 회고하는 편지를 쓰면서 그 동지들에 대해 다

루이가 까오스제(高土潔)에게 쓴 편지에 샤오팡에 대해 언급하였다.

한 단락씩 서술하고 있다네. 이러면 그들이 전부 파묻혀 버려 이름도 알 수 없게 되지는 않지 않겠는가!"

(가오원훼이가 왕사오쩡·리창에게 쓴 편지)

"나라가 날로 번창하고 새로운 한해가 다가오는 이 시점에서 우리 모두 기쁜 마음으로 새해를 축하하고 건강하게 오래오래 앉을 수 있기를 서로 축원합시다!" 이는 가오원훼이가 한생을 마감하면서 편지를 통해 동창들에게 남긴 마지막 말이다. 그가 여러 번 언급하였던 팡따쩡과의 사이에 또 어떤 교제가 있었는지에 대해서는 세월이 흐름에 따라 점점 묻혀버려 영원히 답을 알 수 없는 역사가 되어버렸다.

장짜이쉬안(우)이 어머니 팡수민(좌), 이모 팡청민과 함께 찍은 사진.

"그가 세상을 떠나는 것을 보지 못하였기 때문에 그 일이
내 마음에서 항상 떠나지 않는다.(그가 죽었다는 것을 믿고
싶지 않은 것이다) 기실은 그는 오래 전에 이미 이 세상에
없는 사람이 되었을 것이다. 그가 살아있다면 절대 사람들
앞에 나타나지 않을 리 없다. 그는 핑수이선에서 판창장·
멍치우장과 헤어진 뒤 홀로 계속 북상하였으니 살아있을
가망이 없는 게 분명하다. 다만 그가 난을 당한 걸 내 눈
으로 직접 보지 못하였기 때문에 그가 내 마음 속에 줄곧
살아 있는 것처럼 느껴지는 것이리라."

(팡청민의 회고)

中 国 国 家 博 物 馆

国博管〔2006〕15号

为征集方大曾先生战地摄影遗作致张在璇先生的函

张在璇先生:

　　欣闻您舅父方大曾拍摄的1000余幅抗战战地摄影遗作保留至今,深感欣慰。作为中国著名的战地摄影记者及抗战初期第一个在前线采访中为国捐躯的青年,方大曾在中国摄影发展的史上有其特殊的贡献和地位,是里程碑式的人物之一。

　　中国国家博物馆是系统展示中华民族悠久文化历史的综合性国家博物馆。方大曾拍摄的遗作,对我们研究抗战时期的历史、展示中华民族的抗战精神及劳苦大众的生活,有重要的意义和珍贵的史料价值。因此,我们希望您能将这批原版照片捐赠我馆,以便在今后的研究及展览中充分发挥其作用,让更多的人了解到这段历史、了解方大曾。我们热切地希望得到您及家人的支持与帮助,使这批宝贵资料早日入藏我馆。

　　此致

　　　　　敬礼

　　　　　二〇〇六年二月十日

中国国家博物馆馆长办公室　　　　　2006年2月10日印发

初校: 张　明　　　　　　终校: 朱　珠

中국국가박물관에서 팡따쩡의 촬영 작품을 모집한다고 알리는 편지.

시간이 지나고 세월이 오래될수록 혈육에 대한 팡청민의 그리움은 깊어만 갔다. 부모가 세상을 떠나고 언니도 저세상으로 갔으며, 오빠는 행방조차 알 수 없고, 루이(陸詒)와 리쉬강(李續剛) 등 이들도 세상을 떠났다. 만년에 샤오팡을 위해 화집을 출판하고 사진전을 여는 것이 그녀의 유일한 일념이었다. 그녀는 많은 사람을 찾아가보고 많은 방법을 생각해봤지만, 오빠를 회고하는 글을 한 편 발표한 것을 제외하고 이렇다 할 효과를 거두지 못하였다. 만약 샤오팡이 완전히 묻혀버린다면, 그녀와 팡씨 집안에는 아물 수 없는 상처로 남을 것이다. 앞길이 막막한데 시간이 많지 않다. 팡청민은 반세기 넘게 보관해오던 사진필름을 『쓰촨일보(四川日報)』에서 촬영업무에 종사하는 외조카 장짜이쉬안에게 맡기기로 결정하였다.

> "연말이면 내 나이가 만 82살이다. 이제 살날이 얼마 남지 않았다. 내 아들들은 각기 다른 직업을 갖고 있고, 네 외삼촌은 미혼청년이었잖니. 그러니 그의 유작은 네가 물려받았으면 좋겠구나. 촬영 자료를 보존하여 그 무명 영웅 샤오팡을 기념할 수 있었으면 하는 것이 내 바람이다. 대가는 바라지 않는다."
>
> (팡청민이 장짜이쉬안에게 보낸 편지)

2005년 가을 중국국가박물관의 장밍(張明) 연구원이 한 친구로부터 샤오팡의 이야기를 전해 들었다. 많은 우여곡절을 겪은 뒤 그녀와 그녀의 동료가 장짜이쉬안 선생을 찾았다. "청두(成都)에 있는 장 선생의 저택에서 그가 나무상자를 조심스럽게 열어 사진필름들을 한 장씩 늘어놓으면서 그 사진필름들의 예사롭지 않은 유전 경과에 대해 이야기해주셨다." 장밍은 이렇게 회고하였다. "은은한 곰팡이냄새에 우리는 순식간에 70년 전 시공간의 터널 속으로 훅 빨려든 느낌이었다. 누르께한 종잇장과 낡은 사진필름에 우리 마음에는 경련이 이는 것 같았다." 꼼꼼한 심사 판정을 거쳐 국가박물관은 그 진귀한 사진필름을 소장하기로 결정지었다. 그 소식은 병이 위중한 팡청민의 귀에 들어갔다. 생명의 끝자락에 서있는 그녀에게 오빠의 작품이 이상적인 귀착점을 찾았다는 소식은 분명 마음의 위로가 되었을 것이다. 그로부터 며칠 뒤 팡청민은 91세를 일기로 조용히 눈을 감았다. "이모는 만족스러운 마음을 안고 떠났을 것이라고 저는 생각합니다." 장짜이쉬안이 말하였다.

사랑하는 성녠(昇年) 헝녠(恒年) 쏭녠(松年) 세 아우에게:
잘 지내니?
2월 14일 중국국가박물관(톈안먼 동쪽에 위치한 원 중국혁명역사박물관)으로부터 편지를 받았어. 팡따쩡 외삼촌이 남긴 사진필름을 소장하기로 하였어. 2월 23일 국가박물관은 또 2명의 직원을 특별히 파견하여 청두(成都)에 와서 그 사진필름들에 대한 확정을 거쳤다. 그 진귀한 역사자료들이 드디어 국가의 중시를 불러일으켰고 중국국가박물관에 소장될 수 있게 되었어. 이는 외삼촌의 공적에 대한 인정이고, 외삼촌의 영예이며, 또 너희들의 훌륭한 어머니가 혈육을 위해 백방으로 뛰어다니면서 호소하고 부지런히 일한 것에 대한 당연한 보답이기도 하다.

국가박물관 직원은 중국촬영가협회 천선 선생에게서 이 사진필름들의 행방을 알게 되었고, 또 너희들 어머니가 생전에 그에게 기증할 의향을 밝혔었다는 사실을 알게 되었다고 하였어. 내가 외삼촌의 사진필름을 맡아달라는 위탁을 받았잖니. 너희들 어머니가 사진필름을 나에게 넘긴 뒤로 책임이 크다는 것을 깊이 느끼고 있었어. 그 진귀한 역사자료들은 1935년부터 1937년 7월까지 중화민족의 용감한 항일활동과 사회 민중의 생존상황에 대한 진실한 기록이다. 그 사진필름들이 전란을 몇 번이나 겪으면서 지금까지 보존될 수 있었던 것은 참말로 쉽지 않은 일이었지. 이제 중국국가박물관에 소장될 수 있게 되고, 역사책에 기록될 수 있게 되었으며, 게다가 과학적으로 잘 보존될 수 있게 된 거다. 정말 기쁜 일이 아닐 수 없구나! 나는 무거운 짐을 벗어놓은 것처럼 홀가분하구나. 외삼촌과 너희들 어머니가 저승에서 보고 있다면 반드시 기뻐할 것이다.

요즘에 나는 특별히 이 일로 인해 베이징에 한 번 갈 거다. 그때 국가박물관에서 기증식이 열리고 기증증서를 발급할 예정이라고 하더구나.(내가 너희 어머니와 이모 두 자매의

소년 샤오팡이 장성에서 먼 곳을 바라보며 찍은 셀카 사진. 그의 뒷모습이 마치 멀어져가는 돛대의 모습 같다.

이름을 썼거든) 그리고 가족들을 기증식에 초청할 거란다. 이런 내 처사가 적절한지 모르겠구나. 너희들이 지지해주기 바란다. 나는 또 누나와 형, 그리고 뚱보 아우네에게도 알릴 거다.

형 짜이쉬안
2006년 3월 2일

그해 3월 16일 갖은 우여곡절 끝에 유일하게 남은 837장의 팡따쩡 촬영작품이 장짜이쉬안과 가족들의 동반 하에 중국국가박물관에 소장되었다. 마침 그로부터 70년 전인 1936년『시 제1중학 학생 총서』(베이핑) 제4호에 샤오팡의 번역작품「한 작가의 자술서(一個作家的自述)」가 발표되었다. 그것은 유람과 탐험 그리고 기적 같은 만남에 관한 글이었다. 팡따쩡은 왜 그 글을 골라 중국어로 번역하였을까? 그에 대한 답은 말하지 않아도 자명한 것이다.

"나는 나이가 들어감에 따라 유람에 점점 더 큰 흥미를 느끼기 시작하였다. 그즈음 여행 잡지와 항해 관련 서적들은 내가 가장 좋아하는 물건이 돼버렸다. 그들 서적의 섬세한 유혹에 매료되어 나는 솔직히 학교의 정식 수업을 소홀히 하였다. 무척 사랑스러운 날씨에 신비로운 부둣가를 거니노라면 참으로 깊은 사색을 불러일으키곤 한다! 나는 멀리 떠나려는 돛단배를 바라보곤 하였다. 정에 겨워 배 위의 돛대가 아득히 멀어져 사라질 때까지 오래오래 바라보았다. 그때마다 내 마음도 이미 그 배를 따라 끝없는 바다 위에서 떠돌곤 하였다."

샤오팡의 번역 작품

작가의 자술서(一個作家的自述)」

출발하고 멀어져간다. 그리고 아직 돌아오지 않았다. 번역 작품은 마치 지금까지도 찍지 못한 마침표에 대한 예언과도 같다. 세월을 거꾸로 돌려 70년 전으로 돌아가 보자. 여행을 좋아하는 샤오팡이 워싱턴 어빙의 아름다운 필치를 통해 그의 성장경력과 취미 그리고 포부를 드러내 보인 것 같다. 그리고 또 우리에게 매우 시적인 답을 남긴 것 같다. 그의 뒷모습이 돛대처럼 멀어져 가다가 점차 사라지고 그의 마음도 그렇게 떠돌다가 끝없는 바다 속에 영원히 간직된 것이다.

2017년 5월 11일 초고 완성 뉴욕에서
8월 28일 2차 수정 베이징에서

– 후기 –

자신을 찾다

『팡따쩡: 유실과 회복』이 곧 출판된다. 책임편집자인 차오 톈삐(喬天碧) 씨가 보내온 책 디자인을 보면서 나는 할 말을 잃었다.

잉태한 지 10개월 만에 갓 태어난 아기와 처음 만나는 것처럼 익숙하면서도 낯설었다. 눈앞에 펼쳐진 글자 한 자 한 자, 구절 한 마디 한 마디가 한 걸음 한 걸음 발로 뛰어서 써낸 것이고, 밤낮없이 엮어서 만들어낸 것이며, 기쁨과 슬픔을 쏟아 부어 만들어낸 것이었기 때문이었다.

여러 가지 달고 쓴 맛은 오로지 나만 알 뿐이다.

어떤 한 목소리는 나에게 힘들면 포기하라고 속삭였다!

어떤 한 목소리는 나에게 후회가 되면 떠나라고 타격을 주었다!

어떤 한 목소리는 나에게 어려우면 도망치라고 조롱했다!

이 세 목소리가 각각 내면과 세속, 선입견에서 온 것임을 나는 잘 알고 있다.

나는 그런 것에 뭉개지고 무시당하고 조롱당하기도 하고, 또 공포와 무기력함, 두려움을 느끼기도 하였으나 이제 나의 마음은 잔잔한 물결처럼 고요해지고 더없이 굳세어졌다. 팡따쩡이 나에게 자신을 찾아주었으며, 한 사람의 가치로 존재할 수 있게 해주었다!

팡따쩡이 나에게 가족을 찾아주었으며, 사랑의 마지막 귀착점이 되게 하였다!

팡따쩡이 나에게 친구를 찾아주었으며, 의로움에 대한 무한한 신뢰를 쌓게 하였다!

인생은 짧고 추구하는 길은 길다. 18년간 이 모든 것을 겪으면서 나는 진실한 자신을 찾을 수 있었다.

역사는 말이 없다.

생명은 말없이 지혜로운 자를 기다린다.

물질적으로 간소하면 심플하고 성실할 수 있고, 정신을 풍부하게 하면 풍부함이 따라온다.

누가 뭐라고 하던 자기 길을 걸으면 되는 것이고, 비틀거리면서 걸어도 해이해지지는 말아야 한다.

18년 세월의 소실과 재현, 80년 세월의 유실과 회복, 이 모든 것이 전기가 되어 영웅이 영생불멸할 수 있기를 바라마지 않는다! 이 모든 것이 미담이 되어 우리 세대가 나태해지지 않도록 채찍질해주기를 바란다!

신세계출판사 장하이어우(張海鷗) 총편집장에게 감사한다! 전기 작자 홍쥐안(紅娟)씨에게도 감사한다! 또한 가족들과 친구들에게도 감사한다!

이 시각 나는 너무나 기쁘다!

2017년 10월 22일

밤 베이징에서

팡따쩡 일생 및
연구 연표

—1912년 7월 13일, 베이징에서 태어남.

—1929년 8월, 청소년촬영사단 발기 조직, '소년영사(少年影社)' 창립, 공개 전시
    에도 참가함.

—1930년 중파대학(中法大學) 경제학과에 입학.

—1932년 진보적 학생시위에 참가했다는 이유로 체포, 학교 측으로부터 1년 낙
    제 처분 받음.

—1935년 대학 졸업.

    톈진 기독교청년회 직원으로 취직함.

    우지한(吳寄寒) 저우미엔즈(周勉之) 등과 함께 중외신문학사를 설립함.

    12.9운동 후 중화민족해방선봉대('민선'으로 약칭)에 가입함.

—1936년 여름, 베이핑기독교청년회에서 근무함. 소년부 간사(幹事)로 근무하면
    서 까오상런(高尙仁, 베이핑기독교청년회 소년부 책임자)의 요청으로
    에드가 스노우가 산뻬이(陝北) 옌안(延安) 혁명근거지에서 찍은 사진
    들을 관람함.

—6,7월, 팡따쩡이 산시(山西)를 경유해 수이위안(綏遠)으로 여행하고 취재함. 후
    에 「따퉁(大同)에서 수이위안까지」 등의 글을 완성함.

—11월 초, 팡따쩡과 쉬즈팡(許智方)이 톈진청년회에서 공동촬영전을 개최함.

—11월 8일, 베이핑에서 「완핑(宛平)행」이라는 취재기를 씀.

—11월 23~28일, 허베이(河北) 탕산(唐山)·창리(昌黎) 등지를 다니며 지동(허뻬
    이 성 동쪽 지역)괴뢰정부 관할구에 대해 취재하고 「지동일별」을 씀.

—12월 초, 베이핑을 떠나 수이위안 전선으로 가서 장장 43일간 항전초기 유명한
    "수이위안 항전"에 대해 취재하면서 수백 장에 이르는 사진을 찍고 「수이둥 전
    선 답사기」 등 전선기사들을 씀. 그 기간 유명한 기자 판창장(范長江)을 만남.

―1937년 7월 10일, 집을 떠나 루꺼우차오로 가서 루꺼우차오사변을 취재함.

―7월 23일, 베이핑에서 「루꺼우차오 항전기」를 발송함. 『량유(良友)』 제130호에 팡따쩡이 찍은 루꺼우차오사변 관련 촬영보도 4묶음이 동시에 게재됨.

―7월 28일, 판창장을 다시 만났으며 또 루이(陸詒) · 쏭즈취안(宋致泉)을 알게 됨.

―8월, 판창장의 소개로 상하이 『대공보(大公報)』 전선 특파원을 담당하기 시작 함.

―8월 중순, 핑한(平漢)선에서 산시(山西)로 옮겨 통푸(同蒲)철도(산시성의 따퉁에서 타이위안[太原] · 허우마[侯馬]를 경유해 용지(永濟)시 푸저우(蒲州)진에 이르는 철도) 연선에서 취재함.

―9월 18일, 허베이 성의 리(蠡)현에서 「핑한선 북쪽구간의 변화」라는 글을 발송함. 팡따쩡이 발송한 마지막 소식임.

―9월 30일, 「핑한선 북쪽구간의 변화」가 『대공보』에 발표됨.

―1994년 12월, 대만 『촬영가』잡지 제17호에 팡따쩡 특집을 펴냄.

―2000년 11월 8일, 중앙텔레비전방송(CCTV)에서 다큐멘터리 「팡따쩡을 찾아서」(감독, 작가 펑쉐쏭), 동명 서적이 중국촬영출판사에서 출판됨.

―2002년 7월 1일부터 9일까지 "세월을 거슬러―팡따쩡 촬영 작품전"이 청두에서 열려 106장의 사진이 대중에 선보임.

―2006년 3월 16일, 팡따쩡의 친척이 837장의 사진필름을 중국국가박물관에 기증함.

―2012년 7월 13일, 중앙텔레비전방송넷이 팡따쩡 탄신 100주년 기념행사를 개최함.

―2014년 10월, 『팡따쩡: 소실과 재현』이라는 책이 상하이 진슈원장(錦繡文章)출판사에 의해 출판됨.

—2015년 5월 25일 중국신문종사자협회가 팡따쩡을 추적 취재한 펑쉐쏭 사적 좌담회
　　　를 개최함.

—6월 29일, 홍콩 대공보 "한 신문의 항일전쟁"포럼에서 펑쉐쏭이 초청에 응해 「위대
　　　하다 대공보, 장하다 팡따쩡」이라는 제목으로 기조연설을 함. 팡따쩡의 외조카인
　　　장짜이쉬안(張在璇) 선생이 함께 참가함.

—7월 7일, 팡따쩡 기념실이 바오띵(保定)의 광위안(光園)에서 낙성됨. 팡한치(方漢奇)
　　　선생이 편액에 글을 씀.

—8월 28일, "정의와 양심을 위하여—7.7 루꺼우차오사변 종군기자 팡따쩡 유작전"이
　　　마카오 종합예술관에서 열림. 이와 동시에 번자체로 편집된『팡따쩡: 소실과 재현』
　　　출판식이 열림. 추이스안(崔世安) 마카오특별행정구 장관과 마카오 주재 중앙인민
　　　정부 연락 사무실의 주요 관원, 그리고 팡따쩡의 친척들이 커팅식에 참가함.

—9월 23일, "팡따쩡 캠퍼스행" 공익계획이 칭화대학(淸華大學)에서 가동됨.

—12월 5일, 베이징대학에서 "팡따쩡 및 항전 신문업 종사자 학술세미나"가 개최됨.

—2017년 5월, "팡따쩡을 찾아서" 특별강좌가 미국 뉴욕주립대학의 초청에 응해 열림.

—6월,『팡따쩡을 읽는다—팡따쩡 작품 및 판창장 뉴스상 수상자 열람노트』가 중국
　　　사회과학출판사에서 출판됨. "팡따쩡 캠퍼스행" 공익계획이 판창장 신문학원에서
　　　원만하게 마무리됨.

—7월, 『팡따쩡: 소실과 재현』이 신세계(新世界)출판사에서 수정 출판됨.

—8월, "샤오팡이 본 항일전쟁" 사진전이 중국인민항일전쟁기념관에서 열림.

—12월, 『팡따쩡: 유실과 회복』이 신세계출판사에서 출판됨.

—12월 24일, 팡따쩡기념실을 재 수리해 전시를 개막함.

—2018년 3월, "팡따쩡을 찾아서" 특별강좌가 마카오대학, 마카오과학기술대학
　　　에서 개최됨.

—4월, 『팡따쩡: 유실과 회복』새 책 발표 좌담회가 중국외국문국(外文局)에서
　개최됨.

—7월 7일, 팡따쩡연구센터가 바오띵에 설립됨. 팡한치 선생이 편액에 글을 씀.

—2019년 7월 5일, "팡따쩡을 찾아서 20년 학술세미나"가 바오띵에서 열림.